CW01161266

Walter W. Braun

Seppe-Michel vom Michaelishof

Eine Schwarzwald-Saga

Bibliografische Information der Deutschen Nationalbibliothek:
Die Deutsche Nationalbibliothek verzeichnet diese Publikation in
der Deutschen Nationalbibliografie; detaillierte bibliografische
Daten sind im Internet über http://dnb.dnb.de abrufbar.

© 2018 Walter W. Braun
2. überarbeitete Auflage 2020

Illustration: Walter W. Braun

Herstellung und Verlag: BoD - Books on Demand, Norderstedt

ISBN: 978-374-602-639-8

Inhaltsverzeichnis

1 Delikate Aufgabe 7
2 Auf geschichtsträchtigen Wegen 32
3 Ernsthafte Probleme 44
4 Es eskaliert 57
5 Ein ärgerliches Malheur 66
6 Unerwartetes Umdenken 85
7 Das Geschäft geht weiter 94
8 Die Einigung 109
9 Die Weichen werden gestellt 121
10 Denkwürdiges Bauerntreffen 130
11 Hohe Investitionen 138
12 Politische Umwälzungen 147
13 Es ist Erntezeit 152
14 Neues Jahr, neues Glück 182
15 Der Michaelishof wird mobil 220
16 Hannes steigt ein 236
17 Rauschende Bauernhochzeit 249
18 Der Krieg hat begonnen 257
19 Kriegsgetöse im Westen 266
20 Das letzte Aufgebot 274
21 Wie geht es weiter? 280
22 Ein neuer Bauer zieht ein 286
23 Späte Reue 293
    Epilog 301

1

Delikate Aufgabe

Der nahende Herbst des Jahres 1931 machte sich spätnachmittags schon unangenehm bemerkbar. Nach dem Sonnenuntergang wurde es spürbar kühler im engen Schwarzwaldtal Nordrach, weit hinten im Hintertal und in der Kolonie, und die Luft fühlte sich dabei frisch und klamm an. Mit festem Schritt, doch leicht flauem Gefühl im Magen, schritt der Bildstein-Frieder vis-à-vis am Gasthaus „Adler" vorbei und zügig bergan, den Weg zum Bärhag hoch und weiter in Richtung Stollengrund. Der anfangs etwas steile Weg störte ihn weniger, er war im Beruf täglich in Feld und Flur und über Berg und Tal unterwegs, daher verfügte er über eine gute Kondition, war bestens trainiert, zäh und ausdauernd. So schnell brachte den Mann nichts außer Puste. Was ihm mehr Sorgen bereitete, war der heikle und unangenehme Auftrag, den er hatte in seiner Eigenschaft als Förster erledigen musste. Stattdessen würde er lieber 20 Rosenkränze in der katholischen Kapelle St. Nepomuk in der Kolonie oder in der Kirche im Dorf beten und dessen Patron St. Ulrich huldigen. Doch was sein musste, das musste sein, denn sein Credo war: „Was ich nicht ändern kann, tue ich gern." So hatte er sich bisher stets die Freude an seinem an sich beneidenswerten Beruf bewahrt. Warum war sein Auftrag so heikel, was machte dem Mann denn solche Sorgen? Das lag daran, dass er wieder von mehreren Seiten massiv Klagen hören musste. Die Bauern der umliegenden Höhenhöfe auf den Flacken, dem Mühlstein und drüben in den Schottenhöfen waren aufgebracht und beschwerten sich wieder und wieder über massive, durch Wild verursachte Schäden. Vornehmlich die Wildschweine wüteten und waren den Bauern eine arge Plage. Und sie geben dem steinreichen Waldbesitzer und Jagdpächter Seppe-Michel vom Michaelishof die Schuld, der bisher alle Ansprüche rigoros abbürstete. Bei seinen Kollegen hatte er den üblen Ruf, hochnäsig zu sein, herablassend, mit protzigem Gehabe den kleinen Bauern gegenüber, ein Despot in seiner Familie und im Umgang mit seinem Gesinde.

Die Betroffenen zeigten sich erbost und verärgert: „Der jagt zu wenig, der hält die Sauen nicht in Schach, die uns die Felder umgraben, die Schälschäden durchs s'Rotwild, das uns die frischen Triebe der Jungpflanzen abknabbert und das Stammholz schädigt. Do muesch ebbis dogegen moche, Förschter, dess goht so nit. Auch wenn er ein übler Geizkragen ist, muss er uns entschädigen. Kümmere dich darum", wurde ihm nachdrücklich aufgetragen, wenn er wieder auf Geschädigte traf. Sicher, es gehörte zu seinen Aufgaben, für Recht und Ordnung im Wald zu sorgen, trotzdem störte ihn, wenn man sich hinter seinem Rücken versteckte und aus der Deckung heraus Angriffe startete, so nach dem Motto: „Feigling geh weg, lass mich hinter den Baum."

Während er beim letzten Besuch im ehrwürdigen „Adler" in der Kolonie in der Wirtschaft saß, sind gleich drei Bauern wütend auf ihn eingestürmt und regelrecht über ihn hergefallen. Dabei wussten sie selber genau, wie eigensinnig und stur der Seppe-Michel sich geben konnte, und wer fürchtete nicht seine cholerischen Wutanfälle? „Du kannsch'mer e'mol de Buggl runder rudsche", war einer seiner Standardsprüche, wenn ein anderer etwas von ihm wollte, was ihm nicht passte und das war noch die harmloseste Reaktion. Manchmal verwendete er ganz andere Kraftausdrücke. Zog sich der Kontrahent nicht schnell zurück, konnte es schon passieren, dass ihn der bärenstarke Mann am „Schlafittchen" (Kragen) fasste, wie einen Hampelmann hochhob und plotzen (fallen) ließ, zur Gaudi der Zuschauer natürlich.

Dabei spielte zum Ärger auch immer die permanente Angst um die eigene Existenz hinein, denn der Seppe-Michel war schnell dabei, wenn irgendwo ein Stückchen Acker oder Wald vakant wurde, weil der Besitzer die Steuern nicht bezahlen konnte oder sonst das Geld ausging. Dann riss er sich das Gelände für ein Butterbrot unter den Nagel. „Der kann den Hals nie voll genug kriegen", erregten sich manche. Dabei wusste jeder, so hielten es schon die Vorfahren auf dem Michaelishof, sie sind keinesfalls mit Samthandschuhen zum vorhandenen Reichtum gekommen.

Solch einem Grobian wollte man lieber nicht in greifbare Nähe oder in die Quere kommen. Wenn möglich gingen ihm alle weit aus dem Weg und schickten dafür andere ins Gefecht. Aus diesem Grunde traute sich keiner, direkten Kontakt mit dem Seppe-Michel aufzunehmen. Stattdessen wandten sie sich an ihn, den zuständigen Revierförster. Nun sollte er kraft seines Amtes für sie „die Kastanien aus dem Feuer holen", die Beschwerden der betroffenen Anrainer überbringen und am Ende deren Forderungen durchsetzen. So sehr ihn die Sorge umtrieb, umso zielsicherer näherte er sich dem am Hang stehenden, wuchtig wirkenden und im traditionellen Schwarzwälder Stil erbauten, stattlichen Bauernhof. Das langgezogene Gebäude war einer der größten Höfe im Tal, und es war unverkennbar: Hier ist Geld vorhanden – „und Geld regiert die Welt", sagt schon der Volksmund. Der Seppe-Michel gehörte eindeutig zu den reichen Bauern im Tal, wenn er nicht gar der Reichste war, und das stellte er gerne zur Schau, das gab ihm Macht, die er bisher rücksichtslos über andere ausübte.

Grundlage seines Reichtums waren weniger die Erträge der Felder und Wiesen auf der Höhe und an den Hängen des Tals, auch nicht die zwei Dutzend Schweine, die Kühe, Rinder und Ochsen im Stall sowie vier stramme Pferde. Der Reichtum kam und kommt aus dem riesigen Waldbesitz, den schon seine Vorfahren erworben und zusammengerafft haben. Unterschwellig geht immer schon die Vermutung im Tal um: „Schon damals ist nicht immer alles mit rechten Dingen zugegangen." Die Behauptungen waren nicht annähernd belegt, vielleicht auch nur im puren Neid geboren, aber Gerüchte halten sich in den abgeschiedenen Regionen, in einer benachteiligten Bevölkerung hartnäckig. „Wo viel ist, kommt viel dazu", sagt man landläufig, oder: „Der Teufel scheißt immer auf die größeren Haufen." Das Gespenst der Gerüchte waberte schon immer durchs Tal und flüsterte: „Wenn einem armen Schlucker das Geld ausgegangen war, er die Pacht für Felder und Wiesen nicht mehr bezahlen konnte, ein Kälteeinbruch, langanhaltender Regen die Ernte verdorben hatten oder andere Naturgewalten sie vernichteten, dann nahmen oder „fuggerten" (feilschen) die Michels dem Betroffenen den Wald schnell mit geringem Geld ab.

Tatsache ist, die Vorfahren des Seppe-Michels hatten eine glückliche Hand, was sowohl die Bewirtschaftung des Hofes, wie die Vermarktung und Erträge aus dem riesigen Waldbesitzes betraf. Das ermöglichte ihnen, nach und nach mehr Grund und Boden zu erwerben, und besonders dann, wenn er günstig zu haben war. Schon der Urgroßvater und Großvater hatten es gezielt darauf angelegt, möglichst zusammenhängende Waldstücke in ihre Hand, in ihren Besitz zu bekommen, und da war ihnen jedes Mittel recht. In den Wäldern der Berghänge und auf der Höhe stehen hochgewachsene, teils uralte und kerzengerade Tannen und Fichten, viele hunderte Jahre alte stämmige Eichen und weit ausladende Buchen. Im geringeren Umfang finden sich dazu Kastanien und weiter unten im Tal etliche Nussbäume. Sie sicherten schon seit Generationen dem Hof gute Erträge aus der Waldwirtschaft.

Der riesige Waldbesitz erstreckt sich oberhalb der Rautsch und vom Süden her ab dem Gebiet der Flacken, rund um den Täschenkopf, über Heidekirche, Rautschkopf bis zur Lindenbach-Höhe und dem Schäfersfeld im Norden. Der Bergrücken auf rund 600 bis 800 Meter über Meereshöhe ist der Übergang zwischen Nordrach und Oberharmersbach, sowie der Höhenrücken an der Grenze hinüber ins Renchtal. Große zusammenhängende Flächen gehören seit jeher in den Besitz des Michaelishofs.

Der Hof ist umgeben von kräuterreichen Weidewiesen und fruchtbaren Äckern. Überall steht ein alter Baumbestand mit Kirschen, Äpfeln, Birnen, Zwetschgen und Mirabellen sowie einigen Bäumen der uralten Sorte Zibarte (Zibärtle). Die Bäume auf den Streuobstwiesen und an Wegrainen tragen Jahr für Jahr ansehnliche Mengen Griesen (Kirschen) und andere Obstsorten. Deren Erträge dienen dem Bauer vorwiegend als Grundlage für seine seit Generationen leidenschaftlich betriebene Schnapsbrennerei im eigenen Brennhäusle. Das ist bei den Einnahmen das zweite wichtige Standbein, neben dem Wald.

Schon der Urgroßvater ließ großflächig ausgewachsene und erntereife, bis zu 60 Meter hohe Tannen einschlagen, neben Mengen anderer Baumarten. Die Stämme wurden mit kräftigen Kaltblüter-Pferden aus dem Wald gezogen, auf gefährlichen Wegen ins Tal transportiert und dort in der aufgestauten Nordrach, dem Flüsschen, das dem Tal den Namen gibt, hinaus geflößt und über den Harmersbach, die Kinzig, schließlich auf dem Rhein bis nach Holland transportiert. Für die Flößer, einem damals noch eigenständigen Beruf, war das eine schwere und gefährliche Knochenarbeit. Wenn sie es überlebt haben, dann war es für sie ein einträgliches Geschäft, aber nichts ging eben ohne Risiko. Den Waldbesitzern und den Bauern füllte es jedenfalls die Schatulle mit zehntausenden Gulden. So wurden sie unermesslich reich und angesehen, verliehen manchmal sogar Geld an die Landesfürsten und bekamen dafür horrende Zinsen. Da waren die Vorfahren des Seppe-Michel keine Ausnahme.

Der Wald wird seit eh und je im Schwarzwald allgemein als die Sparkasse des Bauern betrachtet. Nicht jeder Waldbesitzer kann aber auf so einen uralten, gepflegten Waldbestand blicken, der über Generationen gewachsen ist und schon den Vorfahren des Seppe-Michels überdurchschnittliche Einnahmen bescherte. Nur das Kloster Gengenbach verfügte anfangs des 19. Jahrhunderts über größere Flächen. Es wurde aber 1803 im Rahmen der Säkularisation enteignet und der Grund und Boden dem Großherzogtum Baden zugeschlagen. Davon hat wiederum der Großvater des Seppe-Michel beachtliche Bestände zukaufen können, weil der Großherzog gerade mal wieder knapp bei Kasse war.

Weitsichtig kaufte der Urgroßvater peu à peu neue Waldflächen auf den Höhen hinzu, ließ sie wachsen und nicht nur abholzen. Vorrausschauend, wo es nötig war und es an der natürlichen Besamung fehlte, ließ er freie Flächen aufforsten. Sein Sohn, der Großvater des Seppe-Michels, wirtschaftete nicht weniger gut und vermehrte weiterhin das Vermögen. Nur beim Vater gab es zwischendurch leichte Turbulenzen. Schuld daran war die Währungsreform der Jahre 1923/1924. Das glich er aber schnell durch verstärkten Holzeinschlag wieder aus, nachdem die Nachfrage nach Bauholz mit neuem Geld angezogen hatte. Kurz danach übergab der Vater 1926 den Hof an seinen Sohn. Nur leider hatte er nicht mehr viel vom Ruhestand, er ist schon ein Jahr später bei einem tragischen Unglücksfall – und wo? natürlich im Wald – ums Leben gekommen.

Somit sind von Anfang an nicht nur stattliche Bäume gefällt worden, sondern es sind regelmäßige Aufforstungen erfolgt und auch die zusätzliche natürliche Aussaat zeigte Früchte. So hat sich, bei allen Unwägbarkeiten und naturbedingten oder hausgemachten Unbilden, immer eine stabile Grundlage erhalten, die von Generation zu Generation gewachsen ist. Die Tannen, die der Urgroßvater und Großvater vor Jahrzenten anpflanzen ließ, sind inzwischen gut gewachsen und stehen jetzt zum Einschlag bereit.

Die uralten mächtigen Tannenriesen sind auf dem Markt wegen ihres kerzengeraden Wuchses und dem widerstandsfähigen Holz sehr begehrt und gefragt. Das Holz wurde bisher dem Seppe-Michel sozusagen „aus den Händen gerissen", wie auch das von uralten Eichen und riesiger Buchen mit meterdickem Stammumfang, die zahlreich im Revier zu finden sind. Die Sägewerke im Tal und die aufkommende Möbelindustrie, wie auch die zahlreichen Schreinereien im weiten Umkreis, konkurrierten geradezu um das begehrte Stammholz. Das nebenbei anfallende Astholz wie auch das minderwertige Holz lieferte jährlich beachtliche Mengen Brennholz. Da Herde und Öfen noch weitgehend mit Holz und Kohle beheizt wurden, konnte er eigentlich nie ausreichende Mengen liefern. Wenn er dann noch das im Wald liegengebliebene Restholz als „Schlagraum" für wenig Geld abgab, wurde jedes Ästchen aufsammelt und aus dem Wald geschafft, und nebenbei noch der eine und andere Dürrständer (dürrer Stamm) mit bis zehn Zentimeter Durchmesser – oder ein bisschen mehr – umgesägt und mitgenommen, was erlaubt war oder geduldet wurde.

Zu den umfangreichen Liegenschaften des Michaelishofs gehörten weitläufige Wiesen- und Ackerflächen ums Haus, oberhalb und hinab bis zum Bachlauf im Tal. Insgesamt berechnete sich der Besitz des Hofs anfangs der 1930er-Jahre auf über 1000 Morgen. Ein Morgen entspricht etwas mehr als einem Viertel Hektar, oder war ursprünglich die Fläche, die mit einem Einscharpflug von Pferden oder Ochsen gezogen, an einem Vormittag umgepflügt, „gezackert", wie man hier sagt, werden konnte.

Was im Dorf in der Bevölkerung nicht überall gut ankam, war der rigorose Umgang, den seit alters her der jeweilige Michaelishofbesitzer mit den Anrainern pflegte. Viele sahen das als „Gutsherrenart". Konnte einer die überhöhten Pachten nicht bezahlen oder ging ihm auf andere Weise das Geld aus, sei es wegen einem Unglück oder ungünstigen Natureinflüssen, dann machten schon die Vorfahren des Seppe-Michels kurzen Prozess. Und das ist bis heute so geblieben. Schnell riss man sich das Gelände für einen „Appel und ein Ei" unter den Nagel. Das schuf Ängste und Ärger, aber mehr noch viel Neid. „Das Hemd ist mir näher wie der Kittel", pflegte er herablassend zu sagen und meinte damit, seine eigenen Interessen gehen ihm allem anderen vor. „Was soll mich Hans und Franz interessieren, jeder ist seines eigenen Glückes Schmied."

Den Händlern und Aufkäufern erging es nicht viel besser. Wegen der Größe des Hofes und dem umfangreichen Besitztum, konnte der Bauer bei den Verkaufs-Verhandlungen kräftig um die Preise feilschen und pokern. Das spielte er „bockelhart" aus und ließ damit seinem Gegenüber kaum noch Luft zum Atmen. Solches Gebaren machte ihn nicht beliebt, die meisten waren jedoch auf ihn, oder die Geschäfte mit ihm, dringend angewiesen. Sie sahen sich nicht auf Augenhöhe und somit im Seppe-Michel eher einen gnadenlosen Fürsten, der nach Gutdünken rücksichtslos mit ihnen umsprang.

Auf den weitläufigen Äckern wurden überwiegend Getreide, Rüben und Kartoffeln für den eigenen Bedarf angebaut und geerntet. Die ausgedehnten Weideflächen sicherten den Kühen ausreichend Futter. Sie weideten vom Frühjahr bis weit in den Herbst hinein auf den Wiesen und wurden von Hütebuben bewacht. Die langen Winter über verbrachten sie im Stall, wo sie Heu als Futter bekamen und dazu täglich eine Handvoll Rübenschnitzel als spezielle Leckerei. Nach dem ersten Grünfutterschnitt folgte meistens schon im Juni die Heuernte. Später war noch die Öhmd, der zweite Schnitt dran. War das Heu auf der Wiese trocken, wurde es auf Haufen geschichtet und dann mit Gabeln in Bündeln auf Heuwagen geladen, gut verteilt und hoch aufgeschichtet, zuletzt mit hölzernem Spanner und Seilen gesichert. Anschließend wurden die schweren Fuhren mit vorgespannten Ochsen in die, vom Hang aus eben einfahrbare Tenne gekarrt. Dort wurde es vom Wagen mit Gabeln aufgenommen und auf die oberhalb befindliche Heubühne geschafft, wo sie Hütebuben oder die Mägde es gleichmäßig mit der Hand verteilten und mit den Füßen verdichteten, damit eine gehörige Menge Platz fand.

Das seit Generationen bestehende Brennrecht sicherte dem Hof zusätzlich ergiebige Einnahmen, selbst in schwierigen Zeiten, denn getrunken wird immer, und wenn es schlecht läuft eher noch mehr. Aus vielen Zentnern Äpfeln und Birnen wurde Saft gepresst und Most hergestellt. Den überwiegenden Teil an Kirschen, Äpfeln und Birnen, zudem ein großes Quantum Maische aus Steinobst, wie Zwetschgen, Mirabellen und Zibärtle, brannte der Seppe-Michel zu Schnaps und edlen Obstbränden. Das war das ureigene Geschäft des Bauern, das überließ er keinem, nicht einmal seinem altgedienten und erfahrenen Knecht Hermann.

Abnehmer für die edlen Schwarzwälder Spezialitäten fanden sich immer. Ein gewisser Teil kaufte der Händler im Dorf, außerdem kamen Aufkäufer aus der Rheinebene von Freiburg bis Karlsruhe. Die fruchtigen Brände der Schwarzwälder Bauernhöfe sind seit alters her begehrt, und was die Qualität und Mengen betraf, zählte der Michaelishof zu den Besten.

Der Most für den Eigenbedarf wurde aus etwa 80 Prozent Äpfeln und 20 Prozent Birnen gepresst und dann in drei große 3000-Liter-Fässer gefüllt, wo er über Monate gärte. Den eigenen Most hielt man seit alters her für den besten weit und breit. Davon haben täglich alle getrunken, es gab ihn zum Essen, wie bei den Arbeiten auf dem Feld oder im Wald, und erst recht nach Feierabend. Für unterwegs wurde er in eine 5- oder 10-Liter-Gutter gefüllt und mitgenommen. Guttern sind Hohlglasgefäße, die mit unterschiedlichem Fassungsvermögen zur Verfügung standen. Von außen sind sie durch ein Korbgeflecht geschützt, die größeren auch noch mit zwei Henkeln versehen, um sie besser tragen zu können. Im Haus genügte dagegen ein 2-Liter-Steinkrug, der bei Bedarf schnell nachgefüllt war, wenn sie ihn leergetrunken hatten.

Wenn irgendwo möglich, wurde die mitbrachte Gutter draußen auf dem Feld in eines der vielen vom Berg fließenden Gewässer gestellt, so blieb der Inhalt bis zum Trinken kühl und erfrischend. Die Frauen verdünnten ihn gerne mit Wasser, dann stieg er nicht so schnell zu Kopf, denn der Alkoholgehalt ist vergleichbar mit Bier und liegt meist über 5 Prozent. Most war und ist ein ideales Getränk zu jeder Jahreszeit und durfte bei keinem Essen fehlen. Er war sozusagen ein Grundnahrungsmittel. Pures Brunnenwasser aus der Leitung wurde selten getrunken oder nur im Notfall. Das hatte vorrangig hygienische Gründe, denn regelmäßige Trinkwasseruntersuchungen waren noch unbekannt, und Mineralwasser in Flaschen zu teuer, das schenkten üblicherweise nur die Wirtschaften aus. Um also sicher zu gehen, trank die bäuerliche Bevölkerung lieber Most. Böse Zungen behaupten bisweilen, „die Kinder der Schwarzwälder Bauern saugen Most schon mit der Muttermilch." Ein bisschen Wahrheit beinhaltete ein hartnäckiges Gerücht: „Die Bäuerinnen gaben den Schnuller in Schnaps und ihn dann den Kleinkindern in den Mund, damit sie schnell und fest einschliefen, und sie dann ihrer Arbeit auf dem Hof und in der Küche in Ruhe nachgehen konnten."

Bei allen Betrachtungen des Besitzes an beweglicher Habe und unbeweglichen Gütern, Ländereien und Wald, wundert es nicht, dass der Seppe-Michel stolz war auf die gute wirtschaftliche

Grundlage seines Hofes, und diese Macht spielte er gerne bei passenden Gelegenheiten aus.

Zu den festen Kräften des Hofes zählen seit Jahren der Knecht Hermann, ein Mann alten Schlages, sehr geduldig, leidensfähig, widersprach nie und verfügte über Bärenkräfte. Sein Credo war: „Ein rechtschaffener Bauernknecht geht bei Tag seiner Arbeit nach und ist abends müde wie ein Jagdhund, damit er auf keine dummen Bossen (Gedanken) kommt." Auf der anderen Seite war er witzig und den Freuden des Lebens nicht abgeneigt, war ein Filou, schnell zum Scherzen aufgelegt. Da kam vor, dass er während dem Schlachten einer der Mägde oder anderen die einer Sau entnommene Galle nachwarf – und wenn die platzte, na dann „gute Nacht", es gibt bestimmt nichts Ekligeres. Oder er verfolgte einen der Hütebuben mit der „Saubloder" und schlug ihm die getrocknete, luftgefüllte Blase eines Schweins, die mit einer Kordel an einem Stock befestigt war, auf den Kopf oder um die Ohren. Solche „Saublodern" wurden gerne auch bei der Fasent von den Narren zu Streichen verwendet und als ungefährliche Schlaginstrumente zweckentfremdet. Genau besehen gehörte der Hermann zu einer Spezies Mensch, die von Kindheit an vom harten bäuerlichen Leben geprägt, nun aber vom Aussterben bedroht ist.

Dann waren da noch die fesche Magd Amalie, und die brünette, etwas burschikos wirkende Maria, die es schon länger auf dem Hof aushielten und tüchtig mitarbeiteten. Für Ernten wurden, je nach Arbeitsanfall, zusätzlich mehrere Tagelöhner und Helferinnen – üblich tageweise – eingestellt sowie zwei oder drei zwölf- bis vierzehnjährige Hütebuben, die auf den Weiden nach den Kühen sahen und aufpassten, damit sich keines verlief oder ausbüxte. Wurden im Spätherbst Weihnachtsbäume und im Winter hochstämmiges Holz eingeschlagen, beauftragte der Bauer erfahrene kräftige Männer aus dem Dorf oder aus dem Umland.

Diese Spezialisten verdienten ein gutes Geld, denn sie arbeiteten im Akkord. Manchmal bewarb sich auch eine feste Waldarbeiter-Kolonne, die von Hof zu Hof zog. Über Wochen erledigten sie den festgelegten Holzeinschlag, wobei eine große Menge gutes Stammholz zusammenkam. Standen in der Gemeinde saisonal wenig Arbeiten an und sie konnten nicht anderweitig beschäftigt werden, stellte sie unter der Federführung des Försters auch hin und wieder ihre Beschäftigten den privaten Waldbesitzern für Holzfällungen ab.

Beim Michaelishof handelt es sich um ein markant-dominantes Gebäude im traditionellen Schwarzwälder Stil, gebaut aus massivem Mauerwerk mit dem harten Granitgestein der Region. Der langgezogene große Gebäudekomplex mit seitlich rechtwinkligem Anbau trug ein tief hinunter gezogenes Walmdach. Das Gebälk wurde einst mit Tannenholz aus dem eigenen Wald gezimmert. Ebenerdig befinden sich die umfangreichen Stallungen für Kühe, Rinder und ein paar Ochsen. Diese Anordnung war klug durchdacht und hat sich in Jahrhunderten bewährt. Die Tiere geben im Winter Wärme ab, was in den darüber liegenden Räumen wie eine Fußbodenheizung wirkte.

Im anderen Teil der Stallungen standen vier Pferde, davon waren zwei von der robusten Kaltblüter-Rasse, das sind stämmige, kräftige, aber gutmütige Tiere für die schwere Arbeit in Feld und Wald. Im hinteren, hangseitig gelegen Bereich befand sich der Schuppen, in dem Brennholz gesägt und gespalten wurde. Über den Stallungen lagen im vorderen Teil die großräumige Bauernstube, auf einer Ebene mit der Küche und den Vorratsräumen. Im schummrigen Flur hingen links und rechts Rehgeweih-Trophäen an den Wänden, und an der Stirnwand das Geweih eines Sechzehnenders, eines kapitalen Hirschs, der dem Bauern vor Jahren vor die Flinte lief. Dann gab es noch das extra rundum holzgetäfelte Jägerzimmer, in dem ebenfalls Geweihe die Wände zierten. Die ausgestopfte Trophäen eines präparierten Auerhahns, eines Fuchses und ein riesiger Wildscheineberkopf mit furchterregenden elfenbeinfarbenen Hauern vervollständigten das Ensemble. Im hinteren Bereich befand sich das Schlafgemach des Bauern und seiner Frau. Ging man die steile Stiege nach oben, gelangte man zu den dunkel und düster wirkenden Kammern, in die nur spärlich Licht eindrang. Es gab dort noch drei Räume für die Kinder und drei weitere für Knecht und Mägde. Zwei zusätzlich vorhandene Kammern im Seitentrakt standen allgemein leer oder die Bäuerin erledigte darin ihre Bügelarbeiten. Hier hing sie im Winter auch die Wäsche zum Trocknen auf. Und wenn der Schneider oder der Schuhmacher jeder einmal für ein paar Tage auf den Hof kamen, arbeiten und schliefen sie auch in diesen Räumen. Die Kammern auf der oberen Ebene wurden nicht beheizt, waren im Winter kalt, ungemütlich und ziemlich spärlich möbliert. Ein Bett, eine kleine Kommode mit Waschschüssel und ein Hocker oder Stuhl mussten genügen. Ein Haken am Balken einer Wand ersetzte den Kleiderschrank. Die Räume dienten somit fast ausschließlich nur zum Schlafen. Tagsüber oder bis man ins Bett ging, hielten sich alle entweder in der Küche auf oder in der großen Bauernstube, jenen Bereichen, die im Winter beheizt wurden.

Ein Bad gab es nicht im großen Gebäude, und im hinteren Bereich befand sich nur ein Plumpsklo als Toilette. Mehr Komfort wäre reiner Luxus gewesen und wurde auch von niemanden vermisst. Wer tagsüber mal „musste" und im Stall war, hockte sich dort hin, und während der Arbeit auf dem Feld, suchte man einen Busch oder ging hinter einen Baum. Dabei taten sich nur die Männer leichter. Die Frauen trugen noch lange Röcke, allerdings keine Unterwäsche. Wenn sie Erleichterung suchten, gingen sie in die Hocke und breiteten kurzerhand den Rock aus. Wer in der Nacht einen Drang verspürte, der benützte den Botschamber (Nachttopf), der sich unter jedem Bett befand. Morgens wurde der Inhalt dann im Hof auf dem Misthaufen am Haus entleert.

Für die tägliche kleine Wäsche stand in jeder Kammer eine Waschgarnitur mit großem Sanitärkrug in einer Schüssel, dabei noch ein Wasserglas zum Zähneputzen. Und sonst reinigte man sich in der wärmeren Zeit mit fließendem Wasser am Brunnen im Hof. Wer sich warm waschen wollte, setzte sich in der ebenerdig im Anbau befindlichen Waschküche in einen Zuber und benützte heißes Wasser vom Herdschiff und noch mit einer eventuell zusätzlichen Menge aus einem auf dem Herd erhitzten großen Kessel. Mehr brauchte es nicht. So reinlich war man in den 30er-Jahren des letzten Jahrhunderts nicht. Wer mehr wollte, ging in die Schulgebäude im Dorf und in der Kolonie, wo sich öffentliche Volksbäder befanden, was aber für die Leute des Michaelishofes viel zu weit entfernt lag.

Der zweiten Ebene schließt sich unter dem großen Dach die Tenne an, auf der gearbeitet wurde, wo man Heu vom Wagen entladen hat und auf den Heuboden schaffte. Vom Heuboden aus führte ein Wurfschacht direkt hinunter in den Stall, sodass von der „Bühne", wie man im Schwarzwald sagt, das Heu fürs Vieh direkt bis in den Stall hinunter fiel. Auf der Tenne standen drei hölzernen Leiterwagen mit eisenbeschlagenen Rädern, wenn sie nicht im Einsatz waren. Dazu gab es diverse Gerätschaften wie ein Heuhäcksler, Strohschneider, Rübenschnitzler und mehr. Auf diese Weise war sichergestellt, dass auch bei Regen trocken abgeladen und die Arbeiten verrichtet werden konnte. Hier wurde nach der Ernte das Stroh gedroschen und gehäckselt (kurz geschnitten).

In Distanz zum stattlichen Hofgebäude lag die sogenannte Brunnenstube, ein aus Stein gemauert Häuschen mit Ziegeldach, passend zum Stil der Umgebung. Das hatte im Innern einen gemauerten Wassertrog, der aus dem eigenen Brunnen von der oberhalb sprudelten Quelle gespeist wurde. Das ständig fließende kühle Bergwasser ermöglichte es der Bäuerin, ihren Vorrat an Butter und Bibbeleskäs (Quark mit Zwiebeln und Schnittlauch) sowie diversen anderen Lebensmitteln frisch zu halten. Im Wasser standen meistens auch zwei oder drei Milchkannen. So wurden die Lebensmittel auf natürliche Weise lange kühl und haltbar aufbewahrt.

Ein massives Backhäusle aus Stein mit großer gusseiserner Ofenklappe, ergänzte das Gebäudeensemble. Dies wiederum gehörte zum ureigenen Reich der Bäuerin. Hier backte sie vierzehntäglich nach alter Tradition und überlieferten Rezepten den Bedarf an Holzofenbrot. Das Mehl dafür stammte wiederum aus dem eigenem Anbau. Gemahlen wurde es in einer der Mühlen im Dorf und ein Teil in Vögele´s Mühle in Steinach. Hinter dem Backhaus befand sich der eingezäunte Hühnerstall mit zwei Hähnen und im Schnitt fünfundzwanzig Hennen, die den Eierbedarf des Hofs decken. Was davon erübrigt werden konnte, wie auch Butter aus eigener Herstellung, lieferte die Bäuerin der Heilstätte in der Kolonie an. Die Menagerie des Hofes komplettierten mehrere Katzen und der, die meiste Zeit an einer Kette gehaltene Hofhund.

Auf der Südwestseite des Hofes schloss sich der im bäuerlichen Stil angelegte große Garten an, in dem vom Frühjahr bis in den Herbst die Bäuerin mit Töchtern oder den Mägden werkelte. In den gepflegten Blumenbeeten fanden sich die gängigen Kräuterlein, wie Peterle (Petersilie), Schnittlauch, Sellerie und mehr sowie allerlei Gemüse. Alles was das Jahr über in der Küche benötigt oder verarbeitet wurde, pflanzten sie selber an. Dazu zählten Gelbe Rüben (Karotten), Kohlrabi, Sellerie und Pastinaken. Die Erbsen wuchsen kletternd am dürren Reißig empor und die Schoten wurden teils grün gezupft, der andere Teil trocknete in den Schäfen (Hülsen) und wurden später ausgepult. Bei den Bohnen, landläufig „Saubohnen" genannt, war es ähnlich. In Zweierreihen standen lange Stangen, an denen die Bohnenranken emporwuchsen. Etwa ein Drittel wurde grün gepflückt, der Rest der Hülsenfrüchte reifte in den Schoten, bis die Bohnen entnommen werden konnten und in einem Schüttgutsieb weiter trockneten. Verschiedene Salatsorten wurden den Sommer über gezogen, bis hin zu den unterschiedlichsten Krautsorten. Gemüse wurde so gut wie nie zugekauft. Die Kraut- und Salatköpfe entwickelten sich stets prächtig und den Sommer über auch Radieschen, Kohlrabi, Blumenkohl, Gurken und vieles andere Gemüse. Was gepflanzt wurde, das gedieh prächtig. Sogar im Winter gab es ausreichend winterhartes Gemüse zu ernten, wozu Rüben, Grünkohl, Wirsing, Lauch und Rosenkohl zählte. Die Bäuerin schien wohl einen „grünen Daumen" zu haben. Der gute Ertrag hing sicher aber auch mit der speziellen Düngung zusammen, denn sie verwendete Pferdeäpfel und Steinmehl als Mineraldünger.

Ergänzt wurden die Vorräte mit im Herbst eingestampftem Sauerkraut, das lange haltbar war und überwiegend im Winter auf den Tisch kam, wenn es an anderem Gemüse mangelte. Dafür kaufte die Bäuerin zwei oder drei Zentner Spitzkraut, das ein Händler von den Fildern bei Stuttgart im Herbst auf den Hof anlieferte und gleich hobelte. Es musste nur noch in einem Holzfass eingelegt werden, wo es mit Steinen beschwert reifte. Die Bäuerin servierte das vitaminreiche Sauerkraut gerne mit Kartoffelschnitz oder Kartoffelbrei (Püree). In den Wochen nach der Hausschlachtung wurde es mit frischen Blut- und Leberwürsten, Rauchwurst und Kesselfleisch auf den Tisch gebracht. So ein Essen war delikat, deftig, sättigend und es schmeckte ausnahmslos allen am Tisch.

Das Ehepaar Josef Michel – Sepp genannt – 56 Jahre alt, und seine Frau Affra, eine geborene Bruder, hatten drei Kinder. Die Bäuerin war fünf Jahre jünger als ihr Mann, von Statur war sie eher klein und ein wenig rundlich, mit gutmütigem Wesen, dazu blitzgescheit, geduldig und sehr belastbar – um es nicht „leidensfähig" zu nennen. Das war bei ihrem Mann auch bitter nötig, wenn es nicht jeden Tag Streit und Zwistigkeiten geben sollte, denn er war ein echter Schwarzwälder Dickschädel und Sturkopf. „Die Klügere gibt nach", sagte sie gerne, ohne dabei devot zu wirken. Nein, unterwürfig war sie nicht, sie setzte nur gerne ihren Willen auf unspektakuläre Weise durch. Sie entstammte einem Hof im Ernsbach, einem Seitental draußen im Dorf. Die Eltern der Affra waren aber beide schon vor Jahren verstorben, ihr jüngerer Bruder hatte den Hof bekommen und bewirtschaftete ihn. Vier weitere Geschwister, zwei Brüder und zwei Schwestern haben in andere Höfe eingeheiratet oder waren Handwerker geworden. Beide Brüder und die Schwester waren Getti und Gotte (Paten) der Kinder vom Michaelishof.

Von den drei Kindern war der Sohn Johann – „Hannes" – mit 16 Jahren der ältere. Knapp zwei Jahre war er nun schon bei Albert Ritter in Zell am Harmersbach in der Schlosserlehre. Die kleine Firma, 1924 gegründet, war ein junges aufstrebendes Unternehmen. Es betrieb eine mechanische Werkstätte, fertigte landwirtschaftliche Maschinen und Geräte und verkaufte sie selbst oder vertrieb sie über Händler. Damit Hannes nicht täglich den weiten Weg mit dem Fahrrad zum Arbeitsplatz hin und zurückfahren musste, wohnt er die Woche über bei Kost und Logis im Betrieb. Erst samstags nach Feierabend fuhr er heim, denn am Samstag war damals bis Mittag noch ein normaler Arbeitstag. Demzufolge konnte er normalerweise nur samstagnachmittags und am Sonntag zu Hause bei den Eltern und seinen Schwestern weilen. Im Winter, wenn es zu kalt war, die Straße gar schneebedeckt und glatt, fuhr er nicht mit dem Fahrrad zur Arbeitsstelle sondern mit dem Linienbus nach Zell.

Dass er wochentags auswärts wohnte, war ganz gut so, denn der Hannes befand sich als junger Bursche in einer schwierigen Phase, war aufmüpfig und störrisch, genauso dickköpfig und stur wie sein Vater. Und wenn ständig zwei solche Querköpfe aufeinander treffen, geht das nie gut. So wie es nun war, kam man sich seltener ins Gehege und der Sohn konnte charakterlich reifen. Die Wochenenden erwiesen sich da weniger problematisch, sie gingen sonntagmorgens erst in die Kirche und der Vater anschließend ins Gasthaus „Adler" unten im Tal, oder in eine der Wirtschaften draußen im Dorf. Saß dann der Bauer am Stammtisch, wurde es in der Regel spät, bis er sich auf den Heimweg bemühte. Die restliche Zeit brachte man gut und ohne Dissonanzen rum. Im Gegenteil, oft konnte der Vater einen guten Rat geben und redete auf Augenhöhe mit seinem Sohn. Dem tat dies gut, er fühlte sich erwachsen und ernst genommen. Und selber hatte er zu Gerätschaften und Neuanschaffungen auch manch eine nützliche Idee.

Zur Familie gehörten außer Hannes zwei Mädchen, die Cecilia war gerade 13 und Margarete, das Küken, zählte 12 Lenze. Beide gingen in die Volksschule im Hintertal, gegenüber dem Gasthaus „Adler". Schule und Gasthaus trennt die Nordrach, das rauschige Flüsschen das talwärts fließt und die Fahrstraße in die Kolonie. Die kleinere von zwei Nordracher Schulen diente allen Kindern, die ab der Grenze Rühlsbach von weiter draußen kamen, sowie denen aus der Kolonie. Wer weiter vorne im Tal wohnte, besucht die größere Schule im Dorf, nahe der Kirche und dem Friedhof. Die Mädchen hatten täglich hin und zurück gut eine Stunde Fußweg. Eine besondere Herausforderung bedeutete dies allerdings nicht, denn wer es von Kindesbeinen an gewohnt ist, steil bergauf und bergab laufen zu müssen, ist naturbedingt bei guter Kondition. Dazu gab es, je nach Jahreszeit, allerhand Abwechslungen links und rechts des Weges. Sie begegneten Tieren, erfreuten sich an bunten Blumen und flochten sich davon Kränze ins Haar. Wenn der Löwenzahn blühte, ließen sie die Pusteblumen im Wind fliegen und vergaßen fast die Zeit. Blödsinn machen, Streiche aushecken, gehörte mit dazu und machte den Schulweg kurzweilig.

Der Hofbauer pflegte nebenbei leidenschaftlich sein Hobby, die Jägerei. Im Licht besehen war das längst mehr als ein Hobby, denn die Erlöse aus den Treibjagden ergaben, übers Jahr gerechnet, ansehnliche Einnahmen durch verkauftes Wildbret. Wenn es seine Zeit zuließ, dann saß er nächtelang auf einem der Hochsitze seines Reviers und hielt nach jagdbarem Wild Ausschau. Mehrmals im Jahr wurden Kollegen aus dem weiten Umkreis zu Treib- und Drückjagden eingeladen, bei denen stets eine beachtliche Strecke anfiel. Leider wirkte sich aber sein negativer Ruf aus, und es kamen nie so viele, wie er es gerne gehabt hätte. Trotzdem erzielte der Verkauf von Hasen, Rotwild und Wildschweinen hohe Summen, und sie füllten ihm zudem die eigene Vorratskammer.

Wer objektiv die Größe des Hofes, dessen Bedeutung und die vielseitigen Erträge betrachtete, konnte durchaus der Meinung sein, der Seppe-Michel könne es sich locker leisten, die vom Wild seines Reviers verursachten Schäden ohne zu lamentieren großzügig auszugleichen. Nur war er leider nicht nur krankhaft stur und eigenwillig, sondern auch ausgesprochen geizig. Zudem spielte noch etwas anderes eine entscheidende Rolle, es ging ihm einfach gegen den Strich nachzugeben. Wenn er sich tatsächlich einmal darüber äußerte, dann begründete er seine Verweigerungshaltung lapidar so: „Aus Prinzip nicht". Sämtliche Ansprüche empfand er als Angriff auf seine Ehre, seine Person, und sowas konnte er „ums Verrecke" nicht leiden. Sich direkt mit ihm anlegen, das getraute sich keiner, denn mit 1,96 Meter war er ein Hüne im Vergleich zur damals durchschnittlichen Männergröße von allgemein um die 1,60 Meter. Und es war nicht nur die Körperlänge, auch seine massige Statur flößte Ängste ein. Er zeigte sich schwergewichtig, wo er auftrat wirkte er kraftvoll, beherrschend und dominierend, das verschaffte ihm Respekt. Nur eine staatliche Autorität getraute sich ihm Paroli zu bieten. Doch selbst von dieser Seite ließ sich der Bauer ungerne etwas sagen, und er konnte unangenehm aufbrausend reagieren. Wenn ihm etwas nicht passte, wurde er cholerisch, wütend und schäumte wie ein Stier.

Dieses Bild zog dem Förster durch den Kopf, während er sich mit seinem an der Leine laufenden Dalmatiner-Hund immer mehr dem Hof näherte. Beim Betreten des Hofgrundstücks war er sehr darauf bedacht, dem an der Kette zerrenden, giftig bellenden Hofhund nicht zu nahe zu kommen. Schnell wischte er sich noch den Schweiß von der Stirn und befahl seinem Hund, „sitz, gib Ruh". Dann machte er sich lautstark bemerkbar. Der Haustüre nähern, das getraute er sich nicht, denn bis dorthin bewegte sich zähnefletschend der Mischlingsrüde, der ihn verbellte und eindeutig zeigte: „Hier ist mein Revier", da wollte der Förster lieber weder sich noch seinen Hund gefährden.

Die Bäuerin, die ihr Haar traditionell mit einem Sammetbändel (Schlaufe aus Seide) gebunden trug, sowie eine Schürze um den rundlichen Bauch gebunden hatte, öffnete die Türe. Der Förster verkniff sich das Lachen, denn die Frau war „türfüllend". „Ja, Bildstein-Frieder, du kummsch widder emol uns z'bsuche. Was hesch uff'm Herz?" „Ist der Bauer zuhause, Affra?" „Nei, nei, der isch mit'em Knecht un d'Magd Maria im Holz, obe'am Heidebühl. Sie moche Wellen (gebündeltes Brennholz) un welle späder noch' d'Bäum gugge, die im Winter g'schlage wäre solle."

„Der Kuttelrainer-Xaveri, der Heiner-Bur und Schwarze-Wilhelm wie ein weiteres halbes Dutzend Bauern haben sich wiederholt massiv bei mir beschwert, weil Wildschweine aus eurem Revier ihre Felder verwüsteten. Im Sommer ist schon hoher Schaden beim Getreide entstanden und nun auch bei den Rossherdepfeln (Topinambur). Sie wollen vom Bauer dafür entschädigt werden, und der stellte sich bisher stur, beschimpfte alle stattdessen und verweigerte die Anerkennung sämtlicher Forderungen. Richte deinem Mann bitte von mir aus, das geht so nicht, er soll sich entweder direkt mit seinen Nachbarn in Verbindung setzen und die Sache gütlich klären, oder mit mir reden, damit wir eine akzeptable Lösung finden. Den Geschädigten steht ein Schadensausgleich zu." „Ja, Frieder, du weißt ja wie der Sepp ist, wenn's an seinen Geldsack geht, da kennt er nix, da dreht er hohl, da benimmt er sich wie ein sturer Esel." „Ich kenne ihn, aber wenn die Sache vors Amtsgericht in Gengenbach kommt, dann wird es für ihn viel teurer, und ich muss Meldung machen, wenn sich nichts in Richtung Einigung tut. Dann steht er vor dem Richter. Also nochmals, es ist fünf vor Zwölf, er soll sich bei mir melden oder gleich im Forsthaus vorbeikommen und die Sache nicht auf die lange Bank schieben. Das meine ich ernst." „Isch gued, Bildstein-Frieder, i'sag'ims un hoff, er kummt nit arg'schlecht g'launt heim." Sie wusste genau, um ihrem Mann eine unangenehme Botschaft zu übermitteln, musste sie den rechten Zeitpunkt abwarten, sonst drohte ihr, der Blitzableiter zu sein.

Schon länger lebten sie mehr schlecht als recht zusammen. Sie war von der harten Arbeit abgeschafft, und noch eine andere Sache spielte eine Rolle, die Bäuerin war wegen ihrer Körperfülle nicht mehr beweglich genug und konnte vielfach nicht mehr mithalten. Deshalb kam sie nur noch wenig aus dem Haus. Ihr Reich war die Küche, die Backstube und ihr sehr gepflegter Bauerngarten beim Hof und da waren noch ihre Hühner. Nur sonntags fuhren sie gemeinsam mit der Kutsche in die Kolonie zur Messe in der kleinen St. Nepomuk-Kapelle bei der Heilstätte, oder gleich hinaus ins Tal und gingen dort in die Dorfkirche.

Ursprünglich wurde die Kapelle in der Kolonie für die weit vom Dorf lebenden Bauern und Arbeiter der Glasfabrik errichtet und dem heiligen Nepomuk geweiht. Eine Besonderheit ist, während der Grundstein die Jahreszahl 1904 trägt, weist der über dem Eingang der neuen Kapelle angebrachte Türsturz die Jahreszahl 1776 aus. Das alleine weckt schon Interesse und macht sie sehenswert. Hintergrund ist, die Glaserkirche am früheren Standort soll einst aus den Resten der ehemaligen Mühlsteinkapelle errichtet worden sein. Nach Umsiedlung der Glasfabrik ins Tal wurde auch diese Kapelle 1776 neu aufgebaut, und auf deren Fundamenten wiederum entstand im Jahre 1904 der Neubau der heutigen Kapelle. Somit darf man annehmen, das Gotteshaus hat eine bewegte Geschichte hinter sich. Die Kapelle ziert ein kleiner Glockenturm, und eine weitere Glocke befindet sich im Glockenturm auf dem Schulhaus, draußen im Tal. Das helle Läuten beider Glöcklein war weithin hörbar und diente der Bevölkerung zur Zeitorientierung. Geläutet wurde morgens um elf Uhr. Arbeiteten die Bäuerinnen auf dem Feld oder im Garten, gingen sie spätestens dann ins Haus und bereiten das Mittagessen vor. Später läutete die Betzeit-Glocke abends um sieben (19 Uhr), das war ein Signal für den Feierabend auf den Feldern. Sonst läutete die Glocke der St. Nepomuk-Kapelle zur anstehenden Messe, ebenso als Toten-Glöcklein, wenn ein Bürger im Hintertal gestorben war.

Waren der Bauer und seine Familie vom Tal auf dem Nachhauseweg, trennten sich meistens schon unten ihre Wege. Während die Affra mit den Kindern die Pferde direkt dem Hof zu lenkte, besuchte der Seppe-Michel das am Weg liegende Gasthaus „Adler", wo er am Honoratioren-Stammtisch Platz nahm. Lautstark und gestenreich wurde hier hohe Weltpolitik betrieben. Dauerthema war die schlechte wirtschaftliche Lage Deutschlands und insbesondere im Nordrachtal, wo es – außer der Heilstätte und drei Lungensanatorien draußen im Tal – nur Bauern, sechs Sägewerke und einige Handwerker gab, aber keine Industrie, die Arbeitsplätze bieten konnte. Wer nicht in der Landwirtschaft arbeitete, hatte weite Wege zu den Prototyp-Werken in Zell am Harmersbach, zur Zeller Keramik, in die Zeller Papierfabrik oder zur Polstermöbelfabrik Hukla nach Gengenbach.

Nur wenige Nordracher fuhren schon ein Motorrad, und Autos fanden sich noch spärlicher. Zwar verkehrte morgens und abends der Linienbus, den Arbeitern passten aber kaum dessen Fahrzeiten. Die Mehrheit war stattdessen zu Fuß oder mit dem Fahrrad unterwegs. Für die Radfahrer war es mühevoll und beschwerlich, denn wer weiter oben an den Talhängen oder auf der Höhe wohnte, musste bei den Steigungen schieben und konnte allenfalls bergab fahren. Die Situation in den Wintermonaten erwies sich durch Schnee und Eis noch um einiges schwerer.

Der Bauer nahm eines Sonntags am Stammtisch Platz und klopfte zuvor, zur Begrüßung, dreimal mit den Fingerknöchel auf den Tisch. Der Echtle-Säger und andere saßen schon da, die Buren von der Haberitti und dem Stollengrund kamen später hinzu. Der Echtle-Säger betrieb hundert Meter talwärts ein Sägewerk. Als eines der ersten schaffte er ein Vollgatter an, und nützte damals schon die Wasserkraft der Nordrach, wie viele Sägemühlen oder andere Mühlen an den Gewässern des Schwarzwaldes. Seit zwei Jahrzehnten hatten sich kleine Wasserkraftwerke durchgesetzt, weil die Mühlen unmittelbar an Wasserläufen angesiedelt sind. Die Wasserkraft konnte diverse Aggregate treiben und lieferte einigen Häusern in der Nachbarschaft elektrischen Strom.

„Ja Seppe-Michel, was ziehsch widder für'e Lätsch (Mund – Grimasse) no?", wurde er empfangen. „Losst'mi in Ruh, d'Kirch isch'mer widder z'long gonge und mini Aldi hett mi au'no uffgregt un het'mi gnervt", gab er missmutig zur Antwort (lass mir meine Ruhe, die Kirche ging zu lange und meine Frau ging mir auf die Nerven). „Kumm Kreszenz", bring'mer schnell e'Glas Bier un'e Schnaps, damit mini Launi sich bessert", wandte er sich mit befehlendem Unterton an die Bedienung. „Jo, jo, d'Bure henns scho saumäßig schwer, vor allem, we'mer so viel Geld im Sack het wie du." (Ja, die Bauern haben es schon schwer, besonders, wenn man so viel Geld besitzt wie du) „Kumm go'weg mit dinem Gwätz, Säger, du nagsch au nit am Hungerduch, du jommer'sch doch nur, dass nägschdens widder bim Holzkauf richtig fuggere konnsch." (Komm hör auf mit deinem Gerede, Säger, du nagst auch nicht am Hungertuch und jammerst doch nur, damit du demnächst beim Holzeinkauf wieder feilschen kannst). „I'sag jo nix, un sell wärr'i no sage derfe". (Ich sage ja nichts, und das werde ich noch sagen dürfen), gab der zurück. Die Sitzungen im „Adler" konnten sich manchmal sehr in die Länge ziehen. Dann fiel das Mittagessen zu Hause flach, stattdessen ließ sich der Bauer im „Adler" eine Portion saure Nierle oder Kutteln mit Bratkartoffeln bringen. Bis er sich aufraffte und bergwärts heim schritt, konnte das Stunden dauern. Natürlich hat ihn seine Affra dann entsprechend „freundlich" empfangen und giftete: „Hesch widder eine pfetze (trinken) muese, hesch widder richtig Sitzfleisch gho, was Alder?" „Loss'mi in Ruh, i'leg mi jetzed e'Stündli no un donn kümmer i'mi um min Sach", gab er meist mürrisch zurück. Wenn er sich dann Stunden später wieder blicken ließ, war das kein Thema mehr. Er setzte sich in die Stube, während manchmal seine Töchter oder Hannes reinschauten, und es etwas zu bereden gab. Kam dann noch der Knecht hinzu und eine oder beide Mägde, wurden bei Most und diversen Schnäpsen, die Arbeiten der kommenden Woche besprochen. Hinterher zogen sich alle in ihre Kammer zurück. Früh um vier oder fünf, war die Nacht vorbei und vor allen lag eine arbeitsintensive Woche.

Gasthaus „Adler" – früher mit Nebensaal, da wo jetzt der Garagenanbau ist – weiter oben sieht man eines der Gehöfte im Bärhag

Forsthaus Kolonie

2

Auf geschichtsträchtigen Wegen

Der Förster verließ unzufrieden doch entschlossen das Hofgelände. Lieber wäre es ihm gewesen, er hätte den Bauern direkt angetroffen, die Sache gleich positiv klären können, seinem Wunsch entsprechend und möglichst im Sinne seiner Auftraggeber, das heißt dem Gesetz und allgemeinen Brauch nach auf den rechten Weg gebracht. So musste er sich mit der halbfertigen Sache weiterhin beschäftigen, wie wenn er nichts anderes zu tun hätte. Aber alles Grübeln nützte nichts, er musste weiter ziehen, wobei er hundert Meter vom Hof seinen Hund frei laufen ließ.

Während er zügig bergwärts schritt, kam er kurz darauf zu einem Bildstock am Waldrand, der an den einstigen Vogtsbauern Anton Muser vom Mühlstein erinnert. Der stolze Bauer verlor genau an diesem Platz auf tragische Weise sein Leben. Wie Heinrich Hansjakob, der Heimatschriftsteller und „Rebell im Priesterrock" – wie der Pfarrer von Haslach im Kinzigtal auch genannt wurde – im Buch „Der Vogt auf Mühlstein" anschaulich schildert, hatte der Vogt seine bildschöne Tochter Magdalena dem reichen und einflussreichen Hermesbur versprochen, obwohl das Mädchen innig einen anderen liebte. Die Magdalena verweigerte sich ihrem angetrauten Mann, trotz Schlägen des Vaters und ihres Mannes. Nur wenige Wochen nach der erzwungenen Hochzeit und noch bevor die Ehe im Bett vollzogen war, soll sie an gebrochenem Herzen gestorben sein, weil sie den „armen Schlucker" Hans Öler, den sie seit langem innig liebte, und mit ihm von Jugend an beim Gesang im Duett auftrat, nicht hatte heiraten dürfen.

„Die Magdalena war – der Schilderung nach – die einzige Tochter des Vogts und mächtigen Bauern auf dem Mühlstein. Sie soll das schönste Mädchen weit und breit im Tal gewesen sein. Noch schöner klang ihre Stimme, einer Nachtigall gleich, und wenn Magdalena zusammen mit ihrem Hans im Duett sang, war das wie der Himmel auf Erden."
(Die ganze Geschichte unter: www.vogt-auf-mühlstein.de)

Erst nach dem Tod seiner geliebten Tochter sah der Vogt seinen gravierenden Fehler ein, den er begangen hatte und trauerte unendlich. Ehrliche Reue und Selbstvorwürfe trieben ihn danach rastlos umher. Um Trost und Ablenkung in seinem Leid zu finden, wollte er eines Abends seinen Sohn im Bärhag besuchen und war auf dem Weg in den Stollengrund. Es war in der Winterzeit, und etwa einen Kilometer oberhalb des Hofes rutschte der Vogt unglücklich auf einer vereisten Platte aus. Hinterher gelang es ihm nicht mehr aufzustehen und niemand hörte seine verzweifelten Hilferufe. So ist der Arme in der eisigen Nacht erfroren und erst morgens fanden sie ihn tot vor. Nun berichtet ein Kruzifix an dieser Stelle von dem tragisch-traurigen Ereignis und mahnt den Wanderer, niemals das Glück anderer zu zerstören.

Nachdenklich hielt der Förster kurz an dieser Stelle inne. Diese Geschichte war ihm gut geläufig, dann besann er sich, denn er musste weiter. Er rief seinen Hund zu sich her und ging am bewaldeten Täschenkopf vorbei zu den Flacken. Das war sein nächstes Ziel, dann wollte er weiter zum Mühlstein. Er beeilte sich, denn bis zum Gewann Flacken lag noch gut eine Stunde Wegstrecke vor ihm. Der Mühlstein liegt von dort aus einen Kilometer etwas unterhalb der Flacken und dem Haldeneck. Die Hochfläche ist der waldfreie Übergang in die Schottenhöfen, und von dort gelangt man talwärts nach Zell ins Harmersbachtal. Die freie Landschaft offenbart sich dem Betrachter wie im Bilderbuch. Inmitten von Obstbaumwiesen, Feldern und Weiden finden sich verstreut stattliche Höhenhöfe, die geschichtlich schon im Jahre 712 nach Christus erwähnt wurden. Die bewaldeten Bergkuppen ringsum schienen dem Betrachter von hier aus zum Greifen nahe zu sein.

Genau hier soll sich die von Heinrich Hansjakob in seinem Buch erwähnte Geschichte zugetragen haben. Spannend und anschaulich verfasste und veröffentlichte Heinrich Hansjakob, der von Mitte des 19. Jahrhunderts bis Anfang des 20. Jahrhunderts lebte, insgesamt 74 Bücher und Schriften, die zu Bestsellern wurden und ihm ein Vermögen einbrachten. Bekannt wurde er zudem als unbequemer Sozialreformer. Mehrfach hatte ihn die Kirchenobrigkeit strafversetzt, weil er offensichtliche Missstände innerhalb der Kirche anprangerte und sich keinem Druck beugte. In Hagnau am Bodensee gründete er die erste Winzergenossenschaft Badens, und sicherte so den armen Winzern ein besseres Einkommen. Zehn Jahre lang saß er als Abgeordneter der Katholischen Volkspartei im Badischen Landtag und verbrachte wegen seiner progressiven Haltung einige Wochen in der Festungshaft in Rastatt. Der Mann war bei gut zwei Meter Körpergröße ein Hüne und fiel allein schon durch seine stattliche Figur auf. Sein Markenzeichen – auch Ausdruck seiner Denkweise – blieb der typische Heckerhut (Filzhutes auch „grand chapeau").

Dieser Heinrich Hansjakob hat in seinen Büchern sehr bildhaft und in anschaulicher Weise Brauchtum und Charaktere der Schwarzwälder Bevölkerung, vor allem der Bauern, beschrieben und vieles aus der Historie der Nachwelt erhalten. Auf seinen zahlreichen Wanderungen kam er öfters hier hoch zum Mühlstein. Seine Erkundungen und Besuche legte er weitgehend zu Fuß zurück oder er fuhr allenfalls mit der Kutsche ins hintere Kinzigtal nach Wolfach, Schapbach, Alpirsbach und zu den einsamen entlegenen Höfen auf den Höhen, in den Seitentälern unterhalb von Freudenstadt und dem Kniebis. Und überall wo er hinkam, setzte er dem bäuerlichen Menschenschlag literarisch ein Denkmal.

Das Anwesen „Vogt auf Mühlstein" hatte Anton Muser im Jahre 1774 aufgebaut. Es soll einmal eines der schönsten Höfe weit und breit gewesen sein. Im Jahre 1906 – also noch zu Hansjakobs Lebenszeit – wurde im jetzigen Gebäude die heutige Gaststätte eröffnet. Neben dem Gasthof steht nur wenig entfernt die 1903 erbaute kleine Kapelle, in der der Förster gerne Einkehr hielt, kurz verweilte und dabei den „Rosenkranz" oder ein „Vaterunser" betete. Dieses bauliche Kleinod hatten vor rund drei Jahrzehnten der Vogtswirt Josef Erdrich und seine Ehefrau, in Erfüllung eines Gelübdes zu Ehren des Bauernheiligen St. Wendelin, errichten lassen.

Für einen strenggläubigen Katholiken gehörten eine kurze Einkehr in die Kapelle und die Verehrung der Jungfrau Maria als Rituale zum Leben und Alltag dazu. Man war auf der einen Seite sehr gottesfürchtig, auf der anderen manchmal krankhaft abergläubisch. Die dunklen geheimnisvollen Wälder oberhalb auf den Höhenzügen mit ihrer eigenen Mystik, die verstreut anzutreffende monumentale Felsengebilde, und letztlich der Zeitgeist mögen dazu ein Großteil beigetragen haben. Der Mensch war der Natur mit seinen allgegenwärtigen Unwägbarkeiten noch sehr nah und weitgehend hilflos ausgeliefert.

Diese Gedanken beschäftigten den Förster, während er sich mit seinem Hund strammen Schrittes über die Höhe und auf schmalem Pfad dem Waldessaum und dem Gebiet der Flacken näherte. Wie der Mühlstein-Wirt Johann Erdrich, haben hier zwei weitere angesehene Bauern, der Bruder-Toni und der Fehrenbacher-Kaspar, rundum einige Morgen Waldbesitz, die talwärts den

Gemeindewald tangieren. Dadurch hatte er mit ihnen häufiger etwas zu bereden. Zudem blicken auch sie auf eine lange Tradition als Bauern und Schnapsbrenner zurück.

Bis an den Waldrand reichen die weitläufigen Viehweiden wo Kühe und Ziegen grasen, die im Sommer übersät mit nahrhaften Kräutern sind. Viehwirtschaft war schon immer, neben der Schnapsbrennerei, eine der Haupteinnahmequellen für die Bauern der Höhenhöfe, die dabei mehr schlecht als recht über die Runden kamen. Ein paar Äcker für Hafer und Gerste, andere mit Kartoffeln und Rossherdepfeln (Tobinambur), ergänzten den Grundbesitz, und brachten gerade das ein, was für den Eigenbedarf benötigt wurde. Zu den uralten Bräuchen gehörten bei den Bäuerinnen, dass sie im 14-Tage-Rhythmus den benötigten Vorrat an Bauernbrot im eigenen Backhäusle backten. Den Hauptanteil der geernteten Kartoffeln und ein großer Teil der Körnerfrüchte, wie Hafer, wurde an das Vieh im Stall verfüttert, vorwiegend an die Schweine. Die Kühe bekamen hauptsächlich das im Sommer geerntete Heu verfüttert, wenn sie im Winter nicht draußen auf der Weide sein konnten. Dazu gab es gehäckselte Rübenschnitze, zwischendurch auch mal ein paar Äpfel. Selbst altes Brot war eine heißbegehrte Leckerei für die Wiederkäuer, und sie dankten es dann mit guter Milch.

In den Wintermonaten fällten die Hofbauern mit ein paar bärenstarken Helfern einige hundert Festmeter Holz aus den eigenen Beständen. Sie verkauften, wie der Seppe-Michel auch, das Stamm- und Brennholz an die Sägereien und Bewohner in Nordrach, Zell und Unterharmersbach. Außerdem ließen sie jährlich – nur in wesentlich geringeren Mengen wie beim Seppe-Michel – drei bis vierjährige Fichten schlagen, die sie als Weihnachtsbäume an Händler oder auf den Märkten ringsum ab Ende November verkauften und dabei regen Absatz fanden.

Der Bruder-Toni war zudem Besitzer von zwei Bienenhäusle mit jeweils einigen Dutzend Bienenvölkern, die auf den buntblühenden Kräuterwiesen, und je nach Jahreszeit, in den Akazien und Kastanienbäumen fleißig Honig sammeln. Noch einträglicher war dieses süße Geschäft dann, wenn in guten Jahren „die Tannen honigen", wie die Imker sagen, wenn die Bienen begehrten Tannenhonig einbrachten. Tannenhonig entsteht nicht aus Blütennektar, sondern aus den Ausscheidungen von Läusen (Honigtau) und hat einen sehr aromatischen Geschmack mit speziell kräftig-würziger Note. Der Honig vom Bruderhof fand bei den Kunden und Wirtschaften in den Tälern treue Abnehmer. So gesehen, kamen die Bauern der Höhenhöfe bisher immer einigermaßen über die Runden und hatten nichts zu klagen. Leider machte ihnen aber alle paar Jahre das Wetter empfindlich einen Strich durch die Rechnung und neuerdings mussten sie häufig über ärgerliche Wildschäden klagen. Das Jahr über haben immer wieder – vornehmlich nächtens – die Wildschweine großflächig ihre Äcker und Wiesen umgepflügt. Neben den entstandenen Schäden und Verlust an Feldfrüchten auf den Äckern, bedurfte es viel Zeitaufwand, die durchwühlten Flächen wieder einzuebnen und herzurichten.

Der Förster traf im Holzschuppen auf den Bruder-Toni, als der gerade gespaltene Meter-Scheite zu handlichen Brennholzstücken zersägte. „Grüß dich, Toni, macht's dir ordentlich warm, was? „Ja, ja, Förster, grüß dich auch, man sagt ja nicht umsonst: Holz wärmt dreimal, einmal beim Schlagen im Wald, dann beim Sägen im Schuppen und zuletzt im Ofen oder Herd. Aber was führt dich her?" „Ich war beim Seppe-Michel und wollte nun erst zu dir und dann weiter zum Mühlstein." „Was, du warsch bim Seppe-Michel, diesem Sturkopf, diesem Granadeseggel wege'de Wildschäden, hesch'm au ordentlich d'Henne ni'gmocht? (Die Meinung gesagt). Des isch doch wi'em Ochs ins Horn pfetzt" (kneifen).

„Da hast du recht, nein, er war nicht zuhause, nur die Bäuerin Affra war anzutreffen. Der Bauer befand sich mit seinem Knecht und einer Magd im Wald beim Wellen (gebündeltes Holz) machen. Bis sie zurück sein wollten, konnte ich nicht zuwarten. Ich habe ihm aber ausrichten lassen, dass er sich dringend bei mir melden soll oder um die Begleichung der Wildschäden kümmern muss, sonst gibt es Ärger." „Bi uns", sagte der Bruder-Toni, „sin's nit nur d'Schwarzkittel, die uns d'Wiese umpflüge, glich schlimm sin d'Rehe un' d'Hirsch; sie fresse d'jung d'Trieb vun d'Buche un Eichepflänzle ab, die Spitz fun'de klei Dänneli un d'Fichte, die wir später nimmi als Chrischtbäum verkaufen kenne. D'Setzling verkümmere un d'Chrischbäum kauft'mr keiner me ab. I weiß nimmi, wie'i dere d'Plog noch Herr werre kennt. Mit'm Seppe-Michel, dem Kaibesiech dem liedrige, dem Latschi (unzuverlässiger Mensch), kommer jo nit rede, seller wird glich usfällig un grob, der hockt doch nur uf'm hohe Ross."

„Ich weiß, Toni, deshalb bleibe ich ja so hartnäckig dran und mache ihm Druck. Bisher habe ich es im Guten versucht, wenn das nicht anders geht und er sich nicht schnell bewegt, dann bekommt er Ärger von höherer Stelle." „Werre'mr säne, seid d'Blind." (Wir werden sehen, sagt der Blinde). „Wenn'nix gschieht, werre'mr Bure uns zommerotte muese un dem Lumbeseggel zeige, wo d'r Bard'l d'Moscht hold. Unsere Aldvordere (Vorfahren) sin'scho gegens Kloschter Gengenbach z'Feld zoge, do werre'mer's au no mit'nem heimische Burefürscht ufnemme kenne." „Alle gued, Toni, ich muss nun aber weiter, ich will noch zum Mühlstein." Der Förster wollte sich nicht auf weitere Diskussionen einlassen und suchte den eleganten Abgang. Drehte dann aber noch einmal um, weil er beinahe das Wichtigste vergessen hatte. „Zackrement, beinahe habe ich vergessen, warum ich eigentlich zu dir gekommen bin, und weswegen ich noch zum Mühl-

stein-Wirt muss. Gegenwärtig mache ich die Planung für den Holzeinschlag im Winter, und da müsste ich von dir wissen, welche Mengen und welches Holz du einschlagen willst. Wir könnten dich auch mit deinen beiden Kaltblüter-Pferden zum Holzrücken im Gemeindewald gut gebrauchen. Ich würde dich gerne dafür einspannen. Da der Johann vom Mühlstein keine solchen Pferde hat, würde ich vermitteln, dass du die Rücke-Arbeiten auch bei ihm machst. Du weißt ja, mit Ochsen geht das ja leider nicht."
„Wenn'de Schnee hoch liegt, un'i grad Zit hab un au nit bim Schnapsbrenne bin, däd'i des scho moche, do sinn gued e'paar Däg in 3 odr 4 Abschnitt drin. I'konn sowieso Diesjor für'mi allensfalls knappi 300 Feschtmeter inschlage. Des moch'i locker mit minnem Schwoger Alois un zwei widdere Helfer."

„Gut Toni, ich nehme dich wegen der Pferde beim Wort und melde mich demnächst wieder." Er verabschiedete sich, kraulte und streichelte im Vorbeigehen noch kurz den Hofhund, der während des Gesprächs nicht von ihrer Seite gewichen war und friedlich neben dem Hund des Försters lag. Behände eilte er dann mit seinem vierbeinigen Begleiter abwärts und hielt auf den Landgasthof „Vogt auf Mühlstein" zu, dem legendären Ort, hier auf der Höhe am Scheitelpunkt zwischen Schottenhöfen und dem Harmersbachtal auf der einen, Zell im Süden und Nordrach auf der westlichen Seite.

Inzwischen war es Mittag geworden und genau richtig für das Mittagessen. Mit festem Schritt trat er in die niedrige dunkelschummrige Gaststube, die aus diesem Grund ein besonderes Flair verströmte. Die Wände sind mit dunkel patiniertem Holz getäfelt, daran hingen mehrere Ölgemälde im wuchtigen Rahmen, die das Konterfei früherer Besitzer und ihrer Frauen zeigten, ebenso hing noch ein Portrait von Heinrich Hansjakob. Wie überall in den Bauernstuben im Mittleren Schwarzwald jener Tage, durfte der „Herrgottswinkel" nicht fehlen. Rechts und links standen eine geschnitzte Marien-Statue und Kerzen früherer Kommunion-Feiern sowie allerlei religiöse Devotionalien. Die nach Osten und Süden ausgerichteten Stubenfenster waren klein, mit nach außen gewölbten Butzenscheiben im Sprossenrahmen, die dem Innenraum eine gewisse Düsternis verliehen.

„Ja Bildstein-Frieder, bisch au widder uf'de Rundi?" begrüßte Walburga Erdrich, die gutproportionierte Mühlstein-Wirtin, den eintretenden Gast. „Ja, Walburga, ich sollte mit dem Johann dringend etwas bereden, ist er da?" „Ha jo, er isch uf'd Tenn, gong nur nuff, d'Weg kennsch jo". Und schon wandte sich die Walburga wieder geschäftig ihren Töpfen und Schüsseln auf dem Herd zu. „Nachher komme ich wieder zu dir, ich wollte gerne etwas essen und denke da an Schäufele mit Kartoffelsalat." „Isch gued Frieder, i'richts'dr hi, bis'er alles gschwätzt hen, ischs Esse au fertig." Der Bildstein-Frieder ging mit dem Hund hinaus, wand sich ums Haus und fand den Bauern und Wirt, der gerade eingelagertes Heu mit dem „Heulicher" (Heuhaken) malträtierte (aufschüttelte).

Nach der Heuernte kommt das auf der Wiese getrocknete Gras auf den Heuboden und wird von Helfern, Mägden und meist ein oder zwei Buben aus der Nachbarschaft verteilt sowie mit den Füßen verdichtet, damit mehr Platz fand. Mit dem „Heulicher" – ähnlich einem Spieß mit Widerhaken – stocherte Johann ins Heu, um es gut zu belüften. Damit wollte man der größten Gefahr jener Zeit auf den Höfen begegnen, dass eingelagertes Heu sich überhitzt und entzündet.

In den vergangenen Jahrhunderten waren schon viele Höfe auf diese Weise ein Opfer der Flammen geworden. Die Gefahr war gerade in jenen Jahren sehr präsent, wenn es in der Heuernte oft geregnet hat und das Heu eventuell nicht trocken genug unters

Dach kam. Heutzutage kann man dieser Gefahr mittels Lüftungsgebläse begegnen und weitgehend bannen, die in die Heuböden führen und von außen Luft einblasen.

„Salü, Johann, bist fleißig was?" „Ha'jo Frieder, i'hans nit so gued wie du un konn am hell-lichte Dag spaziere laufe", gab der mit leicht spöttischem Unterton zurück. „Ho, ho, wenn du die vielen Kilometer laufen müsstest, die ich jeden Tag dienstlich unterwegs bin, würdest du nicht spotten." „Isch'jo scho gued, i'glaubs'dr jo un widderred'dr nit, hab'n Spass moche welle. Also was hesch ab'r uff'm Herze?" „Ich plane gerade den Holzeinschlag im Winter und brauche Informationen, welche Mengen und Sorten an Bäumen du und der Bruder-Toni sägen wollen. Dann habe ich dem Toni besprochen, dass er mit seinen beiden Kaltblüter-Pferden auch bei dir und im Gemeindewald die Rücke-Arbeiten erledigen könnte und die Stämme aus dem Gelände zieht. Wenn Schnee liegt, wäre das der ideale Zeitpunkt und man kann Holzschlitten einsetzen, was den Waldboden schont. Irgendwie müssen die Stämme ja an die Waldweg gezogen werden, wo sie die Fuhrleute auf ihre Langholzwagen aufladen und ins Tal hinunter schaffen können."

„Gued, dass'de'mi do druff onsprisch. Minni Ernte im Summer ware wegen'em viele Rege un' dem saumäßige Wetter krotteschlecht, un, will s'Wetter grad on'de Wocheend so miserabel gsi isch, het' d'Wirtschaft au nitt gnug brocht, nit des, wo'i mit g'rechnet hen. Us dem Grund mues'i im Winter e'paar Hundert Feschtmeter Danne un Fichte, wie no edlich Laubbäum fälle losse. Un'e paar prächtige Stockeiche werre au dobi sin, wie schdattliche Buche. Zwei Waldarbeiter us de'Schottenhöf han'i scho bschtellt. Des soll'mr widder d'Kass uf'fülle. Vo ebbis mueß mr jo letschtlich lebe. Do kummt'mr dinni Vermittlung mit'de Gäul grad recht. Die könne'mr d'Stämme us'm Gelände on'de Weg schleife." „Also gut,

Johann, dann weiß ich Bescheid und wir reden rechtzeitig miteinander oder ich komme mit dem Toni zu dir in die Wirtschaft, wo wir die Tage festlegen können. Ich denke, damit ist vorerst alles geklärt. Jetzt habe ich Hunger und gehe in die Wirtschaft, die Walburga hat mit schon Schäufele hergerichtet." „Nomme nit huddle, moch longsom Frieder, i'kumm gli mit un'mr esse zomme." (Nur nicht so schnell, ich komm mit und wir essen zusammen).

Nach dem Essen wurden noch ein paar Griesewässerle (Kirschwasser) als „Verdauerle" getrunken. Dabei ist es etwas später geworden, als der Frieder eigentlich vorgesehen hatte. Nun legte er aber Tempo zu und eilte mit flottem Schritt talwärts auf dem Weg durch den Hutmacherdobel ins Dorf. Dem Hund war's rechts, der sprang voraus, kam wieder zurück, immer hin und her, und legte so die dreifache Strecke zurück.

Noch auf der Höhe am Scheitelpunkt passierte er eine uralte Eiche, die schon Jahrhunderte allen Wetterunbilden trotzte und geraden den Winden aus dem Südwesten direkt ausgesetzt war. Hier konnte er nicht vorbei, ohne seine Arme um den Stamm zu legen, wie wenn er den uralten Baum körperlich begrüßen wollte. Eine Bank unter dem ausladenden Blätterdach lädt den Wanderer zum Verweilen ein. Hier oder ganz in der Nähe soll die Magdalena oft gestanden haben, da weinte sie bitterlich und trauerte beim versonnenen Blick ins Tal ihrer großen und verlorenen Liebe nach.

Die letzten Schnäpse zeigten nicht lange Wirkung. Beim flotten Gang waren sie nach einer halben Stunde unten am Grafenberg längst verdunstet. Im Dorf hielt er kurz im Bürgermeisteramt Einkehr, wo er mit dem Bürgermeister noch ein paar Dinge dienstlich klären musste. Anschließend bestieg er den Bus und fuhr ins Hintertal bis zum „Adler". Von dort zum Forsthaus sind es nur hundert Meter, dann war er zuhause und hatte an diesem Tag den geruhsamen Feierabend redlich verdient.

Oben:
Bildstock am Todes-
platz zum
Gedenken des
Vogt auf Mühlstein

Unten:
Kapelle beim
Gasthaus
Vogt auf Mühlstein

3

Erste Probleme

Nach den verregneten Wochen im viel zu kühlen Sommer, zeigte sich der Oktober nun von seiner allerschönsten Seite. Die Laubbäume in den Wäldern, oberhalb der Berghänge an Rautsch, Stollenberg oder auf der anderen Talseite im Merkenbach und dem Kohlberg, leuchteten im „Altweibersommer" in den buntesten Herbstfarben soweit das Auge reichte. Schien die Sonne in die Wälder, kamen die Rot- und Gelbtöne in allen Abstufungen wundervoll zur Geltung; eine einzige Pracht der Schöpfung. Der Rausch der Farben übertraf bei weitem die Stimmung des Seppe-Michels, der schon seit Tagen mal unter bohrenden Zahnschmerzen, dann wieder unter quälenden Kopfschmerzen litt, und seinen Unmut an allen ausließ, die ihm gerade über den Weg liefen. Darunter litten der Knecht und die Mägden aber auch andere Arbeiter, die auf oder um den Hof herum beschäftigt waren.

Bisher hatte der Bauer keine Zeit gefunden um zum Zahnarzt oder Doktor zu gehen; er hatte sie sich nicht gegönnt. Vielleicht war er auch diesbezüglich ein Hasenfuß und traute sich nur nicht hin. Stattdessen trank er einen Schnaps nach dem anderen, wollte so die Schmerzen dämpfen oder meinte, er verspürt sie nicht mehr so sehr. Für eine gründliche Untersuchung wurde es jetzt aber allerhöchste Zeit, und seine Frau Affra drängte andauernd, was ihm zusätzlich auf die Nerven ging. „Loss'mi in Ruh Aldi mit selle Quacksalber", schimpfte er, wenn es ihm zu viel wurde.

Die Ernten waren in die Scheune eingefahren, das letzte Obst von den Bäumen der Streuobstwiesen geholt und nun begannen hauptsächlich die Vorbereitungen für den Winter. In den Wintermonaten bedeutete das, eine Menge Weihnachtsbäume aus den Wäldern zu holen, danach massiver Einschlag an mächtigem Stammholz. War dann auch noch der Schnee wieder abgetaut, mussten, bevor die Vegetation erwachte, umfangreiche Neuanpflanzungen erfolgen. Über Wochen brannte derweil noch der Brennofen für das vom Zoll für das Jahr genehmigte Quantum Schnaps. Dafür lagerten schon Kern- und Steinobst-Maische in den gefüllten Fässern und warteten auf die Verarbeitung. Der Brand von Rossler (Topinambur, Borbel) kam erst später oder zum Schluss dran.

     Sämtliche anfallenden Arbeiten in der Winterzeit waren somit beinahe genauso fordernd und kraftraubend, wie das im Sommer auf den Feldern der Fall war. Erschwerend kam nur hinzu, dass die Tage spät hell und früh dunkel wurden, dann musste in den Räumen und Stallungen die Arbeit im Licht der Petroleumlampen bewerkstelligt werden.

Zum Michaelishof verlief zwar schon eine Stromleitung mit 110-Volt vom Gasthaus „Adler" her, den sie dort mit Wasserkraft erzeugten. Das reichte aber hinten und vorne nicht und manchmal fiel der Strom ganz aus, auch weil nicht genügend Wasser floss oder zu viele Haushalte gleichzeitig Strom verbrauchten. Wenn dann noch irgendwo ein Motor lief, wurde es schnell zappenduster. In der Bauernstube hingen von der Holzdecke und in der Küche einfache Lampenfassungen mit Birnen. Die Fassung in der Stube hatte zudem einen Verteiler, wo Strom mit einem Verlängerungskabel abgezweigt werden konnte. Mit einer Verbindung von da wurde später das neu angeschaffte Radio betrieben.

Auf fast jedem Hof fanden sich wohl schon diverse Aggregate, die man jedoch mit einem wuchtigen Dieselmotor über Transmissionsriemen angetrieben hatte. Die Stroh- und Rübenhäcksler hingen an einem solchen Antrieb und verrichteten gute Dienste. Stolz war der Seppe-Michel auf die fahrbare und motorisierte Holz-Bandsäge mit integriertem Holzspalter; ein echtes Monstrum. Das erleichterte die schwere Arbeit bei der Brennholzherstellung erheblich, das ging ratzfatz und wurde manchmal auch im Lohnauftrag im Hintertal eingesetzt, wenn der Knecht gerade Zeit hatte, und der Bauer es irgendjemand im" Adler" nach einigen Glas Bier versprochen hatte.

Im Spätherbst standen die abgeernteten Äcker zum Umpflügen an. Zuvor wurden einige Fässer Jauche auf die Felder ausgebracht, und zwei Tage lang wurde ein vollbeladener Wagen Mist nach dem anderen angefahren und auf Feld und Wiesen mit Mistgabeln verteilt. Ein Ochsengespann und die Pferde waren so tagelang beim Transport und Schwerstarbeit mit dem Pflug beschäftigt. Und jeweils ein Bub ging den Ochsen und Pferden voran, damit sie beim Fahren oder Pflügen sauber in der Furche liefen. Der Knecht pflügte mit einem Ochsengespann und der Bauer selber „zackerte" einen Acker mit den Pferden, so hatte man innerhalb weniger Tage große Flächen winterfest bekommen.

Die Mägde werkelten zwischendurch mit der Bäuerin im Bauerngarten beim Haus. Prächtig standen die Astern und Dahlien in voller Blüte und trotzten mit bunten Farben dem endenden Herbst. Denen galt aber weniger das Augenmerk, vielmehr wurden die letzten Gelben Rüben geerntet, Rote Rahnen (Rote Beete) und auch Rot- und Weißkraut. Ein Feld „Durlibsen" (Futterrüben) wurden gezogen – eine Leckerei für die Schweine – und auch die letzten Stangenbohnen gezupft. Zuletzt wurden die Holzstangen aus dem Boden genommen, vom Bohnenkraut gesäubert und am Gartenrand auf einem Holzbock zwischengelagert. Dort konnten sie trocknen und im nächsten Jahr wieder für Bohnen verwendet werden. Nur der restliche Lauch, ein größeres Beet mit Kräuselkraut (Grünkohl), einige Rot- und Weißkrautköpfe sowie Rosenkohl blieben noch stehen. Diese Gemüsesorten sind winterhart, sie können bis zum Bedarf auf dem Acker bleiben und wurden erst nach dem ersten Frost nach und nach eingeholt.

Zu den Aufgaben der Bäuerin und der Mägden gehörte tägliches Kühemelken. Einen Teil der anfallenden Milch ließ die genossenschaftliche Milchzentrale in großen Milchkannen mit einem Lastwagen abholen, der Rest wurde auf dem Hof verarbeitet. Mit Hilfe einer neu gekauften Westfalia-Zentrifuge trennte die Bäuerin die Milch vom Rahm. Die entrahmte Milch bekamen die Schweine in das Futter vermischt im Trog. Den Rahm hat sie im Butterfass geschlagen. Die fertige Butter presste die Bäuerin in ein Holzmodel mit Motiv, jeweils in Halb-Pfund-Portionen. Den überwiegenden Teil davon verkaufte sie. Als sicherer Kunde erwies sich dabei die Heilstätte in der Kolonie. Zur Heilung der Tuberkulose brauchten die Patienten, neben viel Ruhe und guter Luft, insbesondere nahrhaftes Essen, und dazu gehörte auch Butter.

Die Einnahmen aus Milch, Butter und Eier gehörten ausschließlich der Bäuerin. Das war ihr Geld, ihr Einkommen, so hatte sie es von Anfang an mit dem Bauern vereinbart, und so ist es allgemeiner Brauch auf vielen Höfen. Sie brauchte zwar nie viel Geld für sich, konnte aber den Kindern etwas Taschengeld zustecken, in der Kirche Geld in den Klingelbeutel legen oder auch hin und wieder Geschenke kaufen – nicht nur für Mitglieder der Familie, sondern auch der Verwandtschaft mitbringen, wenn dort einmal einer der spärlichen Besuche möglich wurde, oder wenn ein Angehöriger auf den Hof kam. Beides war selten genug, denn sehr mobil war man nicht, und gerade eine Fahrt mit dem Zweispänner ins Dorf, in die Kirche oder in eine Wirtschaft, kam einer Weltreise gleich und war nicht sonderlich bequem.

Wegen den quälenden Kopfschmerzen war der Bauer schon seit Tagen wieder unausstehlich, und trank schon morgens zu viel Schnaps, was den Umstand nicht milderte. Zur Arbeit auf dem Feld hatte er eine 5-Liter-Gutter mit Most dabei und die war abends geleert. Nur, das trug alles nicht wirklich dazu bei, seine Kopfschmerzen zu lindern. Wer machte sich in den 1930er-Jahren schon Gedanken über die Wechselwirkung von Alkohol, Säuregehalt eines Getränks, Gefäßerweiterung sowie deren Auswirkung auf die körperliche Verfassung und den Kreislauf?

Dem Unwohlsein geschuldet ließ er, wie so oft, Wut und Frust erst an seiner Frau aus, dann am Knecht und den Mägden. Die versuchten ihm, so gut wie es eben ging, aus dem Weg zu gehen, denn sie kannten zur Genüge seine cholerischen Wutanfälle und wussten, wie gereizt er reagieren konnte, wenn es nicht so lief, wie er wollte oder wenn er sich nicht gut fühlte. Dann hörte man ihn nur sakramentieren und er konnte sich selber nicht leiden. Seit Tagen war es nun schon besonders schlimm, und ihm immer aus dem Weg gehen, war leider nicht immer möglich.

Wenn er abends missmutig in der Küche am Tisch saß, den Kopf in den aufgestützten Armen, oder in der Bauernstube am warmen Kachelofen, nervten ihn die Fliegen an der Wand und sogar seine Töchter, die sich gerade im Teenageralter befanden und sich manchmal richtig zickig geben konnten. Dann verzog er sich lieber in den Stall oder er schulterte die Flinte und ging auf die Jagd. Im Wald hatte er seine Ruhe und musste keinem Rede und Antwort stehen.

Wiederholt versuchte die Bäuerin ihren Mann zu besänftigen und wollte ihn dazu bewegen, so doch einmal nach zu Zell fahren und sich vom Arzt gründlich untersuchen lassen. „Oder geh in die Heilstätte, vielleicht findest du dort einen Doktor, der sich

Zeit für dich nimmt und untersucht. Das sind alles normale Ärzte, auch wenn sie überwiegend Lungenkranke behandeln. Die werden sich auch sonst auskennen", sagte sie. Im Dorf fehlte leider ein Allgemeinmediziner; in den Heilstätten gab es stattdessen mehrere Mediziner. Seit 1884 wurden im Tal in vier Sanatorien Lungenkranke behandelt, und das größte war die „Volksheilstätte Kolonie", quasi in Sichtweite des Hofes. Wenngleich die in den Sanatorien wirkenden Ärzte auf Heilung von Tuberkulose spezialisiert waren, in akuten Notfällen diagnostizierten und behandelten sie durchaus auch andere Patienten.

Einen Zahnarzt gab es, aber draußen im Dorf. Hatte jemand in der Familie der Michels oder seiner Bediensteten Zahnschmerzen oder anderes ein Zahnleiden, mussten sie erst zu Fuß oder mit der Kutsche dorthin fahren. Das nahm dann einen vollen Tag in Anspruch und in dieser Zeit fehlte man dann bei den Arbeiten auf dem Hof. Stattdessen wurden Zahnleiden lieber erstmal mit Kamille oder einem Schnaps behandelt, und ein Zahnarztbesuch so lange hinausgezögert, bis es nicht mehr anders ging.

Gegen Ende des Herbstes im November hatte sich der Korber-Schnider (Schneider) angemeldet. Seit alters her war es auf entlegenen Bauernhöfen praktizierte Sitte, dass mindestens einmal jährlich der Schneider vorbei kam, und so war es auch schon immer auf dem Michaelishof. Meistens hatte er dann mindestens eine Woche mit Arbeiten zu tun. Dann schneiderte er dem Bauern einen neuen Trachtenanzug, die Bäuerin bekam Röcke und Schürzen, manchmal auch ein spezielles Teil für die schmucke Nordracher Bauerntracht. Überwiegend wurden aber anstehende Reparaturen für die Familie und das Gesinde erledigt. Das ist seit Jahrhunderten guter Brauch. Der Schneider zog, wie seine Kollegen auch, jedes Jahr von Hof zu Hof. Für die oft weit abseits wohnenden Bauern war es die einzige Möglichkeit, schnell und preiswert an neue Kleidung, an neue Sachen zu kommen, sie hätten sonst zum Anpassen mehrmals ins Dorf oder in die Stadt gehen müssen. Gleiches galt im Prinzip für die Schuhmacher-Zunft. Der Spitzmüller-Schuster aus dem Simonswald kam zwei oder drei Wochen später, blieb und arbeitete auch mehrere Tage auf dem Hof. Hier ging es allerdings nur um Reparaturen und um Flickarbeiten an den Schuhen. Brauchte jemand neue Schuhe, dann nahm der Schuster nur Maß und fertigte die Schuhe später in seiner Werkstatt an. Die fertige Ware ließ er hinterher durch einen Lehrling oder Boten zum Kunden bringen.

Neben den beiden Handwerkern kam öfters im Jahr der Schmied und beschlug die Hufe der Pferde. Wenn es zwischendurch sein musste, weil ein Eisen verloren gegangen war, ging der Knecht mit dem Tier hinunter zur Backofenschmiede an der Talstraße, direkt an der Abzweigung zum Heidenbühl. Fast wöchentlich ließ sich ein Hausierer auf dem Hof blicken und in der Regel übernachteten sie dann auch auf dem Hof. Waren die Kammern anderweitig belegt, dann fanden die wandernden Händler Platz im Heu. Das machte ihnen nichts aus, sie verbrachten dort gerne eine Nacht. Wichtiger war ihnen, sie hatten ein Dach über dem Kopf und es kostete nichts. Die Hausierer waren beliebt, sie brachten willkommene Abwechslung in den Alltag, so nebenbei den gängigen Bedarf an Seifen, Knöpfen, Nähmaterialien und sonstigen nützlichen Utensilien. Mindestens einmal im Jahr schauten Lumpensammler oder Alteisenhändler vorbei und forschten nach, ob für sie was abfiel. Sie suchten nach Stoffresten und ausgetragenen Kleidern, sammelten Altmetall ein und waren besonders scharf auf Kupfer, für das sie selber einen guten Preis erzielten. Bei solchen Gelegenheiten bekam die Bäuerin, sie war ja in der Regel die einzige angetroffene Person, den Klatsch und Tratsch aus dem weiten Land mit und war so stets auf dem Laufenden. Ein Leidtragender der mühsamen, steilen Wege war der Briefträger, der oft den beschwerlichen Gang zum Hof tun musste. Die weit oberhalb des Talgrunds liegenden Höfe bekamen zwar nicht täglich Post, aber doch öfters in der Woche. Dabei waren mal ein Schreiben vom Amt, von den Behörden, oder auch – wenngleich weniger – von Angehörigen und Verwandten. Eilige Dinge wurden per Telegramm übermittelt, und das musste der Briefträger dann unverzüglich zustellen. Die Schwarzwälder Post „s'Zeller Blättle" genannt, kam dreimal in der Woche und die Bauernzeitung alle vierzehn Tage. Sogar die monatlichen Rentenzahlungen wurden mit der Post zugestellt, sofern man Rente bekam. Bei einem Bauern und Hofbesitzer war das allerdings eher seltener der Fall, denn von ihnen und den Angehörigen war keiner renten- und kaum jemand krankenversichert.

Noch gab es wenige Leute im weiten Umkreis, die ein Telefon im Haus besaßen und demzufolge wurde fast alles noch auf schriftlichem Wege erledigt, wenn man es nicht mündlich tun konnte. Der Briefträger musste kilometerweite Aufstiege auf sich nehmen, um den weit verstreut wohnenden Empfängern auf den Höhen die Sendungen zuzustellen. Natürlich hat man ihm dann auch gleich die vom Hof abgehenden Briefe mitgegeben. Dafür ging niemand extra ins Tal zu einem Briefkasten, es sei denn, man musste aus einem anderen triftigen Grund hinunter.

Gegen Ende des Jahres, und noch bevor der umfangreiche Holzeinschlag begann, bequemte sich der Seppe-Michel doch dazu und suchte den Zahnarzt im Dorf auf, der dann seine Zähne behandelte und auch einen Zahn zog, der ihn schon lange quälte. An einem weiteren Tag fuhr er wegen den quälenden Kopfschmerzen mit dem Bus hinaus nach Zell und ging zum Doktor. Dazu musste er erst hinunter zum Gasthof „Adler" laufen, wo sich gegenüber die Haltestelle befand und der Bus hielt. Wäre er mit der Kutsche hin und zurück gefahren, hätte er dort die Pferde tagsüber unterstellen und dafür bezahlen müssen. Direkt mit der Kutsche nach Zell fahren, war bei rund 12 Kilometer strapaziös und unbequem. Da lief er lieber ins Tal und nahm den Bus. Vom Haltepunkt am Bahnhof ins Städtle waren es nur wenige hundert Meter. Das konnte er leicht zu Fuß bewältigen.

Der erfahrene und auch schon längst weißhaarige Doktor Graf untersuchte ihn gründlich auf Herz und Nieren. Ihm war bewusst, dass es die erste Untersuchung überhaupt seit Jahren war, deren sich der Bauer unterzog. Warum auch, eine Krankenversicherung hatte er nicht, und ein Arztbesuch kostete Geld und viel Zeit. Nun aber war es eben unvermeidlich geworden. Der Arzt prüfte den Puls, maß den Blutdruck, schaute sich diverse Röntgenbilder an, die seine Assistentin gemacht hatte, und noch dies und das. Dabei sparte er selbst eine Rektaluntersuchung nicht aus und prüfte, wie es mit der Prostata aussah. „Oh, oh", jammerte der Sepp, „glich hör'i d'Engel singe." „Ich hab's ja schon, Sie gehen auf Ende der Fünfzig zu", meinte der Arzt mit bedenklicher Miene, „eigentlich sind Sie noch gut beisammen, aber der Blutdruck ist viel zu hoch und ihr Körpergewicht ist selbst bei ihrer Größe zu schwer. Das gefällt mir gar nicht. Das kommt wohl vom Most, vom vielen Schnaps und dem zu fetten Essen mit Fleisch und Wurst, nicht wahr?" „Ich muss hart arbeiten, da kann ich keinen Brei gebrauchen, sondern benötige kräftige Sachen", verteidigte sich der Seppe-Michel. „Vielleicht sind Sie auch überarbeitet. In ihrem Alter muss man zwischendurch einmal langsam tun können und sich gelegentlich mehr Ruhe gönnen. Sie haben garantiert noch nie Urlaub gemacht?" „Ja, Herr Doktor Sie haben gut reden, wo denken Sie denn hin, sowas kann sich ein Bauer doch gar nicht leisten. Erstens muss ich mich immer ums Sach' kümmern, das Vieh muss versorgt sein, und wenn der Bauer nicht da ist, schafft das Gesinde nichts. Wie heißt es doch: Ist die Katze aus dem Haus, tanzen die Mäuse auf dem Tisch. Meine einzige Freude und Erholung ist die

Jagd. Wenn es mir zu viel wird, dann gehe ich in den Wald, steige auf einen Hochsitz und halte nach schießbarem Wild Ausschau, dabei sinniere ich so vor mich hin." „Das ist sicher eine gute Möglichkeit zur Entspannung und Erholung. Trotzdem sollten Sie zukünftig einmal im Jahr mindestens vierzehn Tage richtig ausspannen. Das kann ja im Winter um die Weihnachtszeit und Neujahr sein. Da ist bestimmt nicht so viel los, oder? Das Allerwichtigste wäre einfach, sie gönnen ihrem Körper ein paar Tage strikte Ruhe", meinte der Arzt besorgt. „S'kummt wie's kummt, Doktor, mie Großvader isch 92 worre und d'Urgroßvader 86, do wer'is doch au no e'paar Jährli schaffe. Si'hen alli kei Urlaub ghet. Nur der Vadder het früh ins Gras bisse müeße, er isch verunglückt."

„Gut, ich gebe ihnen mal ein Fläschchen Tropfen mit, davon nehmen Sie jeden Morgen zehn. Das senkt den Blutdruck. Wenn Sie dann immer noch starke Kopfschmerzen verspüren, dann nehmen Sie täglich eine Aspirin-Tablette. Das Medikament ist seit 1897 auf dem Markt und hat sich bisher gut bewährt. Die Acetylsalicylsäure verdünnt etwas das Blut und das fördert die Durchblutung, was auch gut für den Kopf ist. Für die Medikamente schreibe ich ein Rezept aus, damit Sie das in der Apotheke auf Vorrat mitnehmen können und nicht jede Woche hierher kommen müssen." Nach der eingehenden Untersuchung und den guten Ratschlägen war der Seppe-Michel am Ende recht zufrieden. Das war's dann, er verabschiedete sich und lief ins Städtchen, suchte nach der Apotheke und besorgte die verschriebenen Mittel. Bevor er jedoch nach Nordrach zurückfuhr, zog es ihn erst noch ins Gasthaus „Sonne", wo er sich am Stammtisch niederließ. Natürlich war der Bauer auch in Zell am Harmersbach kein unbekannter Mann. Schnell ergaben sich Gespräche mit ein paar Handwerks-Meistern, die es sich leisten konnten, sogar am normalen Werktag zwischendurch in der Wirtschaft beim Frühschoppen zu sitzen. Ein Pater von der Kirche „Maria zu den Ketten" in Unterharmersbach weilte auch da und noch ein pensionierter Lehrer.

Bei kurzweiligen Gesprächen verpasste der Bauer am Ende fast die Heimfahrt. Schnell eilte er zum Bahnhof und stieg in den schon wartenden Bus ein, der ins Hintertal fuhr und in die Kolonie: „Die einzige Kolonie Deutschlands", wurde gespottet, nachdem vor über zehn Jahren, zum Ende des Ersten Weltkriegs, Deutschland sämtliche Kolonien in Übersee verloren hatte. Der früher selbständige Weiler Kolonie wurde 1929 mit Nordrach vereinigt und ist seitdem ein Ortsteil, am hinteren Ende des langgezogenen engen Tals. Längst war es bei der Ankunft stockdunkel. Der Bauer hatte aber noch gute Augen und konnte ohne Schwierigkeiten sehen, er fand sogar bei Dunkelheit sicher den Heimweg. Müde und abgespannt kam er spät abends am Hof an. Den Tag über hatte er nichts rechtes gegessen. Nun rief er laut und fordernd nach der Bäuerin, die irgendwo im Stall werkelte. „Komm Aldi, i'hab Hunger. Richt'mer was ordentlichs z'esse un stell'mr e'Krug Moscht uff'de Disch no." „I'kumm scho", rief die Bäuerin, „wirsch's no e'bizele usshalte kenne."

Er bekam ein Essen vorgesetzt, leerte dazu einen vollen Krug Most und trank hinterher noch zwei Obstler. „Jetzt bin ich müde, ich leg mich schlafen, morgen will ich um fünf wieder raus." „Ist gut, Bauer, ich habe mit dem Knecht und den Mägden noch eine Weile zu tun." Leise und ohne Hektik ging ein langer Tag auf dem Michaelishof seinem Ende zu. Die Tiere im Stall waren versorgt, das Gesinde saß hinterher mit der Bäuerin noch eine Weile am großen Holztisch in der Küche. Im Schein der Petroleumlampe wurde das Tagesgeschäft diskutiert, noch dies und das glossiert, ein wenig gelästert und getratscht, derweil der Most im Glas und ein Schnäpschen seine Wirkung tat, sich die Stimmung mehr und mehr lockerte. Solche Augenblicke gab es viel zu selten, was die Bäuerin bedauerte, denn sie liebte es entspannt und humorig.

Besonders der Knecht schäkerte, wenn sich Gelegenheit dazu bot, gerne mit dem weiblichen Geschlecht. „Das Schenkeldreieck der Frauen" wie er es süffisant nannte, war ein ergiebiges Thema. Mit den Mägden und den weiblichen Tageskräften trieb er allerlei und manchmal derbe Späße, was sie ihm nie übel nahmen. „Da fällt mir spontan ein Witz ein", sagte er bei so einer Gelegenheit: „Im Schuttertal gab es vor vielen Jahren einen Mann, der hieß Max, und er war im Ort nur als d'Dorftrottel bekannt. Am Stammtisch trieben sie mit Max immer das gleiche Spielchen. Er durfte wählen: Max, do isch ä Fuffzigerle, un do isch ä'Mark. Willsch e'Fuffzigerli odr d'Mark? Max nahm immer das Fuffzigerli und der Stammtisch lachte sich halbtot. Dann kam einmal ein Mann aus der Stadt, beobachtete das seltsame Spiel und sagte dann leise zum Max: Passen Sie mal auf, eine Mark ist's doppelte so viel wert wie ein Fünfzigpfennigstück, nehmen Sie beim nächsten Mal doch die Mark. Max lachte und sagte: „Nei, nei, wenn i'eimol d'Mark nimm, dann spiele sie nimmi mit mer, hesch mi verstonde."

Die Maria mischte sich auch ein. „Ich habe kürzlich gehört: Männer und Frauen passen einfach nicht zusammen – außer in der Mitte." Lautes Lachen am Tisch quittierte die tiefschürfende Erkenntnis. Die halbwüchsigen Mädchen waren bei solchen Gelegenheiten gerne dabei und spitzten vor allem dann die Ohren, wenn zweideutige und frivole Themen aufkamen. Die Bäuerin achtete deshalb streng darauf, dass die Gespräche nicht zu eindeutig wurden, obwohl sie sicher war, „die Mädchen glauben schon lange nicht mehr an den Storch." Über das Zwischenmenschliche und alles was damit zusammen hängt, hat sie aber nie mit ihnen gesprochen. Sie wusste jedoch, in der bäuerlichen Gesellschaft ging es immer etwas derber zu, wie anderswo.

Blick zum Stollenberg

Blick auf die andere Talseite, zum Kohlberg

4

Es eskaliert

Der Förster hatte Wochen später dann doch noch die Gelegenheit gefunden, direkt und unter vier Augen mit dem Seppe-Michel ein Gespräch führen zu können. Höflich, aber bestimmt brachte er sein Anliegen vor. Trotz eindeutiger und unmissverständlicher Ansage ist er weder auf Verständnis gestoßen, noch hatte er Nachgiebigkeit erreicht, im Gegenteil, das Gespräch endete sehr unfreundlich.

Vielleicht hatte der Seppe-Michel wieder einen ausgesprochen schlechten Tag und es ging ihm nicht gut? In der Art eines Despoten bürstete er alle Ansprüche und Vorschläge rigoros ab und erwies sich nicht nur als stur und bockig, er gab sich laut und ausfallend: „Das Wild hat immer schon Schäden angerichtet, so ist eben die Natur. Eine Wildsau, ein Hirsch oder Reh kennt keine Grundstücksgrenzen. Damit muss jeder leben oder er soll sich selber schützen. Ich denke gar nicht dran, irgendjemand Schadenersatz zu leisten." Dabei gab er dem Förster das Gefühl „ein Schulbub" zu sein, und der reagierte darauf auch ziemlich empfindlich und verschnupft. „Du bist nach dem Jagdrecht dazu verpflichtet und hast außerdem dafür zu sorgen, dass das Wild zahlenmäßig nicht überhandnimmt. Du musst mehr jagen oder andere Jäger einladen, die das für dich tun, sonst hast du mehr Ärger am Hals, wie dir lieb sein kann. Ich bin von Amts wegen verpflichtet, solche

Nachlässigkeiten zu melden und das werde ich nun tun. Die Folgen hast du zu tragen, ist das klar? Wundere dich nicht, wenn du irgendwann sogar den Jagdschein verlierst."

Eine Weile noch ging die Diskussion hin und her, ohne dass man sich näher kam, eher das Gegenteil war der Fall, der Disput schaukelte sich immer mehr hoch. Der Bildstein-Frieder ist ein an sich friedfertiger und geduldiger Mensch. Die Sturheit des Bauern brachte ihn aber auf die Palme, er wurde zunehmend wütender, das Gespräch wurde lauter und lauter, unsachlich, und man warf sich Dinge an den Kopf, die man besser verschwiegen hätte.

Der Seppe-Michel war am Ende so aufgebracht, dass er den Förster lauthals vom Hof jagte. „Verschwind, sonst hetz ich den Hund auf dich." „Ich geh schon", antwortete der Bildstein-Frieder mit hochrotem Kopf und verärgert, drohte aber mit fester Stimme: „Ich mache Meldung ans Amt, das wird Konsequenzen haben. Du wirst in der Sache noch Unangenehmes hören. Mach dich darauf gefasst."

Die Wildschäden hatten derweil weiter zugenommen. Besonders die Wildschweine wüteten außerhalb der Wälder auf den Flacken, beim Haldeneck, am Stollenberg und in den Schottenhöfen. Großflächig haben sie über Wochen Wiesen und Äcker regelrecht umgepflügt. Da die Kartoffelfelder schon abgeerntet waren, taten sie sich jetzt an den Rossherdepfel (Topinambur) gütlich, die noch im Boden steckten, und den Sauen anscheinend ausgesprochen gut schmeckten. Aber auch bei den anderen Feldern und Wiesen machten die Verwüstungen jede Menge Arbeit. Die Ackerflächen und Wiesen mussten aufwendig eingeebnet und hinterher gewalzt werden. Entsprechend verärgert reagierten die Betroffenen und gaben allein dem Jagdpächter Schuld.

Der Korber-Schnider hatte inzwischen auf dem Hof alle beauftragten Arbeiten erledigt und war wieder abgezogen, und der Schuster konnte ebenfalls auf ein gutes Geschäft zurückblicken.

Danach kehrte auf dem Hof Ruhe ein, was die Handwerker anbetraf, die dort üblicherweise übernachteten, wenn sie für den Bauern und dessen Familie arbeiteten. Tatsächlich war ihre Anwesenheit aber nie lästig, sondern für jeden eine willkommene Abwechslung im normalen Alltagsleben.

Für die reisenden Handwerker würde es viel zu lange dauern, wenn sie täglich vom Dorf hin- und zurücklaufen müssten. Keiner war mobil, niemand besaß ein Auto oder ein Motorrad, also blieb man, so lange es vor Ort Aufträge gab und hatte zudem das Essen sicher. Bei der Arbeit des Schneiders oder des Schusters stand selbstverständlich ein gefüllter Krug Most parat, und einem Rossler zwischendurch, konnten sie auch nie widerstehen.

Beim Essen war der Schneider und der Schuster natürlich stets der Gast und sie saßen bei den Mahlzeiten mit der Familie am Tisch zusammen. Das Essen wurde nie trocken eingenommen. So kam tagsüber allerhand zusammen, sodass spätabends nach Ende der Arbeit und dem abendlichen Plausch, die Füße vom Alkohol nicht mehr immer standsicher waren. Der Weg ins Tal wäre kaum noch ohne Gefahr möglich geworden. So schliefen sie eben in der Kammer, in der sie tagsüber gearbeitet hatten, auf der gleichen Ebene wo Knechte und Mägde hausten. Mit ihnen wurde nach Feierabend noch eine Weile zusammengehockt, ein Pfeifchen oder eine Zigarre geraucht und viel geschwätzt, das persönliche Glück schien perfekt und es ergab sich nebenbei so manches Gspusi (Liebelei). Ein Großteil der wandernden Handwerker waren gesellige Typen, hatten Witz und waren klug, teils auch sehr belesen. Unterwegs hörten und bekamen sie viel mit, sie hatten Ohren wie Luchse und hörten dies und das, was nicht selten wortgewandt weitererzählt, glossiert wurde und zur allgemeinen Erheiterung beitrug. Klatsch und Tratsch hatten auch damals zu jederzeit Hochkonjunktur. Bevor sie sich endlich mit dem Gesinde zur Ruhe niederlegten, wurde entweder lange draußen geplaudert – wenn es das Wetter zuließ – oder sie saßen in der Stube nahe des wärmenden Kachelofens.

Der Schuster war ein granatenmäßig „gnitziger" Typ. Kam er so richtig in Fahrt, jagte ein Witz den anderen. Meist begann er so: „Witz komm raus, du bist umzingelt." Dann spitzten schon alle die Ohren und grinsten gespannt vor Erwartung. Einer ging so: „Ein Fußbacher Ehepaar wollte unbedingt Kinder haben, aber es hatte bisher nicht geklappt. Da kam die Frau auf die Idee: „Jetzt froge'mr noch d'Pfarrer, un'wenn seller au nit helfe konn, dann bliebe mr halt in Gottsnome kinderlos." Doch der Pfarrer wusste ihnen guten Rat. „Ihr fahrt jetzt miteinander nach Frankreich, und in der Lourdes-Grotte zündet ihr eine Kerze an, dann wird alles gut." Jahre später ging der Pfarrer am Haus des Paares vorbei und erinnerte sich an die Geschichte. Kurzum klingelte er an der Türe und ein junges Mädchen öffnete, sehr zu seiner Freude. „Kann ich deine Mama sprechen?" „Nei, Herr Pfarrer, s'isch im Gengebacher Kronkehuus un kriägt s'zehnt Kind." Der Pfarrer strahlte. „Kann ich dann deinen Papa sprechen?" „Nei, Herr Pfarrer, der isch irgendwo in Fronkrich unterwegs un blost d'Kerze us."

Die Mägde schlugen sich vor Vergnügen auf die Schenkel. Ja nun, auch bei harter Arbeit ging es auf den Höfen oft recht fröhlich zu und man verstand sich zu amüsieren. In den langen Wintermonaten gab es an den dunklen Abenden durchaus gewisse Augenblicke, wo sich das Gesinde sogar etwas näher kam, und nicht selten stellte sich später ungewollter Nachwuchs ein. Solche Kinder lebten selbstverständlich auch auf dem Hof und mussten sich als billige Hütebuben verdingen oder die Mädchen den Mägden zur Hand gehen.

Noch war es in jenem Jahr kein strenger Winter, wenngleich an manchen Tagen morgens dicker Raureif bizarr die Wiesen und Bäume zierte und sie im hellen Sonnenlicht märchenhaft gleißend leuchteten, bevor die Sonne den Zauber schnell dahinschmelzen ließ. Der Brennkessel im Brennhäusle bullerte schon eine Woche und strahlte wohlige Wärme ab, das feine Aroma der edlen Brände erfüllte schmeichelnd die Luft. Wer es nicht gewohnt war und sich länger im Innenraum aufhielt, hatte schnell alleine schon von der Atemluft einen Schwips. Währenddessen wurden seit zwei Wochen wieder hunderte Weihnachtsbäume geschlagen und täglich auf hochbeladenen Wagen mit Pferde- und Ochsen-Gespannen ins Tal transportiert.

Anfang Dezember machte eine Trauernachricht die Runde: Im Dorf ist der Spitzer-Reiner gestorben, ein Bauer, der seit Jahre im Nordracher Gemeinderat saß und ein gewichtiges Wort führte. Da war es selbstverständlich, dass die Bevölkerung und insbesondere die Bauernschaft Anteilnahme zollte. Zur Beerdigung hatte der Seppe-Bauer auch seinen schwarzen Anzug aus dem Schrank geholt, zwei Pferde vor seinen Zweispänner gespannt, und war mit lockeren Zügel in der Hand ins Dorf hinausgefahren.

Den Wagen mit dem Sarg zogen zwei mit schwarzen Decken geschmückte Schimmel. In deren Gefolge bewegte sich die große Trauergemeinde langsamen Schrittes vom Huberhof hinab ins Dorf, wo neben der weithin sichtbaren Dorfkirche im neugotischen Stil sich der „Gottesacker" befindet, wie der Friedhof genannt wird. Zuerst strömten alle dem Kirchenschiff zu, das die vielen Menschen kaum fassen konnte. Die Trauerfeier begann mit langanhaltendem Geläut aller Glocken, anschließend setzte die Orgel ein und der Gesangverein stimmte ein Trauerlied an. Die Kyrie-Rufe folgten, dann Bibelzitate und die Trauerpredigt. Das alles dauerte schon über eine geschlagene Stunde. Anschließend bewegte sich die Trauerschar, der Pfarrer vorausschreitend und mit ihm die Ministranten mit den Weihrauchschwenkern, dahinter die Familie, gemächlichen Schrittes auf den Friedhof zum ausgehobenen Grab. Selbst der Himmel trauerte und zeigte sich dunkel bewölkt, noch gab es aber weder Regen noch Schnee und nur mäßigen Wind. Es war kühl, viele fröstelten, und wieder dauerte die Zeremonie – der Persönlichkeit des Verstorbenen geschuldet – gefühlt eine Ewigkeit. Vor der Absenkung des Sarges ins Grab sprachen noch fünf Vorsitzende örtlicher Vereine, die den Verstorbenen als Mitglied lang und breit würdigten. Wie sagte einmal einer, der es wissen musste: „Nirgends wird mehr gelogen als bei einer Beerdigung."

Wie alles im Leben, ging auch das irgendwann zu Ende, und ein großer Teil der aus allen Richtungen zugeströmten Bürger von Nordrach, von auswärts und dem weiten Umland eilten jetzt schnurstracks ins nahe Gasthaus „Stube", wo nach guter alter Sitte der Leichenschmaus wartete. Die Wirtschaft und der Nebensaal wurden schnell brechend voll. Die Menge der zahlreichen Trauergäste fand kaum Platz. Nachdem alle saßen, wechselt die Stimmung schnell von Trauer zu heiterem ausschweifendem Gebabbel. Bier und Schnaps zeigten alsbald ihre Wirkung. Lautstark wurde über Gott und die Welt diskutiert, über die große Politik, und auch die im nächsten Jahr anstehende Wahl, kam nicht zu kurz. Während draußen längst Dunkelheit die Szenerie umhüllte, war die Gaststube immer noch gut besetzt und man tat sich gütlich. Der Alkohol hatte offensichtlich einigen Anwesenden, die durch Wildschäden genervt waren, Mut gemacht oder den Mund gelockert, irgendwann schlug die Stimmung um. Später konnte niemand mehr nachvollziehen, wie es überhaupt losgegangen ist. Einer fing an, und dann fielen alle verbal über den Seppe-Michel her. Er wurde überhäuft mit Vorwürfen wegen des schon lange schwelenden Streits über die Wildschäden, die nun vehement hochkochten. Unerwartet kamen noch andere Dinge zur Sprache, die schon lange unterschwellig brodelten. „Es ist Zeit Tabula rasa zu machen", schien mancher zu denken. Vehement wurde der Angegriffene in die Zange genommen. Von allen Seiten hatten sie ihn bedrängt, und lautstark blieb er keinem eine Antwort schuldig. Die scheinbare Machtlosigkeit reizte die Beteiligten noch mehr. Wortführer war der Bruder-Toni von den Flacken. Sein Manko: mit 1,65 Meter wirkte er gegen den Hünen Seppe-Michel klein, und wenn der erst richtig wütend war, konnte er dank seiner kräftigen Stimme sehr laut werden. Andere mischten sich im Schlepptau des Tonis mit ein, und so ergab ein Wort das andere. „Baschda hab'i g'seit", schrie der Seppe-Michel schließlich den Toni an, schlug dabei mit der Faust derart auf den Tisch, dass die Gläser hüpften und zu befürchten war, sie fallen um. „Ihr Lumbeseggel, ihr Hoseschisser krieged nix von'mir, guggt selber, dass euch s'Viehzeug vum Acker blibt. Ihr hen'doch Hund odr stellt Zäun uf. Wenn's nit longt, hockt selber uf'd Lur (Lauer) un jagded d'Saue furt."

Aufgestachelt vom Alkohol wollte der Bruder-Toni noch einmal aufmucken und nachlegen, der Seppe-Michel stellte sich nun aber drohend vor ihn: „Hör zu, du abgebrochener Zwerg, wenn ich tief Luft hole, dann hab ich dich quer unter der Nase, oder ich lass dich am ausstrecken Arm verhungern. Geh mir sofort aus den Augen, hesch dess verstanden!" „Leck mi doch am Arsch, du Holzkopf", schimpfte der Toni und trollte sich. Tumult entstand, einige drängten den Toni und andere zurück und versuchten in der Sache zu beschwichtigen. „Kommt, das bringt nichts, ihr erreicht gegen den Sturkopf nichts, des isch'e elendiger Kaib." „I'loss mi doch vun so'einem ufbutzde Luftschnapper nit beleidige, des hen mr Bure nit nötig, gell." Noch waren nicht alle einsichtig genug, zogen sich dann aber doch zurück. „Der Klügere gibt nach", karrte der Spitzer-Alois maulend hinterher. Der Seppe-Michel hatte jetzt auch genug. Er sah, wie sich die Stimmung total gegen ihn umgeschlagen hatte, und gegen alle kam er verbal doch nicht an. Da machte er sich lieber vom Acker, ließ die Pferde einspannen und fuhr schnurstracks ins Hintertal und nach Hause.

Der Rückweg dorthin dauerte über eine Stunde und bis er zu Hause ankam, war längst Ruhe im Haus eingekehrt, die Lichter der Petroleumlampen erloschen. Bevor er sich ins Haus zurückziehen konnte, musste er erst noch die Pferde versorgen, denn der Knecht lag auch längst im Bett; das vermutete er zumindest. Erst striegelte er beide, führte sie dann in den Stall zum Platz und gab etwas Heu und ein paar Handvoll Hafer in die Futterkrippe.

Jetzt war für ihn ebenfalls Feierabend und er trat ins Haus, zündete eine Kerze an, setzte sich für einen Augenblick an den Tisch in der Bauernstube und schenkte sich ein Griesewässerle ein. „Ich muss jetzt nachdenken und innerlich zur Ruhe kommen." Mit dem Kopf in die Hände gestützt sinnierte er minutenlang vor sich hin, dabei stieg ihm erneut der Blutdruck. Er spürte, wie die Adern an den Schläfen schwollen und pochten, der Ärger kochte erneut hoch. „Das werde ich dem Latschi heimzahlen und allen anderen auch, das lasse ich ihnen nicht durchgehen, dass man mich in der Öffentlichkeit so ansieht. Diese Drecksäcke und Hungerleider werden das noch bereuen."

Irgendwann entschloss er sich doch fürs Bett und schlich schwerfällig in die Kammer, wo er sich leise und wortlos niederlegen wollte. Seine Frau Affra hatte es jedoch gehört, war aufgewacht und bläffte: „Bisch au scho do, Alder, hesch widder so long rumhocke müesse, oder? Morge hesch e'dicker Schädel, jommersch rum, un'mir muesses usbade." „Loss'mi bloß in Ruhe, i'bin hit scho gnug angschisse worre, des reicht'mir grad", giftete er zurück. „Wem'mir was sage willsch, sag's mer morge, um sechsi isch d'Nocht rum."

Die prächtige und reichgegliederte Pfarrkirche St. Ulrich im neugotischen Stil, mit direkt angrenzendem Friedhof

5

Ein ärgerliches Malheur

Der nächste Arbeitstag begann sehr früh, was auf einem Bauernhof völlig normal ist. Nur, der zurückliegende Tag wirkte beim Bauern noch spürbar negativ nach. Natürlich hatte er vom vielen Most, Bier und Schnaps einen argen Brummschädel, war mürrisch und unzufrieden. Der Ärger mit den Bauernkollegen beschäftigte ihn mehr als ihm lieb war, deshalb ging er heute noch widerwärtiger mit dem Knecht und den Mägden um, und selbst die Bäuerin war davon nicht ausgenommen. Alle wurden angeblafft, an allem herumgemeckert und gebruddelt. Dumm war nur, jetzt im Winter gab es mehr im Gebäude und rund um den Hof zu tun, auf der Tenne, in der Scheuer oder im Stall, und deshalb konnte niemand längere Zeit der Stinklaune des Bauern ausweichen. Zu deren Glück waren um diese Jahreszeit keine Hütebuben mehr auf dem Hof. Solche kamen nur vom Frühling bis in den Herbst, wenn die Kühe auf der Weide standen oder wenn Getreide geschnitten, die Garben auf dem Feld gebündelt werden mussten, oder sie halfen Kartoffeln auflesen, Kirschen brechen, Zwetschgen und anderes Obst pflücken. Da mussten dann immer zwei oder drei Buben aus dem Dorf mit ran, denn zu gewissen Stoßzeiten wurde jede Hand gebraucht. Die Buben machten es gerne, sie verdienten sich ein paar Mark und für die Eltern bekamen sie in der Regel noch Wurst und Speck und manchmal ein halbes Pfund Butter mit nach Hause. Das war alles immer eine willkommene Ergänzung für den häuslichen Speiseplan.

Nachmittags schulterte der Seppe-Michel das Jagdgewehr, lief zügig hoch zur Heidenkirche in sein Jagdrevier, und die, die es gesehen haben, atmeten auf, nun schien der Tag doch noch gerettet. Der Bauer wollte lieber alleine sein, das war gut so, und die anderen waren froh darum. Immer noch und erst recht quälten ihn Kopfschmerzen, denn nicht einmal die Aspirin-Tabletten hatten geholfen. Schuld war sicher nicht der Bluthochdruck, eher die Nachwirkungen des Alkohols am gestrigen Tag. Bis er das Revier erreicht hatte und auf dem Hochsitz saß, dämmerte es schon. Nach der grauen Phase brach am leicht bewölkten Tag schnell die Dunkelheit herein und die Luft war erfüllt mit allerlei Geräuschen. Zwischendurch zeigte sich der Vollmond mit geheimnisvollem Kranz. Gaben die Wolken kurzzeitig den Sternenhimmel frei, sah er Sternschnuppen über den Horizont huschen, wie geheimnisvolle Zeichen des Himmels. Überall knackte und knisterte es, ein Zeichen, dass die Natur nie zur Ruhe kommt und zu keiner Zeit schläft.

Genau das war es aber nun, was er als leidenschaftlicher Jäger brauchte und suchte. Nun war er alleine und konnte seinen Gedanken nachhängen und die Zeit schien günstig. Er hoffte, es seinen Rotwild oder Wildschwein-Rotten unterwegs, die nur im Schutz der Dunkelheit die Deckung verlassen und das Territorium im Sichtfeld des Hochsitzes nach Fressbarem absuchen.

Den Hochstand hatte er hier erst vor einem Jahr aufstellen und ihn sich bequem zurichten lassen. Sechs Meter überragte das hölzerne Monstrum das Gelände und eine steile Leiter führte nach oben. Das Gehäuse hatte links und rechts Fensteröffnungen ohne Glas und eine offene Front. Dach und Wände boten einen gewissen Schutz vor dem Wetter, ließen ihm trotzdem freie Sicht nach allen Seiten. Sie hielten etwas den Wind ab und so konnte keine Witterung dem Wild seine Anwesenheit verraten. Der Sitzplatz hatte eine gepolsterte weiche Auflage, so saß er in langen Stunden relativ bequem. Der erhöhte Punkt bot ihm eine gute Sicht auf die weite offene Lichtung. Das Gewehr legte er auf die Brüstung, und das aufgesetzte Fernglas ermöglichte ihm sogar im Dunkeln noch ausreichende Sichtverhältnisse. Die günstigste Zeit für einen erfolgreichen Schuss erwartete er erfahrungsgemäß aber erst gegen Morgen im Heraufziehen des neuen Tages, dann, wenn vom Osten langsam das Licht über die Berghänge aufsteigen würde.

Mindestens eine Stunde sinnierte er in sich versunken, wobei seine Gedanken unablässig um die vielen Probleme kreisten, die ihn gegenwärtig beschäftigten und ärgerten, und leise führte er Selbstgespräche. Irgendwann lehnte er den Kopf zurück und döste sitzend eine Weile vor sich hin. Bis es am Horizont leicht hell werden sollte, wollte er dann doch nicht mehr abwarten. Die Nachwirkungen vom Sonntag zeigten sich nun massiv, er fühlte sich lähmend müde und abgeschlagen. Kurzentschlossen stieg er vom Hochsitz nach unten, sorgfältig jeden Schritt auf eine Sprosse setzend. Gemächlich und sehr darauf bedacht nicht über eine der vielen Wurzeln des schmalen Pfades zu stolpern, trat er noch in der krabbensack-dunklen Nacht den Rückweg an.

Seine Augen waren noch gut und sie hatten sich schnell an die Dunkelheit gewöhnt, in dieser Nacht war die Sicht bis auf wenige lichtere Momente aber ungewöhnlich schlecht. Langsam und behutsam tastete er sich vorwärts und war schon etwa einen Kilometer weit gekommen, da passierte es. Vermutlich blieb er mit dem Fuß hängen oder war auf einer nassen, glitschigen Wurzel ausgerutscht. Überraschend schlug es ihn blitzartig zu Boden. Als guter und auf Sicherheit bedachter Jäger hatte er zum Glück zuvor das Gewehr gesichert, so dass sich nicht versehentlich ein Schuss löste. Da hatte er im Kreis der Jäger schon die erstaunlichsten und makabren Geschichten hören müssen.

Ein stechender Schmerz durchzog seinen Oberschenkel und strahlte über die ganze rechte Körperhälfte. Kurz raubte es ihm schier den Atem und er meinte ohnmächtig zu werden. Der Schweiß trat ihm schlagartig auf die Stirn. Benommen richtete er den Oberkörper auf, rieb sich erst den Arm und dann die Hand. Alles schmerzte, tief atmete er durch und überlegte: „Was war das, was ist denn überhaupt geschehen, warum bin ich denn jetzt so saublöd hingefallen?" Dann versuchte er auf die Beine zu kommen. Wieder durchzog ein stechender Schmerz den Oberschenkel seines rechten Beines, er schrie auf und fluchte gottserbärmlich. Es war ihm unmöglich sich zu erheben und auf die Beine zu kommen. Bei jedem Versuch schlug es ihn gerade wieder um und erneut folgte eine Salve pulsierend-stechender Schmerzen. „Des konn jo heiter werre, des sieht nit gued us, verdammi abr'au", fluchte er und lähmende Sorgen beschlichen ihn.

Dann wurde ihm auch noch schwindelig, alles drehte sich im Kreis und ihm wurde schwarz vor den Augen, was nicht von der Dunkelheit kam. Dazu rann ihm kalter Schweiß von der Stirn. Kurz schien es, er hätte sogar einen Augenblick das Bewusstsein verloren. Wieder bei sich, versuchte er erneut sich zu erheben. Das gleiche Spiel, es ging nicht. „Sakrament, verdammi noch'mol", fluchte er laut vor sich hin. „Was isch denn los, worum kumm'i nit auf'd Füeß?" War das eine göttliche Strafe infolge seiner Sturheit und Unnachgiebigkeit den anderen gegenüber? Aber auf solch einen Gedanken wäre er nie und nimmer gekommen; noch nicht.

Sein lautes Fluchen und Schimpfen half nichts, schweißgebadet blieb er sitzen, von völliger Dunkelheit umhüllt. Kein Stern zeigte sich mehr am Himmel, es hatte sich völlig zugezogen, der Himmel war bewölkt. „Isch denn abr au alles gege'mi? S'fehlt grad no, dass jetzed au'no de'Rege isetzt. Wie spät könnt's denn si, wieviel isch's denn scho am Morge?" Seine Taschenuhr nahm er auf die Jagd nie mit. Die trug er nur sonntags an einer schweren goldenen Kette in der guten Weste. Jetzt konnte der Seppe-Michel die Uhrzeit lediglich schätzen und vermutete, es wird so um die zwei oder drei sein. „Herje, des wird Stunde dure, bis'es daget (hell) wird. Vor achti (8 Uhr) werde'i nix sene kenne. Was mach'i jetzed bloß?"

Wieder versuchte er hochzukommen und probierte auf das linke Bein zu stehen. Das ging, er musste sich aber irgendwo aufstützen und anlehnen können. Die Schmerzen, die er in seinem rechten Oberschenkel verspürte, waren dann doch zu heftig, aber der Seppe-Michel war nicht nur groß und stark, er war auch hart im Nehmen. Schnell wurde ihm bewusst: „Auf einem Bein komme ich nicht vorwärts, schon gar nicht in dieser Dunkelheit und keinesfalls nicht bis nach Hause, nicht einmal mit Hilfe eines Stocks." Ohnmächtig ob dieser Erkenntnis setzte er sich seufzend auf die linke Seite geneigt nieder, aber etwas erhöht am Rand des Pfades, und versuchte es sich im Moos einigermaßen bequem zu machen. Sein rechtes Bein, seine rechte Seite musste er unbedingt entlasten. Ratlos saß er da, bis ihm vor Müdigkeit – trotz der Schmerzen – die Augen zufiele. Einige Minuten schlummerte oder dämmerte er vor sich hin, während endlos langsam die Stunden vergingen.

Zu Hause taten die Bäuerin und das Gesinde längst ihre übliche Arbeit. Der Knecht und eine Magd versorgten die Pferde und Kühe im Stall, Maria, die zweite Magd, werkelte mit der Bäuerin Affra in der Küche. Nach 9 Uhr wurde die Bäuerin doch unruhig. Sie ging hinaus zum Knecht: „Hermann, hast du den Sepp schon gesehen, er wollte doch bis spätestens um sieben Uhr zurück sein, un sin Z'nini-Veschber (Neun-Uhr-Vesper) isch'em doch heilig?" „Nein", antwortete der Knecht, „ich hab ihn noch nicht gesehen und nichts von ihm gehört, und ehrlich, ich hatte auch kein Verlangen danach." „Das kann doch nicht sein, er hatte sich doch so viel für den heutigen Tag vorgenommen, wollte in der Scheuer nach dem Rechten sehen und auch Maische für die Schnapsbrennerei bereitstellen", hakte die Bäuerin nach. Sie schüttelte aus Unverständnis den Kopf, ging wieder ins Haus und widmete sich der Wäsche. Schnell verrann weitere Zeit, es wurde elf Uhr und vom Bauern war weit und breit immer noch nichts zu sehen und zu hören.

Unruhig ging sie erneut zum Knecht, der mit der Magd gerade den Stall ausmistete. „Hermann, da stimmt was nicht, das kenne ich nicht vom Sepp, dass er so lange bei der Jagd wegbleibt, und schon gar nicht, ohne etwas gesagt und einen Grund genannt zu haben. Ich mache mir nun wirklich Sorgen, dass etwas passiert sein könnte. Komm, lauf mit der Magd hoch zur Heidekirche. Das sind ja nun ein paar Kilometer und kann allenfalls eine Stunde dauern. Sucht sämtliche Wege ab, du kennst ja die Plätze wo ein Hochsitz steht, wo er sich meistens aufhält, vielleicht seht oder hört ihr etwas von ihm."

„Isch gued Büri, i'nimm'de Maria mit un gong' ihn sueche." Schnell legte er die Mistgabel zur Seite. „Maria komm, wir ziehen uns Jacken an und sehen nach, wo der Bauer bleibt", rief er zur Magd. Fünf Minuten später waren sie schon unterwegs und hielten flott direkt auf die weit oberhalb liegende Rautschhütte zu. Auf dem Weg riefen sie immer wieder den Namen des Bauern und lauschten gebannt auf eine Antwort. Bis zur Rautschhütte war, außer den vielerlei Geräuschen im Wald, nichts zu hören. Vom schnellen Schritt war ihnen ordentlich warm geworden. „Wir gehen nun weiter zur Heidekirche. Am besten ist aber, hier trennen sich unsere Wege, du nimmst diesen Weg, auf den er mit der Hand zeigte, und ich einen dort weiter oben, aber immer so, dass wir noch in Rufweite bleiben", entschied der Hermann, und die Magd stimmte zu.

Noch über einen Kilometer liefen sie getrennt weiter, immer dem höchsten Punkt der Erhebungen zwischen Täschenkopf und Rautschkopf zu, und laut nach dem Seppe-Michel rufend. Plötzlich vernahm die Magd ein leises „hallo, hallo, ich bin hier." Sofort rief Maria nach dem Hermann und wartete, bis er zur Stelle war. „Ich habe von dort, genau aus dieser Richtung, in die sie nun zeigte, schwache Antwort und Rufen gehört." Der Knecht rief nun auch, aber mit deutlich kräftigerer Stimme, den Namen des Bauern, und wieder kam von weit her Antwort. „Das muss aus dieser Richtung kommen", entschied Hermann: „Wir gehen zusammen weiter und rufen immer wieder zwischendurch."

Aufmerksam, das Gelände sorgfältig absuchend und immer wieder den Namen des Bauern rufend, kamen sie höher und dem Rosbendunnen zu. Inzwischen vernahmen sie schon klarer die Stimme des Bauern. Noch zweihundert Meter, dann sahen sie ihn auch schon am Hang neben einem Pfad auf dem Waldboden sitzend. „Ja um Gottes Willen Sepp, was ist denn passiert", schlug der Knecht die Hände über dem Kopf zusammen. „Was soll los sein, zackrement, verdammi nochmol?" „Ich bin gestürzt und komm nicht mehr auf die Beine. Das rechte Malefizbein versagt mir einfach und macht mir höllische Schmerzen. Wahrscheinlich hab ich den Oberschenkel gebrochen. Elend kalt ist mir auch, ich frier wie ein nasser Hund."

Die Magd schlug die Hände überm Kopf zusammen und jammerte: „Jesses, nei, o'Gott, o'Gott, Bur, was mach'se au fir Sache?" „Lamentier nit rum dumme Kuh, hilf'mr lieber, dass' uf d'Bei kumm", kommandierte der Sepp ungnädig. Man merkte, wie ärgerlich die Sache dem Bauern war, wie peinlich, und wie hilflos er sich fühlt. So eine Situation behagte dem sonst so kräftigen und überlegenen Mann ganz und gar nicht.

Schnell wurde allen dreien bewusst, was der Hermann direkt aussprach: „Sepp, jetzt haben wir ein Problem. Wenn du nicht laufen kannst, wie kriegen wir dich denn zum Hof?" „Du Dolle", schimpfte der Bauer, gereizt wegen der Schmerzen: „Lauf in Gotts'Name zum Hof, spann'd Pferd'i, kumm mit'de Kutsche odr nem Leiterwage her." Der Knechte kratzt sich nachdenklich am Kopf. „Ja, Bauer, das ist recht und gut, geht so aber nicht, wir müssen dich zumindest erst weiter runter an den Fahrweg bringen. Bis hierher komme ich mit keinem Wagen. Ich habe eine bessere Idee, ich muss dich weiter runter an den Weg bringen, während die Maria loslaufen soll und mit der anderen Magd oder der Bäuerin die Pferde einspannt und mit dem Fuhrwerk hier zum Rosbendunnen hochkommt. Derweil werde ich sehen, wie ich dich da runterbringe." Dabei war er sich wohl bewusst: „Soweit tragen werde ich den schwergewichtigen Bauern nicht können, das sind Minimum dreihundert Meter oder mehr, und das über Stock und Stein. Nägel habe ich auch keine dabei, womit ich eine Krücke basteln könnte." Der Bauer hatte auch keine Kraft mehr, dem zu widersprechen und fügte sich in die Entscheidung des Knechts. Alles war ihm egal, Hauptsache, er kommt von hier irgendwie und schnellstmöglich weg.

Die Magd eilte so schnell sie konnte zum Hof, um das Fuhrwerk mit den Pferden zu holen. „Bis die eintreffen können, vergehen mindestens eineinhalb Stunden, wenn nicht gar zwei. Sepp, wenn du, wie vermutet, das Bein gebrochen hast, muss ich es fixieren und irgendwie schienen. Dazu suche ich schalenförmige Rindenstücke und passende Äste oder gerade Stöcke. Die Rinden polstere ich mit Moos aus und binde das dann mit einem Kälberstrick (kurze Seile, von denen der Bauer immer welche bei der Jagd im Rucksack dabei hatte) fest um dein Bein und schiene es so." Nur kurz musste er suchen, er fand passende Rinden und drei schön gerade gewachsene und ausreichend dicke Gerten, die er mit dem Taschenmesser zurechtstutzte und auf die richtige Länge schnitt. Feines Moospolster gab es auch genug. Mit Hilfe der Rindenstücke und den drei Stöcken, gut mit Moos gepolstert, fixierte er das Bein von der Ferse bis in den Schritt und zur Hüfte. Während der Prozedur stöhnte und fluchte der Seppe-Michel laut, und jammerte erbärmlich vor Schmerzen, trotz seiner angeborenen Leidensfähigkeit.

Bis das Bein provisorisch geschient war, vergingen zwanzig Minuten, und dem Bauern stand wieder der kalte Schweiß auf der Stirn. „Ich helfe dir nun hochkommen und aufstehen. Steh dabei nur auf das linke Bein. Dabei legst du den Arm um mich und stützt dich auf mich ab. So wollen wir dann langsam vorwärts gehen, und Schritt für Schritt bergab." „Gut, Hermann, versuchen wir es." Nach zwei Anläufen und verkniffenen Schmerzensschreien stand der Bauer auf dem linken Bein. Gestützt auf den Knecht machte er mit dem linken Bein kurze humpelnde Schritte. So kamen sie mühsam Meter um Meter vorwärts und nach quälend langer Zeit abwärts nach unten in Richtung Waldweg.

Mehrfach mussten sie zwischendurch eine Pause einlegen. Der Bauer hielt es vor Schmerzen kaum noch und musste immer wieder tief durchschnaufen. Es mag keine Stunde vergangen sein, was ihnen beiden aber wie eine Ewigkeit vorkam, dann waren sie unten am breiten Fahrweg angelangt. Dort setzte sich der Seppe-Michel wieder schwer atmend ins Moos am Wegrand nieder: „Bis hierher müssten die Pferde mit dem Wagen fahren können." Er wischte sich den Schweiß von der Stirn, der ihm nach wie vor austrat, trotz der morgendlichen Kühle, dabei schüttelte es ihn vor innerer Kälte. „Verdammt noch mal, hab ich einen Hunger, mir ist schon alleine davon schlecht", jammerte er. „Hast du denn kein Brot dabei, Hermann?", bläffte er den Knecht an, wobei ihm schon bewusst war, diese Frage hätte er nicht stellen brauchen.

„Nein Bauer, ein Vesper hab ich leider nicht mitgenommen, nicht einmal daran gedacht", erwiderte der Knecht, sich fast entschuldigend. „Wer denkt denn an so etwas?" „Isch jo scho gued, i'habs halt bloß gmeind, weil'i so'e verdammte Hunger hab."

Noch eine quälende Stunde dauerte es, bis die Bäuerin und die Magd, auf dem von zwei Pferden gezogenen Wagen sitzend, in Sichtweite kamen. Vorsorglich hatte die Bäuerin drei große Pferdedecken aufgeladen und dabei. „Des sagi'dr Monn, so'e Kutschfahrt will'i nit alli Däg moche, dass'des grad weisch." (Das will ich dir sagen, so eine Kutschfahrt will ich nicht jeden Tag machen). „Jo, Aldi, isch gued, i'bin arg froh, dass ihr Wieber endlich do sin, i'habs nit so gued, wie ihr'do uff'de Kutsch."

Mit vereinten Kräften halfen sie dem Bauern erst wieder auf die Beine, oder eher auf das linke Bein, und bugsierten ihn auf den Wagen. Er setzte sich auf eine Decke und in die anderen wickelte er sich fest ein. Das tat schon mal gut, denn inzwischen war es ihm noch kälter geworden, er fror von innen heraus und klapperte schier mit den Zähnen. So gut verpackt, saß der Bauer nun auf dem Wagen, die anderen setzten sich dazu, der Knecht nahm die Zügel in die Hand und führte die Pferde langsam und behutsam talwärts, dem Hof weit oberhalb der Rautsch zu.

Wieder dauerte es fast eine Stunde, bis sie dort ankamen, und trotz der provisorischen Schiene und den Decken war die holprige Fahrt eine schmerzhafte Tortur für den Bauern. Jeder Stein auf dem holprigen Weg versetzte einen Schlag und ließ den Seppe-Michel lauthals fluchen. Das erste, was der Bauer jetzt wollte, waren zwei Aspirin, „un bring'mr duzwit (schnell) e'Schnaps, nei, glei'd'Flasch", befahl er weiter, wieder lästerlich dazu fluchend. Schon hatte er offensichtlich wieder Oberwasser gewonnen. Vor Ort tauchte jedoch ein neues Problem auf. „Der

Bauer muss ärztliche Hilfe haben und irgendwie ins Zeller Krankenhaus kommen, damit man feststellt, was er hat, ob und was gebrochen ist", stellte die Bäuerin fest. „Mit dem Zweispänner können wir keinesfalls nach Zell hinaus fahren und mit dem Pritschenwagen schon gar nicht. Komm, Hermann, lauf hinunter zum „Adler" und bestell telefonisch beim Gottfried Lang eine Auto, oder er soll mit dem Bus herkommen, egal was, aber jedenfalls ein fahrbarer Untersatz." Lang unterhielt die Buslinie im Tal, und er besaß auch ein Auto, das häufig für Taxifahrten diente, wenn ein Fahrer da war. „Gut, Bäuerin, ich beeile mich schon und ich bleib dann im „Adler" hocken, bis das Auto da ist, dann komme ich mit dem Fahrer zurück. Herrschaft, ist das ein Tag, da wird man ganz blöd im Kopf."

    In jedem Haus ein Telefon war in den 30er-Jahren des letzten Jahrhundert undenkbar. Ein Telefon gab es im Hintertal nur im Forsthaus, eines im Gasthaus „Adler" und auch im Café „Mooseck" sowie natürlich in der Lungenheilsstätte Kolonie. Wer telefonieren wollte, ging zu einer dieser Stationen, denn diese Telefone standen offiziell der Bevölkerung in dringenden Fällen zur Verfügung. Es bestand sogar die Möglichkeit „R"-Gespräche zu führen, das heißt, der Angerufene übernahm nach Anmeldung die Kosten des Gesprächs. Wollte jemand ein Telegramm verschicken, konnte er das dort auch tun und telefonisch durchgeben, musste somit nicht immer zur Poststelle ins Dorf.

    Während sich der Knecht schon auf dem Weg ins Tal befand, halfen die Bäuerin und die Magd dem Bauern aus der Oberkleidung, zogen ihn aus bis auf die Hose, die er anbehielt. Sie wollten die provisorische Schiene am verletzten Bein nicht entfernen. Die Bäuerin hatte auf dem Herd warmes Wasser bereitet, damit sie in der Küche ihrem Mann – der auf die Magd gestützt im Zuber stand – mit dem Waschlappen einigermaßen den Oberkörper, Arme und Kopf waschen konnte. Sitzen war ihm dabei unmöglich. Mit vereinten Kräften gelang den Frauen letztlich die „Katzenwäsche", so dass der Bauer sich körperlich etwas frischer fühlte. Zuletzt bekam er ein frisches Hemd angezogen und streifte eine saubere Jacke darüber. Um die Bandage mit den Holzstecken am Bein wickelte die Bäuerin ein weißes Laken, damit das Provisorium nicht so störend aussah und primitiv wirkte. „Aldi, ich brauche jetzt unbedingt etwas zu beißen, mein Magen hängt schon durch, mir ist schlecht vor Hunger." „Ist gut Bauer, ich haue dir drei Eier in die Pfanne mit Speck und Peterle (Petersilie)", beeilte sich die Bäuerin, „das ist schnell zubereitet." Minuten später waren die Speckeier fertig, und mit Heißhunger verspeiste sie der Bauer stehend direkt aus der Pfanne. Schon fühlte er sich, trotz der Schmerzen, etwas besser, wenngleich er weder stehen noch gut sitzen konnte. Dafür zeigten nun Schnaps und Tabletten ihre Wirkung.

Eilig hatte ihm die Bäuerin ein Schlafanzug, Unterwäsche und Waschzeug mit Seife gerichtet und in den Rucksack gepackt, dazu noch einen Flachmann mit Zwetschgenwasser: „Ein Tröster oder Schlummertrunk", wie man will. Und eine saubere Cordhose packte sie ihm auch dazu. „Bruchsch noch ebbis, konn'i dr no was i'packe?" „Nix, nei, ‚s'isch gued so."

Nach nicht einmal einer Stunde war der Knecht mit Auto und Fahrer im Hof angekommen. Mit vereinten Kräften halfen sie nun dem Bauern ins Auto, was wieder mit vielen Flüchen und schmerzbedingtem Seufzen begleitet wurde. Wer der Prozedur zusah, hätte sicher das Lachen verkneifen müssen, denn es war nicht einfach, den großen Mann mit versteiftem Bein ins Wageninnere zu bugsieren. Das bedurfte strategischem Denken und vereinter Kräfte und erinnerte sehr an den „Ulmer Spatz", wer die Geschichte kennt, und zum Glück war der Mercedes recht geräumig.

Dann startete der Fahrer und fuhr den Seppe-Michel nach Zell am Harmersbach zum Krankenhaus und Affra begleitete ihn.

Zuvor aber hatten sie den Mägden und dem Knecht noch Anweisungen gegeben, was alles am Tag zu verrichten ist, um was sie sich nun alleine kümmern sollten. „Maria oder Amalie, ihr kümmert euch um d'Maidli, wenn sie aus der Schule kommen. Sie sollen sich Brote schmieren und mit Wurst essen, etwas Warmes gibt's heute Abend, wenn ich wieder zurück bin." „Ist gut Bäuerin, machen wir", sagte Amalie, die ältere der Mägde.

Während der Fahrt hatte Josef Michel wieder sehr zu leiden, bis sie mit Anton Fehrenbacher, wie der Fahrer hieß, in Zell angekommen waren. Der Weg ins Tal hinaus und auch die Dorfstraße erwiesen sich uneben und buckelig, die Federung und die Stoßdämpfer am großen Wagen waren hart. Jeder Schlag war spürbar. Dann hielt der Fahrer endlich am Portal des Krankenhauses, ging zur Pforte und bat eine Nonne, die als Krankenschwester am Empfang Dienst tat, dass jemand mit einer fahrbaren Krankenliege kommt und seinen Fahrgast in Empfang nimmt.

Laufen oder humpeln konnte und wollte der Verunglückte nicht mehr und den Mann auf einer normalen Liege tragen, war schier unmöglich. Dafür war er mit gut 150 Kilo Gewicht deutlich zu schwer. Das war aber nicht das Problem, ein Pfleger kam und mit ihm eine Nonne. Sie lachten zuerst über die seltsame Bandage, denn noch immer hatte der großgewachsene Mann sein Bein rustikal stabilisiert und mit einem weißen Laken umwickelt. „Lacht nit so schräg, wem's so dreckig goht wi'mir, d'brucht kei Schönheitspris g'winne", giftete der Sepp, in gewohnt dominanter Weise.

Vereint schoben sie ihn in das nicht weit entfernte Untersuchungszimmer, damit er für die Diagnose vorbereitet werden konnte. Seine Frau Affra half ihm aus der Jacke, der Pfleger entfernte die provisorischen Schienen und wollte auch die Hose ausziehen. Das ging nicht, der Oberschenkel war dick angeschwollen und jede Berührung, jede Bewegung schmerzte, was der Seppe-

Michel mit Fluchen und Schimpfen quittierte. Die um ihn standen, nahmen es ihm nicht krumm, sie verstanden den Grund wohl und störten sich nicht daran. Eine resolute Oberschwester trat ins Zimmer, machte nicht lange Federlesens, ruckzuck hatte sie mit der Schere das Hosenbein von unten nach oben aufgeschnitten. Nun konnte man die Hose ausziehen. „Das sind wir gewohnt", meinte sie schmunzelnd dazu, „meistens geht es bei Brüchen nicht anders. Die Hose lässt sich ersetzen oder wieder nähen." Affra lachte: „Beim Seppe-Michel trifft es keinen Armen, aber ich garantiere euch, ich muss sie wieder nähen lassen, der Geizhals schmeißt nichts weg." Nach dieser Vorbereitung wurde der Patient ins Arztzimmer geschoben, und nach zehn Minuten sah auch schon ein Doktor nach ihm. Nach kurzem Gespräch mit dem Arzt über das wie und wo, gab ihm dieser erst eine Spritze gegen die Schmerzen. Sie wirkte in kurzer Zeit. Danach ließ man den Patienten zum Röntgen bringen, und kurz darauf betrachtete der Arzt die Bilder und stellte fest, der Oberschenkel hat mittig einen veritablen Trümmerbruch. „Oh, oh, das sieht nicht gut aus. Da hilft weder strecken noch schienen, das müssen wir operieren, damit der Knochen richtig zusammenwächst, und Sie später nicht mit einem gekrümmten oder verkürzten Bein herumhumpeln müssen."

Die Bäuerin wusste nun was los war und ihren Mann in guten Händen. „I'will jetzod nit widders hier rumhocke muesse, i'denk, du bisch gued versorgt, deshalb fahre'i heim. Morge kummi widder mit'm Bus un gugg noch'dr, donn wird'me wisse was Sach isch. Bruchsch no ebbis?" „Isch gued Aldi, gong numme, s'isch'mer jetzed au lieber so, i'bruch nur'no mini Ruh, i'bin fertig wie'e Wurschdwegg." Affra verabschiedete sich, stieg beim Fahrer Anton ins Auto, der die ganze Zeit über gewartet hatte und ließ sich zurück zum Hof fahren. Der Linienbus fuhr erst abends wieder in die Kolonie, das war ihr zu spät, so lange hatte sie nicht bleiben und warten wollen. Nach der Ankunft zahlte sie Anton den Fahrpreis und murrte natürlich ein wenig über die – für ihre Verhältnisse – ungeheure Summe. „Anton, du verlongsch jo e'Vermöge, trotzdem, wenn'i di'bruch, loss'i onleude, donn farsch'mi widder." „Isch gued Affra, jederzitt gern, un'du weisch jo, nix isch umsonsch, nur'de Dod." (Du weißt ja, nichts ist umsonst, nur der Tod). Damit verabschiedete sich der Chauffeur.

Die Spritze wirkte inzwischen beim Seppe-Michel, so dass er nun wenigstens die heftigen Schmerzen nicht mehr empfand. Nach Gesprächen im Kreis der Ordensschwestern vom Heiligen Kreuz bekam er anschließend ein Zimmer zugewiesen, in dem schon zwei andere Patienten lagen. Den Rucksack mit seinem Zeug hatte eine der Schwestern gleich mit aufs Bett gelegt. Die Hose war der Patient schon vor der Untersuchung und dem Röntgen losgeworden, nun entledigte er sich auch seines Hemds und zog, mit Hilfe der Schwester, ein Nachthemd an; das „Leichenhemd" wie er spottend scherzte. Sein Waschzeug und anderes deponierte er ins Schränkchen neben sich am Bett, den Rucksack verstaute ihm eine der Schwestern im weißen Spind. „Gegen fünf (nachmittags) gibt's Essen und bis dahin werden wir auch wissen, wann Sie operiert werden können", ließ sie ihn wissen, bevor sie aus dem Zimmer eilte.

Erst abends kam die resolute und rundliche Oberschwester Angelucia ins Zimmer, stellte sich als Leiterin der Ordensschwestern des Krankenhauses vor und informierte den neuen Patienten: „Die Operation wird morgen um 9 Uhr sein." Bei der Gelegenheit gab sie ihm nochmals eine Spritze und Tabletten für die Nacht, für den Fall, wenn die Schmerzen zurückkommen und zu stark sein sollten. „Heute bekommen Sie noch das Abendessen, danach und morgen früh dürfen Sie nichts mehr essen." Das war sehr hart, für den immerzu hungrigen Mann, der alleine schon wegen seiner Körpergröße und -fülle ständig Nachschub brauchte.

„Nur Wasser dürfen Sie trinken." „Wasser, Wasser? Igitt nein, sowas trinkt bei uns nur das Vieh", scherzte er und schüttelte sich angewidert. „Sie werden schon noch auf den Geschmack kommen, solange Sie hier sind. Bei uns gibt's weder Bier noch Wein", ging die Schwester auf die Bemerkung ein. Doch Scherz beiseite, für heute musste selbst sein heimlicher Schlummertrunk im Schrank bleiben. Und da er an diesem Tag schon genug gelitten hatte, blieb er vernünftig und hielt sich daran. „Mr mues'em Deufel au mol uff'de Schwonz drede derfe" (man muss dem Teufel auch einmal auf den Schwanz treten dürfen), bemerkte er zu seinen Bettnachbarn, die nicht wussten, was er damit sagen wollte.

Morgens um 8 Uhr bekam der Seppe-Michel erst wieder eine Schmerzspritze und noch ein Beruhigungsmittel, und um 8.30 Uhr holten ihn zwei Schwestern ab, schoben ihn mit dem Bett in den Waschraum, wo sie das verletzte Bein vom Verband befreiten, es gewaschen und rasiert haben. Zuletzt haben sie es noch mit Franzbranntwein kräftig eingerieben und desinfiziert. Jetzt war alles vorbereitet, sie schoben den Mann samt Bett in den Fahrstuhl, fuhren eine Etage höher und brachten ihn in den OP-Raum. Mit vereinten Kräften und Hilfe eines Pflegers hievten sie ihn auf den OP-Tisch, die Narkoseschwester setzte eine weitere Spritze, und nachdem der operierende Arzt auch im Raum war, bekam er eine Maske aufs Gesicht, die eine Schwester mit Chloroform beträufelte. „Zählen Sie soweit Sie kommen", hörte er noch. Er kam bis dreißig, dann schwanden ihm die Sinne und er tauchte in weißen Nebel ein, was sich wie Watte anfühlte.

Aufgewacht ist er erst wieder im Krankenzimmer, war noch etwas benommen und fühlte sich sterbenselend. Dann bemerkte er, dass Affra am Bett saß. Sie war froh, dass er endlich die Augen öffnete. „Ich bin schon heute früh mit dem Bus gekommen und sitze bereits seit halbzehn (9.30 Uhr) hier und wartete, bis sie dich

endlich vom OP ins Zimmer brachten, und dann warst du noch benommen oder hast süß geträumt, was? Wie fühlst du dich denn jetzt?" Kurz tupfte sie ihm den Schweiß von der Stirn. „Beschissen fühl'i mi, elendiglich, kumm klingel der Schwester, i'glaub i'sterb glich un uf'de Stell", forderte er barsch seine Frau auf, im Ton so wie immer. „Das kommt vom Chloroform", erklärte ihm die Schwester, die kurz nach dem Klingeln ins Zimmer schaute. „Das geht schnell vorüber, immer nur tief durchatmen. Ich stelle Ihnen aber vorsichtshalber eine Nierenschale hin, falls Sie sich übergeben müssen. Die Operation ist übrigens gut gegangen. Das wird alles in Ordnung kommen und sauber verheilen. In drei Wochen werden Sie nach Hause können, und in einem Vierteljahr haben sie alles vergessen. Sie werden dann wieder normal laufen können, wenn es keine unvorhergesehenen Komplikationen gibt."
„Ihr Wort in Gottes Ohr, das sind ja blendende Aussichten, Schwester, soll ich drei Wochen hier rumliegen, was soll ich denn so lange tun?" „Aber, aber, ein wenig Ruhe und Erholung wird Ihnen sicherlich gut tun. Wenn Sie erst wieder etwas laufen können, gibt es Abwechslung, Sie können im Flur und im Haus auf- und abgehen, da wird Ihnen die Zeit schnell vergehen und s'Zeller Blättle ist auch zu haben."

„Affra, du übernimmst zu Hause das Zepter, bis ich wieder da bin. Schau, dass der Knecht seine Arbeit im Stall und in der Scheune ordentlich macht. Die Schnapsbrennerei muss halt warten bis ich wieder daheim bin. Da geht mir keiner dran, hast du verstanden? Und auch mit dem Holzeinschlag warten wir ab. Es wird bestimmt bis in den März hinein Schnee liegen. Wenn ich wieder laufen kann, schaue ich, dass ich eine Waldarbeiter-Kolonne bekomme, die mir noch rund 1000 Festmeter einschlagen wird." „Komm jetzt erst wieder auf die Beine, Sepp, das wird sich schon einrenken, der Hof geht derweil nicht zugrunde. Wenn erst Weihnachten ist und Neujahr vorüber, dann sieht alles anders aus." Noch ein paar weitere wichtige Dinge wurden besprochen. „Um die Ecke ist der Ritter, wo der Hannes schafft. Ich geh nachher zu ihm sage Bescheid, damit er weiß was los ist. Er kann ja dann immer wieder einmal nach dir schauen und dir besorgen, was du brauchst." „Ja, Affra, gute Idee, da hab ich noch gar nicht dran gedacht. Natürlich, der Hannes ist ja nicht weit weg. Schau, dass er heute noch hier reinschaut, damit ich mit ihm reden kann. Wenn er am Wochenende nach Hause kommt, kann er dann das eine oder andere bestellen und sich darum kümmern." „So machen wir es, Sepp, jetzt geh ich wieder und schau erst noch beim Hannes vorbei. Dann kauf ich mir beim Bäcker Brezeln und beim Metzger einen Ring Lyoner (Wurstsorte), damit ich nicht verhungere. Später, am Abend, fahre ich mit dem Bus in die Kolonie."

In der Zwischenzeit blieb ihr noch Zeit, sich im Städtle umzuschauen. Wann sowas das letzte Mal vorkam, daran konnte sie sich gar nicht mehr erinnern. Ernst aber, bevor sie das Krankenhaus verließ, schaute Affra bei der Oberschwester rein. Sie hatte extra für die Schwestern ein gutes Stück Speck und ein paar geräucherte Würste mitgebracht und übergab das ihnen. „Mit Speck fängt man Mäuse, sagt ein altes Sprichwort", das war natürlich durchaus ihr Hintergedanke. Sie hoffte, man würde sich gut um ihren Mann kümmern. Das sagte sie aber nicht laut, sondern stattdessen: „Der Hannes, unser Sohn, beim Ritter nebenan und kann jeden Tag nach dem Vater sehen. Sollte etwas Unvorhergesehenes sein oder Komplikationen auftreten, dann sagt ihm Bescheid. Muss er für den Vater etwas mitbringen, erledigt er es, wenn er nach dem Wochenende wieder zur Arbeit muss." Danach verließ sie das Krankenhaus und marschierte gemächlich zum Ritter, immer darauf bedacht, dass ihr die Luft nicht ausging. Bei ihrem Körperumfang und Gewicht war jeder Schritt anstrengend und das Laufen fiel ihr schwer.

Brennhäusle zum Schnapsbrennen

Typischer Brennkessel und übliche Schnaps-Gutter (Korbflasche)

6

Unerwartetes Umdenken

Das Krankenzimmer war das richtige Umfeld für den Seppe-Michel, auch wenn er das nie und nimmer zugegeben hätte. Wann hatte er auch je eine Auszeit gegönnt oder nehmen müssen? Hier konnte er nun zur inneren Ruhe kommen oder war quasi dazu gezwungen. In den vielen Stunden im Krankenbett beschäftigte er sich gedanklich mit vielen offenen Fragen, geriet zeitweise ins Grübeln, hatte aber auch Gelegenheit Zukunftspläne zu schmieden, und – wer hätte das gedacht – er ging in sich. Anfangs tat er sich schwer, ihm ging einer seiner Bettnachbarn gehörig auf die Nerven. „E'Dummschwätzer war des", schimpfte er hinterher, „und g'schnarcht hett'er, wie'e Ross." Dann wurde der entlassen und ein anderer Patient ins Zimmer geschoben, mit dem er besser klar kam, weil die Chemie stimmte. Sie verstanden sich gut, und wenn der Besuch hatte, störte das nicht mehr so.

Seit über einer Woche lag er nun schon im Krankenzimmer, und die Operationswunde noch das Bein schmerzten lange nicht mehr so sehr. Täglich kamen die Nonnen, gaben ihm anfangs eine Spritze und wechselten den Verband. Auch sonst sorgten sie dafür, dass es dem Patienten an nichts fehlte und er bald wieder auf die Füße kommen kam. Der Seppe-Michel konnte nicht nur ein „Stinkstiefel" sein, ein Schwarzwälder Sturkopf, der zudem zum

Jähzorn neigte, war klug, und wenn er wollte, verstand er durchaus zu schmeicheln.

Schon am dritten Tag, nachdem ihm seine Frau beim Besuch etwas Bargeld dagelassen hatte, gab er der Oberschwester 20 Reichsmark in die Hand. „Die Schwestern sollen sich einen guten Kaffee gönnen und dazu einen guten Kuchen essen", sagte er gönnerhaft zur Nonne, und die wehrte nicht ab. Was die Bäuerin am ersten Tag dagelassen hatte, zeigte ebenfalls seine positive Wirkung. Seitdem waren alle noch zuvorkommender und freundlicher zu ihm. Seine Frau konnte aber nicht täglich von der Kolonie anfahren und da sein, dafür war der Weg zu weit und die Anreise, speziell für sie, sehr umständlich. Außerdem wurde sie dringend auf dem Hof gebraucht, ja noch dringender, seit der Bauer nicht mehr da war. Dafür war der Hannes schon dreimal vorbeigekommen und hatte nach dem Vater geschaut. „Wenn du am Wochenende heimkommst, dann sag der Mutter, sie soll dir für die nächste Woche etwas Speck, Bratwürste, einen Ring Schwarzwurst und einen Ring geräucherte Leberwurst für mich einpacken. Das Essen hier ist nicht schlecht, aber mir ist es zu wenig und einseitig ist es auch. Margarinebrot mit Schleck (Marmelade) ist nicht nach meinem Geschmack, es ist nicht das, was ich brauche. Und ein extra Paket mit Speck und Geräuchertem bringst du auch noch mit, das will ich den Schwestern geben, die sollen auch einmal etwas Richtiges zu beißen haben, sie sollen auch nicht leben wie die Hunde." Er wusste nicht, dass seine Frau das längst getan hatte. „Mach ich Vater, ich bring's dir am Montagabend vorbei, wenn ich Feierabend habe." „Ja, das ist gut, und einen Flachmann steckst du auch noch ein, das braucht aber keiner zu sehen, gell."

So gesehen fühlte sich der Seppe-Michel gut versorgt und schickte sich, wenn anfangs auch etwas widerspenstig, in die ungewohnte Situation. Abwechslung bot hin und wieder eine Stunde

Zego-Spiel mit den beiden Bettnachbarn. Damals war Zego ein beliebtes Kartenspiel der Schwarzwälder. Mit dem eingegipsten Bein und mit Hilfe von Krücken humpelte er zum Tisch im Zimmer, da spielten sie einige Runden, wenn nicht gerade Visite war und sich keine Besucher im Zimmer aufhielten. Dabei ging es natürlich um Geld, aber nur um Pfennige, und Verlust und Gewinne hielten sich in der Waage, doch um Geld war das Spiel reizvoller.

In der übrigen Zeit hatte der Seppe-Michel nun Gelegenheit viel nachzudenken, lag lange wach im Bett, grübelte und machte sich über allerlei so seine Gedanken. „Wenn ich wieder daheim bin, dann muss ich einiges ändern und auf die Reihe bringen", das wurde ihm schließlich bewusst. Der Josef Michel war ein nüchterner Mann und Realist genug, sich klar zu werden, so wie bisher kann es nicht weitergehen. „Mein Sohn kommt ins Alter, wo er, wenn er nächstes Jahr die Lehre abgeschlossen hat, bald auf den Hof kommt und mithelfen soll, so hoffe ich es wenigstens, er wird auch einmal das ganze Sach' übernehmen. Die andere Seite ist, gegen die gesamte Bevölkerung im Dorf und alle meine Bauernkollegen ankämpfen, kann ich auf Dauer nicht, das bringt nichts, das kostet mich zu viel innere Kraft. Bei uns im Tal und in der ganzen Umgebung, innerhalb der bäuerlichen Gemeinschaft, da wo jeder jeden kennt, kann man nicht alle gegen sich haben und wird dabei zum allgemeinen Feindbild. Meine Vorfahren waren alles geachtete Bauern in Nordrach, sie zählten zu den Honoratioren, und das soll man auch einmal von mir sagen können.

Ich kenne mich gut genug und weiß, wie schnell ich zum Zorn neige. Oft ärgere ich mich selber über meine Dünnhäutigkeit, wie schnell mich manche Dinge in Rage bringen und mir dann der Gaul durchgeht." „Sepp", sagte er sich, „du bist ein Rindvieh. Eigentlich bist du doch allen anderen überlegen – nicht nur körperlich, sondern auch im Kopf – da musst du die Dinge anders und diplomatischer angehen und auf eine clevere Art deine Ziele erreichen. Dann bist du am Ende der König und die setzen dir noch ein Denkmal. Außerdem wirst du täglich älter, da muss man mit seinen Kräften haushalten und mehr auf die Gesundheit achten."

Mit diesen einsichtigen Gedanken und der gewonnenen Erkenntnis ist ihm innerlich unerklärlich warm geworden, sein Puls ging etwas schneller. „Warum bin ich denn nicht schon lange auf diese Gedanken gekommen, zu solchen Überlegungen. Einsicht ist doch die bessere Sicht. Musste ich dafür erst ins Krankenhaus und hilflos im Bett liegen? Warum habe ich mich bisher immer wieder von den Kleingeistern in die Ecke drängen lassen? Das wird, das muss anders werden, garantiert."

In den nächsten Tagen schmiedete er einen Plan, wie er die Sache mit den Wildschäden und den Unstimmigkeiten mit den Anrainern auf die Reihe bringen konnte. Zudem hatte er während den Tagen im Krankenhaus ausreichend Gelegenheit und konnte sein Problem wegen den schon beinahe chronischen Kopfschmerzen wieder mit einem Arzt bereden. Nach eingehender Untersuchung meinte dieser: „Herr Michel, das liegt am zu hohen Blutdruck. Da müssen Sie etwas dagegen tun, sonst ist ein Herzinfarkt oder ein Schlaganfall nicht mehr weit. Sie trinken zu viel und essen zu fett?" „Wer hart arbeitet, der braucht gutes kräftiges Futter", gab der Seppe-Michel zur Entschuldigung, dabei wusste er sehr wohl, wie gerne er Sulz (Teile vom Schwein in Aspik), Bauchläpple, fetten Speck, würzige Schwarz- und Leberwurst oder eine geschmorte Schweinshaxe verdrückte, vom Rinderbraten, butterzarter Rinderzunge, sauren Nieren und Kutteln oder in Schmalz goldbraun gerösteten Bratkartoffeln erst gar nicht zu reden.

„Ich verschreibe Ihnen Tropfen, die nehmen Sie hier und täglich auch zu Hause, und immer gleich morgens nach dem Frühstück. Dann sollten Sie sich einmal beraten lassen, was beim Essen umgestellt werden könnte, weniger Salz zum Beispiel, damit der

Blutdruck runter kommt. Von mehr Bewegung brauch ich bei Ihnen wohl nicht reden, oder? Ich empfehle aber mindestens einmal jährlich eine gründliche Kontroll-Untersuchung." „Ja und was das kostet, Doktor? Ich habe keine Krankenversicherung, ich muss alles aus meiner eigenen Tasche bezahlen." „Aber Herr Michel, ich weiß, die Bauern neigen per se zum Jammern. Verkaufen Sie eine Sau mehr oder ein Kalb, dann sind die Ausgaben schnell wieder reingeholt, und Ihre eigene Gesundheit sollte Ihnen es doch wert sein, oder?" Ha, no, do häns'se au nit unrechd, des isch'e guedi Idee, wenn'i widder im Wald si konn, schieß'i en Böggli (Rehbock) me odr'e'prächtige Wildsau, damit'i d'Dokder zahle konn."

In der zweiten Woche im Krankenhaus schaute plötzlich der Nordracher Bürgermeister Johann Spitzmüller bei ihm im Krankenzimmer rein. „Hallo Seppe-Michel", ich hatte heute ein Geschäft in Zell, hab von deinem Malheur gehört und dachte mir, schau doch einmal bei dem Pechvogel vorbei." „Das ist aber nobel, Bürgermeister, das freut mich, dass du nach mir schaust, und das passt auch ganz besonders. Komm, nimm dir einen Stuhl und setz dich einmal her an den Tisch. Da können wir gleich was bereden."

Nach belanglosen und unverfänglichen Dingen kam er auf den Kern der Sache: „Johann, du weisch ja vun minnie diversen Problemen und Strittereien (Konflikten), bsunders wege'de Wildschäden, die'mr selber au arg gegen d'Strich gen. I'will mi abr au nit immer wäge allem Hafenkäs anseiche losse, i'hab schon gar'nit Zit, glich jeds umgrabene Äckerli anz'gugge un'ze prüfe, un'i will scho gar'nit glich mi d'Geldbittel uf'du. Donn könnt'i jo mi'Geld glich mit'de Gießkanne unders Volk verteilen. Dumm onmoche losse, des vertrag' scho gar nit, un'i weiß, monchmol überreagier'i un d'Gaul goht'mr durch. Jetzed hen'i abr viel Zit g'het, un, weisch Burgermeischter, jünger werre'mr alli nit, do mues' i was ändere.

S'Herz mocht'mer monchmol au argi Schläg un'd Blutdruck isch' viel z'hoch bi'mr, het d'Doktor gseit. In'de letschde Däg hab'i viel Zit un Ruh kett, do hab'i nochdenke kenne. Sag dem Bildstein-Frieder, dem Förster, wenn'i widder uf'm Damm bin, wenn'i widder laufe konn, dann will'i alli Anrainer minnes Jagd-Reviers emol in'd Wirtschaft in*de „Vogt zum Mühlstein" inlade. Do werre'mr e'Regelung finde, wie'd Sache mit'de vermeintliche odr echti Wildschäden gregelt werre konn. I hab'mer e'gute Plon usgedenkt, wie's uf e'einfach Art un Wis gonge kennt." „Das wird der Frieder gerne hören. Mir sind die Klagen auch immer wieder zu Ohren gekommen, und ich weiß vom Ärger, weil du dich bisher so gesperrt hast. Die kleinen Bauern fühlten sich dadurch vor den Kopf gestoßen und meinen, die Großkopferten, die können immer machen, was sie wollen, und die Kleinen sind am Ende nur die Dummen. Ich kann dein Angebot in der nächsten Gemeinderats-Sitzung erwähnen, da ist der Förster dabei, und dann bleibt Zeit, dass sich die Wogen glätten. Wenn ihr dann zusammenkommt, lodert das Feuer nicht mehr so arg."

Nach diesem und jenem an alltäglichen und belanglosen Dingen war genug geredet, der Bürgermeister verabschiedete sich und brach auf. „Ja, jetzt haben wir viel geredet und besprochen, ich gehe, mach's gut Michel-Sepp, komm auf die Füße, dass du wieder richtig grattle (bewegen) kannst."

Zufrieden sah heute der Seppe-Michel dem Abend entgegen. Vielleicht kann ich heute besser schlafen. „Ein gutes Gewissen soll ein sanftes Ruhekissen sein, sagt der Volksmund, mol gugge, ob do ebbis dron isch?"

Kaum war der Bürgermeister gegangen, brachte eine der Schwestern auch schon das Abendessen, obwohl es erst fünf (17 Uhr) nachmittags war. Der Seppe-Michel humpelte mit Krücken erneut an den Tisch, und gemeinsam mit seinen Bettnachbarn verzehrte er das, was auf dem Teller lag. Da ihm das wieder viel zu wenig war, holte er aus dem Schrank seinen eigenen Wurst- und Speckvorrat, den ihm der Hannes auf seinen Wunsch hin vorbeigebracht hatte, und er gab den anderen etwas davon ab, sie durften sich bedienen. Die Bäuerin hatte, neben den Wurstwaren, bei einem der letzten Besuche selbstgemachte Butter dabei. Auch das verfeinerte das tägliche Essen um einiges.

Die Bettnachbarn freute es natürlich, dass solch ein spendabler Patient ihr Zimmer teilte, und als dritter Mitspieler beim Zego war er sowieso geschätzt. Einer dankte es auf seine Weise, indem er fast ununterbrochen Witze erzählte und verbal seine Späße trieb, vornehmlich mit den Schwestern, wenn sie im Zimmer sein mussten. Sie nahmen es mit Geduld: „Spaßige Patienten sind uns allemal lieber wie wehleidige oder griesgrämige", sagten sie. Ein Patient meinte: „Gell, ä'jungi Frau, ä'alti Sau, ä'fröhlichi Waid, wenn sell nit freit, der dued mr grad leid."

Einer seiner Witze ging so: Der Huber-Bauer aus Schweighausen hatte acht Kinder. Leider hat das achte Kind überhaupt nicht gesprochen, und das hat dem Mann Sorgen gemacht. Eines Tages saß er wieder einmal am Stammtisch in der „Krone" und klagte dem Pfarrer sein Leid. Der wusste sofort Rat: „Mensch, Huber-Bauer, schnapp den Jungen, fahr mit ihm nach Lourdes, tauch ihn in heiliges Wasser und alles wird gut." Der Huber-Bur war begeistert, lief heim und fuhr sofort nach Frankreich. Am nächsten Mittag rief er ganz euphorisch seine Frau an: „Frau, ein Wunder, ein Wunder, de Bue schwätzt." „Ja, was ware sinni erschde Worte?" „Papa, du bisch ä'Simpel". „Ha", sagte seine Frau, „du bisch jo au wirkli ä'Simpel, du hesch d'falsch Bue debi."

Ein anderer ließ die Runde auch lauthals lachen: Zwischen den Jahren ging der legendäre Biberacher Feuerwehrkommandant Josef Kammerer immer von Hof zu Hof, um für die Feuerwehr Spendengelder einzusammeln. Und so kam er schließlich zum Schmiederhof. Die Schmiederhofbäuerin hatte aber einen sehr schlechten Tag und maulte: „Sepp, vorgeschdern war'de Musikverein do, dänne hab i'ebbis gä. Un geschdern war'de Gsongverein do, dänne hab'i au ebbis gä. Un hit kummsch du vun de Fihrwehr, un dir gib'i nix, dass'de's weisch. Du bruchsch au gar kei so bleeds Gsicht moche." Der Sepp antwortete prompt: „Schmiederhofbüri, ‚i'moch kei bleeds Gsicht, i'will'dr nur sage, wenn'de Schmiederhof mol brennt, dann soll d'Musik spiele un'de Gsongverein de'zu singe, verschtosch'mi."

Die weiteren Tage vergingen wie im Flug, und die Heilung schritt gut voran. Wenn die Bäuerin ihn wieder besuchte oder der Hannes reinschaute, waren sie vollauf zufrieden mit dem geschilderten Zustand. Besonders freute sie die Feststellung, dass sich die Laune des Bauern deutlich verbessert hatte. „Des het'er brucht, des het ruhig scho früjer scho bassiere kenne, dass d'Sepp ins Kronkehus mues, donn häd er sich schun länger erhole kenne un häd uns nit so bös schikaniert", sagte die Affra später hin- und hergerissen zum Knecht, nachdem sie nach dem Besuch müde aber zufrieden wieder Zuhause war.

Ende der Woche, am Samstag, da hatte die Bäuerin auf Geheiß ihres Mannes wieder das Auto bei Gottfried Lang bestellt, und der kam diesmal persönlich und fuhr den Seppe-Michel vom Krankenhaus nach Hause. Endlich war er wieder daheim, auch wenn ihm die erste Zeit im Zeller Krankenhaus wirklich nicht langweilig gewesen war. Dafür war die letzte Woche nicht in seinem Sinne. „Die Umstände aber, die muss niemand haben", meinte er später kurz zu dieser denkwürdigen Episode.

Blick auf die Kolonie, im Vordergrund die ehemalige Lungenheilstätte

7

Das Geschäft geht weiter

Knapp drei Wochen nach dem Malheur im Wald und der darauf erfolgten, notwendigen Operation war der Seppe-Michel wieder zu Hause, gerade noch rechtzeitig zum bevorstehenden Weihnachtsfest. Insgeheim hatte er schon befürchtet: „Die wollen mich glatt über die Feiertage dabehalten. Das bringt Geld in die Kasse, ich muss es berappen, und da hätte ich vermutlich nicht einmal einen Christbaum ins Zimmer gestellt bekommen."

Der Chefarzt hatte ihm in der Schlussuntersuchung dringend geraten, strikt einige Wochen das Bein noch zu schonen und sich immer nur mit Hilfe von Krücken fortzubewegen. „Der Knochen muss noch eine Weile geschont werden, damit es nicht zu einem Belastungsbruch kommt." Für die Entlassung war es höchste Zeit geworden, denn trotz dem witzigen Unterhalter, kurzweiligem Zego-Spiel und gelegentlich netten Besuchen, fiel ihm zuletzt im Krankenhaus die Decke auf den Kopf. Das konnten nicht einmal die fürsorglich bemühten Schwestern verhindern. Negativ erwies sich zudem, in den letzten Tagen hatte er neue Bettgenossen bekommen, die schnarchten wie ein Sägewerk und auch sonst stimmte die Chemie nicht. Für ihn, den reichen Hofbauern, waren die Beiden mit denen er den Rest der letzten Woche das Zimmer teilten musste, Proleten, Kleingeister und „selle Herg'laufene". Weder mit dem einen noch mit dem anderen ist er warm geworden, im Gegensatz zu jenen, die zuvor mit ihm im

Zimmer lagen. Die Letzten waren „verdruckt" (verschlossen), vielleicht waren sie neidisch auf den reichen Bettgenossen, eventuell wegen des gesellschaftlichen Unterschiedes gehemmt. Sie bekamen deshalb auch nichts von den zusätzlichen Verpflegungsrationen ab. Soweit gingen das Umdenken und die Großzügigkeit des Seppe-Michel nun doch nicht.

Mindestens einmal in der Woche hatte ihn seine Frau besucht und noch häufiger kam sein Sohn. Der brachte ihm nicht nur Nachschub an „Fressalien", sondern auch sonst etwas Abwechslung. Er informierte ihn, wie es auf dem Hof lief und was es sonst an Neuigkeiten gab, denn im Krankenzimmer gab es weder ein Radio noch hatte er eine Zeitung. Dieser Besuch war ihm willkommener als die medizinische Betreuung oder die sehr schmerzhaften Therapien der „Quälgeister", die er ertragen musste.

Jetzt war er zum Glück wieder zu Hause, war zufrieden und er konnte wieder herumkommandieren. Hier war er der Chef und nicht ein hilfsbedürftiger Kranker. In der Winterzeit gab es in Feld und Flur weniger zu tun, dafür aber umso mehr auf der Tenne, auf der Bühne und in den Ställen. Für den Einsatz bei der Waldarbeit hatte er sich noch drei oder vier Wochen Zeit gelassen. „Nun kommen erst einmal die Feiertage und danach sehen wir weiter".

Der Seppe-Michel hatte in seiner misstrauischen Art auch befürchtet, in der Zeit, während er im Krankenhaus lag, würden seine Bediensteten, der Knecht und die Mägde zu selbständig werden und am Ende den Respekt verlieren, wenn er so lange abwesend ist. „Holzauge sei wachsam", war immer schon seine Devise und „Vertrauen ist gut, Kontrolle besser". Das trieb ihn um, und da blieb er lieber an der Sache dran, hatte die Dinge unter Kontrolle. In den folgenden Tagen konnte er aber, so sehr er heimlich nachforschte, keine Nachlässigkeiten erkennen. Seine Befürchtungen waren, wie er sich bald eingestehen musste, völlig unbegründet. Alle hatten während seiner Abwesenheit und in den Krankentagen ordentliche, gute Arbeit geleistet. „Vielleicht bin ich zu misstrauisch und zu streng", überlegte er und betete innerlich wegen seines Misstrauens ein „mea culpa".

Am Heiligabend stand in der Stube ein bis zur Decke reichender Christbaum, eine schön gewachsene Nordmannstanne, geschmückt mit Kerzen aus reinem Bienenwachs, die beim Abbrennen einen aromatischen Duft verströmten. Die Spitze zierte ein Stern, und an den Zweigen hingen zarte bunte Glaskugeln, die noch von den Großeltern stammten. Der Bauer zündete am späten Nachmittag die Kerzen an, dann wurden Geschenke überreicht, und das Gesinde hatte man auch nicht vergessen. Sie bekamen überwiegend Kleidungsstücke, die Mägde neue Schürzen und Teile für die Aussteuer. Der Knecht Hermann erhielt für seine gute Arbeit ein neues Jackett, das ihm der Schneider schon im Herbst angepasst und geschneidert hatte. Dazu bekamen Hermann und die Mägde 100 Reichsmark auf die Hand sowie eine Tüte, gefüllt mit von der Bäuerin gebackenem Lebkuchen, Springerle, Hildabrötchen und Vanillegipferl. Hinterher versammelten sich alle am großen Tisch in der Bauernstube zum gemeinsamen Essen, das die Bäuerin mit der Magd zubereitet hatte. In guter alter Tradition gab es Heiligabend Schäufele mit Kartoffelsalat. Später verabschiedete sich das Gesinde, der Knecht und die Mägde gingen heim zu ihren Familien.

Die Bäuerin fuhr mit den Kindern ins Tal und Hannes übernahm dabei die Aufgabe des Kutschers. Sie besuchten in der Kolonie die kleine St. Nepomuk-Kapelle neben der Lungenheilstätte und nahmen an der Weihnachtsmesse teil. Der Bauer hatte dazu keine Lust, er wollte nicht mit: „Auf den harten Bänken sitzen, das geht noch nicht, knien noch weniger, und lange auf dem Bein stehen, strengt mich zu arg an", meinte er.

Dafür wollte er aber mit der Familie am ersten Weihnachtstag mit dem gummibereiften Zweispänner ins Dorf hinaus fahren und in der Dorfkirche am Hochamt teilnehmen. Anschließend war ein gemeinsames Mittagessen im Gasthaus „Stube" vorgesehen. Der Seppe-Michel wickelte sich gut in eine Decke ein, und legte sein lädiertes Bein so, dass die Beeinträchtigungen während der weiten Fahrt sich in Grenzen hielten. So ging es einigermaßen. In der Kirche saß er mit ausgestrecktem Bein, erhob sich zwischendurch und stand eine Weile, auch wenn es nicht zur Liturgie passte. Natürlich nahm er in der Kirche mit der Familie die angestammten Plätze ein. Solche Rituale waren jedem Einheimischen und wichtigen Bürger des Dorfes heilig, und es war guter Brauch und Sitte, für dieses Privileg immer ein paar Scheine extra in den Klingelbeutel zu legen – und zwar so, dass es jedermann sehen konnte. Außerdem hatte die Bäuerin an mehreren Tagen im Jahr eine Messe für verstorbene Angehörige lesen lassen und bezahlt. Für den Rest sorgte dann schon der Pfarrer, und der kümmerte sich darum, dass großzügige Geldspender gute Plätze vorfanden.

Diese Kirchgänge, bei denen man gesehen wurde, anderen begegnete, die waren unverzichtbar und wichtig in einer intakten dörflichen Gemeinschaft. „Wenn du dich nicht sehen lässt, dann reden sie über dich, wenn du dabei bist, reden sie über andere", gab der Bauer lakonisch seine Erklärung ab, wenn er irgendwo sein musste, obwohl er im Grunde überhaupt nicht wollte.

Wichtiger indessen war es, mit dem Pferdehändler, dem Metzger, den Sägern aus dem Tal zusammenzukommen, man sah die Handwerker des Dorfes, den Bürgermeister, wie auch die Lehrer vom Dorf und der Kolonie, eben jeden der Rang und Namen hatte, und das war unverzichtbar. Wenn bei einer Begegnung die anderen den Hut zur Begrüßung zogen, dann war man wer, dann gehörte man dazu.

Am 1. Weihnachtstag des Jahres 1931 passt alles. Das Wetter spielte mit, es war zwar kalt, aber weder regnete noch schneite es. Hinterher waren in der Wirtschaft alle zufrieden, auch mit dem Essen. „Schon lange sind wir nicht mehr so locker und harmonisch beisammengesessen, nicht wahr Aldi", wandte er sich an seine Frau, und die nickte zustimmend. Dass dies eventuell aber hauptsächlich an ihm lag, wollte keiner am Tisch offen sagen; gedacht hat es vielleicht der eine andere schon. Ein paar Glas Bier und einige spendierte Schnäpse zeigten bald ihre Wirkung, was sich günstig auf die lockere und ausgelassene Stimmung auswirkte.

Wer das Bedürfnis verspürte, konnte sich zwischendurch im nahen Kurpark die Füße vertreten. Der wurde erst im Jahr zuvor auf dem freien Gelände zwischen Kirche, Kurhaus, Schule und Festplatz angelegt. Klein aber fein war er ideal für eine kurze Runde, und das war auch im Hinblick auf die Patienten im Kurhaus oder Sanatorium Rothschild so geplant. Vergnügen bereitete es den kleinen Kindern zuzuschauen, wenn sie hinter den Büschen Verstecken spielten. Von einem Spaziergang wollte der Seppe-Michel an diesem Tag allerdings nichts wissen. Er war froh, dass er sitzen konnte und sich nicht viel bewegen musste.

Die Tage „zwischen den Jahren" – wie man im Schwarzwald die Zeit zwischen Weihnachten und Neujahr nennt, oder auch „Raunächte" – eilten flugs vorüber. Selbst wenn der Bauer sein Bein noch schonen musste, sah man ihn doch schon da und dort mit seinen Krücken umherstreifen. Vehement drängte es ihn nach draußen, wo er nach dem Rechten sehen wollte – oder war es aus Langeweile? Er war eben kein Stubenhocker. Silvester kam, der Wechsel ins neue Jahr, und zwischendurch hatte es kräftig geschneit. Innerhalb zwei Tagen lagen dreißig Zentimeter Schnee rund um den Hof und oben auf der Höhe noch viel mehr. Da der Bauer es nicht tun konnte und der Knecht nicht da war, spannte der Hannes die Kaltblüter ein und ließ sie den hölzernen Schneepflug ziehen. Zwei Mal war das nötig, bis nur die wichtigsten Wegabschnitte einigermaßen frei, begehbar und befahrbar waren. Da kam so einiges zusammen, alleine rund um den Hof herum gab es viele Flächen, die freigeräumt werden mussten. Dann war es auch noch der weite Weg hinunter bis zum Bärhag. Bis dorthin fuhr der Schneepflug der Gemeinde. Schon an Silvester fielen die Temperaturen in den Keller, in den bitterkalten Nächten gefror die ruhende Natur zu Stein und Bein.

In den Ställen war es dagegen warm und gemütlich, sofern man beim Ausmisten, dem Geruch von Heu und den Ausdünstungen der Tiere von gemütlich reden konnte. Die Katzen störte das nicht, die hielten sich nun gerne drinnen auf oder gingen auf Mäusejagd. Nicht ohne Grund haben die Schwarzwälder von alters her die Ställe unterhalb der Wohnbereiche angesiedelt. Sie waren schon immer gewitzt, pfiffig und einfallsreich – die Altvorderen. Die Kühe gaben Wärme ab, wirkten wie kleine Öfen, und das wärmte von unten die Böden der oberhalb liegenden Räume, des Wohnbereichs. Im Prinzip gleicht das einer natürlichen Fußbodenheizung und ersparte viel Holz im großen grüngekachelten Kachelofen mit der umlaufenden Ofenbank.

Selbstverständlich war der Kachelofen in der Bauernstube nicht an jedem Tag beheizt, das machte man nur bei Bedarf. Dann aber zündete die Bäuerin oder der Bauer von der Küche aus das Feuer mit etwas Zeitungspapier an, gab „Reisig" oder „Spächtele" (Holzspäne) dazu, bis es gut brannte. Auf die Glut wurde später eine Welle Holz gelegt, so hielt es lange und wärmte den großen Raum. Häufig sah man tagsüber die beiden Katzen auf der Ofenbank liegen, aber noch viel lieber suchten sie ein Plätzchen auf der oberen Fläche des Kachelofens, wo auch stets mehrere Kissen lagen, wohl aber mehr zur Dekoration. Als sie noch kleiner waren, lagen an kalten Tagen auch gerne die Kinder der Michels oben auf dem Ofen. Den warmen Platz fanden sie heimelig und teilten ihn gerne mit den Katzen. In das mittig eingebaute Wärmefach mit gusseisernem Türchen legte die Mutter, wenn sie gut drauf war und ihren Kindern eine Freude machen wollte, einige Äpfel und ließ sie schmoren. Wenn die Bratäpfel vor Hitze dampften, durfte jedes Kind einen essen und sie fanden das himmlisch. Schon alleine der aromatische Geruch, den so ein Bratapfel verströmte, war märchenhaft und wurde zum geschmacklichen Erlebnis.

Vor den Wochenenden oder an den Feiertagen wurde der Kachelofen über Tage durchgefeuert. Dazu hat man spätabends zwei, drei Briketts in nasses Papier eingewickelt und dann in den Brennschacht gelegt. So hielt die Glut bis zum nächsten Morgen an und jemand musste nur wieder Holz aufgelegen und schon loderte das Feuer wieder.

An „Dreikönig" schaute nachmittags der Bildstein-Frieder vorbei, der vom Bürgermeister die Friedenssignale schon vernommen hatte. „Seppe-Michel", begrüßte er distanziert freundlich den Bauern, den er in der warmen Bauernstube antraf, darauf hoffend, dass er sich seine guten Vorsätze inzwischen nicht anders überlegt hatte. „Es freut mich, dass du wieder – im wahrsten Sinne des Wortes – auf den Beinen bist und einigermaßen laufen kannst." „Halt, Frieder, beschrei's nicht. Ich habe noch Schmerzen bei jedem Schritt, und das wird wohl noch eine Weile so bleiben, aber du hast Recht, ich muss zufrieden sein." „Ja, und es freut mich, dass die Friedenspfeife raucht", fuhr der Frieder fort. „Ich bin nicht nachtragend und ich habe auch schon mit den Revier-Anrainern persönlich sprechen können. Alle wären einverstanden, am Ostermontag mit dir im ‚Mühlstein' zu hocken." „Ja, das tät mir passen, Ostermontag, das ist gut." „In Ordnung, dann übernehme ich die Benachrichtigung und sage dem Mühlstein-

Wirt Bescheid. Jetzt habe ich aber noch eine zweite Sache. In deinem Waldbestand stehen schöne Eichen, stattliche Buchen und alte Tannen, wovon ich gut einige in meinem Vermarktungskonzept gebrauchen könnte. Jetzt hat die Vegetation noch nicht eingesetzt und oben auf dem Berg ist der Boden gefroren. Du kannst dich gegenwärtig nicht so darum kümmern, da biete ich an, ich lasse den Holzeinschlag von Gemeindearbeitern machen. Dein Knecht könnte dabei sein und helfen. Dann hast du in diesem Winter noch gute Einnahmen aus dem Forst, was meinst du dazu Sepp?" „Das ist ein guter Vorschlag, Bildstein-Frieder. Der Einschlag von Weihnachtsbäumen im November und Dezember hat mit den zusätzlichen Arbeitern gut geklappt und ist ohne Probleme über die Bühne gegangen. Für den Einschlag von Hochstämmen hatte ich mir aber schon Sorgen gemacht, weil ich das in diesem Jahr noch nicht planen konnte. Überlegt hatte ich mir schon, ob ich das mit dem Hermann und zwei oder drei angeheuerten Kolonnen machen lassen sollte, hatte mich aber noch nicht entschieden. Ursprünglich wollte ich in diesem Winter mindestens 1000 Festmeter Holz einschlagen lassen. (Ein Festmeter entspricht einem Kubikmeter fester Holzmasse – 1000 Festmeter sind etwa 800 Stämme). Das wird nicht mehr klappen, aber wenn es auch nur die Hälfte wäre, bin ich auch schon zufrieden. Nach deinem Vorschlag könnte es aber doch noch gehen, deine Idee ist besser, und es soll dein Schaden auch nicht sein. Ich habe von mehreren Seiten Vormerkungen und Anfragen über höhere Mengen. Die Säger brauchen das Holz dringend und da schadet es nicht, wenn einiges an Festmetern zusammenkommt und mir die Kunden nicht zur Konkurrenz weglaufen." „Das werden wir hinbekommen, wenn genug Leute dabei sind. Gut, es ist gebucht, die Gemeindeleute können, wenn das Wetter mitmacht, gleich nächste Woche anfangen, und dein Hermann kommt mit zwei deiner Pferde dazu. Ich sage dem Bruder-Toni Bescheid, damit er mit seinen Kaltblütern ebenfalls anrückt. So kann man das Holzschleifen gemeinsam machen. Da könnten wir ja den Täschenkopf oder den Rautschkopf komplett abholzen, was? Den Bruder-Toni kannst du hinterher selber auslöhnen, und so gibt es am Ende ein gutes Stück. Sobald die Arbeiter beginnen können, lasse ich dich benachrichtigen. Hast du neben deinem Knecht noch weitere Arbeiter in petto? Wenn ja, schick sie nur mit. Wenn du vier oder fünf gute Leute bringst, wäre das passend, die kriegen wir unter und umso schneller sind wir mit den Arbeiten durch."

Bevor der Frieder weiterzog, blieb er noch eine Weile beim Bauern in der vom Kachelofen mollig warmen Bauernstube sitzen. Sie tranken ein paar Gläser Most und zwei Gläschen Mirabellen-Schnaps. „Jetzt muss ich mich aber dummle (beeilen), es wird Zeit, dass ich weiterkommen." „S'isch doch Firdig (Feiertag), was hesch do no z'schaffe?" „Ich will zu meinem Bruder und der Schwägerin im Ruhlsbach. Denen hab ich's schon lange versprochen, dass ich mich nach den Weihnachtsfeiertagen mal bei ihnen sehen lasse". „Alla gued, dann kumm gued fürschi" (vorwärts), und der Bauer drückte dem Förster kräftig die Hand. „Sepp, du hast eine Pranke (fester Händedruck) wie ein Holzfäller", lachte der Förster und rieb sich die Hand.

Eilends streifte der Förster die Jacke über, setzte den mit einem prächtigen Gamsbart geschmückten Försterhut auf den markanten Schädel, rief seinem Hund, und dann sie verließen das Haus. Unterwegs dachte er: „Donnerwetter, sapperlot, das ist besser gelaufen wie ich zu hoffen wagte. Vielleicht wird der Seppe-Michel doch noch g'scheit. Man sagt ja: Mit fuffzig werret Schwobe g'scheit. Vielleicht wird es ein grantiger Schwarzwälder erst mit sechzig? Hauptsache, er wird zugänglicher, es geht alles seinen rechten Weg und ich bekomme mehr Ruhe im Laden."

Schon in den ersten Tagen des neuen Jahres und erst recht nun nach „Dreikönig" ging man auf dem Hof wieder zur allgemeinen Beschäftigung über. Die Mägde und der Knecht, die einige Tage frei bekommen hatten und die Zeit bei ihren Familien verbrachten, waren wieder zurück. Sie kümmerten sich um die Tiere, sorgten für Heu am rechten Platz, da wo es gebraucht wurde, sägten und spalteten Holz, warteten und reparierten die Gerätschaften. Noch arbeiteten alle überwiegend innerhalb des Hauptgebäudes, auf der Tenne unter dem großen schützenden Dach, und da störte der Schnee um den Hof und auf den Wiesen nicht. Das war der Lauf der Natur im natürlichen Rhythmus, und damit wussten die Bauern schon seit Jahrhunderten umzugehen.

Wenngleich der Seppe-Michel nicht aufs Feld oder in den Wald und schon gar nicht zur Jagd konnte, ins „Brennhäusle" humpeln, das ging schon, und nun drängte es ihn vehement ein ordentliches Quantum Schnaps zu brennen. Den aromatischen Geruch eines „guten Wässerchens" vermisste er zu sehr. Zwischendurch bei der Arbeit setzte er sich auf einem Schemel nieder und schonte so etwas sein Bein.

Die Brände haben im Schwarzwald eine alte Geschichte mit langer Tradition, und das nicht nur als Genussmittel, Schnaps trinkt man sozusagen „als Medizin". Schon die berühmte Nonne Hildegard von Bingen beschäftigte sich mit diesem Thema. Die Schnapsbrennerei, oder das Destillieren von Obst, ist auf den meisten Bauernhöfen im Schwarzwald ein altes Privileg und politisch gewollt, soweit eigener Obstanbau auf den Streuobstwiesen möglich ist und genützt wird. Den vielen kleineren Höfen in den kargen Tälern, da wo kein Massenanbau möglich ist, wo keine riesigen Flächen für Getreide- und Gemüseanbau vorhanden sind, wie beispielsweise in der Rheinebene, oder im Norden und Westen Deutschlands, da sicherte es den Bauern das Überleben. Dafür hatte das Deutsche Reich schon 1912 Sonderrechte für die Obstbrenner in Baden erlassen. Seither wird das Brennrecht von Generation zu Generation weitervererbt. Nur wenn ein anderer Obstbrenner seine Lizenz abgibt, kann eine käuflich erworben werden, und solche Fälle sind wahrlich selten. Damit ist der Erhalt der einzigartigen Streuobstwiesen verbunden und gesichert, wie die Offenhaltung der uralten Kulturlandschaft.

Schon lange hatte sich der Seppe-Michel darauf gefreut, wieder in seinem Brennhäusle werkeln zu können, und die Arbeit war für ihn und den Hof durchaus wichtig, denn sein Vorrat durfte nie ausgehen. Der Schnapsverkauf war eines der wichtigen Standbeine bei den Einnahmen übers Jahr, und die treuen Abnehmer warteten dringend auf Nachschub. „Die Konkurrenz schläft nicht", das wusste man auch damals schon in Nordrach.

Die Arbeit am Brennkessel tat ihm in den nächsten Tagen gut, auch wenn ihm abends das Bein schlimm schmerzte, und er vor dem Bettgehen für die Nacht ein Schmerzmittel einnehmen musste. „Du sollst dich doch schonen, kannst du denn nicht einmal auch auf andere hören und langsam tun?" schimpfte Affra wiederholt, aber sie wusste, das ist als ob man „einem Ochsen ins Horn pfetzen (kneifen) würde". „Kumm, i'leg'dr no'en Schnapswickel uf, des fördert die Durchblutung." „Isch gued Aldi, moch dess, des konn'i jetzed gued bruche."

Zuerst war beim Brand die Kirschmaische dran. Seit der Ernte ruhte über Monate eine größere Menge in den Fässern. Die Ausbeute ergab einige hundert Liter feinaromatisches Kirschwasser von bester Qualität, die er auf den trinkbaren Gehalt von rund 50 Prozent mit kristallklarem Quellwasser verdünnte. Anschließend waren die Zwetschgen und Mirabellen dran, die auch ordentliche Mengen ergaben. Etwas geringer fiel die erzielte Menge beim edlen Zibärtle aus, was eine echte Spezialität unter den Wässerchen ist. Zibärtle sind pflaumenähnliche Früchte und werden an mit Stacheln bewehrten Bäumen – ähnlich Schlehen – geerntet. Ein guter Brand der Zibarte oder Zibärtle entwickelt ein ungemein feines Aroma, bedarf aber viel Erfahrung bei der Herstellung. Länger gelagert läuft es wie Öl durch die Kehle und verbreitet eine wahrhafte Geschmacksexplosion im Gaumen. Nicht ohne Grund zählt es deshalb zu den edelsten Bränden, die der Michaelishof zu bieten hatte. „Do hätt'i gern e'paar hundert Liter me", sagte der Bauer manchmal schmunzelnd, auch im verklärten Blick auf den höheren Preis.

Mitten in der Woche bekam der Sepp Besuch vom Krummholz-Peter, dem Wagner vom Ort. Er sollte einen neuen Leiterwagen anfertigen sowie für alte Wagen vier neue eisenbeschlagene Räder. Der Peter interessierte sich für das Geschäft der Schnapsbrennerei und verwickelte den Bauern in ein längeres Gespräch. Dabei ging es speziell auch um die Raritäten. „Weißt du Peter, Kirschen, Zwetschgen und Roßherdepfel bringen die Menge, spezielle Destillate aber aus den wilden Pflaumen, Zibärtle, Williamsbirnen, werden echte Raritäten und bringen einen besseren Preis. Aus 120 Kilogramm Williams bekomme ich vier bis fünf Liter Alkohol und bei den Steinobstsorten ist es ähnlich. Der Williamsbrand und das Zibärtle sind Edelsteine unter meinen Schnäpsen, leider jedoch eher Nischenprodukte. Zu größeren Mengen hab ich aber einfach nicht genug Früchte. Dabei wurden die Zibarte schon in der Jungsteinzeit kultiviert. Die Hecken oder schwachwüchsigen, kleinkronigen Bäume bringen nur wenig Ertrag. Wemm'er abr scho schwätze, donn trinke'mer doch au gli e' Schlückli, was meinsch, Peter?" „Ha jo, do sag'i nit nei, also donn prosit, wohl bekomms."

„Mein Erfolgsrezept ist", schwelgte der Bauer vollmundig weiter, „die Kunst des Brennens, sie macht den Unterschied aus. Das Wichtigste ist den Mittellauf – das Herzstück – exakt vom Vor-

und Nachlauf gut abzuscheiden. Do muesch'e Künschtler si. D'Mittellauf isch's, der die typischen Aroma- und Geschmacksstoffe enthält, die den Charakter eines guten Brandes usmache, un donn nadürli no au s'guedi Quellwasser. Der Vorlauf ist nur Fusel und zum Einreiben gut." „Siegsch Bur, du verschtosch halt ebbis vum Schnaps, i'meh vum Holz. I'prüf un wähl's, konn's ussäge us'em große dicke Brett, dass'es e'gued's haltbars Stückli git un nit villicht wegenem Flügelast bricht", (siehst du Bauer, du versteht etwas vom Schnaps, ich eher mehr vom Holz. Ich prüf, wähle es und säge ein Stück so aus dem Brett, dass es gut wird, und nicht wegen eines Astlochs bricht). Mindestens eine Stunde hatten die beiden diskutiert, dann wurde es Zeit für den Aufbruch und der Wagner verabschiedete sich.

Zu guter Letzt wurden die Rossherdepfel für den Rossler – auch Borbel genannt – gebrannt, außerhalb eher als Topinambur bekannt und zur Gattung der Sonnenblumen zählend. Diese Sorte gibt Mengen, und ist bei den Bauern der Alltagsschnaps. Dabei kommt es wiederum sehr auf die Kunst des richtigen Brennens an, sonst bekommt der Schnaps einen unangenehmen erdigen Beigeschmack. Gewonnen wird der Schnaps aus der Knolle einer wilden Kartoffelart, die erst im Winter geerntet wird, wenn der erste Frost darüber gezogen ist. Und wegen den größeren Mengen ist die Sorte preiswert und somit ein Gebrauchsgetränk. Zudem sagt man ihm nach: „Es ist ein Verdauungsschnaps und gut für Diabetiker geeignet, somit pure Medizin."

So ging es über Tage, und der Bauer war sich bewusst, dass ein guter Schnapsbrenner viel Erfahrung braucht. Des Seppe-Michels Spruch war somit: „Erst riechen, dann nippen und zum Schluss kippen." Dazu fiel ihm ein netter Witz ein, den er kürzlich im „Adler" aufgeschnappt hatte: Ein frustrierter Ehemann hatte wieder mal Krach mit seiner Frau und stürmte vor Wut in die nächste Kneipe. Dort kippt er einen Schnaps nach dem anderen runter. Beim Bezahlen flucht er laut: „Was mich das Weib schon Geld gekostet hat". Und noch einer: „Ein Gast tritt an den Tresen und verlangt: „Einen Doppelten, bevor der Krach losgeht." Der Wirt beeilte sich und stellt ihm den Doppelten im Glas auf den Tisch, das der Gast in einem Zug leerte. Wieder bestellte er nach kurzer Zeit: „Einen Doppelten, bevor der Krach losgeht." Das wiederholt sich insgesamt fünfmal. Neugierig geworden, wollte der Wirt dann doch wissen: „Was soll denn für ein Krach losgehen?" „Ha, no, wenn'i sag, dass i'kei Geld hab un'nit zahle konn."

Drei Wochen dauerte insgesamt die Prozedur am Brennkessel, während es mit dem Bein täglich besser ging. Nach der stundenlangen Arbeit machte ihm seine Frau hinterher immer einen Schnapswickel um den Oberschenkel. Das tat ihm gut und beschleunigte die weitere Heilung, so meinte er zumindest oder bildete es sich ein. Auch sonst blieb er nicht untätig und ging entschlossen offene Baustellen an.

Draußen lag noch immer viel Schnee, und es schneite zwischendurch weiter, mehr und mehr kam hinzu. Der Knecht hatte viel Arbeit, täglich die Wege rund ums Haus frei zu räumen, denn das hatte er inzwischen übernehmen müssen. Nur wenn der da war, half ihm Hannes bei dieser mühsamen Arbeit. Fast jeden Tag mussten wichtige Wege, und besonders der talwärts führende, mit dem Schneepflug freigeräumt werden. Den hölzernen, eisenbeschlagenen Dreieck-Schneepflug zogen die beiden Kaltblüter-Pferde. Das kam nicht einmal ungelegen, so hatten diese kräftigen Tiere wenigstens auch in diesen Tagen eine Beschäftigung, bis sie später beim Holzrücken gebraucht und richtig gefordert wurden.

Ein typisches Bienenhaus im Gewann Haberitti

Massives Schwarzwälder Backhaus

8

Die Einigung

Bis Mitte Dezember war auf der Höhe, mit Hilfe mehrerer Waldarbeiter-Kolonnen, die beachtliche Menge von einigen Tausend Weihnachtsbäumen geschlagen worden, und Fuhrleute hatten sie mit vielen Fuhren ins Tal transportiert. Dort wurden sie von Händlern aus Freiburg, Offenburg und anderen größeren Städten geholt und bis zum Heiligabend auf den regionalen Märkten verkauft. Nur eine geringe Menge blieb in Nordrach, wo sie ein Arbeiter im Auftrag des Bauern der einheimischen Bevölkerung feilbot. Für den Michaelishof war das ein saisonal blendendes Geschäft und Jahr für Jahr eine wichtige Einnahmequelle. Der Ertrag aus dem Wald war überhaupt das wichtigste Standbein. Dazu kamen Erlöse von der Jagd und nicht geringe vom Schnapsverkauf.

Der intensive Holzeinschlag dauerte allgemein von Mitte Dezember bis in den März hinein. Diesmal begann er mit über einem Monat Verzögerung, aber nichtdestotrotz, mit den Waldarbeitern der Gemeinde, ein paar zusätzlichen kräftigen Arbeitern, die der Bauer jedes Jahr extra für diese Arbeiten anwarb, und unter der Regie seines Knechts sowie der Oberaufsicht des Försters lief alles reibungslos wie am Schnürchen. Von kleineren Blessuren, wenn sich einer mit der Säge oder dem Beil leicht verletzte, blieb man von Unfällen verschont, was nicht selbstverständlich war, bei der an sich harten, gefährlichen Knochenarbeit. Oft gab es im Wald schon Todesfälle zu beklagen, nicht aber in den Wäldern des Michaelishofes.

Über sechs Wochen lang, Tag für Tag, hörte man auf den Höhen rund um den Täschenkopf, im Gebiete bei der Kopftanne und am Hermersberg, den eintönigen Sing-Sang der Sägen und das dumpfe Dröhnen der kräftigen Axthiebe fleißiger Waldarbeiter. Die Gemeindearbeiter mit Hannes und den Hilfskräften hatten unter Einsatz der zwei Pferde-Gespanne gute Arbeit geleistet. Am Ende lagerten insgesamt rund 1200 Festmeter, das waren etwa 900 Stück gutes Stammholz, an zentralen Sammelplätzen, waren an den Wegen verteilt und warteten auf den Abtransport. Nebenbei sind einige hundert Ster Brennholz angefallen und wurden sauber gestapelt, wo sie in Einzellose auf die Versteigerung warteten. Dieses Holz holten später die Käufer meist in Eigenregie vor Ort ab und transportierten es nach Hause. Natürlich ging ein größeres Quantum auch zum Michaelishof für den eigenen Bedarf, denn der Herd in der Küche, der Kachelofen und der Brennkessel verschlangen alleine über hundert Ster im Jahr.

Diese Aktion brachte immer sukzessive ordentlich Geld in die Kasse, auch wenn der Seppe-Michel sonst trotzdem nicht am Hungertuch genagt hätte. Bei der Schlussabrechnung schlugen wohl zusätzliche Kosten für die Fremdhilfe spürbar zu Buch. Das war aber das geringere Problem, in Anbetracht der massiven Behinderung infolge seines Unfalls, aber der dezimierte Ertrag war besser als gar nichts.

Wenn er wieder den Bus bestieg und ins Städtle nach Zell hinausfuhr, konnte er Wechsel und Schecks, nebst einem ordentlichen Batzen Bargeld in der Sparkasse abliefern. Dann sah er mit Stolz, wie der Kontostand sich vermehrte und von Mal zu Mal wuchs. Das ließ sein Herz ein wenig höher schlagen: „Sepp, du muesch'dr eigendlich kei Sorge moche", dachte er, ging hinterher schnurstracks in den „Sternen" und trank zur Krönung des Tages einen guten Schoppen Roten (oder zwei), einen Wein von Ortenberg, ein Weinort bei Offenburg, draußen am Ausgang des Kinzigtals. Solch einen Tropfen gönnte er sich nicht alle Tage.

Während des Holzeinschlags und wenn genügend Schnee lag, war er mehrmals mit dem von Pferden gezogenen Schlitten ins Revier gefahren. Erstens wollte er nach dem Rechten sehen, zweitens sich blicken lassen, damit die Leute wussten, für wen sie so hart schufteten. Ein paar Mal kam er trotz Behinderung in seinen geliebten Wald, nur leider nicht zur Jagd, was ihm hin und wieder schmerzhaft fehlte. Zumindest die Holzfäller konnte er bei ihrer schweren Arbeit begrüßen und ihnen eine Flasche Rossler mitbringen, damit sie etwas hatten, womit sie sich in den Pausen in der Waldarbeiter-Hütte innerlich aufwärmen konnten. Ein paar Büchsen Wurst und frisch gebackenes Bauernbrot brachte er auch mit. Das kam überaus gut an: „Dr Bur kennt ruhig alli Däg kumme, dr derf uns öfters b'suche", hörte er hinterher sagen. Wenn er dann sah, dass alles in seinem Sinne gut von statten ging, hob das merklich seine Laune und er war zufrieden.

Wegen der Jagd hatte sich auch eine pragmatische Lösung gefunden. Zweimal hatte der Seppe-Michel zum Treffpunkt an der Rautschhütte geladen und jeweils an Samstagen Drückjagden organisiert. Bis zur Hütte konnte er sich mit der Kutsche fahren lassen. Der Förster war anwesend und übernahm die Regie, zehn Jäger aus dem Umkreis oder bis ins hintere Kinzigtal waren eingeladen und sind gekommen, dazu haben sich drei Dutzend Treiber eingefunden. Bei den Männern im Dorf war diese Tätigkeit beliebt. Sie waren an der frischen Luft, kamen unter die Leute und am Ende gab es noch etwas Geld auf die Hand, nebst später einem guten Stück Fleisch vom Wild. Die meisten von ihnen wären nicht in der Lage gewesen, Wildbret beim Metzger zu kaufen, das hätten sie nicht zahlen können und wäre auch purer Luxus gewesen.

Sie mussten sich sonst mit Schweinefleisch aus eigener Schlachtung begnügen, wenn nicht gar nur mit Stallhasen oder Hühner und Gänse schlachten.

Der Knecht und die Magd hatten während der Jagd einen Brennplatz mit Rost neben der Hütte eingerichtet, und nach Abschluss der Jagd gab es diverse Leckereien. Jeder Schütze hat sein geschossenes Wild vor Ort aufgebrochen, die Innereien entnommen und Teile davon kamen nun auf den Rost und wurden gegrillt. Dazu machte die Most-Gutter die Runde, aber manche wollten lieber heißen Tee haben. Natürlich durfte zwischendurch oder am Schluss die Gläschen Obstler und Rossler nicht fehlen, während fertiges Grillgut auf den Tellern landete. Die Anwesenden griffen auch beim frischen Bauernbrot herzhaft zu, das die Bäuerin speziell für diesen Anlasse gebacken und mitgegeben hatte.

So eine Treibjagd im dichten Unterholz und bergigem Gelände kostete die Beteiligten enorme Kraft, machte hungrig und durstig. Und wenn sie schon einen Tag für eine anstrengende schweißtreibende Aktion im Wald opferten, dann durfte ein kulinarisches Vergnügen als Belohnung nicht fehlen. So etwas war ein Fest, das sonst kaum einer öfters genießen konnte. Doch nur so waren auch zukünftig weiterhin gute Leute für diese Aktionen zu gewinnen.

Bei der Betrachtung durfte man nicht übersehen, dass in den Haushalten Mitte der 1930er-Jahre bei den Normalbürgern bei weitem nicht täglich Fleisch auf dem Tisch kam. Solchen Luxus konnten sich nur Gutbetuchte leisten, aber auch Bauern, die über ein halbes Jahr lang ein Schwein mästeten oder die Ziegen im Stall oder Gelände hielten. Bei der Mehrheit waren es allerdings nur Stallhasen, doch auch da gab es zum Glück, wegen der guten Vermehrung der Hasen, durchaus sonntags ein oder zweimal im Monat einen leckeren Hasenbraten und dazu breite Nudeln mit Soße. Die richtige Zeit für die Schlachtungen der Schweine war meistens der Herbst. In der kühleren Jahreszeit ließ sich das Fleisch besser lagern, und für einen üblichen Haushalt sicherte das über den Winter den Fleischbedarf für mindestens ein halbes Jahr. Im nächsten Frühjahr um die Osterzeit gab es dann Lamm oder Schafsfleisch.

Nach Beendigung der Treibjagd, der Wildbret-Sammlung spätnachmittags, durfte die Jäger- und Treiberschar jeweils auf eine beachtliche Stecke blicken. Die Schützen erlegten bei den Treibjagden mal zehn, mal dreizehn Wildsauen, einige Hasen, ein halbes Dutzend Rehe und einmal sogar einen stattlichen Hirsch. Das aufgebrochene Wild brachten die Fuhrleute mit Karren ins Tal und lieferten es bei den örtlichen Metzgereien im Dorf an, ein Teil davon ging auch nach Unterharmersbach und Zell. Hauptabnehmer und Kunden der Metzger waren wiederum vorwiegend die örtlichen Wirtschaften, die dann ihre Speisekarte mit Wildgerichten ergänzten; sie warteten regelrecht auf Nachschub. Ragout vom Reh, Gulasch vom Wildschwein und andere Wildgerichte waren bei den Gästen sehr begehrt. Solche Gerichte zogen Gäste an und ließen das Geld in den Kassen der Wirte klingeln.

Im Kreis der Jäger, Treiber, Helfer und Zuschauer wurde natürlich hinterher auf den erfolgreichen Abschluss der Treibjagden kräftig angestoßen. Die Jagdhornbläser stellten sich in Positur auf und verbliesen die Strecke mit „Sau tot". Bis alle auseinander gingen und den Heimweg antraten, war kaum einer der Beteiligten noch nüchtern. Was der Seppe-Michel an Resonanz mitbekam, bestärkte sein Ego: „Es het alle vu uns e'heide Spaß gmocht un mer verspreche'dr: Mer kumme gern widder un stelle d'Saue, d'Hasen un Reh."

Das versöhnte den Bauern etwas mit seinem Handicap, nachdem ihm das Bein immer noch Schmerzen bereitete. Die Untersuchung im Zeller Krankenhaus, die zwischendurch mal sein musste, und die Röntgenbilder zeigten, dass alles in Ordnung war. Die vollständige Heilung braucht nur viel Zeit, und nötig wäre eigentlich mehr Ruhe und Schonung gewesen. „Die Krücken hätte ich eben gerne wieder in die Ecke geschmissen", meinte der Seppe-Michel achselzuckend und umschrieb damit elegant seine angeborene Ungeduld.

Zwischendurch kamen die Fastnachtstage, und die Narretei wurde seit 1906 in den Wirtschaften des Nordrachtals ausgelassen gefeiert. Der Elferrat traf sich immer am „Schmutzige Dunnschtig" in einer Wirtschaft im Dorf, läutete aber zuvor schon am 11.11. die fünfte Jahreszeit ein. Die Figuren des Glasmännle und des Glashansele zogen von Wirtschaft zu Wirtschaft mit dem Spruch: „Horig, horig isch di Katz un wenn di Katz nit horig isch, donn isch'es nit mei Katz."

In den Wirtschaften wurde das Dorfgeschehen der vergangenen Monate, des letzten Jahres, witzig glossiert. Allerhand Schräges und Skurriles kam dabei ins grelle Licht und manches Unglück oder Missgeschick wurde pointiert beleuchtet. Da kam die Geschichte des Seppe-Michels natürlich nicht zu kurz, denn sein folgenschwerer Sturz und die damit verbundenen Umstände waren längere Zeit das Tagesgespräch, wurde in Häusern und Höfen als Neuigkeit verkündet, und immer schwang ein wenig Häme und Spott mit. „Schadenfreude ist eben die schönste Freude", sagt schon der Volksmund. „Ja, und dazu immer mit den Fingern kräftig in der Wunde rühren, damit es richtig schmerzt." So sind die lieben Mitmenschen, egal wo auch immer auf dieser Welt. Aber die wundersame Wandlung „vom Saulus zum Paulus" blieb ebenso wenig ohne spitze Kommentare.

Für die Schulkinder der Kolonie und im Dorf war der Rosenmontag immer ein besonderer Tag. Erstens war schulfrei und zweitens durften sie am Umzug teilnehmen. Startpunkt war oberhalb des Dorfes bei der Wirtschaft „Zur Post", unterhalb vom

Schrofen, und der Zug ging langsam hinunter bis zum Kirchplatz. Die Kinder bekamen Wecken, und die geschickten durften sich Servela-Würste von Stangen angeln. Dazu wurde ihnen unterwegs eine Menge „Gutsele" (Bonbon) zugeworfen, die sie eifrig und wieselflink vom Boden auflasen.

Nach dem Umzug strömten die Kinder und Erwachsenen in die „Stube" oder ins „Kreuz", wo laut lärmend und grölend der Narr Urstände feierte. Jedes Kind bekam eine Flasche süßen Sprudel spendiert und es durfte auf dem Boden sitzend dem Treiben und den Reden der Alten lauschen, während die größeren altkluge Sprüche zum Besten gaben, bis es für sie Zeit wurde heimzugehen. Danach waren die Erwachsenen unter sich, jetzt fielen bei manchen sämtliche Hemmungen. Dann wurde es spät, oft sehr spät, was nicht wenige ausnützten, weil der Dienstag traditionell für die Arbeiter, Knechte und Mägde ein freier Tag war. Was konnte schöner sein, wie einmal sich so richtig zu besaufen.

Nicht überliefert ist, wie viele Kinder rund um den Monat November geboren wurden, die nicht alle ehelich während der Fasnet gezeugt worden sind. Naturbedingt nahm mancher die Narrenfreiheit allzu wörtlich, und das hatte nicht selten Folgen. Doch darüber redete niemand laut und die Betroffenen schon gar nicht.

Für die Heranwachsenden des Michaelishofs war Fasnet auch ein wichtiges Datum im Kalender, wo sie sich ausgelassen geben durften. Sie hielten zwar alle nichts von Maskerade und kindischer Narretei, dafür mehr vom Feiern und einmal richtig „die Sau rauslassen". Getrennt oder zusammen trafen sie sich mit Schulkameraden und Freunden, becherten und frönten allerlei Unsinn. Ein Alkoholverbot unter 18 Jahren war kein Thema, und da durchweg regelmäßig Most getrunken wurde, war Jung und Alt an ein gewisses Maß Alkohol gewöhnt und gewissermaßen immunisiert.

Wer am anderen Tag einen Brummschädel hatte oder unter Übelkeit litt, der war selber schuld und zog daraus eine Lehre – oder auch nicht.

Der Winter gab sich noch lange nicht geschlagen, doch Ende März zog warme Luft vom Mittelmeer her durch die Burgundische Pforte ins Rheintal und damit vom Südwesten auch ins Kinzigtal und dessen Nebentäler. Der Frühling kam zögerlich, ließ sich jedoch nicht mehr aufhalten. Im Talgrund blühten schon länger die Schneeglöckchen und Märzenbecher, nun sah man auf den Wiesen überall gelbe Schlüsselblumen, Anemonen und weit verbreitet den gelben Löwenzahn. Weiter oben im Bärhag und in den noch höheren Lagen dauerte das immer gut vierzehn Tage länger. Doch auch hier färbten sich die Wiesen zusehends grüner, junges Laub an Büschen und Bäumen sprießte, überall zeigte sich reges Leben, Bienen umschwärmten summend die Weidekätzchen. Man konnte zusehen, wie sich die Natur durchsetzte, während Ostern vor der Tür stand. Im katholisch geprägten Nordrach war Ostern das höchste christliche Kirchenfest und somit ein sehr bedeutender Tag im Kalenderjahr. Viele Vorbereitungen liefen im Vorfeld, und gefeiert wurde an diesem Tag mit der gesamten Familie – und wo? – natürlich zuerst in der Kirche. Hinterher sah man die Männer in einer der Wirtschaften beim Frühschoppen am Stammtisch sitzen. Das Festtagsmahl zum Mittag nahm man, der Tradition folgend, in und mit der Familie ein. Hannes war inzwischen siebzehn Jahre alt, hatte einige freie Tage und verbrachte sie bei den Eltern zuhause.

Im diesem Jahr wollte er den Lehrabschluss machen und dann würde er Geselle sein. Jetzt hielt der Seppe-Michel die Zeit reif für ein ernstes Vater-Sohn-Gespräch. Das hatte er sich, dem wichtigen Ereignis entsprechend, für den Ostersonntag-Nachmittag vorgenommen. Das Festtagsmahl würde eine gute Grundlage sein und ein günstiges Klima schaffen, wie er spekulierte. Wie seit alters her im Rahmen hoher Feiertage, bereitete die Bäuerin zum Hauptgang einen Rinderbraten mit Fleisch von eigenen Tieren. Dazu gab es selbstgemachte breite Nudeln, zu denen sie eine fein abgeschmeckte dicke Bratensoße servierte, der sie sogar einen guten Schuss Rotwein zugegeben hatte. Dazu gab es frischen Ritscherlesalat (Feldsalat, Rapunzel, Sonnenwirbele, wie er regional heißt) aus dem eigenen Garten und knackige Kracherle (geröstete Brotwürfel). Für das Dessert hatte Affra ein Glas Eingemachtes aus dem Keller holen lassen und daraus jedem eine Schale Pflaumen hingestellt. Zum krönenden Abschluss gab es noch ein Digestif als Verdauerle. Natürlich bekamen sie alle einen Schnaps, denn der Hannes und die Mädchen zählten sich ja schon fast zu den Erwachsenen. Das war zum wunderbaren Festtagsmenü sozusagen „das Tüpfelchen auf dem I".

Wenn solch ein exquisites Essen auf den Tisch kam und es bestand eine günstige Gelegenheit, dann wurde ebenso reichlich gegessen und es zog sich hin. Das gab es schließlich auch auf dem Michaelishof nicht alle Tage. Man hatte Zeit, nicht wie sonst alle Tage, wo jeder permanent unter Zeitdruck stand.

Dabei war es guter Brauch, dass an solchen Tagen und besonderen Gelegenheit selbstverständlich auch das Gesinde, die Mägde und der Knecht, am festlich gedeckten Tisch Platz nehmen durften. Oben an der Stirnseite des Tisches saß der Bauer, neben ihm an der rechten Seite die Affra, links und rechts die Kinder, dann kamen die Mägde und der Knecht.

„S'gibt ebbe nix besseres wie ebbis gueds", war ein geflügelten Wort und bezeichnete treffend das allgemeine Empfinden, wenn es allen am Tisch sehr gut geschmeckt hatte. Die Schwaben bringen es mit wenigen Worten auf den Punkt: „Me chas esse" (man kann es essen), und das ist das höchste Lob für eine Köchin.

Saß man schon einmal im Michaelishof am großen Tisch zusammen, dann wurden allgemeine Planungen familiärer und höflicher Belange diskutiert. In der Runde wurde besprochen, was im bevorstehenden Jahr alles am dringlichsten und wann gemacht werden musste. Der Knecht sollte sich hauptsächlich ums Vieh auf den Weiden kümmern, und um alles, was mit Wald, Feldern, Wiesen, bis hin zur Einbringung der Ernte zu tun hat. Der Bauer wollte rechtzeitig nach drei Hütebuben Ausschau halten, damit sie auf das Vieh aufpassen und bei anderen Dingen helfen. Er wollte sich außerdem neben der Brennerei dem Wald und Holz sowie der Jagd widmen – wenn's geht. Die vornehmlichste Aufgabe der Mägde ist melken, das Vieh im Stall versorgen und bei den Arbeiten sowie Ernten auf den Feldern zu helfen. „Ich werde in der Saison, je nach Bedarf, wieder vier bis sechs Taglöhner oder Arbeiterinnen anheuern, und wenn's eng wird, dann wird der Hannes und unsere Mädchen auch tüchtig mithelfen, nicht wahr? Ich verlass mich auf euch". „Ja Vater, wie immer sind wir da wenn's brennt", bestätigten Cecilia und Margarete unisono. „Wir sind leider keine Prinzessinnen auf der Erbse." Wenn ich frei bekomme helfe ich natürlich auch", ergänzte Hannes.

Bei der Cecilia war das jedoch noch nicht so sicher, denn sie würde in diesem Jahr die Schule beenden und wusste noch nicht, wie es danach weitergehen sollte, ob sie dann die Hauswirtschaftsschule besucht oder auf eine andere Schule wechselt. „Ich würde gerne als Bedienung im „Adler" oder im Dorf arbeiten", gab sie ihren heimlichen Wunsch preis. Der Vater verschluckte sich beinahe, als er das hörte. „Das schlag dir mal schnell aus dem Kopf, Cecilia, eine Michels arbeitet nicht als Bedienung in einer Wirtschaft, verstanden, und sie lässt sich nicht von den Kerlen dumm anmachen", protestierte der Vater. „Ich kann mich schon wehren, da habe ich keine Sorge", erwiderte die Tochter. „Lassen wir das Thema", wiegelte die Mutter ab. „Wir werden sehen, wie es kommt. Mir wäre aber schon lieber, du machst die Schule und lernst was Gescheites für den Haushalt dazu. Wenn du einmal Bäuerin sein wirst, dann musst du alles rund um den Herd beherrschen, und du weißt, auf den Bauernhöfen ist Brotbacken die Sache der Frauen und jedes gut gelungene Brot ist ihre Visitenkarte. Dann bedarf es eine Menge Wissen über die Vielfalt der Kräuter und erst recht über die Gemüsezubereitung zu erlernen, und Doktor für die ganze Familie muss eine Bäuerin auch sein."

„Dass'd ab'r nit widder so grob und usfallend zu d'Lit bisch, Bur, sonsch kriege'mer niemend me", mahnte etwas kleinlaut der Knecht und brachte die Unterhaltung in eine andere Richtung. „Schwätz nit, Knecht, i'bin sanft wi'e Lamm zu'd Lit, wenn'se sich nit so saudumm a'stelle welle", erwiderte der Bauer, sehr wohl seine schwache Seite kennend.

„Ja, da haben wir wieder eine Menge Arbeit vor uns, bald geht es richtig los und ich hoffe, es wird ein erfolgreiches Jahr. Dann hoffe ich ferner, es passiert mir oder anderen nicht wieder so ein verdammtes Missgeschick wie zuletzt, das muss niemand haben. So, und nun trinken wir noch ein gutes Griesewässerle auf das Gelingen; zum Wohl." Alle erhoben das Glas und stimmten ein: „Zur G'sundheit". „So, des wär jetzed au'gschwätzt", beendete der Bauer die Runde. „Jetzed leg'i'mi e'Stündle ufs Ohr un ihr, Amalie, Maria, helft'dr Büri s'Geschirr versorgen, un donn hen'r für'de Rescht vum Dag un morgen, am Oschdermendig, frei. Goht heim un'grüßt'mer euri Familien. Un du, Hermann, guggsch nochmols noch'd Gäul un gibschene gnug Hafer. Sie solle au was vum Firdig hen. Donn gilt s'glichi au für dich." Die Mägde und der Knecht bekamen noch ein Fleisch- und Wurstpaket mit, dazu zwei bunte Ostereier und einen fünfzehn Zentimeter messenden roten Zucker-Osterhasen.

Narrenfiguren: Glashansel und Glasmännle

9

Die Weichen werden gestellt

Während der Bauer am Mittag des Ostersonntags sich nach dem üppigen Menü zurückzog und eine Stunde in der Kammer aufs Bett legte, kehrte Ruhe im Haus ein. Die Mägde wollten ins Dorf gehen, heim zu ihren Familien, der Knecht in den „Adler", wo er sich einen Schoppen Roten genehmigte. Mit Hannes und den Mädchen, der Cecilia und Margarete, hatte der Vater vereinbart, dass um vieri (16 Uhr) die Bäuerin richtigen Kaffee brüht und auf den Tisch bringt. Richtiger Kaffee heißt aus Kaffeebohnen und nicht, wie wochentags üblich, Muckefuck (Malzkaffee oder geröstete Gerste und ähnliches) mit viel Milch.

Kurz nach vier saß die Familie vereint am großen Tisch. Herrlicher Duft nach frisch gebrühtem Kaffee erfüllte den Raum. Neben jedem Gedeck lag ein Stück Hefezopf und ein Stück Kirschplotzer auf dem Teller. Die Bäuerin hatte für den Kuchen, den sich die Kinder gewünscht hatten, extra ein Glas eingemachte Kirschen geöffnet und in den Kuchenteig gegeben. Auf dem Tisch lagen außerdem für jeden fünf handbemalte Ostereier im gebastelten Strohnest, und Hannes und seine Schwestern erhielten dazu noch einen roten Zucker-Osterhasen.

Dem Bauern hatte die Affra ein paar lange Unterhosen beim letzten Bauernmarkt im Dorf besorgt sowie zwei warme Unterhemden aus Angorawolle. „Wenn du wieder auf dem Hochsitz die Nacht verbringst, sollst du es warm haben", säuselte die kleine rundliche Frau. „Kumm go furt, des häd's nit brucht, abr s'wird scho nütze", meinte schmunzelnd der Sepp. „Für dich hab ich leider nix besorgt. Weil ich nicht jagen konnte, hab ich dir keinen Osterhasen schießen können." „Mocht nix, i'bins au nit gwent vun'dr, dass'de an mi denksch." Das war ein deutlicher Wink mit dem Zaunpfahl, und der Sepp hat es wohl gehört, ohne es weiter kommentieren zu wollen. Er hätte auch nie zugegeben, mal ein schlechtes Gewissen zu haben.

Nun war die Familie einmal in der gemütlichen Bauernstube unter sich, nur im familiären Bereich, was in dieser Form selten genug vorkam. Die Mädchen im Teenageralter waren sonst an Sonntagen oder Feiertagen gerne irgendwo draußen im Tal oder in der Kolonie schwadronieren und trafen sich dort mit anderen aus der Schule, oder beiden Schulen, wobei sich Jungen wie Mädchen trafen. Zur Schule im Dorf gab es übrigens immer kleinere Rivalitäten, aber nie so ernst gemeint.

Der Sohn war sowieso nur am Wochenende da, und ihn zog es dann mehr ins Dorf, wo er hinter der Kirche auf dem Festplatz mit Freunden bolzte, oder er saß mit Gleichaltrigen in einer der Wirtschaften. Das „Kreuz" war ein beliebtes Ziel, weil es dort eine Kegelbahn gab, und was lag da näher, wenn sie in einer Clique zusammen waren, sie kegelten eine oder zwei Stunden.

Jedes verlorene Spiel kostete die unterlegene Partei eine Runde Schnaps, und das läpperte (summierte) sich, neben dem damit verbundenen Spaß. Nicht selten kam der Hannes nur noch mit viel Mühe und sehr spät in der Nacht, oder exakter, „frühmorgens", unbeschadet nach Hause. Der Montag wurde dann ein harter Tag für ihn, denn um rechtzeitig am Arbeitsplatz zu sein, musste er mindestens um 6 Uhr wieder vom Hof aufbrechen. „Was uns nicht umbringt, macht uns nur härter", war seine Devise.

Die geräumige Bauernstube mit rustikalem Ambiente hatte für ein Wohnzimmer beachtliche Ausmaße. Alle Wände und die Decke waren holzgetäfelt. Innen verliefen an drei Seiten der Außenwände Holzbänke mit aufwendig geschnitzten Fußteilen. Obenauf lagen Kissen lose verteilt, und man konnte sich dort bequem niederlegen, wenn man wollte. Oder es fanden viele Personen eine gemütliche Sitzgelegenheit, wenn mehr Leute im Raum weilten, als Stühle zur Verfügung standen. Im Raum verteilt hingen großformatige Ölportraits in wuchtigen Bilderrahmen. Sie zeigten die Vorfahren des Hofs in stolzer Pose.

In einer Ecke war der in der katholischen Bevölkerung obligatorische Herrgottswinkel eingerichtet, mit Kreuz und geschnitztem Gekreuzigten, einigen Marienbildchen, zwei Schmuckkerzen von der Erstkommunion der Mädchen, und nebenan hing unter Glas der Hochzeitskranz der Bäuerin, den sie schon von der Großmutter geerbt hatte. Das Schmuckstück war so staubgeschützt verwahrt im großen schwarzgolden bemalten Rahmen. Dann hing an der Wand noch ein in bäuerlicher Bemalung geschmücktes Schränkchen: „der Erste-Hilfe-Schrank", wie der Seppe-Michel gerne scherzte, und einige Flaschen diverser Schnäpse, nebst einem halben Dutzend Stämperchen (Schnapsgläser) verwahrte.

An der inneren Seitenwand der Stube stand eine auch im Bauernstil bemalte mannshohe Standuhr. Wohlbedacht für den gewählten Standplatz war, dass sie nicht eventuell an einer kalten Außenwand Schaden nahm. Auffallend waren das beständig langsam schwingende Perpendikel und ein gleichbleibendes tieftöniges Ticken. Dieser Tick-Tack-Ton war als permanentes Hintergrundgeräusch vernehmbar, fiel jedoch keinem mehr auf und es störte nicht. Wer im Haus wohnte, hatte sich längst daran gewöhnt. Pünktlich zu jeder halben Stunde ertönte ein Glockenschlag im Westminster-Klang, und zur vollen Stunde, die Anzahl der Stundenschläge.

Tief in den Raum ragte der repräsentative, mächtige grüne Kachelofen mit umlaufender Ofenbank, der Kunscht, und von der Decke hing ein dreiseitiges Holzgestänge mit gedrechselten Stacheten. Weilten nicht gerade Besucher im Haus, trocknete die Bäuerin oft Socken und Unterwäsche daran oder sie hing diverse Kleidungsstücke auf, die warm gehalten werden sollten. Dieses Schmuckstück in der Stube wurde von der Küche aus beheizt. Durch die große gusseiserne Kachelofentüre passte eine komplette Welle Brennholz (gebündeltes Kleinholz, ein Meter lang und etwa 30 Zentimeter im Durchmesser). Neben dem Kachelofen stand eine im Bauerndekor bemalte Truhe mit geschmiedeten Zierbeschlägen, und in einer der Ecken noch ein prächtiges Spinnrad. Mittig, den Raum dominierend, lud ein großer Tisch aus massivem Nussbaumholz zum Verweilen oder Essen ein, der normalerweise zwölf Personen Platz bot, und drum herum standen genauso viele ungepolsterte Holz-Stühle.

In diesem rustikalen Rahmen war nun am Ostersonntag für den trauten familiären Rahmen die Kaffeetafel gedeckt. Zuerst ließen sich alle am Tisch den Bohnenkaffee schmecken und aßen genüsslich ein Stück vom Kirschplotzer, das Stück Hefezopf kam später hinterher. Über den Osterhasen und die Geschenke herrschte allseits Freude. Der Bauer drückte extra jedem seiner Kinder noch drei 5-Reichsmark-Gedenkmünzen in die Hand, mit dem Motiv Goethes, die zu dessen 100. Todestag herausgegeben worden waren. Die Münzen hatte er in der Sparkasse in Zell gekauft, während er vom Krankenhaus aus einmal mit den Krücken durchs Städtle promeniert war und ihm auf fielen. „Die werden sicher einmal wertvoll sein, hebt sie also gut auf", gab er seinen wohlgemeinten Rat dazu.

„Nun zu dir Hannes, du beendest ja dieses Jahr die Lehre. Ich gehe jetzt mit schnellen Schritten auf die Sechzig zu und – außer der dummen Sache mit dem Bein – machen sich nach und nach noch andere lästige Breschden (körperliche Beschwerden) bemerkbar. Heute schon ist absehbar, dass ich irgendwann der harten körperlichen Arbeit auf dem Hof nicht mehr gewachsen bin und mehr Zeit im Schaukelstuhl verbringen will. Da wäre es mir schon sehr recht, wenn du als der Hoferbe und Nachfolger, nach und nach einen Teil der Aufgaben übernimmst. Ich geh doch davon aus, dass du auf dem Hof bleibst und nicht andere Gedanken hegst", fügte er, keine Widerrede erwartend, mit ernstem, fragendem Unterton hinzu.

„Darüber habe ich mir noch keine Gedanken gemacht, Vater. Jetzt will ich erst mal die Schlosserlehre abschließen. Ich denke aber schon, dass ich den Hof übernehmen will, wenn ich meinen Schwestern nicht zu viel auszahlen muss." „Hört ihr das Klefferle, jetzt will er schon unterschwellig ums Erbe feilschen", warf sein Vater lachend ein, die Mädchen kicherten und ließen auch ein „hört, hört", vernehmen. „Das wird sich schon regeln, da sorge ich vor, damit keines von euch kurz kommt", fügte der Seppe-Michel an und den Mädchen zugewandt, um das Gespräch in Richtung Harmonie zu lenken.

„Nach Abschluss der Lehre will ich noch zwei, drei Jährli als Geselle schaffen, erstens Geld verdienen und zweitens brauche ich mehr Erfahrung im Beruf und in den neuen Techniken. Jährlich kommen viele neue Geräte und Maschinen auf den Markt, die einmal auch für den Hof nützlich sein können, da will ich vorbereitet und im Umgang versiert sein. Für zusätzliche Erfahrung und Kenntnisse bei den neuen Techniken wäre das also günstig. Danach bin ich bereit und steige als Junior im Hof ein. Wenn ich das 1937 oder 1938 mache, dann bist du in den sechziger Jahren und sicher noch gued z'weg." „Gud, Hannes, uf e'gewisse Übergangszit kummt's mer nit an, abr i'will lieber hit scho wisse, wo'i dron bin un i'bin donn beruhigter", entgegnete der Vater.

„Vadder, i'hab ab'r noch e'andri Idee", ließ sich der Sohn vernehmen. „Der Ritter baut nicht nur, er verkauft doch auch, wie du weißt, landwirtschaftliche Geräte. Im Betrieb werden diverse Anhänger aller Größen angefertigt, wie auch Seilwinden, Most- und Weintrotten und eine Menge andere Dinge. Im letzten Jahr hat der Chef schon drei leistungsstarke Lanz-Bulldogs verkauft. Die Schlepper des Mannheimer Herstellers sind seit 1921 erfolgreich am Markt. Des sin villicht Dinger, des muesch g'säne ho, was di alles kenne." „Red' scho Bue", meinte der Vater neugierig geworden. „Gut, dass du das ansprichst, das wäre bestimmt das Richtige für unseren Hof. Ich hab schon damit geliebäugelt, seit der Echtle-Säger unten beim Sägewerk so einen Bulldog laufen hat." „Ja, zum Lanz-Bulldog gibt's sogar eine angebaute Seilwinde. Damit zieht man leicht die Stämme aus dem Wald oder reist Baumwurzeln aus dem Acker. Dann kann man eine Doppel-Pflugschar anbauen, und wo es zu steil ist zum Fahren, wird einfach der Pflug mit der Seilwinde bergauf gezogen. Das geht wie geschmiert", ergänzte Hannes. „Du hättest wohl auch einen guten Verkäufer abgegeben, was Hannes", lobte der Vater.

„Dann hat er neuartige Dreschmaschinen anzubieten. Die kleinen Typen könnten problemlos auf unserer Tenne Platz finden, und sie werden dann vom Bulldog aus über Transmissionsriemen angetrieben. Mit solch einem Gerät geht die Drescherei in kürzester Zeit, und man ist dabei im Trockenen. Das spart viel Kraft und schafft Zeit für andere Dinge."

„So ein Bulldog mit diversen Gerätschaften und auch noch eine Dreschmaschinen das kostet aber doch einen Haufen Geld, Hannes." „Scho, Vader, erschdens däde mer abr, weil jo i'dort schaff, vom Ritter-Alfred e'guede Rabatt kriege und zweidens hämmers doch, un du müscht'di nimmi so ploge, un denk dro, de Knecht wird au nit jünger." „Ich muss mir das gut überlegen, aber Unrecht hast du nicht. Bisher hab ich mich einfach vor dem neumodischen Zügs gescheut. Wir hätten aber schon lange mehr in Maschinen investieren sollen. Weißt du, ich komme einfach demnächst am Freitagnachmittag nach Zell und schau mir das beim Ritter an, sag deinem Chef Bescheid. Hinterher kannst du dann gleich mit mir heimfahren." „Nein, das geht nicht, ich muss am Samstag noch arbeiten, das weißt du doch." „Ach ja, richtig, bis Mittag ist noch Arbeitszeit. Na dann komme ich eben an einem Samstagmorgen mit dem Bus nach Zell."

Aus der Unterhaltung wurde ein längeres Gespräch. Die Mädchen hatten sich zwischenzeitlich mit der Mutter verzogen und beredeten in der Küche ihre eigenen Sachen. Zum Schluss holte der Bauer eine Flasche Kirschwasser aus seinem „Geheimschränkchen" und goß zwei Gläser ein. „Bub, bisch ald gnug, derfsch au mol e'Schnäpsle trinke." „Ha jo Vader, was meinsch wieviel Humbe i'nach'eme Fußballschpiel bim Kegle scho gleert han, un monch Gläsli Obstler obedruf." „Hannes, i'will gar'nit alles wissen, i'bin als Jugendlicher au'kei Engel gsi."

„So", sagte der Seppe-Michel, „ich geh jetzt hinunter in den „Adler", kannst ja mitkommen, wenn du nichts anderes vorhast." „Nein, mit den Alten am Stammtisch sitzen, will ich heut nicht, ich treffe mich noch mit dem Alois vom Bärhag und zwei oder drei anderen Burschen, dann schauen wir, wie wir den Rest des Tagesrumbringen, da wird es bestimmt spät heut' Nacht. Morgen kann ich ja länger ausschlafen.

Eventuell gehen wir auch ins Café „Mooseck". Da sollen sich immer heiße Frauen von der Heilstätte aufhalten. Vielleicht ist etwas Knuspriges dabei", ergänzte verschmitzt der Sohn. „Da wäre mir lieber, Hannes, du würdest nach einer properen Köchin (Umschreibung für gestandene Bäuerin oder Hausfrau) Ausschau halten." „Des het no long Zit, un kummt Zit, kummt Büri", meinte der Hannes nüchtern, vorerst will ich noch meinen Spaß haben. An Selbstbewusstsein fehlte es dem Hannes nie. Er wusste sehr wohl, dass er auf Frauen sehr anziehend wirkte, und allein schon wegen seiner kräftigen Figur wirkte er trotz seiner Jugend älter.

Nach dem Familientag am Feiertag, der erstaunlich harmonisch verlaufen war, traf sich der Hannes am Ostermontag mit einigen Burschen und Mädchen des Hintertals, und sie zogen miteinander hinaus ins Dorf. Dort hatte der Briefträger-Alfred einen großen freien Raum im Erdgeschoss seines Hauses, der einst dem Großvater als Schreinerwerkstatt diente. Seit Jahren wurde die Werkstatt nicht mehr benützt. Hier konnte die Jugend sich zwischen Sägemehl und Staub unbeobachtet verweilen, ausgelassen feiern, trinken und allerlei frivolen Blödsinn machen. Das dauerte bis tief in die Nacht, dabei störte es keinen, wenn es laut wurde. „Heute lasst uns feiern, morgen ist ein anderer Tag", war angesagt und galt nicht nur für die Jugend.

Oben: Café „Mooseck" Unten: Backofenschmiede Merkenbach

10

Denkwürdiges Bauerntreffen

Mit dem Zweispänner fuhr der Seppe-Michel am Ostermontag um zwei (14 Uhr) auf geschotterten Waldwegen zum Mühlstein. Bis er dort war, dauerte es eine Weile, dann trat er forschen Schrittes in die Gaststube des „Vogt auf Mühlstein" ein. Der Förster war schon da, der Bruder-Toni ebenfalls und auch der Kuttelrainer-Xaveri, der Heiner-Bur und's Schwarzebecks-Willi. Von den Schottenhöfen fehlten jetzt noch der Fehrenbacher-Fritz und der Spitzmüller-Alois, die auch kommen wollten, wie der Stollengrund-Bur und zwei Bauern vom Wickersbach und Ensberg auf Oberharmersbacher Gemarkung. Bis jeder sein Bier auf dem Bierdeckel stehen hatte, oder vor sich ein Krügle Most und ein volles Glas, waren die Nachzügler auch da und hatten einen Platz gefunden.

Der Bildstein-Frieder hielt die Ansprache und umriss kurz und sachlich die Probleme, die verstärkt in der letzten Zeit aufgetreten waren, und berichtete vom Ärger und Unmut, der sich sukzessive aufgeschaukelt hatte, „und dass die Wildschäden in den, dem Revier vom Seppe-Michel angrenzenden Feldern und Liegenschaften, leider enorm zugenommen haben. Der massive Ärger kam auf, weil der Jagdpächter sich bisher geweigert hatte, seiner nach dem Jagdgesetz zwingenden Schadensausgleichsverpflichtung nachzukommen. Nach dem bisherigen verbissenen Widerstand habe sich der Waldbesitzer und Jagdpächter Josef Michel aber nun bereit erklärt, für eine einvernehmliche Lösung offen zu sein. Ich begrüße das und will gerne mein Teil beitragen, damit alle am Ende zufrieden sind."

Der Gastraum in der Traditions-Wirtschaft ist eng und hat eine niedrige Deckenhöhe. Der Geräuschpegel in der vollbesetzten Stube stieg demzufolge schnell an, und trotzdem war das versteckte Grummeln und Gemurmel heraushörbar. Es knisterte unterschwellig und deutlich war spürbar, wieviel Unmut, wieviel Ärger in der Luft lag, der sich in jüngster Zeit massiv angestaut hatte. Das mag vielfach nicht einmal sachliche Gründe gehabt haben, sondern mehr Solidarität mit den Schwächeren oder einfach Missgunst und Neid. Man fühlte deutlich, es herrschte Gewitterstimmung. „Bitte haltet euch zurück und wartet ab, was der Seppe-Michel zu sagen hat", rief der Förster bestimmend und zur Ordnung rufend in den Raum. „Nun, Sepp, jetzt bist du dran, du hast das Wort."

Der Seppe-Michel nahm zuvor noch einen kräftigen Schluck aus dem Bierglas, erhob sich in langsamer Pose und wandte sich dann mit fester Stimme an die versammelten Bauern. „Mir ist klar geworden, wir Bauern müssen zusammenhalten, nicht nur aus Gründen des harten Existenzkampfes, dem die meisten von uns hier in den engen Tälern des Schwarzwaldes und auf den kargen Höhen ausgesetzt sind. Und noch ein Grund, der mir Sorgen bereitet, das ist die politische Lage, die wie ein Menetekel am Himmel aufzieht. Sicher will ich nicht klagen, ich habe es im Gegensatz zu vielen anderen von euch noch gut getroffen, aber mir wird auch nichts geschenkt. Und wie heißt es allgemeinen: ‚Was du von deinen Vätern hast ererbt, erwirb es, um es zu besitzen.' Auf der anderen Seite habe ich nicht die Zeit, jedem Hafekäs – wieder verstärktes Gemurmel im Hintergrund – nachzugehen. Von überall werden bei mir ständig, oder ich höre es auf Umwegen, vermeintliche oder wirkliche Wildschäden gemeldet, und ich kann sie nicht alle prüfen. Da wäre ich nur noch wegen solchen Sachen unterwegs, und ein Goldesel bin ich auch nicht, der schnell überall Dukaten ausspuckt. Ich kenne mich gut genug und weiß, wie schnell mich Sachen auf die Palme bringen und zur Weißglut reizen können, wenn mir ein Ding gegen den Strich geht. Vom angeborenen Egoismus will ich mich auch nicht freisprechen. Mein Unfall im letzten Herbst und die Tage danach im Krankenhaus haben mir aber gezeigt, wie hilflos man von einem Augenblick zum anderen sein kann, hilflos wie ein Kind, und ist dann auf andere angewiesen. Sogar den Hintern muss man sich putzen lassen, wenn man das nicht mehr selber kann. Da hatte ich viel Zeit zum Überdenken und Nachdenken und kam letztlich zum Ergebnis: Ich kann nicht überall mit dem Kopf durch die Wand – obwohl ich es ehrlich gesagt gerne täte, und es meinem Naturell entspricht (Lachen im Raum). Deshalb habe ich mich entschlossen, ich will mich künftig zügeln und aufkommender Zorn im Zaum halten. Vielleicht hilft mir Altersweisheit dabei ein wenig mit (klopfen auf den Tisch quittiert Zustimmung). Zusätzlich bin ich zur Einsicht gekommen, wenn es mir gut geht, sollte es meinen Nachbarn auch gut gehen, sonst schauen sie nur scheel auf meine Familie. Nun habe ich mir folgendes überlegt: Die letzten Drückjagden waren immer ausgesprochen erfolgreich, und jedes Mal wurde eine ansehnliche Strecke erlegt. Da das Wild sehr zugenommen hat, was neuerdings mit ein Grund für eure Klagen ist, werde ich im Schnitt noch ein oder zwei Drückjagden mehr im Jahr initiieren und in wechselnden Gebieten organisieren. Das wird erstens die Populationen dezimieren, und zweitens von der Summe einzelner Strecken bekommt jeder Anrainer, die hier ja vollzählig anwesend sind, einmal im Jahr ein Wildschwein oder Reh, und je nach Jagderfolg vielleicht noch einen Hasen. Dieses Wild kann er dann für sich verwerten oder verkaufen. Sollte einmal ein Hirsch einem Jäger vor die Flinte laufen, dann kommt der Erlös in einen Topf für Eventualitäten, oder dass wir vielleicht auch einmal ein schönes Waldfest veranstalten können. Mit dieser pauschalen Lösung muss ich keinen Schadensermittlungen mehr nachgehen. Das spart mir Zeit und Energie."

Eine gefühlte Ewigkeit lag Schweigen im Raum und man spürte geradezu, wie es in den Köpfen arbeitete. Die bodenständigen Schwarzwälder Bauern sind im Grunde bedächtig, handeln wohlüberlegt, sie stehen dann aber auch zu einer Entscheidung, wenn sie sich einmal dazu durchgerungen haben.

Dann setzte heftiges Klopfen mit den Fingerknöcheln auf den Tisch ein, ein Zeichen, dass zumindest die Mehrheit den Vorschlag begrüßte und einverstanden war. Der Lärmpegel wegen des durcheinander gehenden Geredes setzte nun schlagartig ein, und man hörte die Anwesenden spürbar durchatmen. „Das wäre eine Lösung mit der wir leben können", sagte der Kuttelrainer-Xaveri und machte sich damit zum Sprecher aller. In Wahrheit war er froh, dass es überhaupt zu einer Lösung kam, und es am Ende übers Jahr ein paar Mark Schadensersatz gab oder willkommenes Fleisch einer kapitalen Wildsau, auf welchem Wege auch immer. „Alle gued, so hemmer's b'schlosse", nahm der Seppe-Michel die Rede wieder auf. „Förster du mochsch e'kurz Protokoll un mr'alle setze d'Unterschrift uf's Papier. So, un donn drinke alle e'Bier un e'Obschtler uf minni Rechnung."

„Seppe-Michel, dass du mit einem brauchbaren Vorschlag kommst und dann auch noch spendabel bist, habe ich nicht erwartet, Respekt", lobte Fehrenbachers Fritz – und wieder klopften alle auf den Tisch. Demnach waren die Versammelten zufrieden, und es wurde danach noch ein langer Tag. Bis spät in die Nacht zechten die Anwesenden, redeten wild durcheinander und diskutierten um des „Kaisers Bart". Die Niederungen der hohen Politik kamen dabei ebenfalls nicht zu kurz, und Außenstehende hätte es sicher erstaunt, welche politischen Koryphäen es im hintersten Winkel des Schwarzwaldes gab.

Nachdem sich der Bauer in der Nacht endlich auf den Heimweg machte, stand längst der Vollmond am Himmel und tauchte die Höhen in dezent-diffuses Licht ein. Einzeln stehende Bäume warfen lange Schatten und bewirkten eine gespenstische Szenerie. Alles wirkte geheimnisvoll und ergab ein Bild, wie das sicher einst Goethe beim Schreiben seines Gedichtes „Der Erlkönig" vor Augen hatte. Mystisch und ein wenig unheimlich, eben nichts für schwache Gemüter oder Angsthasen. Einen Jäger konnten jedoch weder solch ein Bild, noch die vielen ringsum hörbaren Geräusche schrecken. Die Natur schläft eben nie und gerade nachts sind viele Tiere aktiv. Ihre glühenden Augen schienen wie kleine Lichter durchs Gebüsch zu huschen.

Die Pferde mit der Kutsche fanden alleine und fast blind den Weg über die Flacken, dem Stollengrund zu, und dem Hof weit oberhalb des Bärhags. Bis er dort eintraf, war sein Kopf schon wieder etwas klarer. Im großen Hof war längst Ruhe eingekehrt, nur gelegentlich hörte man aus dem Stall das Muhen einer Kuh. Vielleicht fühlte sie sich von einer der Katzen gestört, die nachts gerne in den Ställen umherstreunten.

Die Bäuerin schlief schon lange in der Kammer, und auch das Jungvolk hatte sich in ihr Reich zurückgezogen. Ob sie schliefen oder im Schein einer Kerze oder Petroleumlampe ein Buch lasen, war nicht erkennbar. Zu hören war jedenfalls nichts, selbst als der Bauer polternd die Küche betrat, nach einer Kerze suchte und dann nach dem Mostkrug griff. Sein Hals schien ausgetrocknet, er verspürte Durst und brauchte noch einen kräftigen

Schluck, bevor er ins Schlafgemach wankte, wo er sich nach dem langen Tag ermattet ins Bett sinken ließ.

Die Arbeitswoche begann am Osterdienstag für den Seppe-Michel wieder mit Kopfschmerzen, diesmal war es eher vom vielen Bier, Most und Schnaps des Vortags. „Heute gehe ich nicht zur Heidekirche hoch und auf den Hochsitz rauf", beschloss er wegen der schmerzhaften Erfahrung im letzten Jahr. Anstelle eines Frühstücks trank er lieber ein Glas Most und kippte ein Zibärtle hinterher. Bis gegen Mittag war dann der Kater vertrieben.

Das übliche Geschäft stand an, denn im beginnenden Frühjahr gab es wieder allerhand vorzubereiten und zu tun. Überall sollten die Arbeiten möglichst gleichzeitig gemacht werden. Sobald die Frostperiode vorüber war und der Boden gelockert, wurde der Sommerweizen eingesät, während die Wintergerste schon grünte. Die letzten Felder mussten noch gezackert (gepflügt) werden, und später kamen die Saatkartoffeln in den Boden. Alle Wiesen hatte man in den vergangenen Wochen geeggt und gewalzt und dann mit etlichen Fuhren Mist gedüngt, damit alles kräftiger sprießen sollte, und nun sah man geradezu das Gras wachsen. Selbst der Brennkessel durfte in diesen Wochen auf dem Michaelishof nicht kalt werden. Somit wartete in allen Ecken harte und zeitintensive Arbeit. Der Knecht und die Mägde waren seit Wochen schon wieder rührig und so ging alles seinen geordneten Gang.

Unterdessen hatten die Fuhrleute das letzte Stammholz auf Langholzwagen verladen und in zahlreichen gefährlichen Transportfahrten aus den Wäldern gebracht und ins Tal geschafft. Bei den Langholzwagen handelte es sich um ein spezielles Gefährt, bestehend aus dem zweirädrig-lenkbaren Teil mit Deichsel, das über eine in der Länge verstellbare Stange mit dem hinteren ebenfalls zweirädrigen Teil verbunden ist und eine Miki (Kurbelbremse) hat, damit bei starkem Gefälle gebremst werden konnte. Das Gefährt war also in der Länge anpassbar und ist so in engen Kurven beweglicher. Neuere bessere Wagen, die es schon gab, sind dagegen bereits vollgummibereift, ältere aber haben noch eisenbeschlagene Holzräder, deren Naben stets gut mit Wagenschmiere eingefettet werden mussten.

Noch wurden die Langholzwagen von Ochsen oder Pferden gezogen und das Stammholz auf diese Weise ins Tal geschafft. Nur in einzelnen Fällen wusste man etwas von Lastkraftwagen, die irgendwo im Schwarzwald unterwegs waren und das Holz aus dem Wald holten. Soweit war man in Nordrach aber noch nicht.

Später sah man große Mengen im Tal bei den Sägewerken, wo die Stämme auf Vorrat lagerten. Ein Teil davon schwamm im Wasserteich und wurde auf diese Weise nass gehalten. Das Holz hätte sonst in kurzer Zeit gegattert werden müssen, damit es nicht von außen nach innen trocknete und Risse entstanden. Das gekaufte Stammholz wurde nach Bedarf das Jahr über gesägt und als Bretter oder Balken an Kunden, an Zimmerleute und Schreiner geliefert. Nicht alle Tage wurde gesägt, das hing vielmehr davon ab, was gerade bestellt war und auch, wieviel Wasser zur Verfügung stand. So ergab das sich, dass Säger, wie der Finkenzeller, der Spitzmüller und andere, nebenbei auch noch Landwirtschaft betrieben und Vieh in den Ställen und auf den Weiden hielten.

Das gekaufte Brennholz holten die Käufer auch nach und nach von den Lagerplätzen im Wald. Sie sägten und spalteten es später in ihrem im Hof oder im Holzschuppen zu handlichen Scheiten für die Herde und Öfen in Haus und Wohnungen.

Höhe der Flacken mit ausgedehnten Streuobstwiesen

Gehöfte auf dem Mühlstein, rechts „Vogt auf Mühlstein"

11

Hohe Investitionen

Der Frühling ging wenig später unmerklich in heiße Sommertage über, mit Tagestemperaturen an manchen Tagen um die 30 Grad. Das Jahr 1933 brachte wieder die für einen der großen Schwarzwaldhöfe übliche intensive Arbeit. Von Sonnenaufgang, und ab und zu früher, bis Sonnenuntergang, musste jedermann auf den Beinen sein, und noch nach hereinbrechender Dunkelheit gab es im Stall eine Menge zu tun, das ging nicht selten bis in die Nacht hinein.

Der Bauer hatte schon im Frühjahr mit dem Knecht die Bauernmärkte in Nordrach und Zell abgeklappert und Ferkel eingekauft sowie nach zwei trächtigen Kühen Ausschau gehalten, um damit den Bestand im Stall aufzufrischen. Solche Aktionen dauerten in der Regel immer einen Tag, denn nach diesen Geschäften kehrte man traditionell in eine Wirtschaft ein. Das gehörte einfach zum normalen Rhythmus oder besser gesagt, „Image" dazu.

Die Zuchtsauen hatten Ferkel geworfen und mehrere Kühe Kälber bekommen. Bei den Kühen war immer die Sorge, dass die Kalbung ohne Komplikationen lief, dass keines quer lag oder andere Komplikationen auftraten, dann hätte man den Tierarzt rufen und kommen lassen müssen, doch das war teuer, oder das Tier ging ein, war verloren und das war noch schlimmer. Glücklicherweise ging in diesem Jahr bisher alles gut. Sogar in den Hasenställen hoppelte neugierig mümmelnd ewig hungriger Nachwuchs der Langohren herum. In allen Bereichen regte sich neues Leben, und nach einem nicht wenig ereignisreichen Frühjahr lag wieder ein arbeitsintensiver Sommer vor den Hofleuten.

Das erste Gras war längst gemäht und an die Tiere verfüttert, bald wurde das Heu gemacht und eingefahren. Der Knecht mit mehreren Taglöhnern hatte von der Frühe an die Wiesen gemäht und die Frauen mehrmals das gemähte Gras gewendet. Bei der hoch am Himmel stehenden Sonne war das Schnittgut in kurzer Zeit trocken. Schon nachmittags konnten sie das Heu in großen Bündeln mit Gabeln auf den Wagen laden, wo es von Hütebuben oben gleichmäßig verteilt und stampfend verdichtet wurde. Zuletzt fuhr der Bauer oder Knecht den vollbeladenen Wagen in die Tenne, von wo aus das Heu dann auf die nächste Ebene, die Bühne geschafft wurde. Solche Arbeiten waren eine schweißtreibe, staubige Angelegenheit, sie machte durstig, und die trockenen Kehlen lechzten nach viel Most.

Dank günstiger Witterung war die Heuernte in diesem Jahr schon Ende Mai abgeschlossen, und im Juli war das Gras wieder hoch genug für die Öhmd, dem zweiten Schnitt. Das Wetter hatte sich in den letzten Wochen glücklicherweise immer beständig gezeigt und war somit günstig für die Einbringung der großen Mengen an Futter, dem Vorrat für den Winter. Günstiges Wetter machte es jedem Bauern immer ein bisschen leichter, sie wurden mit der Arbeit zügiger fertig und hatten daher eine Sorge weniger.

Die Kirschbäume standen zeitig im Frühjahr in voller Blüte, und kein Spätfrost schädigte Blüten und Früchte, demzufolge hingen die Bäume Ende Juni voll reifer dunkelroter Kirschen. Der Seppe-Michel musste kurzfristig zehn Helfer suchen und finden, die beim Pflücken aushalfen. Leider ging das nicht immer ohne Zoff und Kampeleien ab, denn nicht alle, die zur Arbeit auf den

Hof kamen, waren sich grün. Da hatten sowohl der Bauer wie der Knecht allerhand zu tun, damit alles reibungslos ablief und die Kirschenernte sicher in den Keller kam.

Inzwischen waren die Bottiche gut mit Maische gefüllt und warteten auf den Brennvorgang in den Wintermonaten. Mit dem Ertrag der letztjährigen Kirschen-, Zwetschgen-, Mirabellen- und Zibärtle-Ernte konnte der Bauer als Schnapsbrenner nicht klagen. Einen Großteil hatten die Händler schon abgeholt, und der Rest lagerte im kühlen Keller in großen Korbflaschen, den Schnaps-Guttern mit jeweils 50 Liter Inhalt. Genau betrachtet war die längere Lagerzeit sogar günstiger, wenn ein Teil noch ein oder zwei Jahre reifen durfte, bevor er in den Verkauf kam. Die reifere Qualität ergab ein milderes Aroma und erzielte einen höheren Preis. Natürlich trank der Bauer selbst nur vier bis fünf Jahre alten und noch länger gereiften Schnaps, und willkommenen Gästen, seinen Freunden und der Familie, schenkte er auch nur vom Besten ein.

Schon seit Wochen standen die Kühe auf den Weiden, von drei Hütebuben bewacht, sie grasten friedlich vor sich hin oder lagen wiederkäuend nieder. War es heiß, suchten sogar die Kühe nach einem schattigen Platz unter einem der Bäume, wenn solche vorhanden waren. In gewissen Abständen regnete es auch, zum Segen jeden Landwirts, denn im Frühsommer brauchte der Boden dringend viel Feuchtigkeit. „Maienregen bringt Erntesegen", hieß es nach alten Bauernregeln. Nur jene, die im Freien arbeiteten, waren weniger davon begeistert, wenn viel oder zu viel Nass von oben kam. Besonders den zwölf- bis vierzehnjährigen Hütebuben wurde es dabei saukalt. Seit Wochen waren sie barfüßig unterwegs und mussten die Unbilden ungeschützt über sich ergehen lassen. Und die häufig durchziehenden Gewitter machten Jung und Alt von alters her Ängste. Jeder hoffte, dass kein Hagelschlag damit verbunden ist und nicht ein Blitz in ein Gebäude fährt. Obwohl Blitzableiter längst bekannt waren, hatte der Michaelishof und auch andere in Nordrach keinen. Stattdessen lehnte an der Wand der Eingangsseite des Hofes ein etwa 10 Meter hoher geschälter Stamm, geschmückt mit sieben geweihten und gebundenen Kräuterbüscheln. Nach alter Tradition werden die Kräuterbüschel am 15. August zu Maria Himmelfahrt in die Kirche getragen, vom Pfarrer geweiht, und dann sollen sie das Jahr über das Vieh vor Krankheiten und den Hof vor Blitzschlag schützen. Nach gutem Brauch versuchten sich die Höfe gegenseitig mit höheren und prächtigeren Stangen, mit noch wuchtigeren Kräuterbüscheln zu übertrumpfen. Jeder wollte den größten, den schönsten weit und breit haben. Dann aber es bedurfte starker Männer, die solche Gebilde auf teils weiten Wegen zur Kirche tragen mussten.

Trotz des erhofften göttlichen Schutzes fielen jedes Jahr leider immer wieder Höfe und Häuser dem himmlischen Feuer zum Opfer, wenn der zornige Gott Donar wütete und „Flammen vom Himmel schleuderte."

Gegen das im Freien auftretende Problem der kalten Füße half nur ein probates Mittel. Die Hütebuben wärmten ihre halberfrorenen Füße gerne, indem sie in frische warme Kuhfladen standen. Das war die einfachste Möglichkeit, oder anders gesagt: Sie hatten gar keine andere Wahl. Tagaus, tagein liefen die Kinder der einfachen Bevölkerung im Dorf barfuß, sogar in der Schule. Ansonsten trugen sie allenfalls Holzschuhe mit aufgenagelter Sohle aus dem geschnittenen Gummi eines gebrauchten Fahrradmantels, damit es beim Gehen nicht so klapperte, und die Holzschuhe länger hielten.

Vom Schuster auf Maß angefertigte Schuhe waren teuer, zu teuer, auch wenn das eine Anschaffung auf Jahre bedeutete, und die Schuhe solange getragen wurde, bis sie völlig abgenutzt waren und auseinanderfielen. Bis dahin brachte man sie natürlich immer wieder zum Schuster, ließ sie reparieren und neu besohlen oder das Oberleder nähen.

Billige Massenware aus dem Supermarkt war unbekannt. Wohl hatte der Schuhmacher Fertigschuhe im Angebot, das waren jedoch allenfalls hochwertige Schuhe von Salamander und anderen Markenherstellern. Sie waren in der Regel nicht billiger, wie wenn sie der Schuhmacher vor Ort selber anfertigt hätte. Hatten Kinder tatsächlich ein Paar gute Schuhe, dann wurden sie nur an Sonn- und Festtagen oder zum Kirchgang getragen und die älteren vererbten sie noch weiter an die jüngeren Geschwister.

Regnete es, suchten sich die Hütebuben gerne einen Platz unter dem dichten Blätterdach eines ausladenden Laubbaumes. Nur wenn ein Gewitter aufzog, war das nicht ratsam. In diesem Falle hockten sie sich in eine Mulde und deckten, wenn sie hatten, eine teergetränkte Plane über sich. In früheren Zeiten war es ein Geflecht aus Stroh. Gewitter weckten immer schon Urängste vor den Gewalten der Natur, und damit war regelmäßig vom Mai bis Ende August zu rechnen. Erst im September und danach durfte man sich vor diesem Naturphänomen etwas sicherer fühlen.

Wie viele grausig-schaurige Geschichten wurden alleine allgemein über den Kugelblitz erzählt? Beispiele würden im Schwarzwald Bücher füllen. Es ist ein unbekanntes, rätselhaftes Phänomen. Manchmal auch einfach damit zu erklären, dass bei einem nahen und grellen Blitzeinschlag Lichtreflexe im Auge und Gehirn entstehen, die durchaus die Form einer fliegenden Kugel einnehmen können.

In der bergigen Region und in halbhoher Höhenlage rund um Nordrach konnten heraufziehende Gewitter sehr heftig ausfallen und beängstigend wüten. Dabei spielte die Topographie eine gewisse Rolle, denn die Wolken bleiben oberhalb an den Bergen des Mooskopfs oder am Brandenkopf hängen, und dann kreisen die Gewitterzellen quasi mehrfach über dem Tal. Zudem reflektierte der Donnerhall an den gegenüber liegenden Hängen und wirkte so verstärkt. Schnell entsteht der Eindruck, der Weltuntergang steht unmittelbar bevor. Meist verzogen sich die Gewitter aber schnell wieder, und hernach brannte die Sonne ungehindert auf die Hänge und ließ die erhitzte Luft flimmern. Die Bremsen (stechende und blutsaugende Insekten) umschwirrten in Schwärmen Kühe wie Pferde, die mit Schweif- und Schwanzwedeln, mit ununterbrochenem Ohrenspiel, der stechenden Plagegeister Herr zu werden suchten.

Wochen zuvor am 1. Mai veranstaltete die Firma Ritter einen „Tag der offenen Tür", obwohl es diesen Begriff so noch nicht gab. Die Bauern ringsum aus den Tälern waren während der arbeitsintensiven Zeit aber nur an Feiertagen von der Arbeit wegzulocken. Der Maschinenhersteller hatte deshalb am diesem Mai-Feiertag Interessierte zur Maschinenschau und Besichtigung geladen. Bei Freibier und Fleisch vom gegrillten Spanferkel, dazu Bauernbrot, konnten sich die Landwirte über sämtliche Neuheiten informieren und ausgiebig mit Kollegen fachsimpeln. Zwischendurch zeigten Ritter-Arbeiter mit Traktor und Zweischarpflug auf einer Wiese in der Nähe praxisnah das Schaupflügen.

Diese Gelegenheit nahm der Seppe-Michel auch wahr, trotz der wenigen Zeit die er gerade hatte. Gemeinsam mit Hannes besichtigte er prüfend den hochgepriesenen Lanz-Bulldog, ließ sich Aggregate und Anbaugeräte vorführen, die man damit antreiben konnte, war erstaunt, welche Möglichkeiten sich überhaupt damit boten. Zuletzt war der Seppe-Michel von allem hell begeistert. Sie drehten mit dem PS-starken Gefährt noch eine Runde im Dorf, was dem Bauern besonderen Spaß bereitete, und nachdem alles gesehen und genau geprüft war, ließ er sich vom Ritter-Alfred in sein Büro begleiten. Geschäftig rechnete ihm der Chef aus, mit welcher Ausgabe bei den vorgesehenen und gewünschten Anschaffungen gerechnet werden musste. Wie es sein Sohn Hannes vorschlug, brauchte man mindestens ein 28-PS-Schlepper mit Mähbalken zum Grasmähen, eine angebaute Seilwinde und ein Zweischar-Pflug. Einen Heuwender sollte es auch sein und noch die Dreschmaschine, die Lanz ebenfalls im Programm hatte. Im Herbst sollte dazu auch noch ein neuer Typ eines Kartoffel-Roders auf den Markt kommen, das war eine Option.

Die Investition bewegte sich deutlich jenseits der 10'000 Reichsmark (eine Reichsmark hatte 1933 den Wert von 4 Euro), trotz des guten Rabattes, den ihm der Ritter einräumte. Der Seppe-Michel besaß locker das Geld, trotzdem tat er sich schwer mit der Entscheidung und verblieb einstweilen so: „Des isch e'huffe Geld, i'mues no'a paar Nächt drüber schlofe", wofür man natürlich Verständnis zeigte. „Dann Bauer, halt mich auf dem Laufenden. Fürs Pflügen im Herbst reicht es noch allemal, und für anstehende Drescharbeiten ist es auch noch frühzeitig genug."

Eine Woche hatte er sich, nach erneutem Zureden von Hannes, entschieden und sagte dem Ritter zum Kauf zu. Da der Bulldog beim Ritter im Hof stand, mussten nur die Geräte angeflanscht werden, und das war eine Sache von Stunden. Ein Arbeiter, assistiert vom Hannes, bekam den Auftrag den Bauern in die Bedienungen des Traktors und der Gerätschaften einzuweisen. Dafür ließen sie ihn erst im Hof einige Runden fahren, dann auf der Straße in Richtung Oberharmersbach und zurück. Der Sohn kannte sich bestens aus und war mit dem Gefährt vertraut, somit ließ er den Vater ans Steuer, damit er den Umgang und die Bedienung des schwergewichtigen Geräts richtig kennen lernen sollte. Hannes konnte längst damit umgehen, das gehörte gewissermaßen zum alltäglichen Geschäft im Betrieb. Da er aber wochentags nicht auf dem Hof sein konnte, musste der Bauer sicher damit hantieren und fahren können. Ihm kam zugute, für Traktoren brauchte man noch keinen Führerschein, das wurde erst Jahre später nötig und erleichterte natürlich eine solche Anschaffung.

Die Prozedur hatte einen vollen Nachmittag in Anspruch genommen. Im Hinblick auf die Erleichterung bei der Arbeit war die Investition Zeit und in Geld aber gut angelegt. Zufrieden und mit gewissem Stolz fuhren Vater und Sohn ins Tal hinein nach Nordrach, das Dorf hinauf und ins Hintertal. Durchs Tal führt nur eine Straße, und so erregte es enormes Aufsehen, als sie langsam, dafür weithin hörbar, mit dem Bulldog dorfaufwärts tuckerten. Der Chef hatte Hannes extra für den Rest des Tages freigegeben, um sicher zu gehen, dass sein guter Kunde die Neuanschaffung unbeschadet nach Hause brachte.

Die anderen Gerätschaften und die Dreschmaschine getrauten sie sich nicht auch noch gleich anzuhängen. Diese wurde ihnen einige Tage später durch Mitarbeiter der Firma Ritter zugefahren. Zudem war beim Kauf vereinbart worden, dass bei den ersten Arbeiten jeweils ein Fachmann vom Ritter dabei ist, der die Einweisung und Einstellungen vor Ort nebst Überwachung aller Funktionen übernimmt und auch den Knecht damit vertraut macht.

Das war im Grunde aber kein Problem, denn Hannes kannte sich ja aus und konnte einspringen, wenn es irgendwo klemmte. Viel wichtiger war dem Seppe-Michel, dass jetzt der Hof modern war, neueste Maschinen laufen hatte und somit gehörte er wieder zu den führenden Gehöfte im Mittleren Schwarzwald. „Das soll mir erst einmal einer nachmachen", prahlte er später mit stolzgeschwellter Brust an den Stammtischen, und die es hörten, nickten wohlgefällig. Vielleicht war sogar einer ein wenig stolz darauf, einen so wichtigen Bauern in seinem Kreis zu wissen.

Oben: Lanz-Bulldog Unten: Typischer Bauernhof (Fürstenberghof in Zell am Harmersbach) mit Kräuterbüschel-Baum

12

Politische Umwälzungen

Das Jahr 1933 zeigte sich bis zum Eintritt in den Wendekreis des Krebses zur Sommersonnenwende und nach den Hundstagen (im August) insgesamt für den Michaelishof sehr positiv, wenn man einmal von den nachwirkenden Folgen des Unfalls im Vorjahr, hoch oben im Wald bei der Heidekirche absah. Gewiss, das schränkte den Seppe-Michel noch Monate ein und verlangte ihm einiges an Leidensfähigkeit ab, und letztlich hat es ihn sogar zum Umdenken im eigenen persönlichen Verhalten bewegt. Obwohl ihm Rücksichtsname und Zurückhaltung manchmal sehr schwer fielen und ihm auch nicht immer perfekt gelungen waren, hatte er es auch nicht bereuen müssen, wenn er sich etwas moderater verhielt. Insgesamt spürte er schon, dass alles ein wenig reibungsloser lief und man ihn auch nicht mehr so provozierte, eher respektierte und achtete.

Seit anfangs des Sommers war das Bein zwar wieder soweit hergestellt und verheilt und es schmerzte normalerweise nicht mehr, wenn er sich nicht zu sehr überanstrengte. Nur den Wetterumschwung spürte er unangenehm, und so behauptete er rundweg: „Der Doktor hat mir bei der Operation im Bein einen Wetterfühler eingebaut."

Die eingefahrenen Ernten waren zufriedenstellend bis gut, das Gesinde freute sich, dass sich der Bauer etwas umgänglicher zeigte und sie nicht mehr so herablassend behandelte. „Er ist ein ganz anderer Mensch", hörte man da und dort lobend sagen. Einmal im Frühsommer und noch einmal Monate später, wurden die avisierten Drückjagden im Revier abgehalten und sie waren recht erfolgreich. Die Jagdhörner der Jäger durften zum Abschluss jeweils eine stattliche Strecke melodisch verblasen, und einige Runden Schnaps kitzelten die Kehlen der Jagdgesellschaft. Ein paar Anrainer haben ihren Anteil am erlegten Wild schon erhalten, die anderen hatten Zusagen, für zwei weitere Jagden die noch bevorstanden, die im Herbst und Winter erfolgen sollten.

Somit lag alles im grünen Bereich und man zeigte sich weitgehend zufrieden, besonders glücklich aber der Förster. Für ihn war es wichtig, dass die leidige Sache mit den Klagen wegen Wildschäden, vorerst zumindest – und hoffentlich anhaltend, vom Tisch war. Vielleicht würde man in notwendigen Verhandlungen über dies und das zukünftig auch besser miteinander auskommen, sodass sich nicht immer wieder einer über den Tisch gezogen fühlen musste.

Dafür schwappte eine andere negative Sache sogar bis ins entlegene Nordrachtal und machte Schlagzeilen. Seit dem 30. Januar 1933 regierten die Nazis und mit ihnen war der Führer Adolf Hitler in Berlin an der Macht, der zielstrebig und rücksichtslos seine Ideale und Ziele verfolgte und umsetzte. Das hatte Auswirkungen bis nach Baden und sogar in die Täler des Schwarzwalds. Die allgemeine Gleichschalterei der Institutionen, nebst rigorosem Aufbau der linientreuen Parteiorganisation, die penetrante Propaganda für ihre Ideologie im Zentrum der nationalsozialistischen Aktivitäten, das berührte auch das kleine Dorf im Mittleren Schwarzwald. Die Blut- und-Boden-Ideologie sollte das Leben der Bauern nicht unwesentlich beeinflussen.

Die Schwarzwälder sind allgemein konservativ und bodenständig und man wählte überwiegend die Zentrumspartei. Niemand ließ sich gerne ein X für ein U vormachen. Das mochte durchaus mit der Topographie des Mittleren Schwarzwalds zusammenhängen. Die karge bergige Landschaft hatte schon seit Jahrhunderten die Bevölkerung geprägt, den Bewohnern viel Durchhaltevermögen, Robustheit und Abgebrühtheit abverlangt. Das machte ideen- und einfallsreich. So entstanden und entwickelten sich im Südwesten viele grundlegende Erfindungen. Ein Beispiel ist die Kuckucksuhr und die Uhrenindustrie an sich. Bedeutend war die Glasbläserei, ebenso die Feinmechanik, die sich im Laufe von Jahrzehnten auf einen hohen Stand weiter entwickelte. In den entlegenen Bauernhöfen hat man im Winter, wenn draußen keine Arbeiten anfielen oder möglich waren, Bürsten hergestellt, Löffel und Teller aus Holz geschnitzt. Andere spalteten auf dem hölzernen „Bschniedesel" (auch Schneidbock, Schneidesel oder Gemeinderat genannt) Schindeln für Wände und Fassaden, die den Häusern bis zu hundert Jahren Schutz vor der Witterung bieten. Die Herstellung von Skiern hat ebenfalls im Schwarzwald ihren Ursprung genommen und vieles mehr, was hier gar nicht alles aufgezählt werden kann.

Trotzdem waren die dumpfen Parolen der NSDAP, die Deutschtümelei, das glorifizierte Germanentum auch hier bei so manchem Bürger auf fruchtbaren Boden gefallen. Wohl hatten sich die Wellen der Bewegung schnell wieder abgeschwächt. Trotzdem hat es letztlich einige Köpfe in Nordrach gekostet. So wurde der bisherige geachtete Bürgermeister Johann Evangelist Spitzmüller aus dem Amt zwangsentfernt und an seine Stelle der NSDAP-linientreue Ludwig Spitzmüller gesetzt.

Es bestanden zudem Pläne, den Kurort Nordrach zum Erholungsort im Rahmen oder für die nationalsozialistische Massenorganisationen KdF (Kraft durch Freude) zu machen. Zu diesem Zweck wurde die, aus wirtschaftlichen Gründen geschlossene

Lungenheilstätte Nordrach-Kolonie, bald wieder neu eröffnet. Unterstützt wurden alle diese Aktivitäten durch örtliche Nationalsozialisten und Parteifunktionäre. Zur Eröffnung, und auch in den Monaten danach, kamen öfters prominente Funktionäre der NSDAP nach Nordrach.

Von außen betrachtet erstaunte die willige Unterwürfigkeit ins neue System schon, denn bisher galt die Nordracher Bevölkerung als ungemein freiheitsliebend und ein wenig eigensinnig. Sie erwiesen sich gegen die Obrigkeit als echte Dickschädel. Noch allseits bekannt ist, wie einflussreiche Bauern im Mittelalter gegen das Kloster Gengenbach aufbegehrten und es bekämpften, weil sie so wie der Nachbarort Zell freie Reichsstadt werden wollten, oder zumindest wie Unterharmersbach freies Reichsdorf. Die Nordracher forderten die gleichen Privilegien und Selbständigkeit.

Auch wenn sie sich damals vergeblich gegen die Übermacht stemmten, das Aufbegehren, die Rebellion haben sie nie verlernt – und nun das. Wie war das zu erklären? Hat man sich da dem neuen aufstrebenden Regime angebiedert, oder welche Kräfte standen tatsächlich dahinter? Darüber werden sich vielleicht nochmal ein paar Historiker Gedanken machen müssen.

Oben: Schulhaus Nordrach-Kolonie Unten: Blick auf Dorf und Tal vom Mailes Eckle aus und im Vordergrund die Winkelwaldklinik

13

Es ist Erntezeit

Vom Spätsommer an hörte man vom Berg her im Hintertal nun häufiger das tieftönige markante Tuckern des Bulldogs. Nach anfänglichen Schwierigkeiten kamen der Bauer und sein Knecht gut mit dem Kraftprotz zurecht, und es machte ihnen richtig Freude, damit zu arbeiten. Wenn etwas hakte, dann kümmerte sich der Hannes am Wochenende darum. Mit dem Bulldog wurde gepflügt, und später war die Kartoffelernte mit dem noch zugekauften Roder dran. Das ging bisher alles ruckzuck, viel schneller im Vergleich zur herkömmlichen Methode, und eine enorme Erleichterung war es überdies. Die Arbeiten mussten nicht mehr mit den oft störrischen Ochsen bewältigt werden, und die Kaltblüter-Pferde konnte man für andere Tätigkeiten einsetzen. Die beiden anderen Pferde dienten weiterhin eher repräsentativen Zwecken und wurden der Kutsche vorgespannt.

Dann war ein ereignisreicher Sommer glücklich zu Ende und der Herbst folgte zum krönenden Abschluss eines harten Arbeitsjahres. Alle Beteiligten waren zeitweise bis an ihre Grenzen gegangen, aber wenn die Ernten dann eingefahren waren und außer kleineren Blessuren kein Unglück, kein Todesfalls, kein Hagelschlag oder Blitzeinschlag beklagt werden musste, dann war die Welt in Ordnung. Nun war nur noch die Kartoffelernte dran. Beim Roden kamen die Frauen und Buben mit dem Auflesen kaum nach. Neben den Mägden halfen zwei Taglöhnerinnen und ein

Dreizehnjähriger, der sich damit etwas Taschengeld verdiente. Schnell hatte sich auch bei dieser Arbeit ein gewisser Rhythmus eingespielt. Der Knecht befuhr eine lange Furche und holte mit dem Roder die Kartoffeln aus dem Boden. Dann stellte er den Bulldog ab, bis alle seitlich ausgeworfenen Kartoffeln aufgelesen waren. Manchmal half er mit, wenn nicht gerade was anderes zu tun war. Erst dann zog er die nächste Furche und der Roder schleuderte erneut kreisend die Kartoffeln aus der Erde.

Anfang Oktober war es an bewölkten Tagen frisch und die kühle feuchte Erde machte sich unangenehm spürbar. Beim Auflesen wurden die Finger klamm und den Frauen froren bald die Hände. Dabei wussten sie sich aber zu helfen, und taten, was seit alters her Sitte und Brauch ist. Vor dem Roden haben sie das dürre Kartoffelkraut entfernt und mit Mistgabeln an bestimmten Plätzen zusammengetragen und aufgeschichtet. Anschließend zündete der Knecht mit Papier das Kraut an und schon loderten erst zwei, später drei Feuer auf dem Feld. Bald entstand beim Abbrennen eine dicke Ascheschicht. Die Frauen, und natürlich noch lieber der Bub, legten mehrere schöne dicke Kartoffeln in die heiße Asche, die darin gar und geröstet wurden. Waren sie in der Schale schön knusprig und durch, musste zugespitzte Haselnussstecken her. Diese spießten sie in eine Kartoffel und konnten sie so aus der Glut nehmen ohne sich die Finger zu verbrennen. Weil sie aber sehr heiß waren, wurden sie mit spitzen Zähnen und mit vielem pusten genüsslich verspeist. Vorsicht war durchaus geboten, damit man sich nicht den Mund daran verbrannte. Heiße Kartoffeln schmeckten nicht nur lecker, sie wärmten nebenbei noch die klammen Finger. Der Genuss einfacher Erdäpfel (Erdäpfel oder Herdepfel = badisch für Kartoffeln – oder französisch: pomme de terre,) ist eine Köstlichkeit, war einfach himmlisch und zum Hinknien.

Mittags zog der Knecht mit seinen Helfern zum Hof, wo die Bäuerin einen deftigen herzhaften Gemüseeintopf bereitet hatte. Den Eintopf hat sie in einer großen Steingutschüssel auf den Tisch gestellt, aus dem jeder dann direkt löffelte. Gegessen wurde also ohne Verwendung eines Tellers. Dazu gab es frisches Bauerbrot und zum Trinken natürlich Most. Allerdings achtete die Bäuerin darauf, dass der Bub und die Mägde den Most mit etwas Brunnenwasser verdünnten und niemand einen Schwips bekam, denn am Nachmittag sollte ja noch alle tüchtig weiterarbeiten können.

Nach dem Essen und einer kurzen Pause gingen alle wieder flott zurück auf den Acker. Der Most hatte doch eines bewirkt, er hatte die Stimmung spürbar gelockert, die Frauen schäkerten mit dem Knecht und er blieb ihnen nichts schuldig. Anekdoten aus dem Dorfleben, dem Bekanntenkreis oder wem auch immer wurden laut lachend und kichernd glossiert und diverse frivole Erlebnisse preisgegeben. Der Bub spitzte dann neugierig die Ohren und gab manchmal vorwitzig oder naseweis seinen Senf dazu.

Prüderie war auf dem Dorf und in der ländlichen Bevölkerung sowieso nicht üblich. Wie auch, wenn die Kinder schon in jungen Jahren mitbekamen, wie ein Hengst die Stute besteigt oder ein Stier die Kühe. Da wussten die reifer werdenden Kinder schnell was da Sache ist. Und worüber wurde bei der Arbeit gerne geredet und gelästert? Natürlich über Sex und die ewigen Spannungen in den zwischenmenschlichen Beziehungen. Wer nicht verheiratet war, keine eigene Wohnung hatte, der frönte stattdessen oft der „Waldeslust", und der Antrieb oder Initiative dazu kam durchaus von beiden Geschlechtern. Ideale und beliebte Spielwiese waren die diversen großflächigen Heuböden, sie boten gute Verstecke. Dem Erfindungsreichtum sich ungestört der Lust hinzugeben, waren den Zweisamkeit suchenden kaum Grenzen gesetzt. Da der Knecht – außer dem dreizehnjährigen Buben – der einzige Mann auf dem Feld war, musste er sich einiges von den

Frauen anhören und sagen lassen, war aber nicht auf den Mund gefallen und gab schlagfertig Kontra. Dazu offenbarte er sich manchmal als echter Filou. Schon oft heckte er gegen das weibliche Geschlecht einen Streich aus, und sie nahmen es ihm nie krumm. So ging die Arbeit leichter von der Hand, der Tag zog schneller vorüber, wenn Spaß damit verbunden war.

Nachmittags um halb-fünf Uhr versammelten sich alle noch einmal für eine halbe Stunde zur Stärkung. Das muss nicht wundern, denn jeder Arbeitstag ist für das Bauernvolk lang und die körperliche Arbeit schwer, da braucht's auch gute Nahrung. Deshalb gibt's beim Bauern üblicherweise fünf Mahlzeiten am Tag: Morgens, z'Nini, Mittagessen, Vierivepser und schließlich das Abendessen. Dafür hat die Bäuerin einen Korb mit Bauernbrot, Speck und geräucherter Wurst mitgegeben und natürlich Most.

Während Maria, die jüngere Magd, sich in der Pause kokett hin und her bewegte, kam der Knecht von hinten geschlichen, packte sie am Rocksaum und, bevor sie wusste was los ist, stülpte er ihr den Rock über den Kopf. Oben band er ihn mit einem Strick zusammen. In jenen Jahren trugen die Frauen bodenlange Röcke, bei der Arbeit nie Unterwäsche, sondern nur einen Unterrock unter dem langen Kleid, dazu eine Schürze um den Bauch gebunden und auf dem Kopf ein Tuch.

Mit dem über dem Kopf gebundenen Rock konnte sich die Maria nicht mehr wehren und sah nichts mehr, und untenherum war sie – zum Gelächter aller – völlig bludd (nackt). Sie zeterte und schimpfte, bis eine der Frauen sich erbarmte und den Knoten löste. „Hermann, das zahle ich dir heim, du bisch doch e'Granadeseggel, du liedriger Siech, mich so bloß'z'stelle. Dabei knuffte sie ihm in die Seite. Die anderen lachten schadenfroh und freuten sich, wie die Maria so zeterte und schimpfte. „Ja, Schadenfreude ich die schönste Freude" gab sie vorwurfsvoll zurück.

Dann musste die Arbeit aber wieder weitergehen. Im Oktober dunkelt es früh, doch bis sieben Uhr, wenn die Betglocke von der Kolonie hörbar war, wurde mindestens gearbeitet, hatte man es draußen auszuhalten, auch wenn es schon dämmerte. Kurz danach war das Feld jedoch geräumt, die letzten gefüllten Säcke auf den Anhänger geladen, und dann wurde die Fuhre mit dem Traktor zum Hof gefahren. Die Frauen und der Bub durften auf dem Anhänger sitzen und brauchten nicht zu laufen. Das war bequemer, sofern man von bequem im Zusammenhang mit einem harten Pritschensitz sprechen konnte.

Im Hofgelände wurde die Fuhre abgeladen, wobei alle tüchtig mithelfen mussten, damit es schneller ging. Die Kartoffeln kamen vom Wagen in den trockenen Keller. Später wurde, was nicht kurzfristig im Sack verkauft werden konnte, auf eine Halde geschüttet und wartete im dunklen Keller auf die Verwertung, entweder als Viehfutter oder für den Eigenbedarf in der Küche.

Der Bub war schon auf dem Heimweg, während der Knecht die restlichen Arbeiten erledigte. Dabei lief ihm die Maria wieder über den Weg. Er hatte ihr heimlich immer schon gefallen und nun, da es die anderen nicht mitbekamen, knuffte sie ihm freundschaftlich in die Seite: „He Hermann, du Latschi, du elendiger Kaibesiech, du hast mich nun ja schon von außen gesehen, so wie Gott mich schuf, da kannst du mich auch von innen kennenlernen. Willst heut' Nacht nicht auf meine Kammer kommen?", zwinkerte sie ihm zu. Der Hermann war baff, hatte sich aber schnell gefangen: „Wenn du mich schon so nett einlädst, komme ich und ich hoffe, du hast auch ein Gläschen Schnaps parat." „Worauf du Gift nehmen kannst", flötete die Holde und war sofort wieder verschwunden. Der Hermann kratzte sich hinter dem Ohr: „Hab ich das jetzt geträumt?" Nein, ein Träumer war der Hermann nicht.

Noch gab es restliche Arbeiten im Stall und ums Haus zu tun, und längst war es draußen stockdunkle Nacht. Der Bauer hatte zwischendurch auch noch einiges bereden wollen, was es alles am nächsten Tag zu erledigen galt. Gegen neun Uhr abends war für den Knecht dann endlich aber auch Feierabend. Er begab sich zum Trog im Hof, der eigentlich als Wassertränke für Pferde und Kühe diente, und wo ständig kühles Bergwasser aus der hofeigenen Quelle floss. Hier wusch er sich gründlich den freien Oberkörper und vergaß dann auch „edle" Teile seines Körpers nicht. Der Schweiß des Tages musste runter, und wenn er schon noch ein Rendezvous hatte, dann wollte er frisch sein und nicht wie ein Ziegenbock riechen. Anschließend suchte er erst seine Kammer auf und wartete ab, bis Ruhe im Haus eingekehrt war. Nach zehn Uhr nachts schlich er zur Kammer der Magd, klopfte leise, Maria schien schon gewartet zu haben und sie ließ ihn flugs ein.

Drinnen umarmte sie ihn gab ihm einem Schmutz (Kuss) auf den Mund. „Kumm, i'schenk'dr e'Zwetschgewässerle'i un mir au gli eins. Trinke'mer uf unser Blaisier. Sie unterhielten sich leise, fast flüsternd, damit niemand im Haus von ihrem trauten Tête-à-Tête etwas mitbekam. Nach und nach entledigte sich die Maria ihrer Kleidung, zog erst den Oberrock aus, dann den Unterrock und löste das Mieder. Splitternackt stand sie schließlich vor ihm. Das Licht der Petroleumlampe umschmeichelte sanft ihren Körper und betonte die schlanke Silhouette. „Donnerwetter Maria, du hesch e'gueds Figürli un e'knaggis Fidle, des häd'i'gar nit denkt, un erst dinni Brüstli, nei, nei, alles isch gued proportioniert. Des versteksch du allewil under dinnem Rock" (...du hast eine gute Figur und einen straffen Po, und erst recht dein Busen, nein, alles ist gut proportioniert. Das versteckst du immer unter deinen Rock). „Ja nun, Hermann, ich hab auch noch ein paar andere Vorzüge. Nun komm aber her zu mir, es ist kühl im Zimmer, mir wird's gleich kalt." Es wurde ein heißes Liebesspiel. Die Magd verstand es vorzüglich, dem Hermann den Atem zu rauben und sich gemeinsam tiefes Vergnügen zu bereiten. Mitternacht war längst vorüber, bis der Hermann wieder auf leisen Sohlen aus der Kammer schlich und in sein eigenes Bett stieg. Schließlich musste er morgens um 5 Uhr schon wieder raus. Das fiel ihm am kommenden Morgen dann tatsächlich auch entsetzlich schwer.

Ein wenig müde und unausgeschlafen stand er morgens auf. „Das Vergnügen war es mir aber wert, und was mich nicht umbringt, macht mir nur noch härter", dachte er bei sich. Später traf er die Magd im Stall. Sie flüsterte ihm ins Ohr: „Unser Techtelmechtel bleibt aber unter uns, dass du mir ja nichts verlauten lässt, sonst bin ich nerscht (böse) mit dir." „Keine Angst, Maidli, ich schweige wie ein Grab, ich rede kein Wort darüber. Ein echter Mann genießt und schweigt. Wir können das aber ruhig bald wiederholen." „Gugge'mer mol, wies baddet" (schauen wir mal, wie es sich entwickelt), säuselte die Maid, und nun gingen sie zur üblichen Beschäftigung über.

Wieder gab es tagsüber viel zu tun. Neben ausmisten und das Vieh füttern, mussten die Durlibsen (Rüben) raus und vom Acker geholt werden. Der Bauer hatte ständig andere Aufgaben für Knecht und die Mägde.

In diesem Jahr ist für die Cecilia in der achten Klasse die Schulzeit zu Ende gegangen. Vom Herbst an folgte in Haslach eine landwirtschaftliche Ausbildung über zwei Wintersemester, und sie konnte in dieser Zeit auch dort logieren. Bis es soweit war, half sie der Mutter im Haushalt, pflegte den Bauerngarten beim Haus und kümmerte sich mit den Mägden ums Vieh und die Hühner. Sie zeigte sich schon als eine richtig gut angehende Bäuerin, und beabsichtigte irgendwann und irgendwo in einen großen Hof einzuheiraten, wenn sich der passende Bauer finden sollte.

Die Margarete half der Bäuerin und den Mägden nach Schulende ebenfalls bei der Verrichtung der vielen täglichen Arbeit. Die

Hausaufgaben machte sie immer erst hinterher abends nach der Arbeit. Hannes hatte die Prüfung nach Abschluss der Lehre bestanden und durfte sich nun Schlossergeselle nennen. Wie mit dem Vater besprochen, wollte er noch mindestens das folgende Jahr oder eher noch zwei Jahre beim Ritter bleiben. „Als Geselle verdiene ich mehr Geld, und das will ich nun noch ein wenig ausnützen und mir etwas sparen. „Ich will demnächst den Führerschein für ein Auto machen", ließ er die Eltern wissen. „Gegenwärtig läuft alles ihm Rahmen, und mit dem Bulldog und den landwirtschaftlichen Geräten tun wir uns leichter", meinte der Bauer. „Ich habe nichts gegen deine Pläne. Wenn es aber notwendig wird, dass du auf den Hof kommst, dann rechne ich mit dir, und den Urlaub nimmst du in der strengen (arbeitsreichen) Zeit." „Ist gut Vater, und wenn es Engpässe geben sollte, dann kann ich ja auch einmal einen Tag unbezahlten Urlaub nehmen und auf dem Hof helfen. Fällt es auf ein Wochenende, habe ich schnell zudem noch zwei Kollegen, die mitkommen würden und gerne zusätzlich etwas verdienen wollen. Dann werden mal zwei oder drei Tage auch für mich frei bleiben, wo ich etwas unternehmen will, oder, Vater, wir machen wieder gemeinsam eine stramme Wanderung." „Gut, dass ich das weiß, das beruhigt mich und passt, was einen Ausflug angeht, werden wir sehen", gab sich der Bauer zufrieden.

Mit den Bauern auf der Höhe und den angrenzenden Gemarkungen kam der Seppe-Michel inzwischen deutlich besser zurecht. Sicher, es gab da und dort wieder einmal einen kleineren Disput, Reibereien, das hielt sich aber noch in Grenzen und war schnell beigelegt oder der Bildstein-Frieder kümmerte sich um die Sache. Genau betrachtet war das kein Wunder, denn auch bei den anderen Bauern handelte es sich um „bockelharte" gestandene Männer, die sowohl austeilen, wie auch einstecken konnten, „und

Gleich zu Gleich gesellt sich gern", sagt ein altes Sprichwort. Unter Schwarzwälder Bauern wählte man immer schon gerne deftige Ausdrücke, legte aber nicht alles gleich auf die Goldwaage. „Wir kennen den Sturkopf Seppe-Michel nicht wieder, der ist ganz verändert", meinte einmal der Schwarze-Wilhelm, der Kuttelrainer-Xaveri stimmte ihm zu, und das war so gut wie ein Lob. „Trinken wir einen drauf, dass es so bleibt."

Die politische Lage veränderte sich rapide mit negativen Tendenzen. In kurzen Zeitabständen folgte eine politische Veranstaltung nach der anderen, und auch die Schwarzwälder Post, die Heimatzeitung aus Zell, welche dreimal in der Woche vom Postboten auf dem Hof zugestellt wurde, berichtete von dem, was der Hitler mit seinem Gefolge plante, umsetzte und bewegt hatte. Da konnte der Seppe-Michel nur staunen. „Was für ein Glück, dass wir da weit vom Schuss sind, und ich werde schon dafür sorgen, dass mir der Bauernverband mit seinen Parolen vom Leibe bleibt", gab er sich gelassen. Ganz ausklinken konnte er sich allerdings doch nicht, denn wenn man sich bei den Drückjagden traf, wurde das Für und Wider der neuen politischen Linie ausführlich und heftig diskutiert. An den Stammtischen der Wirtschaften im Tal war das sowieso ein heißes Dauerthema. Der neue aufgezwungene Bürgermeister heizte die Sache zudem unnötig an und schien sich besonders profilieren zu wollen. Da war es für den Seppe-Michel ratsam, bei diversen Äußerungen vorsichtig zu sein, nicht dass doch noch jemand ein „Hühnchen mit ihm zu rupfen hatte" oder einen Dolch im Ärmel versteckt hielt. Sogar in Nordrach las man in der Zeitung immer häufiger von üblen Denunziationen oder hörte davon im Radio.

Wenn dem Seppe-Michel die Sache zu bunt wurde und ihm der Gaul durchgehen wollte, und bevor ihm „das Messer im Sack aufging", wich er aus und begab sich in sein Jagdrevier, dort hatte er seine Ruhe, konnte sich entspannen und sinnierte über wichtigere Dinge, die ihm weniger Ärger bereiteten.

Seit Anfang Dezember lag auf der Höhe Schnee, und nach dem Jahreswechsel flächendeckend zwanzig Zentimeter und mehr auch im Tal. Die Arbeiten auf den Feldern ruhten, die Äcker waren gepflügt, und dank des Bulldogs ist alles viel schneller gegangen. Trotzdem hat der Knecht nebenbei aber auch noch auf herkömmliche Weise einige Flächen mit dem Ochsengespann umgepflügt. Das hatte einen einfachen Grund, die Tiere sollten nicht untätig im Stall herumstehen, denn man wusste ja nie, ob man sie nicht irgendwann wieder brauchen würde. Viele Arbeiten konnten im Trockenen in der Scheune und auf der Tenne getan werden, und inzwischen dampfte auch der Brennkessel wieder. Seit Mitte Dezember war der Bauer dabei und hatte zuerst Kirschen gebrannt. Die Fässer mit Zwetschgen, Mirabellen, Zibärtle standen ebenfalls bereit, und zuletzt kam der Topinambur dran, was ein gutes Quantum Rossler versprach. Die Aktionen dauerten bis weit ins neue Jahr hinein.

Vor dem Beginn der Brenntätigkeit war vom Zoll ein Beamter vor Ort erschienen, der den Brennkessel, die Maische in den Fässern und alles damit zusammenhängende penibel überprüfte. Während der Brennzeit würde er noch einmal oder zweimal unangemeldet auftauchen und streng kontrollieren. Seit 1919 gibt es die Branntweinbesteuerung, und der korrekte deutsche Zollbeamte schaut sehr genau darauf, dass dem Staat ja kein Pfennig zu entgehen drohte. Während der Brennphase müssen die Brenner daher immer damit rechnen, dass unangemeldet der Zöllner reinschaut. Das war immer schon so und jeder Brenner weiß es und rechnet damit. Da wollte sich der Seppe-Michel auch nichts anhängen lassen, dafür war ihm der Erlös aus der Brennerei zu wichtig.

Zwischendurch war ihm, trotz allem Bemühen des Knechts und der Magd, ihre geheime Liaison zu verbergen, doch etwas aufgefallen und diskrete Hinweise des Gesindes deuteten in die gleiche Richtung und besagten, dass da etwas lief. Bei Gelegenheit nahm er sich dann den Knecht zur Brust. „He, Hermann, was läuft da mit dir und der Magd Maria, sag?" Zuerst stotterte der Knecht ein wenig herum, hielt es dann aber doch für besser, Farbe zu bekennen. „Ja, weißt du Bauer, ein Knecht ist auch nur ein Mensch und nicht aus Holz. Ab und zu muss einmal sein, was sein muss, und die Maria ist eine nette Frau und eine Sünde oder mehrere wert." „Ja, das versteh ich, ich war in der Jugend auch kein Kostverächter, das geht aber nicht hier auf dem Hof unter meinem Dach, da bekomme ich Ärger mit der Sitte, wenn uns jemand verpfeift. Du weißt ja, inzwischen lässt man mich weitgehend in Ruhe, ob das aber von Dauer ist und nicht so ein Stinkstiefel, so ein Latschi, mir nicht noch ein Bein stellen will, da bin ich mir keineswegs sicher. Ihr müsstet da schon entweder heiraten oder euch eine Wohnung suchen, wo ich nicht damit tangiert bin und in die Bredouille geraten könnte. Die Spatzen pfeifen euer Verhältnis eh schon von den Dächern. Andere haben anscheinend schon den Braten gerochen, da solltet ihr vorsichtig sein. Bis nach Weihnachten oder Dreikönig will ich klare Verhältnisse sehen." Damit war das Zwiegespräch beendet und der Knecht stand ein wenig belämmert da, wusste aber: „Oha, da muss ich mir jetzt Gedanken machen, wie es bei mir persönlich weitergeht. Aber, kommt Zeit, kommt Rat, oder wie sagt man: Neues Jahr, neues Glück."

Das Jahr wechselte und man lebte und arbeitete auch in 1934 so gewohnt weiter, wie es die Jahreszeiten, die Natur, es diktierte. Längst war man wieder im regelmäßigen Ablauf der wechselnden Jahreszeiten eingebunden. Der Knecht hatte dem Bauer Anfangs des Jahres signalisiert, dass er mit der Maria einig geworden war: „Wir werden noch in diesem Jahr heiraten, eine Wohnung suchen und dann zusammenziehen."

Nach der in der Winterzeit anstehenden harten Waldarbeit, die wieder Wochen andauerte, kamen zwischendurch zur Abwechslung die närrischen Tage, und seit diesem Jahre feierte die Kolonie ihre eigene Fasent, nahm aber weiterhin auch am Umzug und Trubel im Dorf teil. Wer allerdings im Wald im Akkord arbeitete, hatte wenig davon. Da galt es möglichst bald die gewünschte Holzmenge zu schlagen, bevor die Vegetation wieder einsetzte, und da durfte kein Arbeiter fehlen. Willkommene Abwechslung gab es nur, wenn der Bauer oder der Knecht vorbeikamen und wieder eine Flasche Schnaps und ein üppiges Vesper vorbeibrachten. Bis Ende März war der umfangreiche Holzeinschlag abgeschlossen, und die Holzfäller mussten sehen, dass sie im Tal oder auf einem der anderen Höfe eine Beschäftigung fanden.

Nach der letzten Treib- oder Drückjagd mit großer Beteiligung gab der Bauer ein Fest, wie er es im „Mühlstein" versprochen hatte. Dazu hatte der Hermann wieder einen Grillrost bei der Rautschhütte aufgebaut und genügend Most und Schnaps hochgefahren. Während die Jäger nach Reh und Wildsauen Ausschau hielten, grillte er ein mittelgroßes Ferkel am Spieß. Alle Anrainer waren eingeladen und die meisten, zumindest die noch gut zu Fuß waren, kamen und ließen sich den Hock und die Schlemmerei nicht entgehen. Und wenn gut gegessen wurde, dann musste viel nachgespült werden. Von allen Seiten gab es Lob und der Pfetzer-Hans wusste einen weisen Spruch: „Den Mann in den besten Jahren erkennt man daran, dass er sein Jagdgebiet erweitert, obwohl die Munition langsam knapp wird und das Nachladen länger dauert." Schallendes Gelächter quittierte den Witz, aber der Seppe-Michel schwieg lieber und machte gute Laune zum zweideutigen Spruch.

Diesbezüglich lief da zwischen ihm und der Affra schon lange nichts mehr. Auch dazu hatte er schon einen passenden Witz gehört: Die Erna kam zum Doktor und wollte sich untersuchen lassen, und der Fritz, ihr Mann, war auch Patient beim Arzt. „Ja Erna, was macht der Fritz, was macht sein Zucker?" „Jo mei, Doktor, sagte die Erna, der zuckt scho long nimmi."

Die Düngung der Felder, und danach die Aussaat im Frühjahr, all das nahm wieder eine gewisse Zeit in Anspruch. Die Osterfeiertage kamen und wurden nach alter Tradition begangen. Die Familie ließ sich sowohl an Karfreitag in der Kirche blicken, und erst recht samstagnachts um 10 Uhr beim Osterfeuer in der Nacht zum Ostersonntag. Bei beginnender Dunkelheit wurde auf dem Kirchplatz ein aufgestapelter Holzscheithaufen angezündet. Die Gläubigen brannten daran eine für ein paar Pfennig gekaufte Kerze an und betraten mit ihr den dunklen Kirchenraum. So nach und nach erhellten die vielen Kerzenlichter die gespenstische Szenerie und gaben dem einen romantischen Touch.

Das Frühjahr war in diesem Jahr unverhältnismäßig arg verregnet und ging dann übergangslos in den arbeitsreichen Sommer über. Täglich begann die Arbeit morgens um vier, spätestens um fünf Uhr, und dauerte fast ununterbrochen bis zum Sonnenuntergang. Sogar an Sonntagen mussten dringende Aufgaben erledigt sein, zum Beispiel dann, wenn das Barometer Regen anzeigte und zuvor noch das Heu ins Trockene musste. Da sah man was laufen konnte auf den Wiesen. Solche Monate im Spätfrühjahr und Sommer sind die arbeitsintensivsten Zeiten auf landwirtschaftlichen Gehöften und fordern von Jung und Alt gutes Durchhalte- und Stehvermögen. „Ausruhen können wir im Winter oder wenn wir tot sind", beliebte der Bauer gerne zu sagen.

Trotzdem, die üblichen und speziell in der katholischen Bevölkerung wichtigen Hochfeste wie an Himmelfahrt, Pfingsten und Fronleichnam brachten ein wenig Erholung und bedeuteten

Abwechslung im Alltag, was nicht hieß, dass es an diesen Tagen nichts zu tun gab. Die Kühe mussten trotzdem gemolken werden und sämtliche Tiere wollten Futter haben, soweit sie nicht auf der Weide grasten. „Leben und leben lassen", verstand man trotzdem, und so hatte man auch während der Arbeit manchen Spaß, da ging es durchaus recht lustig zu. Unter den Taglöhnern und selbstredend auch unter den Buben, die tage- oder stundenweise aushalfen, gab es „Gnitzige", die anderen gerne einen Streich spielten oder sie spaßhaft auf den Arm nahmen.

Ernste oder aufregende Ereignisse fehlten ebenso wenig. So entstand an einem Sommertag mitten in der Heuernte eine helle Aufregung. Eines der eingesetzten Pferde war unglücklich ausgerutscht und hatte sich im Geschirr verheddert. Die Folge war ein offener Beinbruch, und das war das Todesurteil für das Tier. Es gab ein riesiges Hallo mit tragischen Folgen. Der Bauer ärgerte sich, aber was blieb? Er holte das Gewehr vom Hof und gab dem Pferd den Gnadenschuss. So etwas kam beim harten Einsatz mit Tieren selten vor, aber manchmal leider doch, ist aber jedes Mal dramatisch und ärgerlich. Ein Pferd stellte einen hohen materiellen Wert dar, ein Ankauf war teuer, und speziell die altgedienten Pferde waren gut trainiert, sie wussten bei „hüst" und „hot" oder „brrrr" wo es lang geht. Deshalb waren sie nicht schnell und so „mir nichts, dir nichts" ersetzbar. Hatte ein Käufer ein neues Pferd für viel Geld erworben, musste es für die Arbeiten angeleitet und trainiert werden, damit es gehorsam im Gespann ging und ordentlich auf die Kommandos hörte. Sowas war auf aufwendig und brauchte viel Geduld.

Im Juni während eines heftigen Gewitters hatte es den Gießler-Hof im Ernsbach bös erwischt. Ein Blitzeinschlag setzte den uralten Hof in Flammen und ließ ihn bis auf die Grundmauern niederbrennen. Das tragische Ereignis war nicht nur im Tal Tagesgespräch, sondern eine Katastrophe für die betroffene Familie, denn zwei Kühe und fünf trächtige Schweine verendeten, weil die Helfer sie nicht mehr rechtzeitig im Stall lösen und herausholen konnten. In solchen Fällen hielt die dörfliche Gemeinschaft aber immer zusammen und jeder half der betroffenen Familie so gut es ging, sei es mit Geld, Kleidung, wie auch Jungtieren. Die geretteten Kühe und Pferde kamen einstweilen in Ställen der Nachbarhöfe unter. Zum Glück gab es auch das Libdig beim Hof (Alterssitz für den Bauern, wenn er den Hof übergeben hat), wo der Bauer mit seiner Familie vorerst wohnen konnte, bis der Bauernhof wieder neu erstellt und bewohnbar war.

Im August war es wieder soweit, an drei Tagen feierten erst die Entersbacher das Kilwi-Fest, dem folgte eine Woche später Unterharmersbach, und zuletzt war Nordrach dran. Die Kilwi zählte fast schon zu den Pflichtterminen der Michels, wo der Bauer und seine Familie – mit Ausnahme der Affra, die bei sowas nicht mehr mitwollte – sich sehen lassen mussten. Wenn es machbar war, besuchten die Nordracher zumindest auch eines der Feste in den Nachbardörfern. Solche Tage waren für Verwandtschaft und die vielen Bekannten, vor allem aus dem bäuerlichen Umfeld, eine gute Gelegenheit für ein Wiedersehen, sie konnten sich besuchen, Neuigkeiten aus der Familie austauschen und den allgemeinen Tratsch verbreiten.

Anfang Oktober dieses Jahres gönnte sich der Seppe-Michel an einem Samstag das Vergnügen und besuchte die seit 1924 jährlich stattfindende Herbstmesse in Offenburg. Erst fuhr er mit Hannes und dem Knecht mit der Kutsche hinunter zum „Adler", dort bestiegen sie den Bus und fuhren nach Zell, dann nahmen sie das Bähnle, und in Biberach die Kinzigtalbahn, mit der sie nach zwei Stunden endlich in Offenburg waren. Der Weg kam für die Reiseungewohnten wohl schon einer Weltreise gleich, aber die Landwirtschafts-Ausstellung war die beste Gelegenheit, sich nicht nur umzusehen, was es auf dem Agrar-Sektor neue Gerätschaften, Maschinen und Anwendungen gab. Gerade die Maschinen interessierten sie natürlich sehr, und günstig war, die Firma Ritter, wo Hannes immer noch arbeitete, war Aussteller im Freigelände und hatte kostenlose Eintrittskarten ausgegeben. Deren Stand besuchten sie selbstverständlich zuerst, wo sie zu heißen Würsten mit Kartoffelsalat eingeladen wurden. Das ersparte ihnen das Mittagessen, und ein Glas Durbacher Klingelberger, ein Wein aus der Ortenau, gab es obendrein, dazu hinterher einen Stumpen (Zigarre) und ein Gläschen Obstler. „Allein das wäre schon die Reise wert gewesen", bemerkte Hermann zu solchen Genüssen.

Von mittags an bummelten sie durchs Freigelände, betrachteten interessiert die ausgestellten landwirtschaftlichen Maschinen, diskutierten und überprüften deren Tauglichkeit, speziell im schwierigen Gelände. „Gong, moch des Ding net hie, des het viel Geld koschd", scherzte gleich ein Verkäufer und wollte so ins Gespräch kommen. „Ha, du bisch'en alder Düpfelesschisser", konterte der Seppe-Michel. „Kumm go weg, abr uffbasse muesch", gab der zurück. So ergaben sich da und dort schnell lockere Gespräche, die den Messebesuch kurzweilig werden ließen. Wissbegierig bestaunten sie die Neuheiten und Attraktionen, stellten viele Fragen, ließen sich über Details informieren und wechselten schließlich ermüdet in eines der Hallenzelte. Beim anstrengenden Bummel musste jetzt unbedingt eine Pause eingelegt werden und sie bestellten deshalb bei der Bedienung für jeden eine Flasche Bier, was wieder neue Kraft gab, um sich anschließend weiter durch die Reihen der vielen Schaulustigen zu kämpfen. „Leut', was Leut", stöhnte der Knecht, der solche Menschenansammlungen überhaupt nicht gewöhnt war und sie noch weniger liebte. Nachmittags gegen fünf Uhr hatten sie „runde" Füße, und dem Seppe-Michel schmerzte das Bein. Gerade solche Anstrengungen, wie die Wetterwechsel, machten sich ab und zu doch noch unangenehm bemerkbar. „Das reicht für heute, ziehen wir wieder heimwärts", gab der Bauer das Kommando zum Aufbruch.

Das Messebähnle brachte an den Bahnhof, und dort bestiegen sie den nächsten Zug ins Kinzigtal, damit sie abends um sieben Uhr in Zell noch den Bus in die Kolonie erreichten. „Wenn das nicht klappt, müssen wir zehn Kilometer laufen oder ein Taxi nehmen", mahnte Hannes, der für beides keine Lust verspürte – und die beiden anderen auch nicht. Wahrscheinlich wäre auch nur eine Taxifahrt infrage gekommen. Der Bus stand aber noch am Bahnhof und brachte sie dann in die Kolonie. Die Pferde waren beim „Adler" gut untergestellt worden, und so konnten man bequem die letzten Kilometer zum Hof bergauf mit der Kutsche fahren. Müde erreichten sie den Hof, vesperten ausgiebig und kümmerten sich dann noch um die restliche Arbeiten, denn vor elf Uhr (23 Uhr) war in der Regel um diese Jahreszeit weder für den Bauern noch seinen Knecht Feierabend.

Und schon wurden wieder Planungen für die restlichen Arbeiten des Jahres gemacht. Nach Abschluss der Haupternten mussten noch die anderen und manchmal unangenehmen Arbeiten erledigt werden, um die sich gerne jeder gedrückt hätte. Sie gehörten aber zu einem Hof wie der Weihwasserkessel in der Stube. Die Jauchegrube war voll und wurde geleert. Das bedeutete für mindestens zwei Tage, neben der an sich schweren Arbeit, eine Strapaze für normale Nasen durch den unerträglichen Gestank, bis die Hinterlassenschaften von Mensch und Tier auf Wiesen und Felder als Naturdünger ausgebracht waren. Oft wurde das auch erst im Frühjahr gemacht, noch bevor das Gras zu sprießen begann, oder nach der ersten Heuernte. Gerne wurden die Tage dafür nach der aktuellen Wetterprognose gewählt, denen ein oder mehrere Regentage folgten, damit der penetrante Geruch nicht zu lange in der Luft lag und der Naturdünger sofort gut in den Boden eindrang. Neben vielen gefüllten Fässern mit Jauche wurden mehrere vollbeladene Mistwagen auf die Äcker gekarrt und dort mit der Mistgabel verteilt, bevor die Arbeiten mit dem Pflug dran waren. Den Geruch dieser diffizilen Beschäftigung bekamen die Arbeiter, trotz intensiv körperlicher Reinigung mit warmem Wasser, tagelang nicht mehr aus der Nase. Jauche und Mist waren aber im Prinzip der einzige Dünger, der auf dem Michaelishof auf den Feldern und Wiesen verteilt wurde. Nur ganz selten haben sie zusätzlich Stickstoff in Säcken eingesetzt.

Für diese unangenehmen aber notwendigen Tätigkeiten entschädigte im Spätherbst ein anderer Brauch. Der Martinstag am 11. November stand an, und das ist traditionell für die Bauern und ihre Bediensteten einer der wichtigsten Tage im Kalenderjahr. An diesem Tag sind die Pachtzahlungen fällig, und Knechte und Mägde bekommen ihren Jahreslohn. Sie hatten übers Jahr allgemein Kost und Logis, und nur zu kirchlichen Hochfesten, wie Fronleichnam oder zur Kilwi am St.-Ulrichsfest, gab es ein zusätzliches Handgeld, wenn ihr Bauer gut aufgelegt und nicht zu knauserig war. Da machte der Michaelishof keine Ausnahme – oder doch? In guter Tradition gab es für die Mägde ein neues Kleidungsstück und ein Teil für die Aussteuer. Der Knecht bekam eine neue Jacke und ein paar neue feste Schuhe. Die Hütebuben erhielten, neben dem vereinbarten Lohn, einen gut gefüllten Korb mit verschiedenen Wurstwaren und Fleisch, den sie dann stolz nach Hause trugen und damit den Speiseplan der Familien bereicherten.

Montag in der zweiten Novemberwoche kam in aller Frühe der Faisste-Metzger vom Dorf zur Hausschlachterei auf den Hof. Wieder war konzentriertes Zupacken für alle angesagt. Innerhalb zwei Tagen wurden auf dem Vorplatz der Waschküche nacheinander drei gemästete Schweine geschlachtet, wobei ein Schwein gut vier Zentner auf die Waage brachte. Jedes Schwein wurde mit dem Bolzen-Schussgerät getötet, dann hat man es im Zuber mit heißem Wasser gebrüht und von allen Borsten freigeschabt. Nach einem gezielten Stich in den Hals lief das Blut aus, und jeden Tropfen von den Frauen in Eimern aufgefangen. Da hatten die Mägde gut zu tun, mussten fleißig das Blut umrühren, damit es nicht stockte und gerann, denn es wurde später mit geschnittenen Speckwürfeln zum Brät für Schwarzwürste (Blutwurst) benötigt und weiterverarbeitet.

Nach dieser Prozedur hingen die kräftigen Männer vereint das Schwein mit Haken in den Haxen auf die an der Wand angelehnte Leiter. Mit gekonntem Schnitt öffnete der Metzger das Schwein, entnahm die Innereinen, die Leber, Nieren und das Herz, entfernte sorgsam die Galle, die er zur Seite auf den Boden warf, wo sie nicht einmal die Katzen wollten. Im nächsten Schritt wurden die Därme entnommen und in einem separaten Behälter gelagert, damit sie die Frauen entleeren und waschen konnten. War das getan, teilte der Metzger gekonnt die Sau in zwei Hälften, schnitt die Speckseiten heraus, trennte die Hinterschinken und bereitete sie für den Rauch vor. Die Schweinefüße wurden zerlegt und Stücke kamen mit Ohren, Kopf und anderen Teilen in heißes Wasser. Alles wurde darin gekocht, ergab eine gute Brühe, wurde zu Sülze (Aspik) verarbeitet und hinterher kaltgestellt. Die reichlich geleehaltigen Speisen ergaben ein deftiges Männeressen für die Wintertage, und wurden gerne mit Brägele (Bratkartoffeln) gegessen. Nach diesen mehr vorbereitenden Arbeiten widmete sich der Metzger den edlen Teilen und schnitt mit scharfem Messer die Koteletten, Schnitzel, Ripple und anderes zurecht.

Währenddessen hatten die Frauen begonnen die Därme gründlich auszuwaschen. Sie wurden später für die Würste gebraucht. Zwischendurch gab es ein einfaches Mittagessen, dazu immer wieder einen Schnaps. Das Brät für Würste war wiederum eine Sache des Metzgers und reine Handarbeit. Da hatte jeder bei den Zutaten und Gewürzen so sein eigenes Rezept. Erst füllte er Blut- und Leberwürste in die Därme und gab sie in den Wurstkessel. Ein Teil davon kam in Büchsen und ein Drittel davon wurde gemischt eingefüllt, das heißt in diese Büchsen füllte er halb Schwarz- und halb Leberwurst. Beim Vespern auf dem Feld mussten dann nicht immer gleich zwei Dosen geöffnet werden, wenn jemand Lust auf beide Sorten verspürte. Einem weiteren Teil Schweinefleisch mischte er rund zwanzig Kilo Rindfleisch zu. Daraus wurden leckere Bratwürste bereitet, die der Knecht zusammen mit den Speckseiten in den Rauch hing, wo sie vierzehn Tage geräuchert wurden. So haltbar gemacht, bildeten sie ein feines Aroma aus und waren länger haltbar.

Nach den Würsten kam das Kesselfleisch dran. Die Brühe von Wurst und Fleisch ergab im Kessel eine fettreiche und würzige Metzelsuppe. In den 30er-Jahren des letzten Jahrhunderts brauchte bei der täglichen harten Arbeit niemand auf die schlanke Linie achten, da durfte es zwischendurch ruhig kalorienhaltige fettreiche Kost sein, und der Körper gierte in den Wintermonaten geradezu danach. So eine Metzelsuppe ging schnell nebenher, schmeckte köstlich und diente dem Metzger wie allen Beteiligten als Mittagessen, und sie schmeckte einfach jedem.

Praktisch jedes Teil des Schweins fand seine Verwendung, da gab es so gut wie keine Abfälle. Sogar die Borsten wurden gesammelt, die später ein Aufkäufer abholte und an die Bürstenindustrie lieferte. Die Schwarte und alles vom Fleisch getrennte Fett wurde zu Griebenschmalz gekocht, das Griebenschmalz flüssig in

Steinkrüge gefüllt, wo es sich verfestigte. Das diente einerseits als zusätzlicher Brotaufstrich. Frisches Bauernbrot mit Griebenschmalz und einer Prise Salz drauf, das ist echter Genuss, und ist speziell in der kälteren Jahreszeit eine Delikatesse. Andererseits verwendete die Bäuerin das Schmalz sowohl beim Kochen, wie für die Bratkartoffeln. Zwar stellte die Bäuerin mit Rahm von der Kuhmilch auch Butter her und verwendete dies passend für Gerichte, jedoch etwas sparsamer. Lieber verkaufte sie die Butter und erlöste für sich eigenes Geld. In der heutigen Zeit werden die Schweine nicht mehr so fett gemästet, deshalb fällt bei den Schlachtungen weniger Schmalz an, aber immer noch genug und im Grunde zu viel. Keiner will es mehr haben, es muss entsorgt werden und wird industriell verarbeitet. Das war früher anders.

Bei den Schlachtungen der Schweine fielen Saunabel an, der Bauchnabel der Sau. Dieses Teil eignete sich für vielfältigste Verwendungen, deshalb schnitt der Metzger beim Schlachten den Saunabel immer großzügig aus, mit viel Fettanteil dran. Jedes dieser Stücke hängte eine Magd mit einer Schnur in der Scheune auf, wo es trocknen konnte. So ein Saunabel stinkt nicht, und damit wurden dann die Schuhe eingefettet, die Bandsägen beim Sägen und selbst die Wagenachsen geschmiert.

Und jede geschlachtete Sau gab noch ein anderes spezielles Teil her, das fortan unkonventionellen Zwecken diente, das war die „Saubloder", die Blase. Noch weich und elastisch wurde sie mit der Luftpumpe aufgeblasen und bekam etwa die Größe eines Fußballs. Zugebunden und getrocknet und an einem Stock befestigt, verwendeten sie die Narren bei der Fasnet. Mit so einer „Saubloder" als Schlaginstrument wurden dann gerne allerlei derbe Späße getrieben.

Nach Abschluss der Schlachtung am Abend des zweiten Tages, saßen Bauer und Bäuerin, die Töchter, der Metzger und das Gesinde in der Runde gemütlich am Küchentisch. Bei Most und ein paar Schnäpschen ließen sie die Schlachtaktion ausklingen und Revue passieren. Vor sich im Teller hatten sie eine Portion Kesselfleisch, garniert mit Blut- und Leberwurst, dazu Sauerkraut und Kartoffelbrei, was nun nach getaner harter Arbeit besonders schmeckte.

So eine konzentrierte Schlachtaktion war für alle Beteiligte allgemein anstrengend, dafür hatten sie eine Stärkung redlich verdient. Nebenbei wurde geschwätzt und geschäkert und die Frauen ein bisschen gefoppt. Der Metzger zeigte sich als Philosoph und gab kluge Sprüche und Weisheiten von sich. Geistreich bemerkte er: „Man ist niemals zu schwer für seine Größe, aber man ist oft zu klein für sein Gewicht." Oder er bemerkte ohne mit den Wimpern zu zucken: „Ich zahle gerne Steuern." Der Bauer lachte über den Scherz. „Wer zahlt schon gerne Steuern?" Ha'no Bur, wenn'i mol so viel Zaster verdien, dass'i Stür zahle mues, donn verdien'i viel und bin rich." (Wenn ich einmal so viel Geld verdiene, dass ich Steuern bezahlen muss, dann bin ich reich). Plötzlich hörten sie es draußen am Fenster heftig poltern. Vor Schreck fiel dem Seppe-Michel fast die Gabel aus der Hand und er fürchtete schon, Lumpengesindel, Hamberle (Obdachlose), Schlawacken (Schlawiner) wollten ihm die Fensterscheiben einschlagen. Den Hofhund hatte er schon morgens im Stall eingeschlossen, weil der Metzger da war, denn während der Schlachtung war der Hund, wenn er Fleisch roch, kaum zu bändigen. Seinem wütenden Bellen hatte man deshalb keine Bedeutung oder Aufmerksamkeit geschenkt, weil man davon ausging, der will nur raus und beim Essen in der Küche dabei sein.

Sofort rannten alle nach draußen, konnten in der Dunkelheit aber nichts erkennen oder ausmachen. Der Nachthimmel zeigte sich gerade an diesem Abend wolkenverhangen, es war zappeduster oder krabbesack-dunkel. Im Licht einer Petroleumlampe suchten sie eine Weile die Umgebung im Gelände ab, entdeckten aber nichts Auffälliges. Erst bei der Rückkehr ins Haus fiel ihnen die meterlange Bohnenstange auf, die schräg an der Wand neben dem Fenster lehnte, und woran ein weißer Stoffsack hing. „Natürlich, dass wir nicht daran gedacht haben. Die Säcklestrecker haben uns heimgesucht", lachte der Bauer und griff sich an den Kopf, als ihm ein Licht aufging. Nach uraltem Bauch kommen Jugendliche aus der Nachbarschaft, und manchmal sogar von weiter her, wenn bekannt ist, auf einem der Höfe ist Schlachttag. Zuvor hatten sie ein Stoffsäckchen an einer etwa drei Meter langen Holzstange befestigt. Drin steckt üblich ein handgeschriebener Zettel, auf dem in gereimter Form geschrieben war, dass man einen Anteil vom Geschlachteten abbekommen will.

    Gewöhnlich lautet ein Sprüchlein so: „Servus ir liebe Burslit, mr hen g'hert, ihr hen g'schlachtet hit. Gebt uns ebbis devo ins Säckle nei, s'derf ruhig e'Sit Speck, Kesselfleisch e'Mengi sei. Un'd'Würscht, die zweimol um de'Ofe rum goht wär au no gued. Sin blos nit gizig, gebt'uns was her, sunsch kummt d'Moospfaff euch in'd Quer."

    Gespannt lösten sie das Säckchen von der Stange, entnahmen den Zettel und Affra las den Spruch laut vor. Rundum hatten alle gehörigen Spaß an der Sache, wurden ganz aufgeregt und hektisch. „Dem Säcklestrecker wollen wir auflauern, der kommt uns nicht einfach so davon", wurde spontan beschlossen. Gemeinsam heckten sie einen Plan aus, wie man den oder die Burschen abfangen könnte, während die Bäuerin je einen Ring Blut- und Leberwurst, ein Paar Bratwürste, etwas Kesselfleisch und noch eine Büchse richtete und in das Säckle packte.

    Der Knecht befestigte das gut gefüllte Säckchen an der Stange draußen am Fenster, band die Stange aber mit einer Schnur noch am Fensterladen fest. Nun legten sich die Männer still heimlich an verschiedenen Plätzen auf die Lauer und warteten ab, was sich tun wird. Lange wurden sie auf die Folter gespannt und wollten schon aufgeben, weil man befürchtete, der Säcklestrecker hat den Braten gerochen und ist klammheimlich abgezogen. Gut eine halbe Stunde dauerte es, bis im Dunkeln leise ein Sechzehnjähriger auftauchte und blitzschnell die Holzstange greifen wollte, was misslang, weil sie festhing. Doch der Bursche war gewitzt genug, er hatte ein Messer in der Tasche und versuchte blitzschnell die Schnur durchzutrennen. Diese kurze Verzögerung reichte aber aus und Knecht und Bauer bekamen ihn zu fassen. Triumphierend nahmen die kräftigen Männer den Ertappten in den Griff und schleppten ihn in die Küche. „Kerl, wenn'di wehrsch, wenn'de nit schbursch, kriegsch'e paar hinder d'Leffel." (Wenn du dich wehrst und nicht gehorchst, bekommst du eine an die Ohren). Das war ein Hallo. Sein Widerstand hatte keine Chance: „Jetzt bist du dran, jetzt musst du schlabbern." Sie banden ihm die Hände auf den Rücken, führten ihn an den Tisch und drückten ihn auf einen Stuhl nieder, während ihm die Bäuerin einen Teller heiße Metzelsuppe vorsetzte. Den randvollen Teller musste er nun ohne Löffel und nur mit dem Mund ausschlürfen.

Wohl oder übel machte Isidor – so hieß er – das Spiel mit, und unter Lachen und Spott schlabberte er den Teller leer, schleckte ihn zuletzt auch noch mit der Zunge aus; wenn schon, denn schon. Alle hatten gehörig Spaß, und besonders die Mädchen juchzten und kicherten. Natürlich kannten sie den Isidor von der Rautsch, und gerade das wurmte (ärgerte) den Burschen heimlich, weil er wusste, „bald wissen es alle im Dorf, dass sie mich erwischt haben."

Der Teller war geleert und nun wurde er auch von den Fesseln befreit, er war erlöst. Hintendrein gab ihm der Bauer auch noch ein Gläschen Obstler, dann durfte er sich mit viel Hallo die

Stange greifen und mit dem gefüllten Säckchen abziehen. „Was ziehsch denn au für e'Lätsch no? Nägschtmol losch di nimmi verwische, he" (was machst du für ein Gesicht, lass dich das nächste Mal nicht mehr erwischen), gaben sie ihm lachend als Rat mit. „Garandierd, ich brobiers jedefalls widder, un do bass i'donn besser uff", gab er zurück und zog schleunigst davon.

Am Ende der zwei Schlachttage hingen viele Würste in der Vorratskammer an den Stangen, und die Menge des portionierten Fleisches war haltbar eingelagert. Ein Teil der Würste und auch Fleisch, sechs Hinterschinken und vier Speckseiten hingen dazu im Rauch. In rund 14 Tagen sollen sie dabei das typische Schwarzwälder Aroma ausbilden. Jeder Bauer hat für diesen Vorgang wiederum sein eigenes spezielles Rezept, das er gut hütet. Überwiegend bestand es aus Sägemehl von Buchen, dazu Tannenzapfen, Wachholderholz, das er für den Rauch verwendete. Neben drei Schweinen hatte man am zweiten Tag zusätzlich noch ein Rind geschlachtet. Die eine Hälfte lieferten sie gleich an die Heilstätte, und der Rest wurde ebenfalls auf Vorrat verarbeitet. Jetzt konnte der Winter kommen, Hunger leiden würde weder die Familie noch das Gesinde müssen.

Im tief in den Hang führenden ausgemauerten Keller mit Naturboden war es jahraus, jahrein relativ gleichbleibend kühl, immer ein wenig klamm und feucht. Dort lagerten die Vorräte an Grumbire (Kartoffeln) und Gälrübe (Gelbe Rüben, Karotten) sowie anderes Gemüse. Im Vorraum standen zwei Kühlschränke, der eine – ein etwas älteres Modell – wurde mit Stangeneis befüllt, wie es schon seit Jahrzehnten oder länger gängig war. Das Stangeneis konnten Kunden im „Adler" holen, wo eine Eismaschine betrieben wurde. Das brauchten sie dort nicht nur zur Kühlung des Biers. Auch die Bewohner des Hintertals konnten für ein geringes Entgelt das Eis kaufen und dort abholen. Noch nicht so fortschrittliche Wirtschaften bekamen ihr Stangeneis zur Kühlung des eingelagerten Biers direkt von den Brauereien angeliefert. Der Bierwagen kam aus diesem Grund meist mindestens einmal wöchentlich vorgefahren. Eine kleine Brauerei in Zell betrieb sogar noch die altherkömmlich traditionelle Methode und erzeugte im Winter Natureis über ein Galgengerüst. Während frostiger Wintertage wurde das Galgengerüst Tag und Nacht mit Wasser berieselt. Dabei bildete sich dickes Eis, das Arbeiter abschlugen und in einen Eiskeller füllten. Gut abgedichtet und mit Sägemehl bedeckt, hielt das garantiert bis über den nächsten Sommer und deckte den eigenen Bedarf zur Kühlung bei der Bierherstellung. Die größere Brauerei Jehle in Biberach verfügte stattdessen schon über eine moderne Eismaschine und stellte Stangeneis her. Mit jeder Bierlieferung bekam der Wirt auch ein Quantum Stangeneis mit zugeliefert.

Neben einem alten Kühlschrank hatte der Michaelishof seit zwei Jahren einen der neueren Generation. Dabei handelte es sich um einen Kühlschrank mit nicht brennbarem Kältemittel, wie sie seit 1930 auf dem Markt waren. Das Aggregat lief, wenn vom „Adler" genug Strom kam, und das hing wiederum von der Wassermenge ab, die der Bach führte, das über einen Kanal abgeleitet und gestaut wurde. Vom Wasser wurde eine Turbine getrieben, die über den Generator Strom erzeugte. Die vorhandene Wassermenge war leider noch die Schwachstelle. Bisher ging aber alles gut, es reichte zur Kühlung jederzeit aus.

Beide Geräte boten relativ viel Platz zur Kühlung des eingelagerten Fleisches, und nicht alles hat man einpökeln müssen. Oft wurden zudem noch ein paar Stallhasen geschlachtet und bevorratet. Zudem war Platz schon deshalb wichtig, weil aus der Jagd immer auch noch eine gewisse Menge Wild nachkam. Der weitaus größte Teil des anfallenden Wildbrets wurde allerdings den Metzgereien und Wirtschaften direkt angeliefert. Nur eine kleinere

Menge behielten sie auf dem Hof für sich und verbrauchte sie bei passender Gelegenheit. Gern wurde ein etwas größerer Vorrat gehalten, denn hin und wieder meldete sich ein Wirt und brauchte kurzfristig Wild, weil im Dorf eine Hochzeit stattfand oder ein anderes Fest veranstaltet wurde, und wider Erwarten dafür mehr Fleisch benötigt wurde, als der Wirt gerade vorrätig hatte.

Einen Wild- oder Stallhasen schlachten, dazu brauchte es nicht den Metzger vom Dorf, sowas konnte die Affra und sogar die Mädchen selber machen, und das galt auch für die Schlachtung einer Henne. Die Hühner deckten den Bedarf an Eiern, hatten sie aber ein gewisses Alter erreicht, wurden sie geschlachtet, sie taugten aber dann allenfalls noch für Suppen und Hühnerbrühe. „Noch" ist in diesem Zusammenhang allerdings etwas abwertend gesagt, denn gut gekochtes Hühnerfleisch ergab eine wunderbar feine Hühnerbrühe, die gerne als Vorspeise gegessen wurde oder als Suppe mit Nudeleinlage, und soll sogar bei Erkältungen heilend wirken.

Der Vorrat für das nächste Jahr war wieder aufgefüllt und gesichert. Dabei durfte nicht übersehen werden, auf so einem Hof bedurfte es für die eigene Familie, das Gesinde und die zusätzlich eingestellten Helferinnen und Buben immer beachtlicher Mengen. Bei harter Arbeit musste gut gegessen werden, und am fremden Tisch entwickelten einige Zeitgenossen einen unglaublichen Appetit. Und nur wenn die Helfer satt wurden, kamen sie wieder. Selbst wenn man fürs Essen das Gesinde einrechnete und alle mitarbeitenden Helfer, konnte tatsächlich aber nie das, was in der eigenen Aufzucht und der Jagd anfiel, verbraucht werden. Der überwiegende Teil wurde somit verkauft, denn letztendlich lieferten die Viehzucht und die Jagd wichtige Beiträge zu den erwünschten und notwendigen Einnahmen des Hofes.

Häufig bekamen die kurzzeitig beschäftigen Frauen und Männer ihren Lohn auch in Naturalien bezahlt, oder sie bekamen zusätzlich zum Lohn noch ein paar geräucherte Würste, ein Stück Fleisch und Wurst in Büchsen oder ein Stück Speck. Das war ihnen manchmal sogar lieber, und so war sichergestellt, dass sie, wenn Not am Mann war, kurzfristig gerne zur Mitarbeit wiederkamen.

Im Rückblick gesehen war das abgelaufene Jahr „nicht schlecht", wie es der Seppe-Michel ausdrückte, und „nicht schlecht" bedeutet für einen Schwarzwälder tatsächlich überragend gut. In dieser Beziehung sind sie mit den Schwaben verwandt, wo ein ähnlicher Sinnspruch besagt: „Nit g'scholte isch globt gnug."

Die Bauern neigen im Allgemeinen gerne zum Klagen und Jammern, das ging mal gegen das Wetter und Petrus, mal gegen die Regierung und Obrigkeit im Speziellen, und gerne wurden andere für alles eigene Unbill verantwortlich gemacht. Viele Worte machen, Übertreibungen, das ist auch nie die Sache eines Schwarzwälders. Natürlich ist auf dem Michaelishof im Jahre 1934 nicht immer alles glatt oder ohne Ärger und Kümmernisse abgegangen, das betraf jeden Bereich und jede Person, aber das waren alltägliche Belange und gehören zum bäuerlichen Leben dazu.

Es ist immer ärgerlich, wenn ein Tier „verreckt" (umkommt), wenn jemand vom Gesinde krank wird oder sich verletzt hat. Aber „wo gehobelt wird, fallen Späne", heißt es dann. Noch war das Jahrzehnt von mehr Gelassenheit geprägt und es galt: „Leben und leben lassen, oder komm ich heut nicht, komm ich morgen."

Selbst wenn der Seppe-Michel sich in der Familie, bei seinen Bediensteten oder mit anderen Leuten arg am Riemen riss und gegen sein Naturell ankämpfte, ab und zu ging ihm doch der Gaul durch und sein Temperament, seine cholerische Veranlagung zeigte sich kurz wieder deutlich. „Da ging ihm das Messer im

Sack auf." Das war vor allem dann der Fall, wenn er sich von jemand übervorteilt fühlte oder ein Händler seine Ware nicht angemessen bezahlen wollte. Da konnte er dann doch noch gelegentlich „fuchsteufelswild" und sehr ungemütlich werden. Er spielte dann seine Dominanz voll aus. Hinterher tat es ihm leid und er war schneller bereit, seinen Fehler oder Unrecht einzusehen und entschuldigte sich, bevor es wieder zur Eskalation kam. Es hatte sich insgesamt also alles spürbar gebessert, und im Großen und Ganzen hielten sich die Ausfälle in Grenzen. Seine Frau Affra war sogar glücklich, wenn er sie nicht mehr so derb maßregelte, wenn sie nicht den Blitzableiter für jeden entstandenen Ärger abgeben musste, und wenn sie nicht schlechter behandelt wurde, als die Mägde. Dann war für sie die Welt in Ordnung.

Ihr Stolz und Ruhepol waren ihre Kinder und insbesondere die beiden Mädchen, die sie über alles liebte und verhätschelte. Die hielten auch unerschütterlich zur Mutter. Von Emanzipation war weit und breit noch nicht die Rede. Ging es um das Verhältnis von Mann und Frau in der Ehe, hörte man häufig den Witz: Eine russische Frau klagte: „Mein Mann liebt mich nicht mehr, er hat mich schon vierzehn Tage nicht mehr geschlagen."

Eine Bäuerin – und zumal eine auf einem so großen und bedeutenden Hof wie bei den Michels – durfte auch nicht zart besaitet sein und konnte oder musste zwischendurch sogar resolut werden. Und es gab durchaus auch Männer, die sagten: „Ich bin der Herr im Haus, das wär' gelacht, was meine Frau sagt, wird gemacht."

Kettenkarussell auf einem Fest

Schwarzwälder Vesper: Stillleben von Gehringer

14

Neues Jahr, neues Glück

Im Advent, der besinnlichen Vorweihnachtszeit, wurde auf dem Michaelishof ein Gang heruntergeschaltet, das ließ zeitweise ein ruhigeres Arbeiten zu. Ein Arbeitstag erstreckte sich nicht mehr auf sechzehn, sondern nur noch auf vierzehn oder zwölf Stunden. Die Weihnachtsbäume für dieses Jahr waren geschlagen, längst abtransportiert und wurden auf den Märkten angeboten, um die Kunden im Lichterglanz beim Fest zu erfreuen. Weihnachten stand vor der Türe, wo alles ein wenig gelassener ging und weitgehend Ruhe von der hektischen Betriebsamkeit einkehrte. Zwischen den Jahren hatten abwechselnd die Mägde und der Knecht ein paar freie Tage, wo sie ihre Familien, Verwandte oder wen auch immer besuchen konnten.

Der Hermann war mit der Magd Maria einig geworden, sie hatten in der zweiten Hälfte des Jahres schlicht geheiratet. Der listige Putto Amor hatte, wie es schien, gute Arbeit geleistet. Als der Bauer von der geplanten Neuigkeit hörte, war er erst hin und her gerissen. Einerseits war er froh, denn „einen Schwarm Hummeln kann man nicht hüten", und so war er wenigstens, was die Moral betraf, aus dem Schneider. Andererseits war ihm von Anfang an wohl bewusst, „wenn der Hermann erst einmal verheiratet ist und seinen eigenen Hausstand hat, muss ich ihm regelmäßig Lohn bezahlen, sonst geht er weg, sucht sich Arbeit bei der Gemeinde, beim Echtle-Säger oder beim Lehmann im Dorf auf dem Bau." Das hatte sich aber bald eingespielt, er wurde mit dem Knecht und der Magd einig und sie blieben dem Hof treu und somit vorerst also alles beim Alten. Das war nicht allzu verwunderlich, denn wer es in den schwierigen Zeiten beim Seppe-Michel ausgehalten hatte, der blieb ihm jetzt auch treu, wenn „der Wolf Kreide gefressen hat", und sie hätten es durchaus viel schlechter treffen können. „Überall wird mit Wasser gekocht", das wusste man auch in Nordrach. Der Knecht war Realist genug und sagte sich: „Es kommt nie was Besseres nach."

Vom Bauern bekamen sie zur Hochzeit 500 Reichsmark für den Hausstand, und die Bäuerin hatte der Magd ein schönes Paket mit Aussteuerwäsche gerichtet. Das waren zwei komplette Garnituren Bettzeug, eine feine Tischdecke und diverse Kleinigkeiten.

Rechtzeitig zum Weihnachtsfest schneite es im Tal. Feld und Flur zeigten sich jungfräulich im alles überdeckenden weißen Kleid. Der gab einen schönen Rahmen für die kirchlichen Veranstaltungen in der Kolonie, wie auch draußen im Tal, wo man sich am ersten Weihnachtstag traf und in das Lied: „Stille Nacht, heilige Nacht" einstimmte. Zur Bescherung gab es die üblichen Geschenke und das Wichtigste war, ein festlich üppiges Essen im Kreise der Familie.

Wie es sich im katholisch geprägten Umfeld gehörte, pflegte die Sippe des Seppe-Michels streng die religiösen Rituale der Kirche. Die Familie wurde vereint nicht nur zwischendurch in der St.-Nepomuk-Kapelle in der Kolonie gesehen, sondern man fuhr fast jeden Sonntag, und erst recht bei wichtigen religiösen Festen, hinaus ins Dorf, ging in die Dorfkirche St. Ulrich und nahm an Messen und den Gottesdiensten teil.

Die weithin sichtbare Kirche, mit ihrem markanten 63 Meter hohen Kirchturm im neugotischen Stil, kann sich sehen lassen und gleicht einem kleinen Münster. Es lässt ein wenig darauf schließen, wie gutbetucht die Nordracher Bürger immer schon waren, dazu spendabel und hatten es sich etwas kosten lassen. Von Anfang an waren sie stolz darauf, solch ein repräsentatives Gotteshaus zu besitzen. Auffallend sind die wertvollen Besonderheiten im Innern des Kirchenschiffs, wie der gestiftete und 1905 geschnitzte und bemalte Hochaltar, mit Szenen des „Schmerzhaften Rosenkranzes". Ebenfalls sehenswert ist die Kanzel, und gar eine Rarität die Orgel mit ihren 27 Registern des Elsässer Orgelbauers Roethinger.

Bei den letzten Fahrten mit dem Zweispänner ins Dorf war der Seppe-Michel nicht ganz glücklich, es war weder bequem und angenehm schon gar nicht, wenn die Witterung nicht mitspielte, wenn es kühl war und regnete oder schneite. Während er noch mit zwei Pferdestärken den weiten Weg hinaus ins Dorf kutschierte, gab es schon Kirchenbesucher, die mit dem Auto vorfuhren. Sie waren nicht mehr auf das Taxi des Maurermeisters Gottfried Lang angewiesen oder auf den Linienbus, der zwei Mal am Tag von der Kolonie nach Zell und wieder zurück fuhr. Das hatte ihn nachdenklich werden lassen, um nicht zu sagen „neidisch gemacht". Und er hätte sich sofort so ein Vehikel gekauft, wenn man dafür nicht einen Führerschein benötigt hätte. „Erst lass ich meinen Hannes den Führerschein machen, dann kaufen wir uns sofort ein Auto, und ob ich dann ebenfalls irgendwann die Fahrprüfung ablege, das wird sich zeigen." Allein der Gedanke daran machte ihn ein wenig aufgeregt.

Nach dem Hochamt in der Dorfkirche ging er auf direktem Weg zum Frühschoppen ins Gasthaus „Stube". Einige wichtige Bauern des Tals saßen schon am Stammtisch und empfingen den Großbauern mit lautem Hallo. „Schön, Seppe-Michel, dass du von deinem Thron herabsteigst und dich hier wieder einmal blicken lässt." „Konsch nit e'mol longsam schneller due, Muser-Erich? Du hesch gued schwätze, du wohnsch unde im Dorf. Bis zu minnem

Hof sind's acht Kilometer, un wenn'i scho emol Zitt hab, dann hock'i lieber unde im „Adler" im Hintertal, un dort, du Schlauberger, sicht'i euch auch nie-nie." „Ja, ja, um Ausreden warst du nie verlegen." „Da habe ich eine Preisfrage", fiel ihm der Boschert-Anton ins Wort. „Warum hat der Teufel seine Großmutter totgeschlagen?" Antwort: „Weil sie keine Ausreden mehr wusste." Lautes Gelächter quittierte den Witz. „Kumm hock'di no, meinte s'Lätschemachers-Fritz, gibsch uns e'Rundi us. Sisch bi dir jo nit wie'bi de'arme Lit." „Hano, bevor i'mi schlage loss: Wirt, kumm bring'e Runde Obstler für uns alli on de Disch", rief der Sepp zum Tresen.

Die Runde am Stammtisch zollte ob der noblen Geste Beifall. Ein Wort ergab das andere, und im Nu überschlugen sich alle mit schlauen Sprüchen. Wie im Flug war der Nachmittag vergangen, abendliche Dunkelheit machte sich breit. „Nachts ist es dunkler als draußen", lallte der Vollmer-Anton schon merklich angeschlagen. Das war das Signal für den Seppe-Michel, er bezahlte und erschrak über die Höhe der Zeche. „Donnerwetter, kann ein Mensch so viel saufe?" Trotzdem war er großzügig und gab der Bedienung, der feschen blonden Helga, einen Zehner als Trinkgeld. Sie schenkte ihm dafür einen Kuss auf die Wange. Dann verabschiedete sich der Bauer und fuhr mit der Kutsche gemächlich ins Hintertal. „Hallo Sepp", sagte er sich, „ich glaub du hesch'e bizeli (ein wenig) z'viel drunke." Deutlich verspürte er den Alkohol, den er in den vielen Stunden konsumiert hatte und der ihm nun die Sinne vernebelte – und dabei konnte er wahrlich einen Stiefel vertragen. Aber immer wieder mit irgendeinem und wegen irgendwas anstoßen zu müssen, das konnte die Leber schon merklich strapazieren. Rückblickend gesehen war das jedoch kein Problem, die Pferde fanden alleine den Weg zum Hof, und bis er zuhause eingetroffen war, da war er wieder ein fast nüchterner.

Der Jahreswechsel erfolgte mehr in der Stille. Es war noch nicht die Zeit der lauten und ausufernden Böllerei. Dafür läuteten die Glocken um Mitternacht. Draußen im Dorf waren es ein paar halbwüchsige Kinder, die mit Knallfröschen und Miniknallern schon in den Tagen nach Weihnachten rumballerten. Die neumodischen chinesischen Minniknaller und Knallmatten, die es im Kaufladen gab, waren für den Normalbürger noch zu teuer und auch ein wenig gefährlich. Raketen oder ähnliches gab es nicht, wenn man sowas überhaupt in Nordrach kannte. Wenn geschossen oder geballert wurde, dann war es eher im Zusammenhang und im Vorfeld dörflicher Feste oder zum Polterabend, bei Hochzeiten bedeutender Bauern und Persönlichkeiten. Bei solchen Gelegenheiten ließen es unverheiratete Männer mit Karbid krachen. Sie gaben einen kleinen Klumpen Karbid in eine größere und fest verschlossene Büchse und etwas Wasser dazu. In der Reaktion entstand ein Gas, das gezündet wurde. Dabei handelte es sich um einen gefährlichen Brauch, bei dem es immer wieder Unfälle und schwere Verletzungen gab. Der gewünschte und erzielte Effekt, ein ohrenbetäubender Knall, hallte dann von der gegenüberliegenden Bergseite wider und dröhnte noch als Echo durchs Tal.

Nach „Dreikönig" ging es wieder im normalen Trott weiter. Der Holzeinschlag zu Beginn des neuen Jahres erwies sich als ergiebig. Eine tüchtige Rotte erfahrener Holzfäller war über sechs Wochen vollauf damit beschäftigt, in den weitflächigen Waldungen rund 1200 Festmeter, das sind gut 900 Stämme stattlicher Tannen und Fichten, zu fällen. An Dutzenden Sammelplätzen lagerten die von der Rinde geschälten Stämme und warteten auf die Abfuhr. Gut hundert Festmeter ehemals stattlicher und begehrter alter Eichen und genauso alte Buchen waren mit dabei. Den überwiegenden Teil holten Fuhrleute von den Lagerplätzen und brachten sie auf gefährlichen Wegen ins Tal. Der Abtransport war im Grunde immer der schwierigste Teil der gesamten Aktion.

Der musste in diesem Jahr nicht mehr alleine mit Pferden und Langholzwagen gemacht werden. Einiges wurde inzwischen mit dem Bulldog abgefahren. Die sechs Sägewerke im Tal übernahmen mehr als die Hälfe aller Stämme. Da gab es das Sägewerk Schnurr in der Kolonie, den Echtle und den Junker im Hintertal sowie Finkenzeller am Rühlsbach, Spitzmüller oberhalb der Bind und dann noch den Körnle-Säger unterhalb des Dorfs. Ein geringerer Teil blieb liegen und lagerte weiter an den Waldwegen, bis der Bildstein-Frieder Käufer von auswärts gefunden hatte, die dann eigene Fuhrwerke für den Abtransport beauftragten.

Während im Herbst die Weihnachtsbäume geschlagen und bis Heiligabend verkauft wurden, und wenn der Stammholz-Einschlag abgeschlossen, Aufkäufer gefunden, die Stämme aus dem Wald geholt worden waren, musste der Seppe-Michel zwischendurch immer wieder einmal nach Zell fahren. Dazu nahm er den Linienbus und benötigte jeweils immer einen ganzen Tag. Diese Besuche im Zeller Städtle hatte einen triftigen Grund. Er ging dann in die Sparkasse. Die Sägewerksbesitzer und Holzhändler, wie neuerdings vermehrt auch die Viehhändler, bezahlten mit Scheck oder übergaben Wechsel. Die Methode mit Wechsel zu zahlen ist neu aufgekommen und kam in erster Linie den Käufern entgegen. Sie hatten ein dreimonatiges Zahlungsziel und hofften, in der Zwischenzeit haben sie die Ware an den Kunden gebracht und das Geld in der Kasse. Dafür war am 14. August 1933 im Deutschen Reich ein neues Scheckrecht eingeführt worden und am 1. April 1934 das Wechselrecht. Dem Bauer war das recht, er musste nicht mehr so viel Bargeld im Haus verwahren. Wenn er selbst größere Anschaffung tätigen wollte, konnte er auch bequem einen Scheck ausstellen und damit bezahlen. Sowas war zudem auch gut für seine Reputation.

Zwischendurch wurde die fünfte Jahreszeit wieder eingeläutet, es war Fasnet, und Hannes hatte eine Woche Urlaub. Seit der Hitler an der Macht war, standen ihm jährlich zwei Wochen Urlaub zu. Natürlich war er über diesen sozialen Fortschritt begeistert. Eine Woche davon sparte er sich für den Sommer auf, für den Fall, dass auf dem Hof dringend seine Mithilfe bei den Ernten gebraucht würde.

Narretei war ihm nicht so wichtig, und der Brauch mit den Glashansele in Nordrach oder des Schneckehüsle-Narro und des Bendele-Narro in Zell, lagen überhaupt nicht auf seiner Wellenlänge. „Mir scheint, dafür muss man einen speziellen Virus ins sich tragen", kommentierte er die althergebrachten Bräuche. Stattdessen traf sich Hannes lieber mit gleichgesinnten Burschen aus dem Dorf und sie ließen es in einer Wirtschaft krachen oder er wollte, wenn das Wetter mitspielte, gerne mit dem Vater durchs Revier streifen.

Während seiner Schulzeit hatten sie das häufiger getan, und deshalb kannte er sich rund um Nordrach bestens aus. Die Höhenzüge waren ihm vertraut, und er liebte es, die traumhaften und fantastischen weiten Ausblicke von exponierten Aussichtspunkten ins Tal und über die Höhen zu genießen. Später in der Lehrzeit hatte er dazu weniger Gelegenheiten gehabt und bedauerte das. Nun aber, in dieser Zeit zwischen ausgehendem Winter und bald beginnendem Frühjahr, hatten Vater und Sohn sich wieder einmal eine größere Runde vorgenommen, und Hannes freute sich wie ein Kind darauf.

Wie oft waren sie vor Jahren durch diese Wälder gestreift. Damals begleitete sie noch eine für die Jagd ausgebildete Dackeldame namens „Dina". Wieselflink eilte sie immer voraus und witterte in jedes Loch. Der Hund erwies sich viele Jahre dem Seppe-Michel als treuer Begleiter, ist dann aber leider in einen Fuchsbau geraten und nicht wieder aufgetaucht. Alles Locken half nichts und Nachgraben war nicht möglich. Eine Weile hörten sie noch ihr klägliches Jaulen, doch es verstummte dann. Entweder war ein Dachs im Bau und der Dackel war ihm unterlegen oder – was leider oft vorkam – der Bau ist teilweise eingestürzt und hat das Tier lebendig begraben oder den Ausgang verschüttet. Der Jäger musste es nach zwei, drei Stunden aufgeben und hat sich dann auch keinen anderen Hund speziell für die Jagd mehr zugelegt. Wenn er Treibjagden veranstaltete, waren andere Jäger dabei, die genügend eigene Hunde mitführten.

An frühere Zeiten erinnerte sich Hannes gerne, genauso, wie er als kleiner Bub im kühlen Bächle und im lockeren Sand einen Staudamm baute oder im Wald mit Holz ein Tipi, das er mit Rinde und weichen Moosplatten deckte und von Abenteuern träumte.

Während das Tal im Narrenfieber lag, packte ihnen die Bäuerin am Rosenmontag Brot, Würste und Speck in den Rucksack und eine kleinere Gutter Most dazu. Früh am Tag sind sie zügig losmarschiert und hatten bald schon den Höhenkamm erreicht. Weiter oberhalb lag zwar noch etwas Schnee im Weg und Wald, zwischen den Büschen und Hecken, das spielte jedoch so gut wie keine Rolle, das war kein Hindernis. Ihre nach Maß gefertigten und gut eingefetteten Lederschuhe blieben wasserdicht und hielten, dank zwei paar langer Socken, die Füße ausreichend warm.

Sie hielten auf Waldwegen bergauf und wollten auf der Höhe zuerst in Richtung Schäfersfeld halten. Solch eine Wanderung gab eine gute Gelegenheit für vertraute Gespräche zwischen Vater und Sohn. Da wurden Belange des Hofs besprochen, die Vorstellungen des Juniors, wie er den Betrieb einmal weiterführen will, wenn er das Sagen hat, und wie er sich seine Frau, die zukünftige Bäuerin so vorstellt. Bisher war da allerdings noch nichts in Aussicht, ja, Hannes hatte sich auch nie darum bemüht. Mit der stattlichen Körpergröße von 1.90 Meter, seiner kräftigen

Statur und markanten Gesichtszügen wirkte er auf Frauen interessant, war aber kein Frauenheld, sondern eher schüchtern und zurückhaltend. „Das habe ich wohl von der Mutter geerbt", meinte er gelegentlich schulterzuckend, wenn er darauf angesprochen wurde. „Im nächsten Jahr lasse ich neben dem Hof ein Libdig (Leibgedinghaus, Nebengebäude) bauen, das wird unser Alterssitz, für deine Mutter und mich", offenbarte der Vater ein wenig von seinen Plänen. „Wenn du einmal verheiratet bist und ich den Hof übergeben habe, ziehen wir dort ein und ich lasse mich als Altbauer verwöhnen."

Den steilen Weg bergauf hatten sie lässig genommen, die Rautschhütte lag längst hinter ihnen, und während sie miteinander redeten und Zukunftspläne schmiedeten, kamen sie durch den Sattel des Rosbendunnen und weiter zum imposanten Felsenmeer der Heidekirche. Dabei handelt es sich um ein beeindruckendes Ensemble von Sandsteinblöcken verschiedener Größen. Sie haben die Phantasie der Menschen immer schon angeregt und schaurige Sagen und geheimnisvolle Mythen entstehen lassen. Jeder Stein trägt einen Namen, und da findet sich das „Schiff", die „Kapelle", die „Kanzel", das „Haus" oder der „Tanzplatz". Man vermutet, dass hier einmal eine heidnische Opferstätte für Menschen- und Tieropfer war. Das lässt zumindest der Name vermuten, historisch bewiesen ist es nicht. Aber es handelt sich mit Sicherheit um eine liebenswerte Überlieferung aus grauer Vorzeit. Wen scherte es? Unsere beiden Wanderer jedenfalls nicht, sie hatten gerade andere Dinge im Kopf, die sie, trotz der monumentalen Naturdenkmale, mehr beschäftigten.

Nach kurzem Innehalten in diesem geheimnisvollen Areal, gelangten sie auf dem weiteren Weg über die Hochfläche zum Schäfersfeld. Hier wurde über einen längeren Zeitraum Weidewirtschaft betrieben. Auf diesen Höhen schufteten einst die abgehärteten Bauern auf ihren, vom Kloster Gengenbach und vom König Rudolf von Habsburg überlassenen Meyerhöfen, bis zum Umfallen und fristeten ein karges Leben. Es waren Zeugnisse aus alter Zeit, die Reste der Grundmauern des alten Hofs, nach denen sie Ausschau hielten und nachdenklich betrachteten. Fast vollständig erhalten ist die Viehtränke, und es findet sich sogar noch eine Zisterne. Da es hier oben sonst keine Quellen gibt, behalfen sie sich auf diese Weise. „Wer mag heutzutage hier oben wohnen und Viehzucht treiben ohne gesicherte Wasserversorgung?", wunderten sich Hannes bei der Betrachtung dieser alten Wohnstätte. „Das war noch eine andere Zeit, eine andere Welt. Welches Glück, dass wir nicht damals leben mussten, was Vater", meinte er. Sie befanden sich auf der Höhe am Übergang sowohl ins Harmersbach- wie auch ins Renchtal. Kamen zwischendurch waldfreie Zonen, erfreuten sie sich an der weiten Sicht über die Höhenzüge des Schwarzwaldes und in die Täler und Senken der sich im grauen Dunst verlierenden Bergketten. Im Norden sahen sie die Hochfläche der Hornisgrinde, im Süden bei dem gutem Wetter und klarer Luft bis zum Feldberg, im Osten über Freudenstadt hinaus.

Inzwischen hatte sich Hunger und Durst eingestellt, es war Zeit für eine erste längere Rast, und sie fanden dafür ein geeignetes Plätzchen. Hannes war wissbegierig und stellte viele Fragen, speziell zur Geschichte der einst verteilt über die Berghöhen angesiedelten und bewirtschafteten Meyergehöften. Im Gebiet Mitteleck, wo sie noch vorbeikommen würden, soll im 14. Jahrhundert sogar ein Sägewerk existiert haben. „Heute sieht man rundum nur Wald, deshalb kann ich mir gar nicht mehr richtig vorstellen, wie das noch vor hundert oder zweihundert Jahren noch war", sinnierte Hannes, fand es aber ungemein spannend.

Unterwegs erzählte ihm der Vater ein wenig mehr über die Geschichte dieser weitabgelegenen Gebiete. Bis ins Jahr 1802 gab es auf der Moos insgesamt 34 Häuser, bewohnt von 42 Familien und zusammen 196 Einwohnern, allesamt Leibeigene des Klosters. Altglashütten, Schäfersfeld, Mitteleck, Hilseck, die Klause und Buchwald bestanden als bewohnte Gebiete bis ins 19. Jahrhundert und sie zählten zum Kirchensprengel der Pfarrei Nordrach. Durch eine staatliche Verfügung im Jahr 1822 wurden die Höhenhöfe aufgegeben und mussten abgebrochen werden. Die Bewohner zogen nach Nordrach-Fabrik, dem Weiler, den man heute noch die „Kolonie" nennt.

Der Seppe-Michel hatte sich seit seiner Kindheit schon wissbegierig für die Geschichte von Nordrach, seinen Bewohnern, wie auch den Wurzeln der eigenen Familie interessiert, sich intensiv damit befasst und nachgeforscht. Nun erwies er sich als kompetente Informationsquelle für seinen Sohn, konnte ihm viele Details vermitteln. Wenn dann das Wissen vor Ort noch visuell nachvollziehbar ist, prägt es sich nachhaltig ein.

Nach der stärkenden Pause schritten sie strammen Schrittes weiter und kamen ins schon erwähnte Gebiet Mitteleck. Hier legten sie eine längere Mittagsrast ein und verzehrten die mitgeführten Wurst- und Speckbrote, welche ihnen die Bäuerin in den Rucksack getan hatte. Beim Sitzen wurde es ihnen nach einer halben Stunde doch unangenehm kühl, obwohl es trocken und auf der Höhe windstill war. Das spornte sie zum Aufbruch an, und sie setzten den Marsch flott fort. Dabei wurde es ihnen im ständigen Auf und Ab schnell wieder warm.

Erneut bewegten sie sich auf ein geschichtsträchtiges Gewann zu, das Gebiet um Neuglashütten auf 650 Meter Höhe. Die ursprünglich weiter unten angesiedelte einträgliche Glashütte von Dörrenbach hatte man im Jahre 1737 hierher verlegt und man produzierten über vierzig Jahre in zwei Glasöfen. Ringsum gab es genug Holz, Quarzsand, Pottasche und alle Zutaten für eine florierende Glasherstellung. Das sicherte vielen Arbeitern Lohn und

Brot. Sie kamen teils von der Kolonie oder von weiter draußen aus dem Dorf, andere wohnten im Umfeld der Glashütte, wo schnell etliche schlichte Wohnhäuser entstanden waren. In dem ins Tal fließenden Gewässer finden sich noch heute Glasscherben aus jenen Jahren, die von der regen Geschäftigkeit zeugen. (Mehr Infos zu den Höhenhöfen: http://www.historischer-verein-nordrach.de/ nordracher-hoehenhoefe.html)

Vorbei am einstigen Hofgut „In den Klusen" hielten sich die beiden nun hinunter ins Tal zur Heilstätte, deren ursprüngliche Wurzeln ebenfalls in der Glasherstellung lagen. In der zweiten Hälfte des 19. Jahrhundert wurde dann an diesem Platz und am Ende des Tals, dem Weiler Kolonie, die Heilstätte für Tuberkulosekranke oder – auch Volksheilstätte genannt – eingerichtet. Der bekannte Arzt Dr. Otto Walther lernte beim Studium in Leipzig seine Frau Dr. Hope Adams kennen. Sie ging als erste Frau im deutschen Kaiserreich in die Geschichte ein, die ein Arztstudium absolvieren durfte und dieses konsequent abgeschlossen hat. Zu ihren Freunden zählten nicht geringere Persönlichkeiten wie Friedrich Engels, Rosa Luxemburg und Karl Liebknecht.

Das Ehepaar kam in den Mittleren Schwarzwald, weil die berühmte Frau an Tuberkulose erkrankt war. Aus diesem Grund suchte ihr Mann nach einem geeigneten Gelände für eine Heilstätte und so kamen sie schließlich nach Nordrach. Hier konnte Dr. Walther Gebäude der einstigen Glasfabrik erwerben und eröffnete 1890 die Heilstätte, wo Erkrankte in der guten und nebelfreien Luft, bei Liegekuren und nahrhaftem Essen Genesung finden sollten. Die Ehe ging zu Bruch und nach der Scheidung verkaufte Dr. Walther die Heilstätte 1908 an die Landesversicherungsanstalt (LVA) Baden.

Nach diesem geschichtlichen Exkurs, sowie vage skizierten Plänen und Vorstellungen zur eigenen Lebensgestaltung, waren sie schon draußen beim „Adler" angekommen. Jetzt schritten sie wieder bergan und über den Bärhag ihrem Hof zu. Die letzten steilen Kilometer bergauf wurden ihnen unerwartet quälend, die Beine waren inzwischen bleischwer. Das musste auch nicht erstaunen, denn sie hatten einen sehr weiten Weg hinter sich, und das hinterließ sogar bei geübten Naturmenschen, die seit den Kindertagen das Laufen gewohnt waren, ihre Spuren. Der Seppe-Michel verspürte zudem wieder Schmerzen im Bein. „Das war heute doch ein ordentlicher Latsch, das kann ich mir nicht jede Woche zumuten", gab er unumwunden zu. „Aber schön war es trotzdem, gell Sohnemann, und wir haben viel bereden können. Das war kurzweilig und hat mir wohl getan."

Am Tag darauf sorgte der Bauer dafür, dass alle Tiere ordentlich versorgt waren und sie genug Futter hatten. Der Knecht und die Mägde hatten an den beiden tollen Tagen der Fasnet einige Stunden Freizeit. Den Rest des Tages machte er es sich dann auch gemütlich und verzog sich in sein geliebtes Brennhäusle.

Am Aschermittwoch stand er in der Frühe auf und schon gegen 6 Uhr sah man ihn auf dem Wege. Nein, in die Kirche oder Kapelle ging er nicht, um sich Asche aufs Haupt streuen zu lassen. Bei noch stockdunkler Nacht strebte er dem oberhalb liegenden Waldrand zu, wo einer seiner Hochsitze stand. Im aufgehenden Morgen hielt er nach Rehen, Hasen und Wildschweinen Ausschau. Leider konnte er auf dieser Bergseite den Sonnenaufgang nicht bestaunen, denn der Osten lag über dem Kamm des Bergrückens, aber das über die Höhen immer heller werdende Licht mit flammendroter Verfärbung des Himmels beeindruckten ihn auch so.

Sein Gefühl vermittelte ihm eine geheimnisvolle Stille und innere Ruhe. Erst beim genaueren Hinhören nahm er viele unterschiedliche Vogelstimmen wahr. Sie begrüßten den anbrechenden Tag, und wohl noch mehr den nahenden Frühling, mit Zwitschern und Trillern. Dieses Gezwitscher und Zirbeln hatte er erst gar nicht als Geräusch empfunden, eher als harmonischen Teil der Natur, untermalt vom immerwährenden leichten Rauschen des Windes in den Bäumen und Blättern. Stets umwehte ein leichter Lufthauch den Hochsitz und ließ den Jäger hoffen, dass der Wind günstig steht und das Wild bekommt keine Witterung von ihm, dann würde er hier vergeblich sitzen. Doch die scheuen Tiere kannten längst den Hochsitz und mieden diesen Platz. Dies dämmerte ihm bald und er fasste den Entschluss: „Ich muss diesen Hochsitz demnächst an eine andere, neue Stelle umzusetzen."

Bei günstigen Wetterbedingungen hatte er seit dem vergangenen Herbst und über den Winter zwei Drückjagden organisiert, die im Bereich Schäfersfeld und im Brücklewald ordentliche Strecken einbrachten. Davon bekamen die Grundstücksanrainer einen ihren Anteil ab und waren zufrieden. Inzwischen zeichnete sich ab, dass die gezielte Bejagung das Wildschadenproblem etwas eindämmte und merklich reduziert hatte. Der Förster Bildstein-Frieder war jedenfalls mit dem Ergebnis zufrieden. Sobald die großen Freiflächen schneefrei lagen, ließ der Seppe-Michel in diesem Jahr große Brachen und freigeschlagene Waldflächen neu aufforsten. Dafür hatte er sich vom Förster fünftausend Tannen- und Buchen- sowie einen guten Teil Eichensetzlinge gekauft und zehn Männer gewonnen, die in vier Wochen die Neuanpflanzungen durchzogen. Für die kräftigen Männer war das ein Knochenjob. Loch für Loch mussten sie mit der Hacke freimachen, den Setzling einlegen, dann mit dem Fuß die Erde zurückschieben, festtreten und verdichten. Für Feuchtigkeit hatte die Natur alleine zu sorgen, und der Bauer hoffte, bald nach der Aktion würde dafür genügend Nass von oben kommen. Während der Arbeit versorgte der Bauer die Männer mit herzhaftem Vesper und zusätzlich brachte er selbst – oder sein Knecht tat es – täglich eine große Gutter Most vor Ort. Und zum Abschluss und Feierabend gab es noch eine Runde Rossler. Zwischendurch sah der Seppe-Michel immer wieder einmal nach dem Rechten und lobte, wenn er feststellte, wie die Arbeiter gut vorankamen und die vorgesehenen Flächen bald neu bepflanzt waren. „In fünfzig bis hundert Jahren sollen meine Nachkommen auch wieder stattliche Bäume zum Einschlag vorfinden", sagte er. Wer Wald besaß, der musste in Generationen denken und planen.

Nach Ostern, Himmelfahrt und Pfingsten kam Fronleichnam als nächstes wichtiges gesellschaftliches Ereignis im katholisch geprägten Tal. Seit ewigen Zeiten ist es Brauch, dass die angesehensten Bauern des Dorfes bei der Prozession den „Himmel" tragen. Voraus laufen die Fahnen- und Kreuzträger mit Gebeten und frommem Gesängen, ihnen folgten die Blasmusik und die Prozession der vielen Gläubigen hinterher. Der Menschenzug bewegt sich ab der Kirche langsam das Dorf hinauf und endete an der Bind bei der Brücke am Abzweig zum Huberhof. Unterwegs waren an vielen Plätzen des Weges prächtig geschmückte Altäre aufgebaut, auf der geteerten Dorfstraße hatten aktive Frauen in der Nacht künstlerisch gestaltete bunte Blumenteppiche ausgelegt. Dafür pflückten Mädchen tagelang Blüten der Frühlingsblumen aller Farben auf den Wiesen oder in den Gärten und füllten damit Körbe, die für die Motive des Blütenteppichs gebraucht wurden.

Der Pfarrer trug eine Monstranz vor sich her und machte an jedem Altar kurz Station. Inbrünstig beteten die Gläubigen den Rosenkranz, und „verschone uns, o Herr" erscholl aus vielen Kehlen. „A fulgure, grandine et tempestate" (vor Blitz, Hagel und Ungewitter verschone uns). Das Haus bekam seinen Segen, während die Ministranten unentwegt die Weihrauchkessel schwenkten.

Längst waren zum richtigen Zeitpunkt im Mai die Felder bestellt und eingesät, überall zeigte sich unbändiges Wachstum und neues Leben, die Wiesen erstrahlten in sattem Grün und Obstbäume standen – zumindest in tiefer gelegenen Bereichen – in voller Blüte. Bisher waren Spätfröste ausgeblieben, dieses Frühjahr war eher mild und sonnig, so wie es sich jeder Landwirt insgeheim wünscht. Das versprach üppige Ernten. Die Rinder und Kühe des Michaelishofs grasten wieder auf den üppigen Hangweiden. Neben dem Knecht und den Mägden, halfen in diesem Jahr erneut drei Hütebuben und fünf Tagelöhnerinnen, alle aus dem Hintertal und dem Dorf kommend, bei der Bewältigung aller täglich anfallenden Arbeiten. So gesehen schien für den Hof und seine Familie alles im rechten Lot zu sein. Das erste Gras rund um den Hof und tiefer im Tal war schon gemäht, und in wenigen Wochen würde dann die Heuernte einsetzen können.

„Es kann der Frömmste nicht in Frieden leben, wenn's dem bösen Nachbarn nicht gefällt", schreibt Friedrich Schiller in: „Das Lied von der Glocke." Trotz dem Bemühen des Seppe-Michel, mit allen Anrainern und Bewohnern im Tal recht auszukommen, gab es doch noch gelegentliche Ausreißer. Sonntagabends saß er im „Adler" mit einigen Bewohnern vom Hintertal zusammen, als ein angetrunkener Rentner vom Lichtersgrund die Wirtschaft betrat. Eine Weile stänkerte er herum, bis ihn der Seppe-Michel am Kragen nahm, hochhob und vor die Tür trug. Dort gab er dem Unruhestifter einen Tritt in den Hintern, dass der vornüber auf dem Vorplatz landete. „Loss'di jo nimmi blicke, wenn'i do bin, hesch'mi" (lass dich bloß nicht mehr sehen, wenn ich anwesend bin, verstanden). Bei der Rückkehr in den Gastraum wurde ihm Beifall gezollt, und so war die unschöne Sache schnell vergessen. „Wirt, kumm, bring'mr e'Schnaps, des mues'i'nunderspüle", rief er in Richtung Ausschank.

Mitte Juni hingen die Bäume rappelvoll mit vollreifen knackigen Kirschen. Das versprach in diesem Jahr einen prächtigen Ertrag. Dutzende der alten hochgewachsenen und weit ausladenden Kirschbäume warteten darauf, abgeerntet zu werden. Das schaffte man nicht mit den eigenen Leuten, deshalb suchte der Bauer zuvor noch nach ein paar geschickten Helfern. Schon um sechs Uhr begann die Arbeit vor Ort. Der Stärkste der Männer stellte die 10-Meter-Leitern an geeignete Stellen in die Bäume, flugs stiegen die Pflücker mit ihren Körben und Haken nach oben und begannen „Chriese zu breche". Um an sämtliche Kirschen ranzukommen war es zwischendurch nötig, im Baum von der Leiter auf einen dickeren Ast zu stehen. Dabei war größte Vorsicht geboten, denn Kirschbaumholz neigt schnell zum Brechen. Oft vernahm man von Unglücksfällen, bei dem ein Pflücker auf diese Weise abgestürzt war und zu Tode kam. Besser war es, von der Leiter aus die Äste mit dem Haken herzuziehen, um so möglichst alle Kirschen in den Korb zu bringen.

Viele Stunden auf der Leiter stehen und nach ausladenden Ästen angeln, alle Kirschen pflücken, das erwies sich als sehr ermüdendes Geschäft, kostete viel Energie und ging körperlich an die Substanz. Die Pflücker waren deshalb froh über jede Pause zwischendurch und besonders mittags. Dann zog die Mannschaft mit dem Knecht zum Hof, wo ein von der Bäuerin und Magd am Morgen zubereitetes Essen wartete. Zum Mittagessen gab es dicke Bohnen (Saubohnen) mit Kartoffelschnitz und Speckwürfeln. Zwei große Steingut-Schüsseln standen auf dem ausladenden Tisch in der Bauernstube parat und machten den Leuten Appetit.

Jeder suchte einen Platz am Tisch, der Bauer sprach ein Gebet und dann langten alle kräftig zu. Geschöpft wurde mit dem Löffel direkt aus der Schüssel, dazu brauchte es keine Teller, und getrunken wurde Most, allenfalls mit etwas Wasser verdünnt. Es gab auch Milch für jene, denen Most nicht schmeckte oder die darauf keine Lust verspürten. Keiner musste später hungrig und durstig den Tisch verlassen. Während des Essens wurde gescherzt und gelacht, das Dorfgeschehen glossiert und mancher Nordracher oder Auswärtige wurde durch den „Kakao gezogen", bevor sich alle wieder um eins (13 Uhr) auf den Weg begaben und erneut in die Bäume hoch stiegen. Nachmittags um fünf folgte nochmal eine Vesperpause, anschließend wurde weitergepflückt bis es dunkelte.

Innerhalb von zwei Tagen waren sämtliche Bäume abgeerntet. Der Außenstehende wunderte sich vielleicht, „warum diese Eile?" Einfach deshalb, weil bei reifen Kirschen nichts ungelegener kommen würde als ein Regen. Schon aus diesem Grund war es wichtig, schnell und in möglichst kurzer Zeit die reifen Kirschen vom Baum zu holen, bevor ein Wetterumschwung drohte. Die geernteten Kirschen kamen in die Fässer und lagerten, bis die Maische soweit war, dass sie im Winter zu Kirschwasser gebrannt werden konnte. Fast alle Kirschen der Bäume rund um den Hof dienten ausschließlich der Schnapsgewinnung. Nur vereinzelte Bäume trugen große pralle Herzkirschen, die verzehrt wurden. Nur wenige Körbe mit den schönsten knackigsten Kirschen verwendete die Bäuerin beim Backen für Kirschplotzer (Kirschkuchen). Dafür genügten ein paar Handvoll, der größere Teil kam in Einmachgläsern, und diente als Vorrat für den Winter, wo sie die Bäuerin auch für Kuchen verwendete oder als Dessert bei besonderen Gelegenheiten servierte.

Eines Sonntags im Sommer machten sich Vater und Sohn wieder zu einer gemeinsamen Wanderung auf den Weg. Sie wählten diesmal die andere Richtung ins Gebiet der Schottenhöfen, dem Tal zwischen dem Nordrach- und Harmersbachtal. „Wir marschieren über den Rutschbühl zum 825 Meter hohen Täschenkopf, dann von dort über den Täschenwasen hinaus ins Schottenhöfer Tal. Den Rückweg nehmen wir über den Mühlstein. Dort müssen wir uns auch wieder einmal sehen lassen und wir kehren in der Wirtschaft ein. Später können wir über die Flacken nach Hause laufen. Dafür lassen wir uns aber Zeit", versprach der

Vater. „Da freue ich mich schon darauf, das wird ein schöner Tag werden", jubelte Hannes. „Heute schicken wir die Frauen alleine in die Kirche", meinte verschmitzt der Bauer, nachdem sich schon frühmorgens ein blendend schöner Sommertag mit wolkenlosem azurblauem Himmel abzeichnete, und die Vorzeichen täuschten nicht. Beim Aufstieg auf den schmalen Wegen über die Höhe wurde es ihnen ordentlich warm und sie kamen gehörig ins Schwitzen. War die Höhe aber erst erreicht, folgte ein moderater Abstieg und in Stunden waren sie in den Schottenhöfen. Natürlich hatten sie zwischendurch pausieren müssen. Die Wärme des Tages machte durstig, öfters griffen sie zur Flasche, die sie dabei hatten und die war schnell geleert. In diesem Gebiet war das allerdings kein Problem, denn überall plätscherten und gurgelten klare saubere Bächlein talwärts, aus denen sie stets nachfüllen konnten.

„In den Schottenhöfen schauen wir uns die Schwerspatgrube näher an. Schon seit 1903 wurde hier bergmännisch Schwerspat abgebaut, der als Grundstoff in der Chemieindustrie benötigt wird. Wer sich für die faszinierende Welt der Mineralien interessiert, findet auf der Schutthalde einmalig schöne Stücke, die begehrt sein sollen. Deshalb kommen die Besucher von weit her und graben in der Halde nach den Schätzen", erklärte der Josef seinem Sohn. „In einem Bergwerk arbeiten müssen, das wäre nicht unbedingt mein Fall, das wollte ich nicht. Stundenlang im schummrigen Licht, in stickiger Luft, und wenn da einmal etwas einstürzt, dann bist du lebendig begraben, nein, nein." „Ja, ungefährlich war und ist das nicht. Ich hörte schon von Unfällen in den letzten Jahren, bisher gab es jedoch noch keine Toten, und ich denke, alle hoffen, das bleibt so. Andererseits haben wir, du und ich, auch nicht die ideale Körpergröße für Arbeiten unter Tage, da sind eher die abgebrochenen Riesen gefragt." Die letzte Bemerkung brachte Hannes zum Lachen: „Abgebrochener Riese, das muss ich mir merken, wenn mich wieder so ein Zwerg dumm anmacht und herausfordern will." „Aber Spaß beiseite, tatsächlich hatte man im Mittelalter überwiegend kleinwüchsige, zwergwüchsige Menschen in den Bergwerken des Kinzigtals, im Münster- oder Achertal und anderswo, wo gegraben wurde, beschäftigt, und nicht selten sogar Kinder", informierte der Vater seinen Sohn.

Der Aufenthalt nahe des Stolleneingangs zum Bergwerk wurde für eine Rast genützt und sie verzehrten auf einem Stein sitzend genüsslich ihre Brote. Zum Brot hatten sie wie üblich von zuhause ein Stück Speck mitgenommen und jeweils zwei geräucherte Würste. Die Würste hatten sie unterwegs aber schon aus der Hand verzehrt. Sowas ging beim Laufen nebenher. Speck und Wurst waren nun genau richtig, dem Körper die verbrauchten Energien zuzuführen, denn auf dem weiteren Weg zum Mühlstein ging es zuerst einmal ungefähr einen Kilometer bergan.

In den Nachmittagsstunden betraten sie dann polternd die urige Wirtschaft „Vogt auf Mühlstein". Die niedrige Stube des Gastraums war an diesem Tag wieder brechend voll. Nicht nur die Bauern aus der Umgebung ließen es sich nicht nehmen, sonntags im Mühlstein einen Schoppen zu trinken. An schönen sonnigen Tagen kommen zusätzlich zahlreiche Wanderer aus Unterharmersbach über die Schottenhöfen, oder über den Kuhhornkopf von Zell her, andere nahmen den Weg durch den Hutmacherdobel von Nordrach, oder von den Flacken aus dem Hintertal für eine kurze oder längere Zeit hierher an die historische Stätte. Hier auf der Höhe kreuzen sich zudem vielbegangene Wanderwege, und sie alle bieten eine atemberaubende Sicht über die Höhenlinien der Schwarzwaldberge. „Viele Wege führen nach Rom", sagt ein Sprichwort. Das könnte man umwandeln und sagen: „Viele Wege führen über den Mühlstein", bemerkte Hannes in Angesicht des lauten Trubels. Die Mehrheit der Gäste hatte bei dem sonnigen Wetter auf der mit wildem Weinlaub überdachten schattigen Terrasse Platz gefunden und saß nicht in der Gaststube. Deshalb fanden die beiden vom Michaelishof innendrin noch freie Plätze und waren dort unter ihresgleichen.

Mit lautem Hallo wurden sie empfangen, und mit dreimal auf den Tisch klopfen ließen sich der Seppe-Michel und der Hannes auf einem Stuhl am Stammtisch nieder. Um Platz zu machen rückten die anderen etwas zusammen. Alle saßen nun ein wenig enger, damit der wichtige Bauer und sein Sohn mitten unter ihnen in der Runde noch Platz fanden.

Die Stimmung stieg, was darauf schließen ließ, einige von ihnen saßen schon länger am Tisch und hatten schon diverse Bierchen und Schnäpse intus. Derbe Späße und Witze machten die Runde, wie: „Vier Stiere stehen auf einem Hügel. Ein Stier ist ein Jahr alt, einer anderer fünf, ein weiterer zehn und einer fünfundzwanzig Jahre alt. Eine Herde mit zwanzig Kühen zieht gemütlich auf den Hügel zu. Der einjährige Stier brüllt: Auf geht's, Jungs, im Galopp nach unten. Jeder schnappt sich vieri (4 Kühe). Der fünfjährige Stier meint: Gute Idee, aber eini longt'mer. Der zehnjährige Stier murmelt: Wenn die ebbis von uns welle, solle sie hochkumme, und der fünfundzwanzigjährige Stier spricht ganz leise: Wemmer uns ducke, sähne sie uns nit."

Kaum war das Gelächter verklungen, brachte ein anderer den nächsten Hammer: Ein Mann beim Arzt: „Doktor, darf ich mit Durchfall baden? Natürlich, wenn sie die Wanne vollkriegen." Und noch einer: „Eine Kuh war von Baden über die Grenze nach Schwaben gelaufen. Ganz aufgeregt sei der Bauernsohn zu seinem Vater gelaufen: Baba, do isch a Kuh vom Badischa zu ons gloffa. Was soll ich do moche? Darauf der Vater trocken: Ha, melka, Bua, sofort melka."

In der rauchgeschwängerten Wirtschaft ging es hoch her, die Gespräche wild durcheinander. Neben Bier und Most tranken die Gäste einige Kirsch- und Zwetschgenwasser, manche bevorzugten den billigeren Rossler. Wie immer, wenn es gemütlich und gar humorig zuging, trank der eine oder andere unvorsichtig mehr als ihm bekam, das ist aber jedem seine Sache.

Frühabends um sieben mahnte der Seppe-Michel doch zum Aufbruch. „Hannes, wir haben noch zwei Stunden strammen Marsch vor uns. Da müssen wir uns nun mächtig dummle (beeilen), damit wir vor der hereinbrechenden Dunkelheit zu Hause sind. Sie griffen sich ihre Rucksäcke – „die faulen Säcke" – wie Hannes scherzte, verabschiedeten sich und begaben sich auf den Heimweg. Anfangs spürten sie durchaus den Alkohol aber je weiter sie kamen, ließ die Wirkung nach und zuhause waren sie beinahe wieder nüchtern. „De Schnaps hemmer glatt nus'gschwitzt (den Schnaps haben wir ausgeschwitzt), was Vadder?"

Trotz der etwas verspäteten Rückkehr auf den Hof gab es, während sich Hannes schon ins Bett legte, für den Bauern noch diverse Arbeiten zu erledigen. Hannes musste um fünf Uhr wieder raus und mit dem Fahrrad nach Zell radeln. Um sieben Uhr begann für ihn dort der normale Arbeitstag in der Werkstatt. „Spätestens im nächsten Jahr kaufen wir uns ein Auto oder ich mir ein Motorrad", hatte Hannes zuvor seinen Plan kundgetan. „Das mit dem Fahrrad zur Arbeit fahren mache ich nicht mehr lange mit. Raus ins Tal geht es ja noch, aber zurück in die Kolonie ist es eine elendige Schinderei, immer nur bergauf, und vom ‚Adler' an muss ich das Rad schieben oder kann es gleich tragen."

Nach einem Sommergewitter erschütterte eine Hiobsbotschaft das Tal. Durch Blitzeinschlag war der Riehle-Hof im Merkenbach – fast in Sichtweite auf der anderen Talseite – total abgebrannt, und dabei sind zehn Kühe und dreißig Schweine verendet. Nur fünf Kühe konnten Helfer ins Freie treiben, und zum Glück auch zwei Pferde. Der Hof ist bis auf die Grundmauern abgebrannt. Die Bauernfamilie ist vorerst in der Nachbarschaft untergekommen und der Knecht und die Magd verloren die Arbeit. Sie gingen erstmal zurück zu ihren Familien, bis sie auf anderen Höfen unterkamen.

In den Tagen danach pilgerte das halbe Dorf in den Merkenbach. Alle wollten die traurigen Reste des seit Generationen existierenden Hofes mit eigenen Augen ansehen. Das ging nicht ohne Schaudern ab, und Gerüchte, Spekulationen verbreiteten sich im Tal, warum wohl der Hof von so einem schlimmen Unglück heimgesucht worden sein möge. Da gab es welche, die behaupteten tatsächlich, schon in der Walpurgisnacht am 30. April nahe beim Hof dämonenhafte Wesen wahrgenommen zu haben: „Do hen Hexe scho ihr Unwese triebe." Wieder andere munkelten hinter vorgehaltener Hand: „Ob da nicht eventuell der Hotzenblitz eingeschlagen hat?" In der Vergangenheit kam es im Schwarzwald öfters vor, dass ein Bauer während eines Gewitters den Hof abbrennen ließ, um über die Versicherung an ein neues Gebäude zu gelangen. Möglichkeiten dies nachzuprüfen und den Täter zu überführen, gab es damals noch nicht. Nach den Erzählungen wurde bei einem nahenden Gewitter eine brennende Kerze in der Scheune aufgestellt. Anschließend ging der Bauer mit der Familie in eine Wirtschaft oder an Plätze, wo sie gesehen wurden, und verschafften sich so ein sicheres Alibi. Zündete die Kerze Heu und Stroh an und der Hof brannte nieder, war er eben vom Blitz getroffen worden. Keiner konnte das prüfen und die Versicherung musste zahlen, der Bauer bekam so einen neuen, modernen Hof.

Auf der anderen Seite erfuhr die betroffene Familie aber viel Solidarität. Von allen Seiten bekamen sie Hilfe bei der Arbeit auf den Feldern, andere brachten Futter für die restlichen Tiere, soweit sie nicht auf der Wiese grasen konnten und in Nachbarställen untergekommen sind. Schon nach wenigen Wochen wurde mit dem Wiederaufbau begonnen und im Jahr darauf erstrahlte der Hof in neuem Glanze, schöner als je zuvor.

Im August wurde wieder, wie alle Jahre zuvor, am dritten Wochenende zur Kilwi im Dorf geladen, zum Kirchweihfest zu Ehren des Kirchenpatrons St. Ulrich. Jeweils ein anderer örtlicher Verein in Nordrach richtet das Fest aus und füllte damit seine Vereinskasse. Die Bevölkerung feierte ausgelassen drei Tage. Nach guter Sitte seit undenklichen Zeiten besuchten sich die Nachbarn gegenseitig auf dem Fest, und so wird daraus immer ein beliebter Treff von Alt und Jung. Man sieht sich, trifft die meist auf weit entfernten Höfen lebende weitverzweigte Verwandtschaft. Gerne oder zwangsläufig nimmt jeder in Kauf, anderntags garantiert einen Brummschädel zu haben. Die Schwarzwälder sind jedoch allgemein hart im Nehmen, und schon seit jeher galt die Devise: „Wer saufen kann, kann auch arbeiten." Im großen Festzelt auf dem weitläufigen Platz hinter der Kirche spielte die Musikkapelle zur Unterhaltung und zum Tanz auf. Bier und Most löschten den Durst der vielen ausgetrockneten Kehlen, denn diesmal war das Festwochenende knallig heiß. „Do hert'mer d'Schnecke belle", ist ein gängiger Spruch. Die Hitze spürte man besonders im Festzelt unangenehm, dem ausschenkenden Verein kam es jedoch zugute. Da erfreuten sich alle über den ungewöhnlich guten Umsatz.

Nach der üblichen Arbeit im Stall bekamen am Montag die Knechte und Mägde der Höfe im Tal frei, und auch die Arbeit vieler Handwerksbetriebe ruhte. So konnte sich jedermann einen schönen Tag machen, und wenn es ein Bauer gut meinte, gab er seinen Leuten sogar ein Handgeld. Wer gratteln (laufen) konnte, ließ es sich aus der Bevölkerung nicht entgehen, stürzte sich mindestens einmal für ein paar Stunden ins Festgewühl und ließ sich dort blicken. Neben dem Zelt drehte ein Kettenkarussell unentwegt seine Runden, und das Jungvolk hatte dabei gehörigen Spaß. Die Mädchen kreischten, die Röcke flatterten im Wind und die Kavaliere zeigten sich nicht uneigennützig spendabel. Einer der Stände lud ein, mit Bällen aufgestapelten Büchsen abzuräumen und wer alle traf, dem winkte ein Preis. Andere zeigten ihre Künste beim Luftgewehrschießen. Wer von den jungen Burschen wollte da nicht ein Bärchen, eine Kunstblume oder einen anderen banalen Preis für seine Liebste gewinnen?

Spezielle Aufmerksamkeit erreichten ein paar junge Männer beim Nagelwettbewerb. In einem massiven Balken steckten fünfzehn Zentimeter lange Nägel, und es galt, jeden mit einem Schlag ins Holz zutreiben. Wer das schaffte, bekam einen Preis. Die Nägel steckten nur kurz mit der Spitze im Holz, gerade soweit, dass sie nicht umfielen. Einer der jungen Burschen nahm aber den losen Nagel zwischen Zeige- und Mittelfinger und hielt den Hammerkopf im Handballen der gleichen Hand. So trieb er nacheinander zehn Nägel in einem Schlag ins Holz. Die langen Nägel flutschten nur so in den Balken, wie heiße Messer durch die Butter, zumindest sah es so aus, bis der Standbetreiber Einhalt gebot. Missmutig rückte er den besten Preis heraus, den er vergeben konnte, und alle Umstehenden johlten. Kleinlaut bat er den jungen Mann, keine weiteren Nägel mehr einzuschlagen. „Du verdirbst mir das Geschäft und wovon soll ich dann leben?" Was der Standbetreiber nicht wissen konnte war, der Mitzwanziger war Zimmermann von Beruf. Stolz verriet er den Umstehenden: „Wenn wir ein Dachgebälk aufschlagen, dann muss ich oben auf einem Balken sitzend mit einer Hand die langen Nägel einschlagen können. Es ist eine gefährliche Tätigkeit, die schon viele Finger gekostet hat."

Selbstverständlich machten sich am Sonntagmittag auch der Seppe-Michel, seine Bäuerin mit den Mädchen und Hannes auf den Weg, und sie fuhren mit der vierrädrigen gummibereiften

Kutsche hinaus ins Tal. Das war eine gute Gelegenheit, sich zu zeigen, wieder mit anderen im Dorf ins Gespräch zu kommen und Mitglieder der Verwandtschaft anzutreffen, die man teils nur einmal im Jahr zu sehen bekam. Die Bäuerin traf ihren Bruder und die Schwägerin, die mit zwei erwachsenen Kindern in Unterharmersbach wohnten. Der Bruder des Seppe-Michels kam aus Welschensteinach und seine jüngere Schwester war in Bollenbach bei Haslach verheiratet. Außer auf der Kilwi, traf man sich in diesem Kreis der Verwandtschaft sonst allenfalls bei einer Beerdigung und bei Hochzeiten. Zu mehr Kontakten bestand kaum ein Bedürfnis. Telefon hatten in jener Zeit auch nur wenige, und Zeit Briefe zu schreiben fand sich schon gar nicht. Dafür bestand kein Bedürfnis, so eng waren die familiären Bande allgemein dann doch nicht. Gerne wurde behauptet: „Die buckelige Verwandtschaft lässt sich nur sehen, wenn es etwas zu essen oder zu erben gibt." Oder wenn auf das Verhältnis untereinander angesprochen wurde, kam oft die Frage auf: „Habt ihr schon geteilt?" Damit meinte man, ob das Erbe schon geregelt sei. Viele Familienbande zerbrachen am schnöden Mammon, am Geld, und weil irgendeiner der Familie meinte, beim Erben zu kurz gekommen oder benachteiligt worden zu sein. Neid und Missgunst ist bekanntlich seit alters her ein Grundübel der Gesellschaft.

In diesem Jahr beendete auch Margarete, die jüngere Tochter, die Volksschule und sollte vom Winter an auf die Haushaltsschule gehen. Bis das soweit war, half sie der Mutter auf dem Hof und bekam viele nützliche Fertigkeiten mit, vor allem was das Brotbacken anging. Das bereitete ihr sogar Freude, und manchmal versuchte sie sich auch beim Backen eines leckeren Kuchens. Wenn dann der Kuchen am Sonntagnachmittag allen gut schmeckte und das Maidli gelobt wurde, wurde sie rot, war aber stolz. Kochen und backen, das konnten sie also schon ganz gut. Im

Unterricht der Haushaltsschule ging es aber noch um anderen Fertigkeiten, wie Erziehung, heiraten und die Ehe. Es ging um nähen, stricken und um Kenntnisse über die vielfältigen heimischen Kräuter, die in keinem Bauerngarten fehlen durften oder die in Feld und Flur zu finden sind. Da gab es Sauerampfer, Löwenzahn, Spitzwegerich, Girsch, Gundermann und mehr, was massenhaft wild auf den Wiesen wuchs. Zur Wundbehandlung wurde eine Salbe aus Baumharz mit Johanniskrautöl hergestellt und eingesetzt, es wurde Kamillenextrakt in Flaschen angesetzt, das für alle möglichen Wehwehchen im Mundraum diente. Das Wissen um natürliche Heilmittel war innerhalb der bäuerlichen Bevölkerung noch weit verbreitet und in den Haushaltschulen gezielt vertieft.

Der Herbst kam, und in diesem Jahr zeigte sich das Wetter Mitte Oktober von der allerbesten Seite. Die Blätter der Laubbäume, der Kastanien, Buchen und Eichen, leuchteten prächtig in goldbraunen Farben. Die Ernten von den Feldern waren eingefahren, und nun saß der Seppe-Michel wieder an manchem Abend oder gegen Morgen auf einem der Hochsitze in seinem Revier. Oft streifte er durch seine Wälder, wo er erlegbarem Wild auflauerte. Einige Rehe, ein stattlicher Hirsch und ein Dutzend Wildschweine sind schon zur Beute geworden. Der Knecht hatte dadurch, zusätzlich zur täglichen Arbeit, noch mehr Geschäft, er musste das erlegte Wild von weit her holen und mit dem Wagen zum Hof oder gleich direkt zu einem Metzger ins Tal bringen. Entsprechend missmutig war er dann manchmal und nicht sonderlich gut auf die Jagdleidenschaft des Bauern zu sprechen.

Noch im Herbst und bevor viel Schnee auf der Höhe lag, wollte der Bauer an einem Sonntag wieder mit seinem Sohn unterwegs sein und eine größere Runde auf der anderen Talseite laufen. Diesmal hatten sie sich den Mooskopf als Ziel vorgenommen und wollte den Moosturm besteigen. Hannes war begeistert.

„Darauf habe ich mich seit Wochen gefreut, dass wir wieder gemeinsam durch die Gegend streifen und quatschen können. Mutter Affra musste wieder Verpflegung in den Rucksack packen und zwei Flaschen Most dazu. Den Rucksack trug diesmal Hannes, er war der Jüngere und kräftig genug, da durfte er auch seinem Vater mal Entlastung gönnen. Vorher kümmerte sich der Bauer noch ums Gesinde und sah nach, dass alles seinen ordentlichen Gang nahm, dass das Vieh gut versorgt war. Dann brachen sie noch vor 7 Uhr auf, kaum dass erstes Tageslicht das Tal ein wenig erhellte. Schnellen Schrittes eilten sie über den Bärhag talwärts dem Gasthaus „Adler" zu, bogen erst nach rechts ab auf die Talstraße und kurz darauf, direkt nach dem Forsthaus, nach links auf den geschotterten Fahrweg am Moosbächle, der zwischen hohem Tannenwald im engen Tal zur Kornebene hoch führt.

Unterwegs gab es eine Menge zwischen Vater und Sohn zu bereden. Hannes rückte nebenbei mit der Neuigkeit heraus: „Von einem Biberacher wurde mir ein gebrauchtes Motorrad, eine BMW R 16 mit 750er-Motor und zwei Vergasern, angetragen. Des isch villicht e'Maschine, die bringt 33 PS uf' d'Stroß, s'stärkste un beschde was'es zurzit gitt, un'es wurde nur gonzi 290 Stück g'baut. Es gehört, dem Knäble-Schorsch un dem isch's Geld usgonge. Er verscherbelt'mr des Motorrad für 1200 Reichsmark." „Des isch abbr e'Huffe Geld, un meinsch, du konnsch so'e schwer Maschin beherrsche?" „D'Pris isch in Ordnung, i'hab'mi schlau g'mocht, un s'Geld hab'i längst g'schbart, un Vadder, do moch'dr mol kei Sorge, do bin i'andre Dinger g'wehnt." „Na denn, den Führerschein sollst du ja nicht umsonst gemacht haben", gab der Vater die Zustimmung. „Kannst mich ja dann auch mal mitnehmen, wenn du ins Tal fährst." „Da muss ich dich enttäuschen, die R 16 ist kein Motorrad mit Sozius. Sie hat zwar einen Gepäckträger, wo man einen Sitz montieren könnte, das macht aber nichts her, da würdest du wie Graf Koks draufsitzen." „Das ist aber dumm, kannst du nichts Besseres finden, wo auch jemand mitfahren kann? Vielleicht findest du ja mal ein Mädchen, das du ausführen willst." „Wenn das soweit ist, dann fahr ich sie mit einem Auto aus, Vater." „Dann wird es langsam Zeit, dass wir mobil werden", meinte der, wollte aber das Thema nicht weiter vertiefen.

Während sie sich angeregt unterhielten und in dem mystisch anmutenden Tal dem rauschenden Moosbächle bergauf folgten, waren sie längst am hinteren Wendepunkt angelangt. Sie hielten dabei strikt dem Naturfreundehaus auf der Kornebene zu. Unterwegs tauchte ein Relikt eines längst vergangenen Handwerks auf, der Köhlerei. Die alte Kunst der Holzkohle-Herstellung wurde noch lange am südlichen Moosbach betrieben, wie in so vielen Wäldern des Schwarzwaldes. Es existierten Teer- und Salveöfen, die zur Umwandlung von Harz zu Teer dienten. Das Erzeugnis wurde als Schmierstoff, als Abdichtmaterial im Schiffsbau und auf vielen anderen Gebieten gebraucht. Noch heute gibt es in der Region Gebiets- oder Gewannbezeichnungen, die an die einstigen Berufe des Köhlers, der Salpeterer, der Harzer erinnern. Einer der Wege hat die Bezeichnung Harzweg und verläuft von der Kornebene um den Berg in Richtung Renchtal, von wo aus sich weite Ausblicke ins Tal und nach Norden bieten.

„Hannes, habt ihr in der Schule jemals davon gehört, welche Bedeutung die Salpeterer gehabt hat? Das war kein angenehmer, aber einst ein wichtiger Beruf. Bis ins 18. und 19. Jahrhundert sammelten und beschafften sie in den Kuhställen der Bauernhöfe Salpeter oder exakter Kaliumnitrat." „Nein, Vater, davon habe ich noch nie etwas gehört." „Salpeter diente als Ausgangsmaterial zur Schwarzpulverherstellung. Den Salpeter haben sie in den Ställen von Wänden und Böden gekratzt. Die Beschaffung war sicher ein verdammt unangenehmes Geschäft, vergleichbar mit dem Urinsammeln für die Gerbereien im Mittelalter. Da kam wohl auch der lateinische Spruch her: „Pecunia non olet" (Geld stinkt nicht). Diese Redewendung geht auf Kaiser Vespasian zurück, der Urin sammeln ließ, aus dem sich alkalisches Ammoniak bildete und für die Ledergerbung wichtig war. Der Umgang mit dem duftenden Stoff wird sicher eine Sache der Gewohnheit gewesen sein. Viel wichtiger aber war, dass es brachte gutes Geld einbrachte."

Während sie so über die alten Berufe philosophierten, waren sie beim Naturfreundehaus auf der Kornebene angekommen. Das von den Gengenbacher Naturfreunden betriebene Haus ist am Wochenende bewirtschaftet. Somit bot sich hier für die beiden eine günstige Möglichkeit zur Einkehr und sie bestellten sich zwei Flaschen Bier für die durstigen Kehlen. „Die Mostflaschen bringen wir auf dem weiteren Weg schon noch geleert", begründete der Vater die eigentlich unnötige Ausgabe. Das Bier gab es in der Bügelflasche, und sie hatten zum Sitzen vor dem Haus einen Platz in der angenehm wärmenden Sonne gefunden. Hier packten sie ihr mitgeführtes Vesperpaket aus. „S'nini-Veschber isch im Bur heilig", kommentierte Hannes das Ritual. „Und Essen und Trinken hält Leib und Seel' zusammen, hat mal einer behauptet, der es wissen musste", gab der Seppe-Michel zurück.

Während sie auf ihrem Platz gemütlich speisten, kamen weitere Wanderer vom Pfaffenbacher Eck her oder aus dem Schwaibach über den Späneplatz hier hoch. Gespräche und Scherze wechselten hin und her. Mal ging es um die Jagd, mal um die Landwirtschaft und unvermeidlich um aktuellen Tratsch, sowie – wie könnte es anders sein, wenn Männer unterwegs sind – frivol oder leicht abschätzend über Frauen. Natürlich kannte man sich, denn der Seppe-Michel war nicht nur ein reicher und stattlicher Mann, er war grenzüberschreitend als Bauer eine Institution und wurde salopp als „der Bär vom Michaelishof" bezeichnet. Bei allem wusste man nie, war da Neid heraus hörbar oder echte Anerkennung und Respekt. Eines war aber sicher, sein Ruf als gewalttätiger und rücksichtsloser Wald- und Grundbesitzer hing ihm immer noch an. Nach einer halben Stunde mussten sie aufbrechen, denn wenn sie zum Moosturm kommen wollten, hatten sie noch ein strammes Wegstück vor sich. Zielstrebig folgten sie dem breiten Weg für die Holzabfuhr, und nach etwa drei Kilometer standen sie am Fuß des oberhalb auf einer Kuppe stehenden Turms. Vorher kamen sie an einem weithin bekannten Naturdenkmal vorbei, gemeint ist ein Sandstein mit angedeutetem Fußeindruck, der einem Pferdehuf ähnelte.

Natürlich gibt es dazu allerlei Geschichten. „Der Sage nach soll hier der Teufel mit dem Pferdefuß seinen Abdruck hinterlassen haben", erklärte der Seppe-Michel seinem Sohn. „Und hier in diesem Gebiet spielt noch die Sage vom Moospfaff hinein", setzte er seine Erzählung fort. „Es wird erzählt, dass ein Pater vom Kloster Allerheiligen auf dem Weg über die Moos zum Moosbauern, der im Sterben lag und die letzte Ölung bekommen sollte, eine Heilige Hostie verlor. Als Strafe sucht der Pater seither unruhig danach, treibt sein Unwesen und erschrickt Wanderer auf dem Wege. Viele sollen schon schaudernd sein hämisches, spöttisches Hi-hi-hi-Lachen vernommen haben. Es gibt aber auch noch eine andere Variante vom Moospfaff, und die halte ich für wahrscheinlicher. Nachdem die Produktion der Glashütte oberhalb der Kolonie zum Erliegen gekommen war, verarmten die Leute und es kam zu Grenzstreitigkeiten. Viele Häuser, Äckerchen und Waldbesitz mussten verkauft werden. Die Besitzverhältnisse waren aber diffus und ungeklärt, deshalb kam es zu einem Prozess vor Ort, und ein Abt des Klosters in Gengenbach war dazu auch eingeladen worden, denn zum Kloster Gengenbach gehörten ebenfalls Teile des Waldes. Der schlitzohrige Abt Lampert wollte es besonders schlau angehen und, bevor er das Kloster Gegenbach verließ, tat er Erdreich in seine Schuhe. Bei der Gerichtsverhandlung mit den streitenden Parteien leistete er unter Eid den Schwur: ‚Ich schwöre bei Gott dem Allmächtigen, ich stehe auf eigenem Grund und Boden des Klosters Gengenbach.' Der Abt stand tatsächlich ja in seinen Schuhen auf Klostererde und ein Wort der Kirche galt. Das Gericht sprach daraufhin dem Kloster den Besitz zu, und die rechtmäßigen Besitzer waren die Betrogenen. Nach seinem Tode kam der Abt vor das Gottesgericht, und Gott bestrafte ihn mit der Höllenstrafe. Seither geistert der Abt in seiner Mönchskutte, mit Eselsschwanz und Pferdefuß, im Gebiet der Moos herum und treibt ruhelos sein Unwesen."

„Ja, ja, die abergläubische Bevölkerung lässt sich auch jeden Unsinn aufschwatzen", gab sich der aufgeklärte Hannes altklug. „Oder hat dich der Moospfaff auch schon einmal verschreckt, wenn du stundenlang im dunklen Wald unterwegs warst oder auf dem Hochsitz gehockt bist, Vater?" „Ich seh' oft Gespenster in der Nacht und höre undefinierbare schaurige Geräusche. Wenn ich ängstlich wäre, dürfte ich kein Jäger sein", gab der lachend zurück. „Der schreckliche Nachtkrabb (eine andere Schreckfigur im Tal) lässt nur die Kinder fürchten, damit sie vor Einbruch der Dunkelheit nach Hause gehen."

Einen Steinwurf oberhalb, am höchsten Punkt des Mooskopfes, stand der 1890 aus dem Sandstein der Region erbaute Turm, der nur unwesentlich die dichtstehenden mächtigen Tannen überragte. Gleich nach der Ankunft bestiegen sie den Moosturm und oben erfreuten sie sich an der atemberaubenden Sicht. Voraus in westlicher Richtung blickten sie in Rheintal, rechts ins Renchtal und darüber zur Hornisgrinde, halblinks voraus war Straßburg und die markante Silhouette des zweiten, halbfertigen Münsterturms gut auszumachen, darüber hinweg die markante Linie des Vogesenkamms im blauen Dunst. Links im Rheintal lag die Stadt Offenburg, auch das Tor zum Kinzigtal genannt. Blickte der Turmbesteiger über die geschwungenen Höhenlinien nach Süden, sind in der Ferne die waldfreien Flächen des Feldbergs und des Schauinsland erkennbar oder eher zu erahnen, näher dagegen ist in südöstlicher Richtung der Nachbarberg Brandenkopf, auf dem sich auch ein Aussichtsturm erhebt. Und östlich zeichnen sich Freudenstadt und darüber in der Ferne die Schwäbische Alb ab. Jedem stillen Betrachter geht das Herz auf, wenn sein Blick 360 Grad in die Runde schweift und er erhaben über allem stehen darf. Da dürfen Sorgen und Nöte, nebst den vielen Kleingeistern, ruhig tief unten im Tal, in den Niederungen bleiben. Hier oben kann die Seele frei atmen und der Himmel erscheint greifbar näher. Schon der legendäre Dichter Grimmelshausen, der einstmals Bürgermeister drunten in der Stadt Renchen war, weilte oft hier oben und verewigte das Gebiet in seinem berühmt gewordenen „Simplicissimus".

Nach diesen besinnlichen Augenblicken, verbunden mit innerer Freude, mit heimlichem Stolz auf die wunderbare Heimat, in der man leben durfte, stiegen Vater und Sohn die vielen Treppenstufen wieder nach unten. Nun eilte ihr Schritt Richtung Osten, wo sie am Siedigkopf vorbei zum Hilseck kamen. In diesem Gebiet hatte ehemals der „Hilshof" existiert und noch heute finden sich dort ein paar Grundmauern. Der nächste markante Punkt auf den sie trafen, waren die Reste des einst bedeutenden „Buchwaldhofes". Diese Liegenschaft umfasste einmal für damalige Verhältnisse beachtliche 27 Morgen und gehörte einem gewissen Johannes Käshammer. Dieser stiftete später das „Käshammerkreuz", das sich heute an der Nordseite der Dorfkirche befindet. Das Hofgut wurde im letzten Jahrhundert an die Großherzogliche Forstverwaltung verkauft. Heute sind von dem Hof nur noch die Grundmauern zu erkennen, nach denen sie kurz Ausschau hielten. „Wenn man heutzutage die dichten Wälder der Höhen rund ums

Hintertal von Nordrach anschaut, ist es schier unglaublich, dass hier alles einmal ein urbanes Gebiet mit Höfen und Weiden war. In weniger als hundert Jahren ist alles zugewachsen und wird heute von hohen Tannen und Fichten überragt", philosophierte Hannes und schüttelte ungläubig den Kopf.

Nach einem Augenblick des Innehaltens bei der geschichtlichen Exkursion, gingen sie weiter dem Hofgut „In der Klusen" zu. Dieser Hof wurde erstmals im Jahr 1669 erwähnt und dann auch an die Großherzogliche Forstverwaltung verkauft. Sie suchten nach den Resten des einstigen Hofes, legten noch einmal eine kurze Pause ein und verzehrten das restliche Vesper, bevor sie den weiteren Weg ins Tal beschritten. Weiter unten, jedoch noch oberhalb der Lungenheilstätte, trafen sie auf die einstige Bäckerei. Das Grundstück hatte auch einmal Dr. Otto Walther, Gründer der Heilstätte, im Jahr 1900 erworben. Leider hat inzwischen ein Hochwasser die letzten Gebäudereste weggespült, und so bleibt nur die Erinnerung durch schriftliche Zeugnisse.

Im letzten Wegabschnitt standen sie vor dem riesigen Areal der Heilstätte. „Da fällt mir eine Geschichte ein, die sich in der Großküche zugetragen haben soll", erzählte schmunzelnd der Vater. „In der Küche wurde eine junge Frau als Hilfe eingelernt. Die Chef-Köchin musste dringend in eines der Obergeschosse um dort etwas erledigen, während ein großer Kessel mit Milch auf dem Holzofenherd stand. Sie gab der Hilfe den Auftrag: Pass auf Mädel, damit die Milch nicht überkocht. Sobald sie kocht, nimmst du den Kessel vom Feuer. Kurz darauf kam das anscheinend unerfahrene Mädchen mit einem Löffel Milch ins Obergeschoss gelaufen und wollte von der Köchin wissen: Kocht die Milch schon? Sie eilten beide schnell nach unten in die Küche, aber da war die Milch natürlich schon übergekocht. Du weißt ja, Hannes, wie übel übergekochte Milch riechen kann."

Vor der letzten Etappe auf dem Heimweg schauten sie noch in die benachbarte kleine Kapelle hinein, die dem Heiligen Nepomuk geweiht ist, bekreuzigten sich mit Weihwasser und verweilten einen kurzen Augenblick in Andacht. Inzwischen neigte sich der Tag sichtlich dem Abend zu, sie beeilten sich deshalb und schritten zügig talwärts, vorbei am Café „Mooseck", das rechts am Weg ist, in Nachbarschaft zum Forsthaus, wo sie am Morgen zur Kornebene abgebogen waren. Nur hundert Meter weiter waren sie beim Gasthaus „Adler" auf der anderen Seite vom Bach. Hier kehrten sie diesmal nicht ein, stattdessen mussten sie noch einmal steil bergan, dem Bärhag zu, bis endlich der Hof erreicht war. In der blauen Phase des sich neigenden Tages betraten sie den Michaelishof und wurden lautstark bellend und schwanzwedelnd vom an der Kette zerrenden Hofhund begrüßt.

„Heute habe ich mehr Geschichte gelernt wie in acht Jahren Volksschule", meinte Hannes vielsagend zur Mutter und „Mutter, heute bin ich kaputt, und morgen habe ich bestimmt einen Muskelkater vom endlos weiten Weg, den vielen Kilometern, die wir gelaufen sind und dem anstrengenden Auf und Ab; aber schön war es trotzdem."

„Auch wenn ich durchaus schon von den 34 Höfen auf der Höhe und den beiden Glasfabriken gehörte habe, ist es doch etwas anderes, wenn man persönlich auf dem historischen Grund steht und alles vor sich hat und mit eigenen Augen sieht. Aus der Zeit der früheren Glasherstellung sind wenige Relikte vorhanden und von acht Höfen nur noch Reste der Grundmauern, Zisternen und Stützmauern. Trotzdem regt es die Fantasie an, und ich stellte mir vor, wie noch vor hundert Jahren die Menschen dort ein entbehrungsreich lebten, und um ihr tägliches Brot hart ringen mussten, wie sie in den kalten Wintern darbten und bitter unter dem Mangel litten. Vermutlich mussten sie wahrlich im Schweiße ihres

Angesichts ihr Brot essen, wie es in der Bibel heißt, im Fluch über das erste sündige Menschenpaar."

„Das freut mich Bub", sagte die Mutter, „dass du so viel Interessantes gesehen hast, wenn ich nur könnte, würde ich auch gerne bei solchen Wanderungen mitgehen und teilhaben. Früher hab ich das oft gemacht und bin viel mit deinem Vater unterwegs gewesen." „Wir können dich ja einmal mit dem Zweispänner zur Kornebene und zum Moosturm hochfahren, was meinsch Mudder?" „Kumm go furt, nei, nei, Bue, nei, des mues hit nimmi si, des überloss i'de Jüngere", winkte die Mutter ab, „un dess will'i d'Gäul au gar nit zumude."

Kaum waren danach ein paar Tage vergangen, wurden alle auf dem Hof von einem weniger erfreulichen Ereignis überrascht. Abends klagte die Bäuerin über starke Schmerzen im Unterleib. So zart besaitet war sie allerdings nicht und versuchte sich erst mit eigenen Mitteln zu kurieren, machte Schmalzwickel und rieb sich mit Vorlauf (erster ungenießbarer Schnaps beim Brennvorgang) den Bauch ein, trank Kamillentee und versuchte es mit sonstigen diversen Rezepturen und Hausmittelchen. Andertags war es aber noch schlimmer geworden und sie hatte hohes Fieber bekommen. Schließlich wurde die Magd zum „Adler" geschickt, wo sie den Arzt anrufen sollte und ihn bitten, dass er dringend herkommt.

Bis er nach Stunden endlich da war, war es allerdings schon Spätnachmittag, während Affra leise stöhnte und im Fieber glühte. Nach gründlicher Untersuchung diagnostiziere er eine akute Appendizitis (Blinddarmentzündung). „Du musst sofort ins Zeller Krankenhaus und den entzündeten Wurmfortsatz entfernen lassen, bevor Schlimmeres passiert." „Um Gottes Willen Doktor, wie soll ich denn heute noch nach Zell ins Krankenhaus kommen?", jammerte die Bäuerin. „Wenn ich in der Praxis bin, dann verständige ich sofort den Krankenwagen. Mach dich schon mal bereit, dass sie dich abholen können. Das wird aber mindestens noch zwei Stunden andauern. Ich gebe dir aber jetzt schon eine Spritze, damit du nicht mehr solche Schmerzen verspürst."

So kam es, erst spät um 8 Uhr (20 Uhr) fuhr der Krankenwagen auf den Hof. Mit Hilfe der älteren Magd Amalie hatte sich die Bäuerin ein paar Sachen einpacken lassen, Unterwäsche, ein Nachthemd und etwas Waschzeug. Mitsamt Gepäck stieg sie in den Krankenwagen, gab zuvor den beiden Töchtern und den Mägden den Auftrag, sich ordentlich ums Sach' zu kümmern. „Jetzt seid ihr verantwortlich, bis ich wieder zurück bin. Dass ich hinterher ja keine Klagen höre!" „Isch gued Mueder, moche'mer scho, leg du'di erscht mol unders Messer un loss'dr d'vermaledaite Deifel russhole." Die Operation erfolgte gleich am anderen Tag und die Prozedur wurde für Affra hinterher zur argen Plage. Ihr war von der Narkose speiübel, die Wunde schmerzte bei jedem Atemzug, auch wenn ihr die Schwestern ein Medikament verabreichten. Danach dauerte es drei Wochen, bis sie wieder nach Hause durfte, und selbst da musste sie sich noch längere Zeit schonen, durfte nichts Schweres heben. Das war ihr sehr ungewohnt und wurde eine schlimme Zeit. Bis sie dann wieder richtig zupacken konnte, vergingen Wochen. Sie schickte sich aber notgedrungen in ihr Schicksal, die schweren Arbeiten mussten eben die Mägde und ihre Töchter machen. „Sowas muss man nicht haben", meinte sie später sarkastisch, „das ist nichts für Feiglinge."

Oben:
Altar und Teppich zur Fronleichnamsprozesion
Unten:
Moosturm und Naturfreundehaus Kornebene

15

Der Michaelishof wird mobil

Der Herbst war noch nicht vorüber, es wurde aber merklich kühler und der Winter ließ sich schon erahnen. Das Ende des Jahres nahte unweigerlich, während auf dem Hof alles im üblichen Rahmen ging. Hannes fuhr schon bald nach der letzten Wanderung über die Höhen stolz mit dem gebraucht erworbenen BMW-Motorrad vor. So war er natürlich in einer halben Stunde in Zell am Arbeitsplatz und genauso schnell wieder zuhause, so dass er nun täglich nach der Arbeit nach Hause kam, und oft hat er so nach Feierabend noch einige Stunden auf dem Hof mithelfen können. Überdies kamen seine speziellen Kenntnisse bei kurzfristig anfallenden nötigen Reparaturen an den Gerätschaften dem Hof gut zupass.

Die restlichen Arbeiten in Feld und Flur mussten bewerkstelligt werden, dann wurde in der Scheuer und auf der Tenne gearbeitet. Der Bauer ging häufiger auf die Jagd, und engagierte Arbeiter kümmerten sich, in Absprache mit dem Förster, um den Holzeinschlag. Wieder wurden über Wochen eine stattliche Anzahl prächtiger alter Tannen, hochgewachsener Fichten, massiver Eichen und Buchen gefällt, dazu hunderte Ster Feuerholz für Kamin und Herd zubereitet, das vom Lagerplatz direkt an die Käufer ging oder von denen dort abgeholt wurde.

Am Martinstag wurden dem Gesinde der übliche Lohn und ein wenig Zubrot ausbezahlt. Der Schneider war in diesem Jahr auch wieder vierzehn Tage zu Gast auf dem Hof und hatte einiges an Reparaturen zu tun oder neue Kleider angefertigt. Der Schuhmacher nahm Maß besohlte und reparierte eine Menge Schuhe. Dabei fielen für den Knecht und die Mägde neue Gewänder, wie auch noch ein paar neue Schuhe ab. Sie waren damit zufrieden und versprachen, im folgenden Jahr wieder ordentlich ihre Arbeit zu tun.

Bis in den Advent hinein waren die Tage angefüllt mit abschließenden oder vorbereitenden Arbeiten für das nächste Jahr. Schon seit Wochen waren Weihnachtsbäume geschlagen worden und wurden auf den Märkten verkauft. Der Hof machte sich nach und nach winterfest, und was saisonal danach folgte, waren wieder Schnaps brennen, Holzeinschlag und Jagd, so gingen die letzten Tage des Jahres schnell dahin.

Auf so einem großen Hof mit endlosen Wiesen- und Waldflächen gibt es objektiv gesehen nie eine ruhige Zeit. Da ist immer etwas zu tun, und wenn scheinbar alles fertig war, fand man trotzdem noch etwas. Einzig über Weihnachten kehrten ein paar Tage ruhigere Zeiten ein, wo man es langsamer angehen ließ. Gemeinsam sind sie wieder in die Kirche zur Messe gegangen und dann man feierte miteinander. Noch wichtiger war es für Affra, die Familie war zumindest für ein paar Stunden wieder einmal komplett zusammen. Der Jahreswechsel und Neujahr folgte, während der Winter seit Mitte Dezember mit viel Schnee das Tal im Griff hielt. Felder und Fluren waren über Wochen bei eisiger Kälte wie erstarrt. Trotzdem mussten das Vieh, die Kühe, Rinder, Ochsen und Pferde in den Ställen versorgt sein, täglich Mist rausgeschafft, Futter verteilt und die Kühe gemolken werden. Selbst die Hühner warteten täglich gackernd auf Körner und etwas Grünzeug. Dafür legten sie fleißig Eier. An einem Feiertag und noch an den folgenden Sonntagen gönnten sich die Mädchen mit Hannes und dem

Knecht den Spaß, und fuhren auf Skiern diagonal die Wiesen bergab weit hinaus ins Tal. Gute Skifahrer waren sie beileibe nicht, jeder fiel mehrfach in den Schnee, das steigerte aber nur das Vergnügen und wurde ihnen zum willkommenen Zeitvertreib.

Der Schreiner hatte ihnen vor Jahren die Skier angefertigt, und sie lagerten den Sommer und Herbst über im Schuppen. Wie es sich gehörte, waren bei der Lagerung die Spitze mit Spannern fixiert, damit bei den manuell hergestellten Brettern die mit heißem Dampf geformte Spitzenbiegung erhalten blieb. Etwas sperrig zeigte sich anfangs noch die alte Lederbindung. Das Leder war nach dem Gebrauch in den letzten Jahren nicht gehörig eingefettet worden, weil sie es vergessen haben. Nach dem anfeuchten der Riemen wurden sie wieder elastischer. „Da müssen wir aber für nächstes Jahr etwas tun und die Riemen gut mit dem Saunabel oder mit Schuhwichse einfetten", entschied Hannes.

Für das Jungvolk waren das bei strahlend sonnigem Wetter vergnügliche Tage, wenn sich das Umfeld im gleißenden Licht der reflektierenden Schneekristalle jungfräulich präsentierte. Nur einen Nachteil hatte das Vergnügen, der den Spaß etwas eintrübte, sie mussten die Ski heimwärts und sehr weit bergauf tragen, da wurde ihnen der Weg jedes Mal beschwerlich.

Hinunter zum „Adler" und ins Hintertal und in die Kolonie, fuhren alle allgemein mit dem großen Schlitten, den zwei vorgespannte Pferde zogen. Der schneebedeckte glatte Fahrweg war bestens geeignet, und die eisenbeschlagenen Pferde hatten damit wenig Mühe. Denen machte die Heimfahrt bergauf auch nichts aus, und wie es schien, hatten sie sogar Freude an der Bewegung – oder vielleicht war es auch nur die Belohnung hinterher? Sie bekamen ein oder zwei Äpfel, manchmal sogar zwei, drei Stücke Würfelzucker, den die Pferde innig liebten, und Hafer in die Krippe gab es natürlich auch.

Nicht nur Ski- und Schlittenfahrten machten Spaß, vom Schnee profitierten selbst die Waldarbeiter mit ihren Pferden. Sie taten sich mit dem Lastschlitten sehr viel leichter. Dies war mit ein Grund, warum der Holzeinschlag in den Wäldern vorwiegend im Winter gemacht wird. Der Boden ist im Winter hart gefroren, damit wird die Flur geschont, die Stämme lassen sich im Schnee leichter aus dem Wald an die Wege ziehen und mit Holzschlitten besser ins Tal transportieren.

Nach dem Jahreswechsel kam im Nu wieder die fünfte Jahreszeit des Jahres 1935, und die närrischen Tage wurden mit viel, oft zu viel, Alkohol ausgelassen gefeiert. Trinkfest waren alle, trotzdem forderten die Mengen mehrfach ihren Tribut, denn die Zecher hatten am anderen Morgen einen veritablen Kater oder „Haarspitzenkater", wie das manche benannten.

In diesem Jahr feierte der Seppe-Michel seinen sechzigsten Geburtstag und daraus wurde ein grandioses Fest. Damit möglichst alle teilnehmen konnten, hatte er im Vorfeld die Feier extra auf den darauffolgenden Sonntag gelegt.

Zuvor war der Jubilar mit Hannes nach Offenburg gefahren und hatte bei einem Händler ein Auto gekauft. Sie hatten einen Horch 830 BL Sedan Cabriolet gewählt, mit geschlossenem Verdeck, und damit ein großes, leistungsstarkes Fahrzeug mit stolzen 3517 cm³ Hubraum und 75 PS. Das Auto hatte sich der Hofbauer zu seinem runden Geburtstag selbst zum Geschenk gemacht. Der Sohn steuerte das Auto nach Hause, denn nur er hatte einen Führerschein, den der Vater erst noch machen wollte. „Das will ich so schnell wie möglich nachholen, wenn es meine Zeit zulässt", sagte der Seppe-Michel entschieden. Das war aber nur die halbe Wahrheit. Im Grunde hatte er mächtigen Bammel vor der Sache und wollte sich nicht blamieren.

Während sie langsam durch Nordrach fuhren, nahmen sie mit Genugtuung wahr, wie die Leute erstaunt am Straßenrand stehen blieben und den Kindern der Mund offenstand.

Früh am Sonntag fuhren sie gemeinsam mit dem Auto ins Tal hinaus und gingen in die Kirche. Anschließend trafen sich die geladenen Gäste im „Adler" in der Kolonie. Außer der Familie und dem Gesinde des Hofs waren zahlreiche geladene Gäste vom Ort, von auswärts und aus der weitverzweigten Verwandtschaft eingetroffen. Zudem hatte der Sechziger die wichtigsten Bauern aus Nordrach wie auch aus dem Kinzigtal und seinen Nebentälern eingeladen. Kaum einer der Geladenen hatte sich dieses Ereignis entgehen lassen, wenngleich nicht alle dem Seppe-Michel „grün" waren. Egal, wenn es etwas zu feiern gab, war man da und ließ sich sehen. Weit über hundert Personen hatten sich eingefunden, die den Nebensaal füllten, und beim Empfang und anschließendem Festessen den Jubilar mit vielen guten Wünschen und allerhand Sprüchen hochleben ließen.

Selbst der Bürgermeister ließ es sich nicht nehmen und hielt eine Laudatio: Zu dinnem Fescht gradelier'i, un winsch'der Glick un viel Bläsier, un vor allem, dass'du Klefferli no long gued kraddle konnsch. S'Schicksal soll di veschone vor Hoorusfall, Herzmaleschde un onderi Breschde, dass'de kei G'schiss kriegsch mit'de Bondschieb, kei Rheumadis un kei Pfipfis." (Zu deinem Fest gratuliere ich und wünsche dir Glück und Freude, und vor allem, dass du Schlitzohr noch lange dich bewegen kannst. Das Schicksal soll dich vor Hausausfall, Herzbeschwerden und anderem verschonen, dass du nicht geplagt wirst von der Bandscheibe, keinen Rheumatismus bekommst und keinen Durchfall). „Also, hoch die Gläser, stoßen wir alle auf den Seppe-Michel an." Ein vielstimmiges „dreimal hoch" erscholl, und rührte den Geehrten, dass ihm grad Tränen in die Augen schossen.

Es wurde ein feuchtfröhlicher Nachmittag und langer Abend. Leider wurde er zwischendurch ein wenig getrübt. Drei auswärtige Gäste gerieten miteinander in Streit, und schnell war eine handfeste Auseinandersetzung in Gange. Hannes griff aber beherzt ein und nahm einen der Streitsüchtigen am Schlafittchen. Die Drohansage zeigte Wirkung und es kehrte wieder Ruhe ein.

Die Gäste, die von weither angereist waren, mussten irgendwann dann doch aufbrechen. Nur wenige waren mit einem Auto da, die meisten mit Pferden und Kutschen, und da zog sich der weite Heimweg ziemlich in die Länge. Trotzdem blieben noch genug anwesend, die mit dem Bauern bis nach Mitternacht zechten. Niemand brach später nüchtern zum Heimweg auf.

Nur die Bäuerin mit den Mädchen blieb natürlich nicht bis zum Schluss. Zwischendurch hatte sie der Hannes mit dem neuen Auto heimgebracht. Von Promille war damals noch keine Rede. Seit 1934 gab es zwar die Reichs-Straßenverkehrs-Ordnung, die das Gesetz über den Verkehr mit Kraftfahrzeugen vom 3. Mai 1909 ablöste. Eine Promillegrenze wurde aber erst Jahre später festgelegt und in die Straßenverkehrsordnung der Bundesrepublik Deutschland aufgenommen. Hatte einer zu viel getrunken, kursierte gerne der Spruch in der Runde: „Tragt mich ins Auto, dann fahr ich euch heim."

Hannes war stolz, dieses repräsentative Gefährt zeigen und fahren zu dürfen. Schon am Nachmittag hatte er ein paar Runden gedreht und viele „fachkundige" Gespräche rund ums Auto führen müssen. Bis der Vater zur Heimfahrt bereit war, dauerte es noch Stunden. Der wäre nicht mehr in der Lage gewesen, zu Fuß zum Hof zu laufen. Das über den Nachmittag und weit in die Nacht konsumierte Quantum diverser Getränke war beachtlich. „So viel trinkt keine Kuh", scherzte er, aber selbst ein Mann seiner Statur erkannte irgendwann die Grenzen dessen, was sein

Körper vertragen konnte, „was mit aller G'walt neigeht". „I'konn nix me drinke, i'grieg nix me'ni, kummt schüttet's eifach über mi na", lallte er noch in der Wirtschaft. Wie gut, dass er nun einen Chauffeur in der eigenen Familie hatte.

Tags darauf war er nicht zu schwerer Arbeit in der Lage. Zwar trieb es ihn schon um 7 Uhr raus, das diente aber mehr der Bewegung. Er lief ums Haus und ein Stück auf dem Wegen durch Wiesen und Äcker nahe am Hof, bevor er um 9 Uhr zum „Z'Nini-Frühstück" zurückkehrte und die erste richtige Nahrung einnahm. Derweil verrichteten die Bäuerin und die Mägde längst ihr übliches Geschäft. Der Knecht hatte sich verdrückt und wollte dem Bauer nicht über den Weg laufen. Er traute dem Frieden nicht und ihn selbst plagte auch das „Schädelweh". „Holzauge sei wachsam", sagte er gerne bei solchen Gelegenheiten, wo diskrete Vorsicht angebracht war.

Insgesamt verging der Tag nach dem denkwürdigen Geburtstagsfest doch relativ geräuschlos, und abends waren alle froh, dass er erstens rum war, die nächsten Tage wieder besser würden, und zweitens, dass es außer kleineren Kabbeleien nichts Ungewöhnliches gab und keine Ärgernisse aufgekommen waren. Besonders erfreute das den Bauern, denn es war ihm wichtig, dass sein Fest in guter Erinnerung blieb und zur Verbesserung seines Images beitragen sollte.

Bald darauf war wieder Kilwi im Dorf. Diesmal konnte die Familie am Sonntag mit dem Auto anfahren und zuerst in die Kirche gehen. Wo das Auto stand, sammelten sich gleich Klein und Groß und wollten wissbegierig Auskünfte über Stärke, Hubraum und technische Details wissen. Dem Seppe-Michel schlug gleichermaßen Bewunderung wie Neid entgegen. Es war zwar nicht das erste Auto, das in Nordrach fuhr und nicht das einzige, das es gab, aber es fuhren noch wenige, außer dem Taxi oder den öffentlichen Verkehrsmitteln. So wurde jedes neue Auto noch gebührend bestaunt und bewundert.

Der Spitzmüller-Anton nahm sich ein Herz, nachdem er in die Nähe des Bauern kam: „Seppe-Michel, des saumäßig-prächtig Vehikel mues g'fieret werre, do muesch uns einen us'gen. Mer trinke Bier und Zwetschgewasser, he!" (Das prächtige Auto muss gefeiert werden, da musst du einen ausgeben/spendieren). „Ha'no Anton, wenn'i nochher in'd Stub kumm, loss'i mi nit lumbe. I'kumm zum Frühschoppe, de Hannes fahrt jo, do konn'i scho mitsuffe." „Alla denn, so isches", hörte man zufriedenes Raunen, als zustimmendes Echo, und wer es gehört hatte, den zog es alsbald in die Wirtschaft.

Das neue Auto des Michaelis-Bauer war noch länger das Tagesgespräch im Tal und nicht nur da. Solche repräsentativen Autos fuhren auch in den anderen Tälern des Mittleren Schwarzwald noch nicht sehr häufig. Das trug zum Ansehen des Hofes nochmals ein paar Pluspunkte bei, und es hatte noch einen weiteren Vorteil: Fortan war es dem Seppe-Michel öfters möglich, auch Jäger in anderen Revieren zu besuchen, sofern es ihm die Zeit erlaubte und sein Sohn ihn dorthin chauffierte.

Sich mit den wichtigen Bauern der Nachbartäler oder im Kinzigtal regelmäßig zu treffen, das war ihm nicht unwichtig, es war eine Prestigeangelegenheit, insbesondere im Blick auf die politische Lage. Selbst ins Hanauerland bei Kehl ließ er sich manchmal fahren, und kaufte dort Saatgut ein oder bot Produkte aus eigenem Bestand, vornehmlich Brennholz und Stammholz an. Sogar die Metzger und Wirte mussten sich wärmer anziehen. Der Bauer konnte den Kreis der Kunden für erlegtes Wild deutlich ausdehnen, das sicherte ihm einen besseren Preis.

Anfangs hat ihn immer der Hannes gefahren. Das gefiel aber beiden nicht sonderlich, weil der Sohn auch nicht alleweil Zeit hatte. Und so entschloss sich der Bauer gezwungenermaßen doch, so schwer es ihm auch fiel, und er machte den Führerschein. Dafür brauchte er ein gutes halbes Jahr. Die Fahrpraxis war nicht das Hindernis, er hatte längst eine gewisse Routine vom Fahren mit dem Bulldog, aber die Theorie und die Verkehrsvorschriften, die waren eine Last. „Des Zügs got eifach nimmi in min Schädel nei", jammerte er zuhause. Dann hatte er es trotzdem geschafft, er hatte den „Lappen" in den Händen. Fortan war er flexibler, er konnte eigenständig seine Fahrten planen und gestalten oder nach eigenem Gutdünken hinfahren, wohin er wollte. Dem Hannes war es egal, er war selber mobil und fuhr gerne mit seinem Motorrad umher. Nur an Regentagen benützte er hin und wieder das Automobil, oder wenn's der Vater nicht brauchte, und um damit ein wenig anzugeben oder anderen zu imponieren.

War an einem Sonntag das Wetter günstig, machte der Seppe-Michel sogar einige Ausflüge mit den Töchtern, und ab und zu war auch der Hannes mit von der Party. Sie fuhren „ins Land hinaus" (in die Rheinebene), nach Offenburg oder zu Festen in der Region, einmal sah man sie sogar im mondänen Baden-Baden. Zurück fuhren sie hinterher über die teilweise neuerbaute Schwarzwaldhochstraße, was zu einem besonderen Erlebnis für alle wurde.

Die traumhaften Ausblicke ins Rheintal und in die Nebentäler, die sich ihnen bei Unterstmatt oder am Mummelsee boten, fanden sie atemberaubend. Unterwegs hielten sie ein paar Mal an und bestaunten die freie weite Sicht zum Rhein und hinüber zum Vogesenkamm. Sie ließen den Blick schweifen über die Höhen der Schwarzwaldberge, deren Linien sich im abschwächenden graublau verlor, je weiter sie sich entfernten. Bei der Alexanderschanze nahmen sie die Abzweigung hinunter nach Peterstal und bei Oppenau-Ibach hoch zum Löcherberg. Auf dem schmalen Sträßchen zum Löcherberg und über das Schäfersfeld kamen sie am Ende einer langen Fahrt nach Nordrach-Kolonie.

Das kam schon einer Weltreise gleich, und der Seppe-Michel schwärmte: „Ich hätte nie gedacht, dass man in wenigen Stunden so weite Strecken fahren kann, und dabei auch noch so viel zu sehen bekommt. Das war fantastisch, aber anstrengend war es für mich schon", und am Abend brauchte er dafür seine Ruhe.

Nur die Affra haben sie bei solchen Ausflügen nie mitgenommen: „Das ist mir zu anstrengend, es ist mir im Auto zu eng und mir bekommt auf den langen Fahrten die Schaukelei nicht gut." Tatsächlich war selbst bei ihren Proportionen der Platz völlig ausreichend, sie fühlte sich trotzdem eingeengt. Der eigentliche Grund war ein anderer – das hätte sie aber niemals zugegeben – das Gefährt war ihr unheimlich und die Fahrt zu schnell, sie hatte unterwegs einfach pure Angst. So beschränkten sich ihre Mitfahrten fast ausnahmslos auf den Weg ins Dorf und zur Kirche. Die paar Kilometer waren ihr vertraut, das ließ sich aushalten.

Das Jahr verging mit den üblichen Geschäften, und nicht immer ging alles ohne Probleme. Oft drängten Wetterwechsel zur überstürzten Ernte oder Gewitter und Sturm machten den arbeitenden Bauern und ihren Helfern unnötige Scherereien und das Leben schwer. „Das ist eben die unberechenbare Natur", hörte man sie oft resigniert sagen. Wenn Petrus den Seppe-Michel immer gehört hätte, wenn er ihm die Schuld an den Widerwärtigkeiten gab, wenn er gotteslästerlich fluchte, weil es gerade wieder zu heiß, zu trocken oder überhaupt nicht passend war, der hätte bitterlich geweint.

Im Herbst fanden die Olympischen Sommerspiele in Berlin statt. Dieses international beachtete Ereignis war selbst im entlegenen Nordrachtal nicht nur ein Randthema. Viele Bürger zeigten sich sportlich interessiert oder waren sogar aktiv. Schon 1923 wurde der Radfahrverein „Edelweiss" gegründet, leider aber im Zuge der politischen Veränderungen 1934 wieder aufgelöst. Die Freude am Radfahren nahm das den ehemaligen Mitgliedern trotzdem nicht. Später gab es die ersten Fußballspiele auf dem Bolzplatz hinter der Kirche, und der ASV (Allgemeiner Sportverein) Nordrach entstand. Jahre später sollte Nordrach sich sogar mit der Bezeichnung „das schnellste Dorf der Welt" schmücken dürfen. Eine 4x100-Meter-Staffel aus Nordrach erreichte in Zürich bei einem internationalen Wettkampf den zweiten Platz, direkt hinter der USA-Staffel und noch vor der deutschen Nationalstaffel. In den Adern vieler Nordracher floss also durchaus sportliches Blut.

Im zu Ende gehenden Jahr gab es einen Wechsel beim Personal des Hofes. Die Magd Amalie, seit Jahren eine verlässliche Kraft auf dem Hof, hatte einen Bauern gefunden und geheiratet. Sie ist zu ihm nach Hofstetten bei Haslach gezogen und gibt nun dort die Bäuerin. Deshalb hatte der Seppe-Michel, zusammen mit seiner Frau Affra, nach einer anderen Hilfe suchen müssen. Sie fanden eine junge kräftige Frau von Lindach im Untertal und waren mit ihr einig geworden. Die neue Magd zog auf den Hof und bewohnte inzwischen die frei gewordene Kammer, während der Knecht mit der Maria, die er geheiratet hatte, unten im Tal am Hasenberg eine kleine Wohnung zur Miete bewohnte.

Die Wellen der politischen Verhältnisse berührten sogar Nordrach. Auch hier gab es Dumpfmänner, die sich als „Gernegroß" oder „Möchtegern" aufführten, und leider wurde gerade die Bauernschaft im Verband durch viele willfährige Helfer der Nazis unterwandert. In allen Bereichen gaben sie sich mit breiter Brust als „Inbegriff der Herrenrasse". „Je weniger Verstand sie hatten, desto martialischer führen sie sich auf", schimpfte der Seppe-Michel, wenn es nicht solche hörten, die es nicht hören durften. Ihn selber ließ man meist in Ruhe.

Nicht so gut erging es dem Sanatorium Rothschild im Dorf, der Heilstätte für lungenkranke, jüdische Frauen. Seit Jahren war das Haus regelmäßig Zielscheibe antisemitischer Anfeindungen und Anschläge. Neue Patientinnen kamen nicht mehr hierher, und die da waren, trauten sich nur noch selten ins Dorf. Lieber blieben sie im weiträumigen mit altem Baumbestand bewachsenen Areal unter sich. Selbst der Judenfriedhof im Wald oberhalb des Eckle war schon mehrfach Zielscheibe dummer Anschläge fanatischer Nazis geworden. „Fehlt nur noch, dass ich als Jäger zu Schießübungen befohlen werde." Dumm oder ein wenig ärgerlich für ihn erwies sich zudem, dass Hannes mit den neuen Machthabern sympathisierte, und das gab an den Wochenenden häufig Dissonanzen, wenn man eigentlich gemütlich in der Bauernstube im Kreis der Familie zusammensitzen wollte und sinnvollere Themen zu besprechen gehabt hätte.

Natürlich war die aktuelle Politik und das völkische Großmachtgehabe, der Germanen-Kult, regelmäßig ein kontroverses Thema an den Stammtischen im Gasthaus „Adler" oder draußen im Dorf, im „Kreuz", in der „Post" und in der „Stube". Noch waren die Anhänger der Zentrumspartei, die bei den Katholiken verbreiteten politischen Ansichten, in der Überzahl. Wie lange das aber noch sein würde, darauf wollte ernsthaft keiner wetten.

Und der Seppe-Michel hatte zwischendurch ganz andere Sorgen. Neben dem Hof hatte er, wie geplant, sein Libdig bauen lassen, das Alterssitz für ihn und seine Frau werden sollte. Da hatte er wieder alle Hände voll zu tun, damit die Arbeiten nach seinen Vorstellungen vonstattengingen. Das verbaute Holz für das Fachwerk und den Dachstuhl stammte natürlich aus dem eigenen Wald, und örtliche Zimmerleute haben es verarbeitet und das Dach aufgeschlagen. Der Schreiner im Dorf lieferte ihm sämtliche Fenster, Türen und Treppen und baute sie ein, und sogar das

Schlafzimmer und die Wohnzimmermöbel aus dem Kastanienholz seiner Wälder. Der Schreiner verlangte ein Vermögen für die Arbeiten, hatte aber saubere Elemente und exzellente Möbel geliefert. Das Ergebnis war repräsentativ und konnte sich durchaus sehenlassen. Alles war vom Feinsten und sehr gut verarbeitet worden.

„Die neuen Möbel werden mich und noch weitere Generationen überdauern", prophezeite er mit stolzgeschwellter Brust, und er freute sich schon darauf, wenn er einmal als Seniorbauer mit seiner Affra im neuen gemütlichen Heim das Alter genießen würde. „Donn hock'i im Winter am warmen Kachelofen, genieß'mi Pfifli, un wenn'mer longwillig wird, gong'i uf' d'Pirsch. Schint d'Sunn übr'm Dal, donn hock'i uf'm Trippel (Balkon) un gugg'de Schwalben un'dr undergohend Sonn noch."

Heute schon saß er, und manchmal sogar gemeinsam mit seiner Frau, was allerdings eher selten vorkam, an lauen Abenden eines Wochenendes auf dem nach Südwesten ausgerichteten Trippel. Was war das bei günstiger Wetterlage für ein fantastisches Naturerlebnis, wenn drüben über dem Katzenstein und dem Pfaffenbacher Eck die Sonne versank, wenn sie im glühenden Rot hinter dem Bergkamm langsam verschwand und den Horizont am Himmel wie ein Feuer aufleuchten ließ.

Natürlich kannten der Seppe-Michel und seine sichtbar älter gewordene Affra nicht nur solche traumhaften Momente, was das Wetter betraf. In den Sommermonaten, und in der Regel mindestens bis Ende August, gab es oft heftige Gewitter. In den mittleren Höhenlagen konnte es beängstigend donnern und markerschütternd krachen. Auch als Jäger wurde der Seppe-Michel schon häufig von solchen Naturgewalten überrascht. Dann stieg er lieber vom Hochsitz runter. Die Erkenntnis, mitten im Wald unter hohen Bäumen vor Blitzeinschlägen am sichersten zu sein, war nicht verbreitet. Nicht nur einmal sah er, wie ein urgewaltiger Blitz in einen der alten Bäume einschlug und ihn von oben nach unten spaltete. Sogar eine Kuh wurde einmal in seinem Sichtfeld vom Blitz getroffen und erschlagen.

Die negative Seite ungünstiger Wetterkapriolen war den Bauersleuten sehr vertraut. Heftige Stürme aus der Südwestrichtung hatten schon oft in den Wäldern des Michaelishofes zerstörerisch gewütet und stattliche Bäume wie Streichhölzer geknickt oder einfach entwurzelt und umgeworfen. Dabei entstanden enorme Schäden. Noch gefürchteter war der Hagel. Wiederholt ging in den vergangenen Jahren im Sommer ein verheerender Hagelschlag nieder, schlug das noch nicht reife Obst von den Bäumen und vernichtete die Ernte oder wertvolle Pflanzungen.

Als drittes Übel waren die Spätfröste gefürchtet. Vor zwei Jahren gab es das sogar noch spät im Mai, während die Kirschen schon reiften. In jenem Jahr fiel die Kirschenernte fast vollkommen aus. Nur dank größerer Mengen Maische aus dem Vorjahr konnte der Seppe-Michel noch eine reduzierte Menge Kirschwasser brennen. Die lange Lagerung war nur deshalb möglich, weil dafür ein kühler Keller zur Verfügung stand und er bei den Fässern penibel auf Dichte geachtet hatte. Hier kam dem „alten Fuchs" wieder die jahrzehntelange Erfahrung zugute.

Nach den alten Bauernregeln mussten frostempfindliche Blumen und Pflanzen bis nach den „Eisheiligen" – benannt nach Pankratius, Servatius, Bonifatius und der kalten Sofie – Mitte des Monats Mai geschützt werden. Erst danach durfte man sorglos davon ausgehen, dass keine frostigen Nächte mehr auftreten. Böse Ausnahmen gab es aber selbst da noch.

Nicht einmal in den Ställen ging immer alles reibungslos zu. Leider verendete in diesem Jahr eine Kuh bei der Kalbung, und zwei trächtige Schweine gingen an einer ansteckenden Krankheit ein. Die Bauern fürchteten die hochinfektiöse Maul- und Klauenseuche wie der „Teufel das Weihwasser", die gerne Schweine und Rinder befiel. Und bei so einem großen Gehöft gab es immer böse Überraschungen, sehr zum Verdruss von Bauer, Knecht und Mägden. Zudem geschah dies zu allem Übel meistens auch noch nachts und raubte jenen, die raus mussten, die an sich schon knapp bemessene Nachtruhe oder den kurzen Schlaf. Mehrfach hatte man den Tierarzt holen müssen, denn auch die Tiere blieben von Leiden nicht verschont, und besonders die Pferde, die bisher die Kutsche zogen, zeigten sich als Sensibelchen. Vielleicht waren sie eifersüchtig, weil der Bauer nun mehr mit dem Auto oder Hannes mit dem Motorrad umherfuhren und sie nicht mehr so oft eingespannt wurden.

In diesem Jahr verstarb überraschend der Bruder von Affra, und man trauerte zusammen mit der Familie in Unterharmersbach. Nun oblag dort die Last der Hofbewirtschaftung auf den Schultern der Schwägerin, die noch halbwüchsige Kinder versorgen musste. Der Seppe-Michel hatte ihr aber seine Unterstützung in die Hand versprochen. Wenn es im nächsten Jahr irgendwo klemmen sollte, wollte er mit seinen Kräften helfen, den Hannes oder Knecht schicken, und auch anderweitig Hilfe aus dem Harmersbachtal besorgen.

Anmerkung zum „Horch"
Der Autobauer und Konstrukteur Horch überwarf sich mit seinen Gesellschaftern und gründete dann die Firma AUDI. Der Namen ist dem lateinischen von „horchen" oder „hören" abgeleitet.
Die Firmen DKW, AUDI, HORCH, WANDERER gingen später in der AUTOUNION zusammen, das Markenzeichen wurden die vier ineinander verschlungenen Ringe, wie sie AUDI heute noch führt.

Horch 830 BL Sedan Cabriolet (Quelle: Wikipedia)

Üblicher Langholzwagen mit eisenbeschlagenen Rädern

16

Hannes steigt ein

Die Welt war innerhalb nur kurzer Zeit noch ein wenig unsicherer geworden. Monate um Monate vergingen, während die Spannungen stiegen, und das erst recht im Jahre 1938 in allen Belangen. Das totalitäre System der Nazis hatte sich im Deutschen Reich gefestigt, und die zensierten Nachrichten klangen nicht gut. Die Bücherverbrennung 1933 war bei nachdenklichen Leuten noch in negativer Erinnerung. Das war schon ein erstes Alarmsignal und verhieß allgemein nichts Gutes. Nur, wer wollte es sehen oder sich dem entgegenstellen? Es kam alles noch viel schlimmer als befürchtet. Noch war die Reichskristallnacht der November-Pogrome 1938 nicht gekommen, von Gewalt gegen Juden hörte man aber sogar im beschaulichen Nordrach, und der braune Mob feierte allerorts seine Triumphe.

Auf dem Michaelishof war man über das Weltgeschehen immer gut informiert. Schon seit dem Jahr 1934 stand ein Volksempfänger, wie die neumodischen Radiogeräte hießen, in der Bauernstube, und der Bauer hörte gerne spätabends noch die aktuellen Nachrichten. Für diesen Service wurden von ihm sogar schon Rundfunkgebühren abverlangt, die regelmäßig einkassiert wurden. Ansonsten widmete man sich jedoch anderen Dingen zu und ging wie eh und je dem üblichen Tagesgeschäft nach. Das Wetter machte in diesem Jahr wieder viele Probleme, und das stellte für die Landwirtschaft immer eine besondere Herausforderung dar.

Das bereitete den Betroffenen mehr Kopfzerbrechen, wie das was sich gerade wieder in Berlin abspielte. Lange zog sich der Winter hin, und nur zögerlich wich der Schnee in den höheren Lagen. Wie man aus den Nachrichten im Radio vernahm, schneite es sogar noch im Juni auf der Zugspitze – und nicht nur da. Auch auf den Höhen des Schwarzwaldes gab es zwischendurch Neuschnee, der allerdings nicht lange liegen blieb. Für jedermann, der sich draußen aufhalten und arbeiten musste, war es trotzdem lästig oder erschwerend. Viele dieser Menschen wurden zwischendurch von Erkältungen oder gar einer Grippe geplagt.

Zu den von den Wetterkapriolen arg Betroffenen zählten unter anderem die armen Hütebuben, draußen auf den Weiden bei den Kühen. Vom Frühjahr bis in den Herbst hinein waren sie barfuß unterwegs. Das schonte die Schuhe, wenn sie überhaupt taugliche besaßen, und die Kleidung, die sie im Freien trugen, entsprach auch nicht den rauen Bedingungen bei Temperaturen knapp über dem Gefrierpunkt.

Rechtzeitig zum Beginn der stressigen Arbeiten im Sommer, kam in diesem Jahr Hannes auf den Hof. Er hatte doch noch zwei Jahre länger beim Ritter gearbeitet, wie man es am Ostersonntag vor Jahren besprochen hatte. Das war bisher im Grunde kein Problem und nicht tragisch, außer dass der Vater immer mehr drängte und, gerade wenn er etwas zu viel getrunken hatte, ärgerlich wurde und herumstänkerte. Sein Chef hatte den guten Mann bisher noch dringend benötigt und ließ ihn auch jetzt nur ungerne ziehen. Inzwischen war Hannes 24 Jahre alt und hielt es für angebracht, den Weg in die persönliche Selbständigkeit einzuschlagen und sich den Aufgaben als zukünftiger Hoferbe zu stellen. Das, was er bei der Technik im Betrieb in Zell gelernt hatte, nützte ihm in vielen Bereichen des elterlichen Hofs beim Umgang mit dem in den letzten Jahren stetig erweiterten Maschinenpark.

Er hielt den richtigen Zeitpunkt für gekommen und kündigte den bisherigen Arbeitsplatz. Zum 1. Juli trat er offiziell als Hofnachfolger im Michaelishof ein. Da mag durchaus eine Rolle gespielt haben, dass er seit einem halben Jahr mit einem Mädchen vom Kohlberg poussierte. Sie hatten sich auf einem Fest im Dorf näher kennengelernt, obwohl sie sich zuvor nicht unbekannt waren. In einem Dorf wie Nordrach kennt jeder den anderen, und das schließt gerade das mobiler gewordene Jungvolk ein. Bisher war es allerdings eher bei platonischen Kontakten geblieben.

Mehr zufällig waren sie sich dann näher gekommen, und inzwischen besuchten sie sich gegenseitig und gingen sonntags manchmal miteinander aus. „Vielleicht wird das einmal die Bäuerin auf dem Michaelishof", hoffte der Vater, nachdem er von der Liaison Kenntnis und das Mädchen kennengelernt hatte. „Recht wär mir des Maidli scho, un'de Kohlbergbur isch au nit grad irgendwer, des däd scho basse. Man wird sehen." Die Walburga war außerdem ein hübsches Mädchen, rechtschaffen dazu, körperlich drahtig, mit Witz und pfiffig angehaucht.

In den zurückliegenden Jahren hatte der Bauer, auf Ratschläge seines Sohnes, nach und nach weitere Anschaffungen getätigt, die zur Modernisierung des Hofes beitrugen und die Arbeiten allen Beteiligten sehr erleichterte. „Da zahlt es sich aus, einen Fachmann – maschinentechnisch gesehen – im Haus zu haben", prahlte der Vater gerne, wenn am Stammtisch die Gespräche auf solche Dinge kamen.

Wer wegen eines Defekts den Schmied aus dem Dorf hohlen lassen musste oder gezwungen war nach Zell zu fahren, damit die Firma Ritter ihm Maschinen und Geräte reparierte, verlor einen Arbeitstag. Das belastete das Portemonnaie, und das gefiel keinem Bauern. Mitursächlich war, dass sie kaum über größere Summen Bargeld verfügten. Wenn sie Geld übrig hatten, dann lag es bei der Sparkasse oder der Volksbank auf dem Konto. Die Rechnungen für Reparaturen mussten aber in der Regel gleich bezahlt werden, das ging nicht in Naturalien, wie es bei den Bediensteten und Tagelöhnern noch gang und gäbe.

Der Hannes war nicht weniger groß war als sein Vater. Neben seiner dominierenden Gestalt war er kräftig und klug. Das setzte er nun gerne gemeinsam mit dem Vater auf dem Hof oder bei Verhandlungen mit den Viehhändlern ein, den Holzaufkäufern und bei der Vermarktung diverser Destillate. Das Gespann Vater und Sohn erwies sich schnell als harte, zähe Verhandler, die man ein wenig fürchtete, doch respektierte. Das zahlte sich im Portemonnaie aus und war gut für die Reputation.

Der Michaelishof zählte schon lange zu den guten Kunden der traditionsreichen Sparkasse in Zell, die nun auch eine Niederlassung in Nordrach unterhielt. Das ersparte dem Seppe-Michel die weiten zeitraubenden Wege nach Zell, die sich bisher leider nicht immer vermeiden ließen. Längst wurden keine Dukaten und Taler mehr in einer Schatulle im Schlafzimmer unter dem Bett oder an anderen geheimen Plätzen verwahrt, wie noch im 19. Jahrhundert. Die Einnahmen und das eingesammelte Geld zahlte man bei der Sparkasse auf ein Konto ein. Da war es sicher aufgehoben, und das wachsende Vermögen brachte am Ende zusätzlich noch gute Zinsen ein.

Das vorhandene beachtliche finanzielle Polster könnte dem Seppe-Michel längst einen gemächlichen Ruhestand sichern. Dafür fühlte er sich aber noch zu agil, und vor allem war er sparsam, um es nicht geizig zu nennen. Wichtig war ihm außerdem, dass seine Töchter einmal gut versorgt sein würden und, dass sie eine stattliche Aussteuer und Mitgift mitbekommen, wenn Hannes schon den Hof erben sollte.

„Hannes, dass du jetzt voll auf dem Hof einsteigst und dich unserem Tagesgeschäft widmest ist das schönste Geburtstagsgeschenk für mich", gestand ihm der Vater in einer ruhigen Stunde. Mindestens fünf Jahre mache ich aber noch – so Gott will – und dann ziehe ich mich ins Libdig zurück. Zwischenzeitlich wirst du auch geheiratet haben. Schau also zu, dass du bis dahin eine gestandene Bäuerin hast, die sich ums große Haus kümmern kann. Affra, deine Mutter, soll ja mit mir in den Ruhestand gehen. Sie hat auch genug gewühlt und geschafft. Weiß du, die Walburga käme uns da nicht ungelegen. Das Mädchen ist nicht ungeschickt, und ich schätze sie als properes Persönchen ein, die weiß was sie will. Das ist wichtig auf so einem Hof und mit so vielen Leuten."

Jetzt galt es aber erst einmal den 65sten vorzubereiten, und dieser Geburtstag fiel im ausgehenden Sommer auf einen Samstag. Die Feier wurde jedoch wieder, wie der 60igste schon, auf den Sonntag verlegt, da es auf einem so großen Bauernhof werktags immer zu viele Arbeiten gibt, die nicht verschoben werden dürfen, Feiern hin oder her. Und die Tiere mussten selbstverständlich auch am Sonntag versorgt werden, was aber meist der Knecht und die Mägde schon in der Frühe taten.

Dann wurde der Geburtstag ein bombastisches Fest. Es war gegen Ende August und fiel genau in eine brüllend heiße Phase der Hundstage. Auf einer der großen Flächen auf dem Gelände des Hofs, hatte der Knecht mit Helfern eine Holzbühne für Musik und Tanz aufbauen lassen. Ringsum hingen Girlanden, und an Seilen ein paar Petroleumlampen verteilt. Dazu waren Fackeln aufgestellt worden, die am Abend die Szenerie ausreichend erhellen sollten. Die Trachtenkapelle kam am Nachmittag aus dem Dorf und spielte auf, der Bürgermeister und einige Gemeinderäte ließen sich sehen und gratulierten. Selbstverständlich gaben sich die Honoratioren aus der gehobenen Bauernschaft auch die Ehre, und natürlich waren die komplette Familie und viele der engeren

Verwandtschaft anwesend. Dann waren noch die engeren Freunde und gute Bekannte gekommen. Insgesamt versammelten sich zeitweise über zweihundert Personen auf dem Hof.

Most stand ausreichend zur Verfügung und dazu zwei Fässer mit jeweils zweihundert Liter Bier – das waren die Größten, die es gab. Die Getränke konnten somit reichlich fließen, und auch diverse Wässerchen aus eigenem Bestand wurden kredenzt, was viel Lob beim jeweiligen Genuss einbrachte. Nachmittags gab es neben Kaffee und Kuchen, noch Brezeln, die ein Bäcker in Zeinen (Wäschekörbe) aus dem Tal brachte. Dafür ist er extra schon früh am Sonntagmorgen in der Backstube gestanden.

Seit der Mittagszeit drehten sich sechs Spanferkel am Spieß, und nach vier Stunden wurde das delikate Fleisch in Portionen geschnitten und mit frisch gebackenem Brot gereicht. Bis es soweit war, hatte Hannes immer wieder Würze und Bier darüber gegeben. Das Grillfleisch wurde am frühen Abend zum echten Gaumenschmaus für die Gäste. Allein der würzige Duft ließ den Speichel im Mund fließen. Nur selten bekam man sonst irgendwo solche Köstlichkeiten. Bis in die Nacht hinein tanzten ein paar Unermüdliche, während die Tanzfaulen und älteren Semester sich lieber mit Zuschauen begnügten und dafür mehr ihre „Gurgel" ölten, also trinkend die Zeit verbrachten. So genossen Jung und Alt den schönen Tag und ließen immer wieder den Jubilar hochleben.

Nicht mehr ganz sicher auf den Füßen endete für den Seppe-Michel der anstrengend lange Tag. Hinterher zeigte er sich mit dem Ablauf und mit den Ehrungen, hoch zufrieden. Seinem Ego geschuldet war ihm wichtig, man hatte ihm Achtung und Respekt gezollt, wenn auch manches, was man ihm sagte und wünschte nicht unbedingt aus ehrlichem Herzen kam. Das war ihm aber egal, er hatte es gerne gehört und fühlte sich in seiner Wichtigkeit gestärkt.

Seine Familie und enge Freunde schenkten ihm einen massiven Schaukelstuhl, den der Schreiner im Dorf angefertigt hatte, und ein Polsterer hat das Teil mit echtem Leder bezogen. Der sollte auf dem Trippel seinen Platz finden und ihm den Lebensabend bei schönem Wetter gemütlich machen, so wie er es sich schon lange erträumte. „He, Leut', i'bin doch no kei Tattergreis, der'de lang Dag nur'no rumliegt un'de lieb'Gott e'gute Monn sie'losst", witzelte er.

In der Kolonie und im Dorf sprachen die Leute noch lange von diesem grandiosen Fest auf dem Michaelishof. Da hörte man sogar: „D'r Seppe-Michel könnt jed Woch fünfundsechzig wärre, do hädde mer immer was z'fiere, un mer bekäme gnug z'Esse un Drinke umsunscht." Andere sagten: „Mir gen lieber zum Veschbere, wo scho g'schafft worre isch." (Wir gehen lieber zum Essen, wo schon gearbeitet wurde).

Cecilia, die ältere Tochter, war seit zwei Jahren mit Paul, dem ältesten Sohn vom Schmiederhof in Prinzbach liiert. Sie lernte ihn auf der Kilwi im Dorf kennen und seitdem besuchten sie sich und gehen miteinander. Er fährt wie Hannes ein Motorrad, und so kam er an vielen Sonn- oder an Feiertagen auf den Hof, und zwischendurch fuhr Hannes seine Schwester mit dem Auto nach Prinzbach.

Der Paul hat noch zwei jüngere Brüder, erbt aber einmal den Hof und muss den Brüdern das Erbe ausbezahlen. Beide Brüder erlernten einen soliden Handwerksberuf. Der eine arbeitet als Schmied in Biberach und der andere in den Polsterwerken Hukla in Gengenbach. Das sichert ihnen einen regelmäßigen monatlichen Lohn und sie haben einen geregelten Feierabend, halfen in der Saison und bei Engpässen jedoch immer beim Bruder aus, so wie es sich in einer einigermaßen intakten Familie gehört, wo einer für den anderen da ist. Das ist einfach gute Sitte in einer bäuerlichen Familie, wo in der Ernte und Hochsaison jede Hand gebraucht wird.

Ausgangs des Sommers kam Paul an einem Sonntag auf den Michaelishof und hielt bei den Eltern offiziell um die Hand der Tochter an. Dem Seppe-Michel und Affra gefiel der junge Bursche schon lange, somit hatten sie nichts dagegen, und man kam überein: „Im Oktober soll Hochzeit sein."

Bis dahin gab es aber noch einiges auf beiden Höfen zu tun. Die Kirschen waren längst geerntet, später die Zwetschgen, Äpfel und Birnen. Das erste Heu lagerte auch sicher in der Scheune und gerade stand die Öhmd an. Später musste das eingebrachte Getreide noch gedroschen und im Herbst die Kartoffeln eingeholt werden. Da sollte man meinen, jede Stunde ist mit Arbeit ausgefüllt und für ausschweifendes Feiern hat niemand keine Zeit, zumal zwischendurch noch Treibjagden im Revier anstanden oder andere Aktivitäten. Jeder Tag bedeutete harte Arbeit, wie sie nur auf einem großen Bauernhof im Schwarzwald anfallen kann, und das dauerte von Sonnenaufgang bis deren Untergang. Für Müßiggang blieb eigentlich nicht eine Minute. Tatsächlich ging alles aber noch weit gemächlicher wie wir uns das heute in der hochtechnisierten Zeit denken können. Dank der guten Mitarbeiter, Mägde und der tüchtigen Tagelöhner wurde immer alles, auch bei manchen Widrigkeiten irgendwie bewältigt.

Feste gab es zwischendurch trotzdem, und das war wichtig, das gehörte in einer intakten dörflichen Gesellschaft im Jahreslauf dazu. Neben dem 1.-Mai-Fest, wo die Musik jährlich auf der Kornebene aufspielte und die Bevölkerung aus den Tälern auf die Höhe strömte, war es das traditionelle Fronleichnamsfest mit großer Prozession im Dorf. Und in diesem Jahr kam noch das Bezirks-Musikfest dazu, bei dem Dutzende Vereine aus dem Kinzigtal mitwirkten und sogar vom Land draußen in der Rheinebene nach Nordrach kamen und abwechselnd aufspielten. Der Gesangverein gab alle zwei Jahre ein Fest und wechselte sich dabei immer mit der Feuerwehr ab. Dem folgte die Kilwi im August, die wechselnd von einem anderen Verein betreut wurde und die damit ein wenig ihre Vereinskasse füllten. Solche Vergnügen mussten für die hart arbeitende Bevölkerung sein. „Ohne Mampf kein Kampf", sagte man salopp oder „wer hart arbeitet, hat auch ein Vergnügen verdient. Man muss sich auch einmal etwas gönnen können."

Besonders für die Knechte und Mägde auf den Höfen sowie die einfachen Handwerker und Arbeiter, die draußen in Zell in der Fabrik ihrer Beschäftigung nachgingen, waren solche Augenblicke des überschwänglichen Feierns wichtig. Wo sonst gab es Essen im Überfluss, und wo konnte sich jeder einmal gehen lassen? Das war ein willkommener Ausgleich zum allgemein tristen Alltag dieser zu Ende gehenden 30er-Jahre. Da wurde auf einfache Weise der Akku gefüllt. Vielleicht kommt daher der Spruch: „Ich will mal so richtig die Sau rauslassen."

Das Gesinde auf den Höfen bekam, wenn der Bauer nicht zu sehr auf dem Geldsack saß, ein Handgeld, das dann auf den Kopf gehauen werden durfte. Das gab zusätzlich der Motivation Auftrieb. Bei örtlichen Festen standen diverse Markstände rund um die Kirche, wo alle Dinge angeboten wurden, die sowohl Bauern wie einfache Haushalte brauchten, vom Schuhbendel (Schnürsenkel) bis zu Haar- und Haushaltsbürsten, Knöpfen, Nähseide und vieles mehr. Dort wurde gerne gestöbert, Kleider anprobiert, gefeilscht, oder man schaute sich nur die Auslagen an.

Für die ländliche Bevölkerung wurde die Herbstmesse in Offenburg Anfang Oktober zwischenzeitlich immer mehr zum Pflichtprogramm im Jahr, wo man sich informieren konnte oder Neuheiten entdecken, wo man gesehen wurde und sich traf. In der übrigen Zeit war die bäuerliche Bevölkerung darauf angewiesen, dass sich gelegentlich die Hausierer auf dem Hof blicken ließen und Schuhwichse (Schuhcreme), Schnürsenkel und Seifen sowie viele andere nützliche Dinge für den Alltag feilboten. Im Kolonialwarenladen im Hintertal und den beiden im Dorf gab es zwar auch so gut wie alles, aber – wie es im Leben ist – der Prophet im eigenen Land gilt wenig, und wer hatte schon in der Woche Zeit, dort hinzugehen. Lieber wurde bei den von auswärts kommenden Händlern gekauft, in der Annahme, das wäre die bessere Ware oder sie ist moderner, was auch immer. Manchmal ließen sie mit sich handeln, dann war die Ware vermeintlich billiger, oder ein Kauf konnte in Naturalien, mit einem Ring Wurst oder mit Büchsenwurst oder Fleisch, bezahlt werden. Ein über das Land ziehender Verkäufer war froh, wenn er auf einem Hof übernachten durfte und auch noch ein Essen bekam. Dafür gab es diverse Waren dann umsonst her oder billiger.

Noch ein anderer Grund trug mit dazu bei, dass die Hausierer gerne gesehen und beliebt waren. Sie boten nicht nur die notwendigen Dinge für den täglichen Bedarf an, stets hatten sie die neuesten Nachrichten aus der Umgebung parat, kannten Klatsch und Tratsch und wussten über das aktuelle Weltgeschehen Bescheid. Gewandt erzählten sie nette Anekdoten und Geschichten, unterhielten kurzweilig die Leute, und manche dieser von Hof zu Hof und von Haus zu Haus ziehenden Händler verfügten über ein schier nicht endendes Repertoire an Witzen jeglicher Färbung.

Tatsächlich kam auf dem Michaelishof im Grunde niemals Langeweile auf, und bei harter Arbeit am Tage und manchmal bis tief in die Nacht, schon gar nicht. Da kam keiner so richtig zum Nachdenken und auf dumme Gedanken, während die Monate, die Zeit dahineilte. Jeder kümmerte sich um seine ureigenen Aufgaben, freute sich, wenn alles ohne Probleme ablief, keinem etwas passierte, niemand Schaden nahm.

Von guter alter Zeit will in diesem Zusammenhang trotzdem niemand sprechen, gemütlicher war die Zeit aber allzumal.

Die Mehrheit in der Bevölkerung lebte allgemein noch gelassener und nach der Devise: „Leben und leben lassen."

Schon stand der Hochzeitstermin der ältesten Tochter an, und je näher er kam, desto größer wurde die allgemeine Aufregung. Solche Termine waren damals noch weit bedeutender wie heute, es waren herausragende familiäre Ereignisse. Und bei der Bedeutung beider Höfe, wo Braut und Bräutigam herkamen, sogar für die Dorfgemeinschaft. In diesem Falle überstrahlte das Ereignis die Orte Nordrach und das kleine Prinzbach nahe Biberach, in Nachbarschaft zur Burgruine Hohengeroldseck.

Etwas anderes erregte im Land noch mehr die Gemüter und weckte Träume. Im März hörte man im Radio, Österreich hat sich dem Reich angeschlossen und dieses spektakuläre Ereignis ließ die Patrioten triumphieren. Für ernsthafte Menschen, wie den Seppe-Michel, eigentlich unverständlich. Wer in der einfachen Bevölkerung hatte etwas von diesem Großmannstreben, wem nutze das, dass Österreich nun zu Deutschland gehörte? Er selber hatte keine Mark mehr in der Tasche. „Fehlt nur noch, dass wieder Kriegsanleihen ausgegeben werden wie im Ernsten Krieg vierzehn-achtzehn, und der deutsche Bürger um sein Geld betrogen wird", schimpfte er. Dass die Nazis stattdessen heimlich auf die Sparguthaben zurückgriffen, die „geräuschlose Kriegsfinanzierung", das war ihm gar nicht bewusst.

Und noch eine andere Schnapsidee kursierte 1938 im Dorf. Vom Hitler-Regime wurde über KdF (Kraft durch Freude) die Ansparung eines eigenen bezahlbaren Autos, „Volkswagen" genannt, propagiert. Über die Sparkasse in Zell konnte wöchentlich jeder Bürger eine 5-Reichsmark-Marke kaufen und die klebte man in ein Heft ein. Für rund 1000 Reichsmark wurde dem Sparer so ein „Volkswagen" versprochen. Dabei handelte es sich um ein speziell neu entwickeltes Auto, das im Grunde von jedermann gekauft und gefahren werden kann, und der Bevölkerung eine völlig neue Beweglichkeit versprach. Da gab es eine Menge Träumer, sogar aus Kreisen der einfachen Bevölkerung im Dorf, die sich willig an dieser Sparaktion beteiligten, und auf diesem Wege bald auf ein Prestigefahrzeug hofften. Schnell nahm das irreale Auswüchse an und kaum waren ein paar Mark einbezahlt, schon wurde an den Stammtischen geprahlt und in Aussicht gestellt: „Bald werde ich auch mit einem Auto durchs Tal fahren, so wie die Bauernfürsten."

Und noch etwas anderes beschäftigte die irritierte Bevölkerung. Schon zum zweiten Mal wurde im Zuge des November-Pogroms der weithin bekannte Nordracher Fotograf Wolf Schmuel Borowitzky von den Nazis als Bolschewik und Kommunist verhaftet und nach Dachau verschleppt. Nach kurzer Freilassung 1939 wurde er erneut verhaftet und nach Sachsenhausen gebracht, wo er letztlich im Alter von 48 Jahren sein Leben verlor. Der später als „vergessener Fotograf" bezeichnete Künstler fuhr schon einen Mercedes-Benz 500 K, was an sich alleine schon Aufmerksamkeit erweckte. Da wollten andere Bürger und „Möchtegerne" im Tal natürlich auch irgendwann mobil sein, speziell die besser situierten Handwerker, wie der geachtete Bauunternehmer Lehmann oder der Dorfschmied Alois Schwarz und sogar der angesehene Schreiner Oskar Bildstein, die zu den Honoratioren in der Bevölkerung zählten und im Gemeinderat ein gewichtiges Wort führten.

Oben: Kohlberg-Höfe Unten: Ferkel am Spieß für ein üppiges Fest

17

Rauschende Bauernhochzeit

Nein, nicht Hannes, der älteste der Kinder und Erbe des Michaelishofs, heiratete zuerst, es war seine jüngere Schwester Cecilia. Das wurde ein grandioses Fest, wie es Nordrach bis dahin noch nicht gesehen hatte. Hannes gab den Chauffeur im großen geschmückten Wagen und fuhr mit offenem Verdeck gemächlich die Talstraße hinaus ins Dorf, damit alle an der Straße Braut und Bräutigam auch sehen, bewundern und ihnen zuwinken konnten. Die beiden Hochzeitseltern folgten im ebenso schön geschmückten gemieteten Mercedes. Gemeinsam fuhr man vom Hof ins Tal hinaus, der Kirche St. Ulrich zu. Auf dem großen Vorplatz zwischen Kirche und Friedhof hatten sich schon eine beachtliche Menge Schaulustige und Gäste eingefunden, die das Brautpaar bei der Ankunft mit lauten Rufen hochleben ließen. Kurz darauf ertönten krachend Karbid-Böllerschüsse vom Waldrand am Schanzbach her. Die Musikkapelle stand bereit und setzte zünftig mit flotten Melodien ein. Dem endlosen Zug schritt das Brautpaar voraus, hinter ihnen die beiden Elternpaare, und gemeinsam gingen dann alle durch das Portal in die große Kirche.

Der Bauer hätte es lieber gesehen, wenn Hannes zuerst geheiratet hätte. Der hatte es aber nicht eilig, und auch Walburga, sein Mädchen, mit dem er nun schon eine Weile ging, liebte eher noch den lockeren Kontakt. Auf die Zukunft angesprochen schob sie ihre Familie vor, und dass sie noch unabkömmlich auf dem Hof sei. Auch Hannes meinte, wenn man ihn direkt oder indirekt darauf ansprach: Gut Ding will Weile haben. Warten wir ab, was kommt, zum Heiraten haben wir noch lange Zeit."

Jetzt war also erst die älteste Tochter dran. Für diesen Tag hatte sich der Bauer extra vom Schneider einen neuen schmucken und reichverzierten Trachtenanzug mit Dreiviertel-Hosen schneidern lassen. Dazu trug er eine Weste, darüber eine über den Bauch gespannten Zierkette sowie auf der anderen Seite eine goldene Taschenuhr an einer schweren Goldkette. Darüber trug er einen Mantel mit rotem Revers, weiße Strickstrümpfe und auf dem markanten Charakterkopf einen breitkrempigen dunklen Samthut. Die Bäuerin, gleichfalls ihres Standes bewusst, trug die edle Nordracher Tracht aus feinem Stoff im dunklen Blau, dazu über den Schultern ein aufwendig geklöppeltes Halstuch. Den rundlichen Bauch umspannte eine reich verzierte Schürze. Auf dem Kopf trug sie natürlich die dazugehörende und nur im Nordrachtal übliche Schlaufenkappe, die viel schmucker wirkt, wie jede Krone oder die Bollenhüte, die man in Kirnbach bei Wolfach und in Gutach bei Festen trägt – meinte Affra jedenfalls.

Die Braut trug ebenfalls die Traditionstracht der Nordracher, aber auf dem Kopf eine mit zahlreichen Glasperlen verzierte Brautkrone, die schon ihre Mutter bei ihrer Hochzeit getragen hatte. Nach uraltem Brauch hat sie das gute Stück nun an die Tochter weitergegeben. In der Zwischenzeit war die Brautkrone in der Bauernstube als Schmuckstück hinter Glas verwahrt worden, und so wird es auch wieder nach der Hochzeit sein, bis die nächste Generation heiratet, sollte dieser Brauch dann noch beibehalten werden. Jetzt ging nun die Brautkrone an den Sitz der neuen Bäuerin, also nach Prinzbach und schmückte dort erst mal den Herrgottswinkel.

Die Liturgie und Hochzeits-Zeremonie in der Kirche zog sich sehr in die Länge. Endlos waren die Gebete aus dem Psalmbuch, das „Vaterunser", „Ave Maria", bis hin zur Fürbitte für die „Armen Seelen". Geendet hat es mit der Eucharistie-Feier, dem Hauptteil der heiligen Messe. Den Pfarrer unterstützten vier Ministranten, die eifrig den Weihrauchkessel schwenkten. In der Luft waberte derweil eine graue Wolke vom Weihrauchduft, dem heiligen Räucherwerk. Weihrauch steht in der katholischen Kirche symbolisch für Reinigung, Verehrung und Gebet.

Der Kirchenchor setzte beim Einzug und Ringwechsel mit passenden Liedern ein und der Organist stimmte mit vollem Orgelwerk „Nun danket alle Gott" an, bei dem viele der Gläubigen kräftig mitsangen. Dann hatte sich endlich das Brautpaar das Ja-Wort gegeben und der Pfarrer erteilte den Segen. Jetzt erst durften die Versammelten laut schwatzend und fröhlich das Gotteshaus durch die Portale links und rechts hinten verlassen.

Vor dem talseitigen Portal warteten die Schulkameraden aus beiden Dörfern auf das Brautpaar, standen Spalier und warfen Rosenblätter. Nur sehr langsam löste sich der Pulk auf, und dann strebten alle dem nicht weit entfernten Gasthaus „Stube" zu. Bevor das Brautpaar mit Gefolge aber über die Dorfbrücke durfte, versperrten einige Kinder mit einem gespannten Seil den Weg. Die frisch Getrauten durften erst passieren, so bestimmte es ein alter Brauch, nachdem sie sich mit einer Handvoll Kleingeld, mit Münzen auf der Straße verteilt, den Weg freigekauft hatten. Flink klaubten die Kinder das verstreute Münzgeld auf, während das Hochzeitspaar mit den Gästen im Schlepptau nun den Weg in die Wirtschaft fortsetzte.

In der „Stube" waren sowohl die Gaststube an sich wie auch der Nebensaal festlich dekoriert. Schnell füllten sich die langen Tisch- und Bankreihen. Neben dem Brautpaar nahmen die

Brauteltern Platz und daneben jeweils die Getti und der Gotte (Paten) von Braut und Bräutigam, dann kamen die anderen Familienangehörigen.

Vom Zeitpunkt der Taufe an sind der Getti und die Gotte im Sinne der katholischen Kirche als Paten wichtige Bezugspersonen, die bei familiären Feiern in der Regel immer anwesend sind, sowohl bei der Kommunion mit zehn, der Firmung (mit etwa 14 Jahren) und selbstverständlich auch bei der Heirat. Damit verbunden sind natürlich Geschenke an die Patenkinder. Aus diesem Umstand entstand einmal der Spruch: „Getti si, isch Ehr, abr s'mocht de Biddel leer (Paten sein, ist eine Ehr, aber es macht den Geldbeutel leer). So schlimm wird es bei den begüterten Familien in diesem Falle nicht gewesen sein. Zur Hochzeitgesellschaft gehörte die Verwandtschaft wie auch die Elite der Bauern aus der weiten Umgebung, viele Freunde und Bekannte aus dem Tal.

Auf einem erhöhten Podest positionierten sich die Musiker, die mit kurzen Unterbrechungen bis in den Abend hinein aufspielten. Der Dorffotograf, mit dem Spitznamen „Kuckucksknipser", hatte den Auftrag, das wichtige Ereignis vor der Kirche und im Gasthaus jeweils aufs Bild zu bannen. Gewichtig wuselte er, bei passender oder unpassender Gelegenheit, mit seinem schweren Apparat und sperrigen Stativ durch die Menge. Zwischendurch ging er am Nachmittag mit dem Paar in den nahen Park, wo er im herbstlich stimmungsvollen Rahmen in Ruhe die Porträts knipste. Die besten davon sollten die offiziellen Hochzeitsporträts werden, einerseits für die Erinnerung in der Familie und andererseits für die Dankespost an die Geschenkgeber.

Mittags gab es ein ausgewähltes Hochzeitmenü, und das begann mit einer fein abgeschmeckten Markklößchen-Suppe, dem folgte im Hauptgang zarter Rindfleisch-Braten mit breiten Nudeln und dicker brauner Soße. Zum Nachtisch wurden eingelegte Birnenschnitze im Saft aufgetischt, mit Johannesbeeren und zuckergepuderten Waffeln. Neben Bier und Most flossen reichlich Rot- und Weißweine, und hinterher als Digestif manches Gläschen Schwarzwälder Chriesewasser. Nach dem Kaffee am Nachmittag mit Schwarzwälder Kirschtorte sonderten sich der Seppe-Michel, der Schmieder-Bauer und Hannes etwas ab und ließen sich vom Wirt „Remy Martin", ein exquisiter französischer Cognac, bringen und eine Havanna-Zigarre „Habano". Zu solchen Genüssen kam man vielleicht nur einmal im Leben.

Auch die sonstigen Geladenen griffen ordentlich zu, und so mancher mag gedacht haben: „Wenn der Buckel bloß auch noch ein Bauch wär'." Und nicht nur bei den Schwaben gilt: „Man glaubt gar nicht, was in einen reingeht, wenn man eingeladen ist."

Bis tief in die Nacht wurde gefeiert, und je später es wurde, desto ausgelassener und gesprächiger zeigten sich die Verbliebenen, sozusagen der harte Kern. Das Brautpaar verabschiedete sich schon früher und zog sich zurück. Der Hannes fuhr sie nach Prinzbach, wo die neue Bäuerin zukünftig unter dem Dach mit ihren Schwiegereltern zusammenleben würde. Die Hochzeitsnacht hatte die beiden längst vorgezogen, das wusste zwar keiner, vermutet haben es alle, nur über sowas sprach man nicht offen. „Nur die heimlich geernteten Früchte schmecken am besten." Das wusste die Jugend und Heranwachsende in der damaligen Zeit auch schon.

Was an Aussteuer vorhanden war, außer der stattlichen finanziellen Mitgift, folgte zwei Tage später im gemieteten LKW nach. Zum Inventar zählte ein komplettes Schlafzimmer mit Betten und Schrank, alles aus edlem Nussbaumholz gefertigt. Eine große hölzerne und im Bauernstil bemalte Truhe war gut gefüllt mit hochwertiger und bestickter Damastwäsche. Über Jahre und seit den Kindertagen hatte die Cecilia zu Weihnachten, bei Geburtstagen und anderen Gelegenheiten, silbernes Besteck geschenkt bekommen, feines Porzellan-Geschirr von Villeroy und Boch und eben die luxuriöse Bett- und Tischwäsche. „Do isch viel Sach' z'sammenkumme", verriet Mutter Affra mit Stolz in der Stimme allen, die es hören wollten. Jeder sollte jedenfalls sehen: „Man ist wer, man hat es nicht mit armen Leuten zu tun."

Schon bald nach der Hochzeit fehlte die Tochter bei der Arbeit und die Bäuerin klagte: „Sepp, jetzt im Winter kommen wir noch so über die Runden im nächsten Frühjahr aber, wenn die Saison wieder beginnt, dann brauch ich für die Cecilia einen Ersatz. Wir schaffen das sonst nicht im Haus und Garten. Dann musst du eine neue Magd einstellen. Schau und hör dich rechtzeitig um und sag mir, wenn du jemand gefunden hast, damit ich sie in Augenschein nehmen kann." „Kommt Zeit kommt Rat", antworte er. „Ich geb's überall bekannt, und vielleicht meldet sich von sich aus eine gestandene Frau, die Arbeit sucht. Wenn nicht, setzen wir Anfang nächstes Jahr eine Annonce in's Blättle" (Zeitung Schwarzwälder Post). „Isch gued, Alder", nickte zustimmend die Bäuerin, wandte sich wieder dem Herd zu, wo sie mit Töpfen und Pfannen werkelte. Der holzbefeuerte Herd mit seitlichem Wasserkessel brauchte immerzu Nachschub an Holz, damit das Feuer nicht ausging, denn zu kochen gab es ständig etwas, und wenn es nur Kartoffeln für die Säue waren, die das mit wasserverdünnter Milch und Kleie vermischt als Futter in den Trog bekamen.

Zwischendurch fuhr die Bäuerin geschäftig mit dem Schürhaken in die Glut, damit die Asche nach unten in den Aschekasten fiel und das Feuer gut brannte. Mindestens einmal täglich musste die Magd den vollen Aschekasten leeren. Der Inhalt kam kurzerhand draußen auf den Misthaufen. Wenn vom Herbst an der Kachelofen in der Bauernstube beheizt wurde, galt für diese Feuerstelle das gleiche. Die Bäuerin oder eine der Mägde holten mit einer eisernen Kratze die Asche heraus und schoben sie in den unterhalb der Kachelofentüre – auch Aschetüre genannt – herausnehmbaren Aschekasten. So gab es, neben Kochen und Waschen, in der großen schummrigen Küche immer etwas zu werkeln.

Leider ging das der rundbeleibten Bäuerin mit zunehmendem Alter nicht mehr so locker von der Hand. Die Gelenke schmerzten, und da halfen auch nicht die diversen Hausrezepte. Dies war mit ein Grund, warum sie dringend eine Küchenhilfe benötigte, die ihr, neben der Arbeit in den Ställen, auch im Haus und im Garten zur Hand gehen konnte.

Waren der Bauer und die Bediensteten in der Nähe des Hofes, kamen sie zum Essen ins Haus. Waren Handwerker, wie der Schneider oder der Schuster anwesend war, dann versammelte sich doch eine stattliche Anzahl Personen am Tisch, die es zu verköstigen galt, und dafür war eine Menge Vorbereitung nötig, das schaffte die Bäuerin nicht mehr alleine.

Schmucke Nordracher Tracht (Quelle: Heimatverein)

18

Der Krieg hat begonnen

Der Jahresverlauf zeigte sich 1939 – zumindest im Hintertal von Nordrach – noch lange unspektakulär und eigentlich wie seit alters her, verbunden mit den üblichen Höhen und Tiefen. Das galt sowohl für die Stimmung der Menschen, wie dem Wetter oder den ewig immerwährenden Abläufen der Natur. Noch ging alles gemächlicher und bedächtig seinen gewohnten Gang. Auf dem Michaelishof gab es keine wesentlichen Veränderungen und Einschnitte, wenn man davon absah, dass der Bauer eine Magd eingestellt hatte, so wie es sich Affra im Jahr zuvor gewünscht hatte.

Bei der neuen Kraft handelte es sich um eine gestandene Frau mittleren Alters aus Steinach. Äußerlich entsprach sie eher einem maskulinen Typ, einer Frau die kräftig zupacken konnte, aber nicht unbedingt das Idealbild eines Mannes ist. So wird sie wohl zeitlebens eine Jungfer bleiben – und ihr war das recht so. „Mit d'Monnslit hab'is nit so", hörte man sie bisweilen mit leicht verächtlichem Unterton sagen. Vielleicht hatte sie vor Jahren schlechte Erfahrungen gemacht, wer weiß? Jedenfalls verrichtete sie ihre Arbeit wie ein Mann und gab sich stets ein wenig mürrisch. Konnte sie jemand nicht leiden, spürte der das schnell und es war mit ihr dann „nicht gut Kirschen essen". Doch im Herzen war sie empfindsam und sensibel, und sie machte ihre Arbeit gut und zuverlässig. Die Bäuerin war in kurzer Zeit mit ihr recht zufrieden und schätzte die neue Kraft, denn Weicheier oder gar Modepüppchen konnte man auf einem Hof nicht gebrauchen.

Im Frühjahr plagte eine verschleppte Grippe wochenlang den Bauern. Ein paar Tage schüttelte ihn das Fieber und er durfte das Bett nicht verlassen. Schon das war für ihn eine Strafe, dazu fühlte er sich so, dass er meinte, nun hätte sein letztes Stündlein geschlagen. Da war er froh, dass der Hannes nun da war und sich um alles kümmern konnte und einen Großteil seiner Arbeit übernehmen. Mit Übersicht sorgte er täglich dafür, dass alle Kräfte am richtigen Platz eingesetzt und bei allen Tätigkeiten die Weichen für gute Ernten im Sommer und Herbst gestellt wurden. Dann ist auch noch die Bäuerin erkrankt. Vermutlich hatte sie sich von ihrem Mann anstecken lassen. Deren Arbeit ruhte jetzt vorerst auf den Schultern der Tochter Margarete, und zwischendurch kam Walburga vom Kohlberg für ein paar Stunden zu ihrer Unterstützung herbei, bis die Affra wieder in der Lage war und das Zepter selbst übernahm.

Monate vergingen, so wie alle Jahre zuvor, und sie brachten Sonne wie Regen, Höhen und Tiefen, und zwischendurch wurde neben hartem arbeiten tüchtig gefeiert. Nur noch selten kam Affra ins Dorf in die Kirche, und wenn das der Fall war, dann hielt mit Sicherheit der Pfarrer die Hand auf und erbat eine zusätzliche Spende für irgendeine Kollekte. „Wenn alle wissen, man besitzt ein bisschen Geld, vergrößert sich der Kreis derer, die darum betteln." Sie gab aber, mal etwas mehr, mal weniger. Teils war es von ihrem eigenen Geld und manchmal hatte auch der Bauer Zustimmung zu einem Hunderter gegeben. „Mit dem Pfarrer, dem lieben Gott und den himmlischen Mächten müssen wir uns gut stellen", sagte er diesbezüglich zweideutig oder sarkastisch, wie man will.

Bald war wieder Herbst und noch lange nicht das meiste der anfallenden Arbeiten des Jahres erledigt. Der Seppe-Michel hatte eines Morgens im Dorf zu tun und ging anschließend ins „Kreuz", wo er noch einen Schoppen trinken wollte. Zehn Männer saßen am runden Stammtisch versammelt, und das an einem gewöhnlichen Werktagvormittag. „Hesch scho g'hert?" wurde er gleich vom Spitzmüller-Joggel gefragt: „Sisch Krieg, d'Hitler isch bi de'Pole i'maschiert." „Woher weißt du denn das schon wieder?" wollte der Seppe-Michel wissen. Gerade an diesem Morgen hatte er noch keine Nachrichten im Radio hören können. „Ha, si henns im Radio brocht. Sitt hit morge wird z'rückgschosse, het de'Hitler g'seit." „So hat es kommen müssen, wer weiß, was da noch auf uns zukommt, Teufel aber auch", gab der Seppe-Michel zu bedenken und kratzte sich besorgt am Kopf. „Komm, ich gebe eine Runde Obstler aus, auf den Schrecken muss ich jetzt einen trinken."

Heftig und kontrovers, teils sehr akzentuiert, wurde die politische Weltlage am Stammtisch diskutiert, wie wenn es auf die Meinung oder Zustimmung der Nordracher angekommen wäre. Die Stimmung stand dabei eindeutig auf Euphorie. „Wir werden es schon der Welt zeigen", hörte man sagen. Der Seppe-Michel hielt sich zurück. Er war klug genug um zu wissen, dass das was nun kommt, noch weitreichende Folgen haben würde. Alle wussten, auch aus dem Dorf hatten sich in den letzten Jahren etliche junge Männer erst freiwillig zum Arbeitsdienst gemeldet und sind dann zur Wehrmacht. Es war auch in Nordrach nicht verborgen geblieben, wie der Rheinschiene entlang und in der Pfalz an der französischen Grenzregion überall gewaltige Bollwerke, der sogenannte „Westwall" entstanden ist. „Es soll ein unüberwindlicher Schutzwall gegen den Franzmann werden, den Erbfeind aus dem Westen", hörte man die „Neunmalklugen" oder willfährigen „Nachläufer" tönen, den „Dummschwätzern" in den Augen von Josef Michels.

Schon seit März 1936 bestand allgemeine Wehrpflicht zur Deutschen Wehrmacht, und da sind ein Dutzend junge Nordracher Bürger nicht verschont geblieben. Da der Hannes inzwischen aus dem einberufungsfähigen Alter längst raus war, hatte er diesbezüglich nichts zu befürchten. „Doch wie lange wird das sein, bis sie ihn mir den auch wegholen", dachte der Bauer voller Sorge, sagte das aber nicht laut. Längst herrschte auch in Nordrach ein Klima der Denunziation, der Ängste und Verunsicherung. Was politische Äußerungen betraf, war man gut beraten, vorsichtig zu sein und noch besser zurückhaltend.

Die Nordracher waren, was Militärisches betraf, ein wenig beleckt und nicht ganz unbenommen. Aus dem Dorf entstammt der erste Flieger des Schwarzwaldes. Der 1889 geborene Karl-Josef Öhler zeigte von Kindheit an ein auffallendes Interesse an der Fliegerei. Später bastelte er als Schreiner erste Flugzeugmodelle, und versuchte sich im Eigenstudium mit dem Fliegen. Nach ständigem Drängen ermöglichten ihm schließlich die Eltern, da war er gerade 24 Jahre alt, dass er in Brandenburg den Flugschein erwerben durfte.

Im ersten Weltkrieg wurde er zum Draufgänger und berühmten Kampfflieger, und das war garantiert ein Freifahrschein in den Tod. Tatsächlich starb er 1917 als Vizefeldwebel in Flandern. Sein Leichnam hat man nach Nordrach überführt, und auf dem Dorffriedhof fand der, mit höchsten Orden ausgezeichnete Fliegerheld, eine würdige Grabstätte. Noch heute ziert eine Gedenktafel sein Elternhaus und ehrt den berühmten Sohn. Solches Heldentum färbte natürlich auf die abenteuerhungrige Jugend ab.

Und selbstverständlich hatte die „Blut-und-Boden-Ideologie" der Nazis in der bäuerlich geprägten Bevölkerung längst ihre Spuren hinterlassen. Junge Frauen aus der Bevölkerung im Tal hatten eine hauswirtschaftliche Ausbildung als BDM-Mädchen durchlaufen. Da war man fast gezwungen, in der Linie der etablierten

Machthaber zu denken. Einen nicht unwesentlichen Anteil hatte die Indoktrination des machtbewussten Gauleiters Badens, Robert Wagner. Der Mann war ein glänzender Redner, ein feuriger Eiferer für Hitler und überzeugter Juden-Verfolger. Seine aggressive Agitation fiel wie überall, auch in Nordrach, auf fruchtbaren Boden.

All dies beschäftigte gedanklich den Seppe-Michel, während er mit den Honoratioren von Nordrach schon das dritte Bier geleert und noch ein paar Schnäpse intus hatte. Trotzdem, in die allgemeinen Jubeltöne wollte er keinesfalls einstimmen. Bei seiner Körpergröße und seinem Kampfgewicht zeigte Alkohol nicht so schnell eine Wirkung. Da bedurfte es deutlich größerer Mengen, und so viel trank er tagsüber oder bei normalen Gelegenheiten selten.

Nur ein wenig beschwingter entschloss er sich Stunden später zum Heimweg. Zu Hause konnte er nicht von guten Nachrichten berichten. Seine Frau Affra hörte, was er sagte, und empfand die gleichen Sorgen. „Nei, nei, so ebbis aber au, hen di nit vum erschde Weldkrieg gnueg kett, hen di nix glernt?", jammerte sie besorgt. So hoffte man gemeinsam, dass ihr Sohn Hannes und das ganze Haus, die Verwandtschaft eingeschlossen, von den kriegerischen Ereignissen nicht betroffen sein würden. Das Schicksal hatte es jedoch schon lange anders entschieden, doch das dauerte erst noch eine ganze Weile.

„Wenn er doch nur endlich heiraten würde", klagte wieder die Mutter. Sie hatte aber den Eindruck, das Verhältnis zum Mädchen vom Kohlberg hat sich in der letzten Zeit merklich abgekühlt. Die kam nur noch selten auf den Hof und auch der Hannes machte dort nicht häufig Besuche. Eher traf er sich mit Burschen aus dem Dorf oder fuhr mit dem Motorrad spazieren. Darauf angesprochen, wiegelte er ab und verwies auf die unruhigen Zeiten, und

„der Vater hat doch auch nicht so früh geheiratet." Da hatte er wohl Recht, das hatte damals aber völlig andere Gründe.

Vorerst lief auf dem Hof das alltägliche Geschäft im so gut wie normalen Rahmen. Aufregungen und Überraschungen gab es trotzdem immer wieder und die Ursachen waren vielschichtig. Das überraschte keinen. Und es gab genug zu tun, um erstens die restlichen Ernten einzubringen, und andererseits auf die Winterarbeiten gut vorbereitet zu sein.

Immer wieder entstanden kontroverse Diskussionen zwischen Hannes und dem Vater wegen den Arbeiten. Der altbekannte und ewige Generationenkonflikt ließ sich nicht völlig vermeiden und brach da und dort durch. Hannes hatte in vielem andere Ansichten und wollte neue Wege einschlagen, der Vater dagegen blieb lieber im Althergebrachten verwurzelt, und das war nicht immer gut. Zum Glück gab es aber, sowohl aus dem Bauernverband wie auch aus dem Kollegenkreis gute Ratgeber, die den einen oder den anderen auf Linie brachten, und so renkten sich die Dinge letztlich immer wieder ein.

Doch eines zeigte sich deutlich: Der Hannes war noch ein größerer Dickkopf und Sturschädel wie sein Vater, er war nur weniger beratungsresistent, hörte durchaus auf gutgemeinte und qualifizierte Ratschläge, dann ließ er sich auch umstimmen. Möglicherweise hing das mit seinem Alter zusammen, er war noch etwas flexibler in seinem Denken und ging geschickter vor.

Wenn es ihm wieder einmal zu viel wurde und Gewitterstimmung in den aufeinanderprallenden Meinungen aufkam, dann startete der Hannes sein Motorrad, fuhr ins Dorf oder weiter nach Zell, manchmal auch anderswo hin. Kam er dann spät in der Nacht nach Hause, war die Luft wieder rein oder der Vater längst im Bett.

Überraschend trennte er sich dann auch noch von Walburga, die es bisher verstand, ausgleichend zwischen Vater und

Sohn zu wirken. Sie war deshalb sehr beliebt, geachtet und geschätzt, fast wie die eigenen Töchter. Der Bauer und seine Frau bedauerten die Trennung sehr. Sie hatten die Walburga ins Herz geschlossen und in ihr schon die zukünftige Bäuerin gesehen, dabei inständig gehofft, sie würde bald auf dem Hof einziehen. Man sei in vielen Dingen zu gegensätzlich, wurde die Trennung begründet. „Wir passen einfach nicht zusammen", begründete es Hannes. Sie blieben zumindest freundschaftlich miteinander verbunden.

Beim Alltagsgeschäft im Herbst galt es wieder in altbewährter Weise die Felder zu düngen. Das nahm Tage in Anspruch, und da gerieten die Ereignisse im Osten schnell in Vergessenheit. Die Äcker wurden gepflügt, dann wurden für das Weihnachtsgeschäft eine Menge Weihnachtsbäume in den Wäldern geschlagen und auf die Märkte gebracht. Da gab es genug zu tun, das war eine Menge Arbeit und nahm mindestens vier Wochen intensiv Zeit in Anspruch.

Wenn dann oberhalb wieder Schnee lag oder der Boden gefroren war, wollte man auch in diesem Jahr mehr als 1000 Festmeter gutes Holz einschlagen, und im kommenden Frühjahr standen dann ein paar Tausend Baumsetzlinge zur Pflanzung an. Viel Rot- und Schwarzwild wartete ebenfalls darauf, gejagt zu werden. Somit gab es einen ganzen Berg abzuarbeiten. Auch wenn der Seppe-Michel vom Sohn assistiert wurde, waren sie von frühmorgens bis spätabends auf den Beinen und voll ausgelastet.

Die Schnapsbrennerei beabsichtigte der Altbauer nach wie vor in den Wintermonaten alleine zu machen. Das war sein Geschäft, und erst später wollte er den Sohn in die speziellen Geheimnisse am Brennkessel einweihen, was im Schwarzwald nicht ungewöhnlich ist. Wenn sich der Bauer einmal vom stressigen Tagesgeschäft des Hofes aufs Altenteil zurückzieht und gesund bleibt, dann soll er ja noch eine erfüllende und ausfüllende Aufgabe haben. Und überdies zeigte sich die Konkurrenz auf diesem Gebiet sehr stark, da durfte man keine Fehler machen.

Alleine auf die Nordracher Gemarkung begrenzt, gab es Dutzende Bauern mit Brennrecht, die ihre Ernten der Streuobstwiesen, den alten knorrigen Kirschbäumen, dem diversen Steinobst, zu Destillaten brannten und selber vermarkteten. Da machten nur die Besten gute Geschäfte, und da wollte der Seppe-Michel natürlich ganz vorne mitspielen. Bisher war ihm das immer gut gelungen und so sollte es auch bleiben. Er konnte mit treuen, dankbaren Abnehmern rechnen, wozu natürlich die Wirtschaften im Dorf zählten, und dann gab es noch den Schnapshändler Heiner Erdrich im Dorf, der schon seit zwei Jahrzehnten die Ware in 50-Liter-Guttern direkt beim ihm aufkaufte, abholte und dann in seinem Betrieb in Flaschen umfüllte, die er überregional vermarktete.

Oben:
Hochsitz im Wald

Unten:
Der Magdalenen-Blick auf dem Mühlstein

19

Kriegsgetöse im Westen

Nach dem Überfall der Deutschen Wehrmacht in Polen erklärten Frankreich und Großbritannien Deutschland den Krieg, aber erst im Mai und Juni 1940 überrannten deutsche Soldaten zuerst die Niederlande, Belgien und Luxemburg, dann auch Frankreich, wo sie sich auf lange Zeit festsetzten. Auch aus Nordrach nahmen etliche Teilnehmer als Wehrpflichtige oder freiwillig am Krieg teil und waren in der Armee im Einsatz. Wenn sie nach Hause kamen, schwelgten sie von der Etappe, den besetzten Gebieten in Frankreich, und dem ausschweifenden Leben in Paris und anderen besetzten Städten. „Da lässt es sich leben wie Gott in Frankreich", hörte man sie vollmundig prahlen.

Der Seppe-Michel hielt nicht viel von diesem überschwänglich militärischen Siegestaumel, dafür war er in seinem Denken zu nüchtern, und er kannte Nordracher Bürger und deren Geschichte nur zu gut, die nicht mehr oder traumatisiert und als Kriegsversehrte gezeichnet aus dem Ersten Weltkrieg nach Hause kamen. Da waren welche, denen ein Bein oder Arm fehlte, und die für den Rest des Lebens eingeschränkt existierten und dafür kaum Geld bekamen. Lange Zeit kam ein Briefträger ins Haus, der einen Arm verloren hatte und der „Gott sei Dank" noch bei der Post untergekommen war. Briefe und Postsendungen konnte er auch mit einem Arm und als Invalide zustellen.

„Das kann alles nichts Gutes werden", klagte der Seppe-Michel öfters und erntete nur Unverständnis. „Zum Glück ist mein Knecht zu alt, dass er nicht als Freiwilliger genommen und auch so, im Rahmen der eingeführten allgemeinen Wehrpflicht nicht eingezogen wird, sonst würde ich ihn sicher verlieren." Es war auch so schon schwer genug oder fast unmöglich, die saisonal benötigten Taglöhner und Arbeiter fürs Feld und den Wald zu gewinnen. Sämtliche jungen Männer, die keine gute Daueranstellung hatten, haben sich längst freiwillig zum Kriegsdienst verpflichtet oder sind eingezogen wurden. „Und wie gut ist es, dass der Hannes auf dem Hof ist und als kräftiger junger Mann tüchtig mitarbeiten kann, sonst würden wir das Arbeitspensum nicht mehr schaffen", da machte sich der Bauer nichts vor.

Doch zwei Monate später bekam der Michaelishof unerwartet zusätzliche Hilfe von anderer Seite. Ihm wurden zwei Zwangsarbeiter aus Polen, eine junge Frau und ein Mann mittleren Alters, zugewiesen. Seit die Wehrmacht im Osten einmarschiert war und Polen überrannt hatte, wurden immer wieder sogenannte Fremdarbeiter auch Nordrach zugeteilt, die bei den Bauern und Handwerkern zwangsweise arbeiten mussten. Anfangs war das nicht so publik und nur politisch Eingeweihte kannten Details oder die Hintergründe. Erst später wurde bekannt, dass tatsächlich rund 150 Personen in Nordrach unfreiwillig arbeiteten.

Die zugeteilten Kräfte, sowohl die Frau wie auch der Mann, erwiesen sich als brauchbare Hilfen. Sie konnten auf eine deutsche Abstammung blicken, kamen aus einem Ort nahe Allenstein (Olsztyn) und folglich sprachen sie ein polnisch eingefärbtes Deutsch, das man – nach etwas Übung – gut verstand, außerdem waren sie mit den Arbeiten auf einem Bauernhof vertraut und daher belastbar. Sie fügten sich problemlos in die Reihen des vorhandenen Gesindes ein und wurden auf dem Hof wie alle gleich behandelt.

Lästig waren nur die unangemeldeten aber regelmäßigen Besuche eines Parteimannes, der immer wieder nach dem Rechten sehen wollte und unsinnige Direktiven ausgab, was die Behandlung dieser Fremdarbeiter anging. Der Seppe-Michel scherte sich wenig darum. Ihm war die ganze Sache überhaupt suspekt, weil er aber dringend Kräfte auf dem Hof brauchte, nutzte er kurzum die Gunst der Stunde und ließ den Mann reden. Hinterher machte er doch, was er für richtig hielt und gab entsprechend seine Anweisungen. So hatten die ihm Zugeteilten auch keinen Grund zur Klage, außer dass die Frau unter Heimweh litt und sich dann bei der Affra ausheulte. Die Bäuerin war eine gutmütige, herzensgute Frau, der die polnische Magd zugetan war, und die ihr volles Vertrauen schenkte. Affra zeigte ihr mütterliches Herz und sie verstand es gut, sie immer wieder zu trösten. In einer ruhigen Stunde oder zu später Tageszeit holte sie aus dem Küchenschränkchen einen von ihr selbst hergestellten Eierlikör und schenkte der Polin und sich ein Gläschen ein. „Wie sagte schon Wilhelm Busch? Wer Sorgen hat, hat auch Likör, dann Prost", scherzte die Bäuerin und lachte, dann lachte die polnische Frau mit Tränen in den Augen mit.

So gesehen hatten es die Fremden in diesem Ort und auf dem Michaelishof nicht schlecht erwischt und waren, unter den gegebenen Umständen, relativ zufrieden. Sie waren frei, hatten ein Dach über dem Kopf, ausreichendes gutes Essen, dazu waren sie weit weg vom Schuss – alleine das zählte, und war durchaus ein Glück, wenn sie die Berichte aus dem Osten verfolgten.

Viel Gerede unter der Hand und Unverständnis gab es, als am 22. Oktober 1940 der hoch geschätzte Martin Wehl im Sanatorium Rothschild abgeholt und nach Gurs in Frankreich verschleppt wurde. Das Sanatorium gehörte der Rothschild-Stiftung in Frankfurt und diente vornehmlich der Behandlung an Tuberkulose erkrankter jüdischer Frauen. Seit der verdeckten oder offenen Judenverfolgung im Dritten Reich waren keine neuen Patienten mehr angekommen.

Das Haus wurde später – Ende September 1942 – von der SS beschlagnahmt und in ein „Haus Lebensborn" umgewandelt. Alle noch bis dahin im Haus befindlichen Patienten hat man mitsamt dem Chefarzt nach Auschwitz deportiert und dort ermordet. Das Schicksal dieser Menschen und die Zweckentfremdung des einem Schloss ähnelnden Gebäudekomplexes war allerdings den wenigsten Nordracher Bürgern bekannt geworden, weder im Detail noch im tragischen Ausmaß für die Betroffenen.

In diesen Jahren gingen der Seppe-Michel und sein Sohn häufig gemeinsam in den „Adler" oder sie wanderten an den Sonntagnachmittagen zum Mühlstein, wenn das Wetter passte. Sie verbrachten ein paar Stunden in der Wirtsstube oder auf der großen überdachten Terrasse und tranken einige Gläser Bier oder einen Krug Most. Manchmal fanden sie Partner für ein Zego-Spiel. Nebenbei wurde mit den knorrigen Bauern aus der Umgebung eifrig über alles Mögliche diskutiert.

Mit dem Kuttelrainer-Xaveri, dem Schwarze-Wilhelm und anderen bestand längst ein entspanntes Verhältnis. Der materielle Ausgleich für Wildschäden hatte sich in den letzten Jahren eingespielt und gut bewährt, die Geschädigten kamen so besser weg, als wenn der Seppe-Michel hin und wieder ein paar hundert Reichsmark zum Ausgleich von Wildschäden berappt hätte. Auch sonst half man sich gegenseitig, sei es mit den Pferden oder der Hannes setzte bei schweren Arbeiten für sie den Bulldog mit der Seilwinde ein. Speziell in den Wintermonaten mussten hin und wieder Wurzeln gefällter Obstbäume aus dem Acker entfernt werden. Das ging natürlich viel schneller mit Hilfe der Seilwinde. Das Stroh hatte man auch schon auf der Tenne des Michaelishofs dreschen lassen. Mit der Dreschmaschine ging das alles deutlich schneller und einfacher, denn mit einem Dreschflegel arbeitete auch hier längst schon keiner mehr.

Meist ging es bei den Treffen an solchen Nachmittagen hoch her, trotz den unterschwelligen Sorgen wegen den sich rapide verschlechternden wirtschaftlichen und politischen Verhältnissen. Das war dann alles sehr weit weg, und je höher der Alkoholspiegel stieg, desto ausgelassener wurde die Stimmung, Krieg hin oder her. Witze machten die Runde, wie: Zwei ganz kleine Schweinchen unterhalten sich. Eines klagte: „Also, dass die Menschen zu uns Schweinen Sau sagen, des isch mer Wurscht, aber, dass sie aus uns Wurscht machen, des isch ä'Sauerei." Auch schlaue Sprüche machten die Runde: „Wer vum Lache s'Buchweh het, brucht kei Doktor un kei Bett."

Die ins Alter gekommene Bäuerin Affra kam nur ganz selten raus und weg vom Hof, allenfalls ging sie gelegentlich noch in die die Kapelle in der Kolonie oder ließ sich allenfalls zu Hochfesten ins Dorf fahren um dort in die Kirche zu gehen. Ein, höchstens zweimal im Jahr ließ sie sich dazu bewegen, fuhr im Auto mit nach Prinzbach und besuchte ihre Tochter. Schon länger hoffte sie und wartete darauf, dass sich da mal Nachwuchs melden würde und sie Oma wird. Bisher gab es aber keine Anzeichen. Es stand leider nicht allzu gut um ihre Gesundheit. Die harte Arbeit als Bäuerin über Jahrzehnte hatten Spuren hinterlassen. Arthritis und Rheuma plagten sie arg und ihre Beweglichkeit litt sehr unter ihrem Übergewicht, doch ständiges Klagen war nicht ihre Art.

Bei Margarete, der jüngeren Tochter, war es nicht viel besser. Die junge Frau war nicht hässlich, eher ein wenig derb im Aussehen und durchaus einer zukünftigen Bäuerin angemessen. Nur, sie war sehr schüchtern und schlug darin voll der Mutter nach. Lieber weilte sie zu Hause, zog sich, wenn sie frei hatte und keine drängende Arbeit anstand, in ihre Kammer zurück und las in einem spannenden Buch. Besonders die Bücher von Heinrich Hansjakob liebte sie und konnte sich sehr gut in die Geschichten der jeweiligen Protagonisten hineindenken, wenn er die bäuerliche Kultur, das karge harte Leben der Bevölkerung im Mittelalter und den Jahrhunderten danach anschaulich schilderte. Sie weinte, wenn sie vom Schicksal der Magdalena vom Mühlstein las und ihrer unbefriedigt gebliebenen Liebe. Zudem beschäftigte sie sich sehr mit dem Glauben und der Religion und las regelmäßig in der Bibel.

Nur wenige Ausnahmen, wie die Kilwi oder kirchliche Hochfeste, konnten sie ins Tal locken, aber wenn der Hannes einmal einen Ausflug mit dem Auto machte, fuhr sie gerne mit. Sie waren schon draußen am Rhein gewesen, hatten einmal die Triberger Wasserfälle besichtigt, die die höchsten Wasserfälle Deutschlands sein sollen. So ein Auto war in ihren Augen durchaus etwas Nützliches.

Wegen ihrer Zurückhaltung hatte sich bisher noch nie eine ernsthafte Beziehung zu jungen Männern ergeben. Zwar entwickelte sich bei den diversen Festen im Dorf oder in benachbarten Tälern, wenn sie sich da einmal blicken ließ, kurze Intermezzos. Antriebsfeder für die Männer ihres Alters mag wohl eher ihre Herkunft gewesen sein, denn wer kannte sie nicht, die Jüngste vom Michaelishof? Das war's dann aber auch schon. Dabei war sie inzwischen Mitte Zwanzig und hatte eine gute Ausbildung in der Hauswirtschaftsschule in Haslach hinter sich. Sie verfügte über die gleiche Mitgift wie ihre verheiratete Schwester und eine noch wertvollere Aussteuer.

Wenn sie sich einmal äußerte und in Gesprächen lockerer wurde, erwies sie sich als sehr belesen und klug, was – wegen ihrer Schüchternheit – nur leider zu selten zum Ausdruck kam. Oder vielleicht war das gerade ein Hindernis? Zu kluge Frauen waren in den 40er-Jahren des letzten Jahrhunderts den Männern noch suspekt. Der Mann gab noch lieber den Patriarch, allenfalls den fürsorglichen Vater und allesbestimmenden Hausherrn, was durchaus im Trend der Zeit lag. Emanzipationsbewegungen jeglicher Art waren da noch Jahrzehnte entfernt.

Aber Hannes hatte bei der Kilwi in Entersbach eine neue Liebe gefunden. Die hübsche 22-jährige Anneliese war eine Tochter vom Donnisenhof in Biberach. Sie hatte noch zwei jüngere Schwestern und einen Bruder, der einmal den Hof übernehmen sollte. Ihren Vater kannte Hannes noch aus der Zeit beim Ritter in Zell, wo der öfters als Kunde aufgetaucht war und Reparaturen machen ließ oder Käufe tätigte.

Anfangs traf sich das Paar meist in Zell, bis das Mädchen ihre Eltern informierte und ihnen Hannes vorstellte. Erst nach einigen Monaten brachte er die Anneliese auch einmal nach Nordrach mit und stellte sie seinen Eltern vor. Dafür war er extra mit dem Auto nach Biberach gefahren, denn auf dem Motorrad konnte er sie nicht mitnehmen, und das wollte sie auch nicht.

Das Mädchen machte einen guten Eindruck auf Affra und den Seppe-Michel, wenngleich sie immer noch ein wenig der Walburga nachtrauerten. Insgeheim hofften sie aber, es würde endlich etwas Ernstes sein, denn alt genug war der Hannes nun wirklich zum Heiraten.

Oben: Sanatorium Rothschild
Unten: Jüdischer Friedhof außerhalb des Dorfes im Wald

20

Das letzte Aufgebot

Drei weitere Jahre vergingen, Deutschland lag längst am Boden und die traumatische Schlacht um Stalingrad, die bittere Kapitulation an deren Ende, schien allgegenwärtig. Auch vom Westen her, hatten die Alliierten die deutsche Wehrmacht in Frankreich vernichtend geschlagen, und trotzdem tönten die Propagandisten immer noch von der „heilen Welt und vom Endsieg".

Bisher war Nordrach von diesem Trubel weitgehend verschont geblieben, und man war nur indirekt betroffen, weil viele junge Männer im Kriegseinsatz waren. Leider gab es schon etliche, die gefallen waren, was natürlich Trauer und Bestürzung innerhalb der Bevölkerung auslöste.

Im Januar 1944 verlor Alfons Fehrenbacher mit 21 Jahren auf der Krim sein junges Leben, und sein Bruder Anton war noch jünger, er fiel mit 18 Jahren im Februar des gleichen Jahres in Italien. Ebenfalls fiel in diesem Jahr Josef Öhler in Rumänien und weitere Bürger, die alle Opfer dieses sinnlosen Krieges geworden sind. Nebenbei galten seit Stalingrad mehrere Männer aus dem Tal als vermisst, wie der zukünftige Schwiegersohn vom Emil-Sepp am Schrofen. Andere waren in Gefangenschaft geraten und die Angehörigen hatten bisher noch kein Lebenszeichen von ihnen erhalten.

Die Fremdarbeiter waren, mit wenigen Ausnahmen, weiterhin den zugeteilten Bauern und Handwerkern eine wertvolle

Hilfe und Stütze. Ohne sie wären die Arbeiten nicht oder nur erschwert zu bewältigen gewesen.

Gegen Frühjahr 1945 rückte die Front immer näher, und deshalb wurden seit Ende des letzten Jahres jetzt auch ältere Männer dienstverpflichtet. Sogar der Hannes musste zum Volkssturm. Nicht einmal die erst 16-jährigen Burschen und älteren Männer bis 70 Jahre wurden verschont und sollten im Ernstfall das Tal bis zum letzten Blutstropfen verteidigen. In einer Kaserne in Offenburg wurde das Häufchen Männer in einem Schnellkurs gedrillt, mit Waffen vertraut gemacht und kurz in militärische Details eingewiesen.

Seit Wochen hörte man hinter vorgehaltener Hand von einzelnen oder versprengten Gruppen. Sie hatten sich abgesetzt, und tatsächlich kamen seit Tagen welche aus dem Renchtal und streiften von den Höhen herunter und durchs Nordrachtal. Die weiten dichten Wälder der Moos, die Waldgebiete rund ums Schäfersfeld, der Heidenkirche oder am Täschenkopf boten den Versprengten oder geflüchteten einen gewissen Schutz. Wer sollte sie da finden oder aufstöbern? Etwas anderes trieb sie allerdings aus den sicheren Verstecken, das war quälender Hunger. Die ausgehungerten Männer klopften auf den entlegenen Höfen an die Türen der Bauern und bettelten um Essen. Vielfach bekamen sie Hilfe, was eigentlich strengstens verboten war, und das hätte den Freigiebigen schnell den Kopf kosten können. Trotzdem wurden sie mit den nötigsten Lebensmitteln versorgt und zogen dann weiter. Die Lage spitzte sich dramatisch zu. Am 19. April 1945 rückte gegen Mittag eine marokkanische Kampftruppe in Kompaniestärken mit etwa 200 Mann vom Renchtal her über das Schäfersfeld Nordrach zu, und wollte weiter in Richtung Zell. Nicht wenige Soldaten und Volkssturmmänner hatten sich auf die Bergeshöhen zurückgezogen, wohl ursprünglich ebenfalls in der Hoffnung, in den dichten Wäldern sicherer zu sein.

Drunten im Dorf gab es derweil Scharmützel und Kampfhandlungen. Vormittags wurde der Befehl ausgegeben, wohl um den Vormarsch des Feindes zu verzögern, und man hat die Brücke beim Schuhmacher-Vollmer durch ein deutsches Sprengkommando in die Luft jagen lassen. Am gleichen Tag wurde auch in den Schottenhöfen ein großes Munitionslager der Wehrmacht gesprengt. Das alles nützte wenig, es war nur Aktionismus, nur unnötige Aktivität und verhinderte nicht, was nicht zu verhindern war. Im größeren Geschehen waren das alles eher Verzweiflungstaten sowie überflüssige Sachbeschädigungen.

Auf dem Mühlstein unterhielt der Volkssturm mit sieben Männern eine Funkstation, und die Gruppe stand unter dem Befehl eines Unteroffiziers, dem auch Hannes zugeteilt war. Auf Befehl mussten sie die Geräte in Sicherheit bringen, hatten aber strickte Order: „Die Stellung muss unter allen Umständen gehalten werden." Zu dieser zahlenmäßig kleinen Truppe waren in den letzten Tagen noch ein paar deutsche Soldaten dazugestoßen, wohl in der Hoffnung, sie wären in diesem Kreis sicherer.

Die berittenen marokkanischen Soldaten kamen bald vom Täschenkopf her in Richtung Mühlstein und gerieten am Haldeneck in heftigen Beschuss der deutschen Soldaten, die meinten, sich gegen jegliche Vernunft dem aussichtslosen Kampf stellen zu müssen. Das verbissene Feuergefecht dauerte ununterbrochen bis in die Nacht. Die Gewehrfeuer und Handgranaten-Explosionen hallten gespenstisch über den Höhen wider. Schließlich zogen die Marokkaner in getrennten Formationen, teils über den Kuhhornkopf, und die anderen durch die Schottenhöfen weiter nach Zell am Harmersbach. Die überlebenden Soldaten der Funkstation hatten sich ergeben, kamen in Gefangenschaft und hatten so zumindest das Desaster überlebt.

Gleich im hereinbrechenden Morgenlicht des nächsten Tages trauten sich die Bewohner der Flacken und vom Mühlstein aus ihren Häusern. Was sich ihnen bot, war ein erschreckendes Bild. Bis über das Täscheneck und zur Heidenkirche boten sich ihnen Bilder entsetzlichen Grauens. Überall verstreut lagen Waffen und Ausrüstungsgegenstände, zwischendrin tote Pferde. Dann stießen sie auf sechs deutsche Gefallene, und weiter unten, dem Mühlstein zu, fanden sie noch zwei weitere Tote, unter ihnen den Hannes, der Sohn des Michaelishofs.

Die tief betroffenen Bewohner der Flacken und vom Mühlstein transportierten die Gefallenen auf einem Ochsen-Gespann hinunter ins Dorf, wo die Toten später auf dem Friedhof einen würdigen Platz fanden. Den Leichnam des Hannes brachten sie zum Michaelishof, wo er zwei Tage im Sarg aufgebahrt lag, damit alle Trauernden, die Nachbarn, die vielen Freunde des Verstorbenen, gebührend Abschied nehmen konnten.

Im weiten Tal herrschte lähmende Trauer, blankes Entsetzen über die Gefallenen allgemein, und den Tod des Sohnes vom Michaelisbauern im Besonderen. Alle beklagten die sinnlosen Opfer dieses unseligen Krieges, dessen unweigerliches Ende vorhersehbar war und sich längst abgezeichnet hatte.

Die Affra und der Seppe-Michel waren am Boden zerstört, und auch Anneliese, mit der er sich schon verlobt hatte, trauerte unendlich. Von einem Tag zum anderen lösten sich die Zukunftspläne der Eltern für den Hof und der jungen Frau als zukünftige Bäuerin geradezu in Luft auf und das so kurz vor Kriegsende. Nur wenige Tage später, am 8. Mai 1945, wurde offiziell die bedingungslose Kapitulation der Deutschen erklärt und mit den vier Siegermächten besiegelt.

Das war ein harter Schicksalsschlag, der über das Vorstellungsvermögen hinausging, und viele stellten sich die Frage, worin liegt hier der Sinn? Da mussten in den letzten Kriegstagen noch unnötig Männer sterben, obwohl das Tal bisher weitgehend vom Krieg und dessen schlimmen Folgen verschont geblieben war.

Alles was im Hintertal und von den Höfen ringsum laufen konnte, nahm an der Beerdigung teil. Der Trauerzug begann am Hof, und den reich geschmückten, mit Kränzen überladenen Wagen, zog ein Vierer-Gespann Pferde, die schwarze Decken trugen. Im Schritttempo bewegte sich der Zug das Tal hinaus zum Friedhof im Dorf. Die den Zug begleiteten Menschen und die vielen, die schon dort am Friedhof warteten, mögen zu Hunderten gezählt haben. Teils waren sie aus der weiteren Umgebung angereist, kondolierten und wiesen dem Verstorbenen die letzte Ehre. Selbst von seinem alten Arbeitgeber, der Firma Ritter in Zell, waren die noch verbliebenen Mitarbeiter samt Chef vollzählig angetreten. Leider war auch deren Zahl durch die Kriegsereignisse der vergangenen Jahre deutlich dezimiert, und das Geschäft für den Ritter Jahr für Jahr schwieriger geworden.

Die Trauerzeremonie in der Kirche zog sich endlos hin, und später am Grab wurden den Eltern Stühle aufgestellt, damit sie sitzen konnten, so sehr drückte sie die Last des Verlustes ihres Sohnes und Hoferben nieder, während der Pfarrer und noch vier Vorsitzende von Vereinen ergreifende Trauerreden hielten.

Der Leichenschmaus folgte im Nebensaal der „Stube", wo Jahre zuvor schon die Gäste bei der Hochzeit der Tochter Cecilia Platz fanden, nur diesmal unter völlig anderen Vorzeichen. Auch nach mehreren Gläsern Bier, Wein oder Most und nicht wenigen Gläschen Schnaps, wollte keine rechte Stimmung aufkommen, so sehr belastete das traurige Ereignis die Menschen im Tal.

Kruzifix auf dem Haldeneck,
zum Gedenken der am 16. April 1945 gefallenen Soldaten

21

Wie geht es weiter?

Der überraschende und völlig sinnlose Tod des Nachfolgers auf dem Michaelishof war, objektiv gesehen, ein herber Verlust und in vielen Bereichen eine Katastrophe. Die Fremdarbeiter haben nach Kriegsende den Hof verlassen und sind, mit wenigen Ausnahmen, in ihre Heimat zurückgekehrt. Zu den Heimkehrern zählte Thaddäus, der Fremdarbeiter aus Polen, nicht aber Martyna, die Magd, da ihre Angehörigen im Krieg umgekommen waren. Sie verließ aber auch den Hof und ihre Spur hat sich verloren.

Inzwischen standen wieder die Arbeiten des Spätfrühlings und des Sommers an. Arbeitskräfte waren im Dorf und im Hintertal so gut wie nicht verfügbar. Überall fehlten die Männer, die entweder im Krieg gefallen sind oder in Russland, Frankreich oder vereinzelt sogar in Kanada in Gefangenschaft festgehalten wurden. Nur einzelne, die flüchten konnten oder freigelassen wurden, kamen nach und nach zurück. Dann waren sie entweder verwundet oder traumatisiert, abgemagert und zu schwerer körperlicher Arbeit auf einem Hof vorerst gar nicht in der Lage.

Sicher, vieles war in den letzten Monaten liegengeblieben. Im vergangenen Winter war kein Holz geschlagen worden. Wer hätte es auch abnehmen sollen? Nur der Weihnachtsbaumverkauf hatte etwas Geld eingebracht und der Schnapsverkauf lief auch „so lala". Da bestätigte sich wieder einmal: „Es konnte den Leuten so schlecht gehen wie es will, getrunken wird immer."

Das Weihnachtsfest ließen sich die Menschen auch in den Kriegstagen nicht nehmen. Es hatte sogar den Anschein, die Menschen der dörflichen Gemeinschaft waren ein wenig enger zusammengerückt. Nach den Entbehrungen wurde geteilt, und manche, die sich früher auf der Sonnenseite wähnten, waren bescheidener geworden und erfreuten sich wieder an den kleineren Dingen.

Auf dem Hof wurde nur gemacht und angebaut was für den eigenen Bedarf dringend benötig wurde. Selbst die Stückzahl des Viehs im Stall hatte man inzwischen reduzieren müssen. Es gab auch kaum noch Aufkäufer, die über ausreichend Geld verfügt hätten, groß einzukaufen. In allen Bereichen herrschte Mangelwirtschaft.

Der ebenfalls älter gewordene Knecht und die beiden Mägde gaben ihr Bestes, und wenn die Engpässe zu groß zu werden drohten, halfen sogar der Schwiegersohn vom Schmiederhof in Prinzbach, wo die ältere Tochter verheiratet war, mit seinen Leuten aus. Manchmal kam die Walburga vom Kohlberg vorbei, die immer noch Kontakt zu den Beinahe-Schwiegereltern treu aufrecht hielt. Ebenso war zeitweise die Anneliese da, die immer noch sehr trauerte. Nun stand sie wieder alleine da – von ihren Eltern und Geschwister natürlich abgesehen. Da tat es ihr gut, wenn sie in ihrem Schmerz Kontakt mit den Eltern des Hannes hatte und sich mit ihnen darüber austauschen konnte.

Die Mutter Affra war wochenlang durch den Schmerz über den Verlust ihres Sohnes krank gewesen, und auch der einst bärenstarke und stattliche Seppe-Michel, war nur noch ein Schatten seiner selbst und schien um Jahre gealtert. Dafür ruhte nun die Hauptlast auf den Schultern der jüngeren Tochter Margarete. Sie hatte bisher immer noch nicht geheiratet und war auch wenig darum bemüht, einen Mann zu finden. Jetzt war aber allen klar: „Ein Bauer muss dringend her und zwar schnell." Auch wenn sie nicht wollte, und sich ihr Herz dagegen sträubte, war ihr bewusst, objektiv gesehen geht es auf Dauer nicht anders, sie kann die Eltern nicht im Stich lassen, und lange machen die es nicht mehr.

Sowohl im Kreis der Jägerschaft, wie auch im Bauernverband wurde getrommelt, und in weitem Umkreis war bald unter heiratsfähigen und geeigneten Bauern bekannt: Der Michaelishof in Nordrach braucht einen Bauern. In den Monaten danach machten sich einige junge Burschen im heiratsfähigen Alter auf den Weg und klopften bei den Eltern im Michaelishof an, wurden zu einem Schoppen eingeladen und standen Rede und Antwort. Aber mit keinem konnte Margarete bisher warm werden.

Manchmal kamen auch Fremde vorbei, vornehmlich um Lebensmittel „zu hamstern", wie man das nannte, und da gab es welche, die arbeiteten ein oder zwei Tage mit. Wegen Hunger und Nahrungsmangel in allen Bereichen zogen Scharen von Menschen aus den Städten übers Land und von Hof zu Hof, und nicht nur sogenannte „Flüchtlinge", die nach Essbarem nachfragten. Anfangs verscherbelten sie noch Schmuck oder anderen Besitz an leicht tragbaren Wertgegenständen, nur um dafür ein paar Kilo Kartoffeln oder ein Stück Speck, etwas Wurst zu bekommen, und Butter war hochbegehrt. Die Affra war freigiebig und sie gab gerne. Unter diesen Durchreisenden war aber kein Mann für ihre Tochter.

Schon im Jahr nach Kriegsende lebten wieder die alten Traditionen auf und es wurde an drei Tagen Kilwi gefeiert. Alt und Jung trafen sich im Dorf. Margarete war mit dem Vater hinausgefahren, wo sie sich mit ihrer Schwester und deren Mann aus Prinzbach trafen. Es gab wieder viel zu erzählen, und gemeinsam schlenderten sie über das Festgelände, besahen sich erst die spärlich bestückten Marktstände, die noch relativ wenig bieten konnten. Überall und in allen Bereichen herrschte Mangel. Wenn man dann was Brauchbares oder dringend Benötigtes fand, wurde ohne Zögern und langes Überlegen zugegriffen, egal was es kostete. Geld hatte sowieso in dieser Zeit nur einen relativen Wert. Nachdem sich alle genug umgesehen hatten und überall durch waren, begaben sie sich ins Festzelt, das am Sonntag schon nach der Kirche und erst recht am Nachmittag gerammelt voll war. Der wegen fehlender Männer arg dezimierte Musikverein spielte noch in kleiner Besetzung zum Tanz auf, und wenige Paare drehten tanzend eine Runde. In diesen schwierigen Zeiten suchte jeder gerne Abwechslung, wo sie sich ihm bot. Den Menschen war das wichtig, sie durften einmal über wenige Stunden die allgemeine Tristesse vergessen, und was lag da näher wie ein Rummel.

Die erweiterte Familie saß schon eine halbe Stunde, während die Männer Flaschenbier tranken und die Margarete süßen Sprudel. Das war für sie auch einmal etwas anderes, wo es zu Hause doch allgemein nur Most oder Wasser aus der Leitung von der eigenen Quelle gab.

Ein junger Mann von Oberentersbach wagte sich an den Tisch und forderte die junge Frau zum Tanz auf. Nach einigen Tänzen nahm er am Tisch Platz, nachdem er den Bauern höflich um Erlaubnis gefragt hatte. Die Cecilia verwickelte ihn in ein persönliches Gespräch, wollte wissen woher er kommt und was er so treibt. Es stellte sich heraus, er entstammte dem nicht unbedeutenden Klausenhof, war der Jüngste und hatte noch vier ältere Geschwister. „Mein Bruder übernimmt den Hof und zwei Schwestern sind schon verheiratet", erzählte er. Der junge Mann hinterließ durchaus einen positiven Eindruck, wenngleich er leicht aufschneiderisch tat. Trotzdem lud ihn der Bauer am Ende ein, doch an einem der nächsten Sonntage einmal auf dem Hof zu kommen. Wider Erwarten sagte er zu und verriet: „Ich fahre ein Motorrad, wenn es nicht gerade regnet, dann komme ich demnächst gerne einmal vorbei."

Bei der Margarete hatte es nicht gerade gefunkt, unsympathisch war ihr der Franz – so hieß er – aber durchaus nicht. Er war nicht so groß, wie der verstorbene Hannes war, aber auch um die 1,80 Meter, und von kräftiger muskulöser Statur. Sein kantiger Kopf wies herbe Züge auf, typisch eben für einen knorrigen Schwarzwälder Bauernsohn.

„Der wird schon ordentlich zupacken können", dachte sie insgeheim, und was die Kraft anbelangte, hatte sie nicht unrecht. Sie hatte sich bei dem Gespräch vornehm zurückgehalten und nur spärlich beteiligt, dafür ließ sie lieber andere reden, da waren ihre Schwester und der Vater gesprächiger, die auch mit am Tisch saßen. Sie lebte lieber nach der Devise: „Numme nit huddle" und war nüchtern genug zu wissen oder zu ahnen, eine Liebesheirat wird mir sowieso nicht beschieden sein. Bis es soweit ist, „wird abr no viel Wasser d'Nodere (Nordrach) na fließe."

Typisch Schwarzwälder Bauernhöfe (Vogtsbauernhöfe in Gutach)

22

Ein neuer Bauer zieht ein

Unversehens kam der Franz drei Wochen später am Sonntag auf den Hof. Alle waren erstaunt, denn Versprechungen haben schon viele gemacht und dann verlief die Sache doch im Sande. Gerade auf Festen und bei Bier und Most wird viel geredet und noch mehr versprochen.

Nun war er aber da, und der Bauer lief, nachdem sie eine Weile miteinander über dies und das geredet hatten, mit ihm in einer größeren Runde auf Wegen durch Wiesen und Felder um das Gehöft. Dabei stellte der Franz eine Menge Fragen. Der Aspirant schien von seinem Werdegang her durchaus geeignet, einmal den Schwiegersohn abgeben zu können, wobei der Seppe-Michel natürlich nicht verriet, wie sehr ihm die Sache unter den Nägeln brannte. Unwillkürlich spürte er mit jedem Tag mehr, wie seine Kräfte schwanden und die Bürde des großen Hofes schwer auf seinen Schultern lastete. Sich immer und um alles kümmern zu müssen, das bedrückte ihn. Da wollte er bald wissen, wo es zukünftig langgeht, und die Sache „in trockenen Tüchern" haben.

Der junge Mann war in den letzten Wochen nicht der einzige Bewerber gewesen, der Interesse gezeigt hatte. Noch andere sprachen bei Gelegenheit den Seppe-Michel auf die Tochter an oder kamen einfach zu Besuch und auf eine Visite auf den Hof, weil sie einen entsprechenden Tipp bekommen hatten. Sie gefielen der Margarete noch weniger und bei keinem stimmte die Chemie. Dafür blieb der Franz in der engeren Wahl.

In den nächsten Monaten kam der junge Mann öfters auf den Hof, und gegen Ende des Jahres 1947 machten Affra und ihr Mann einen Gegenbesuch in Oberentersbach. Sie wollten persönlich die Eltern von Franz kennenlernen. Noch fuhr man den „Horch", und das war immer noch ein repräsentatives Automobil, das etwas hermachte. Andere Fahrzeuge im Tal hatten längst den Geist aufgegeben, waren, weil Ersatzteile fehlten, nicht reparierbar und stillgelegt worden. Da war man heilfroh über das robuste solide Vehikel.

Inzwischen tat man sich auf dem Hof auch wieder etwas leichter, wenn man überhaupt von „leichter" bei der bäuerlichen Arbeit sprechen wollte. Durch Vermittlung des im vorletzten Jahr von den Franzosen kommissarisch eingesetzten Bürgermeisters Jakob Spitzmüller waren zwei Männer und zwei Frauen auf den Hof gekommen. Sie waren als sogenannte „Flüchtlinge" dem Ort zugeteilt worden und wohnten in der Kolonie. Die Kontingente wurden den Gemeinden von höherer Stelle zugewiesen und die Kommune hatte dafür zu sorgen, dass die Personen irgendwo wohnlich unterkamen. Wenn es dann auch noch Arbeit für sie gab, umso besser. Die Menschen kamen als Flüchtlinge oder Vertriebene aus Ostpreußen, Schlesien und anderen Ostgebieten. Viele waren ursprünglich nach abenteuerlicher Flucht in Auffanglagern in Dänemark gelandet und kamen dann in Sammeltransporten in den Süden Deutschlands. Hunderte strandeten schließlich im Mittleren Schwarzwald und einige in Nordrach.

Die zugeteilten Neulinge konnten als willkommene Arbeitskräfte auf dem Michaelishof arbeiten und waren damit relativ gut bedient. Der Seppe-Michel war zwar immer noch ein schlimmer

Knauserer, was finanzielle Dinge betraf, aber er konnte gut und besser bezahlen, wie viele andere seiner Bauernkollegen. Das war der Vorteil seiner umfangreichen Liegenschaften. Die Einnahmen aus Holz, Milchwirtschaft, Jagd und Schnaps sind in den letzten Jahren deutlich spärlicher geflossen, waren aber immer noch, und gerade in schweren Zeiten, aus den vielerlei Quellen relativ sicher und auskömmlich. Nur das Geld alleine war nichts mehr wert.

Dank neuer Techniken waren die Arbeiten spürbar leichter geworden. Der Seppe-Michel hatte in den letzten Jahren verschiedene neue Gerätschaften gekauft und den Maschinenpark aufgestockt oder modernisiert. Dazu gehörte ein Bindemäher, der das Mähen des Getreides mit der Sense ersetzte, und hinterher das mühsame Binden der Garben von Hand überflüssig machte. Das ging nun in einem Arbeitsgang. Sowas sprach sich natürlich schnell herum. Die Pferde im Stall dienten sowieso längst nur noch als Beiwerk oder Zierde und zudem dann, wenn man bei speziellen Festen mit dem Zweispänner, der gummibereiften vierrädrigen Kutsche eine Ausfahrt machen wollte. Fahrten mit dem Auto waren längst nicht mehr so spektakulär, wie es zehn Jahre zuvor noch der Fall war, nur es gab ein ärgerliches Hindernis, für das Benzin wurden Bezugsscheine benötigt.

Margarete war mit dem „Zukünftigen" über die Monate etwas wärmer geworden und sträubte sich nicht mehr gegen eine Heirat, wobei man keinesfalls von inniger Liebe sprechen konnte, es war eher eine Sach- und Kopfentscheidung. Ohne Frage wird das durchaus an der Margarete gelegen haben und hatte mit ihrer Mentalität oder Natur zu tun, denn als Frau war sie in den letzten Jahren noch ein wenig sperriger geworden.

Trotzdem wurde im Wonnemonat Mai 1948 Hochzeit gehalten. Der Seppe-Michel hatte wieder tief in die Schatulle gegriffen, um seine jüngste Tochter standesgemäß unter die Haube zu bringen, und die Bevölkerung nahm regen Anteil daran. Jedes Fest war willkommen und bot eine Abwechslung im schweren Alltag. Wo sonst in diesen schwierigen Zeiten bekam man noch ein üppiges Essen und Getränke satt, und das alles sogar umsonst?

Die kirchliche Trauung fand wieder im Dorf in der großen Kirche statt. Gefeiert wurde jedoch anschließend im Hintertal, im Nebensaal des „Adlers". Von da aus hatten es die Brauteltern anschließend nicht so weit nach Hause.

Nach der Hochzeit zog der Schwiegersohn offiziell gleich mit in das große Haus ein. Der Seppe-Michel und seine Frau hatten dafür extra ihre Schlafkammer freigeräumt und waren ins benachbarte Libdig eingezogen. Die große Bauernstube und andere Räumlichkeiten benützten Jung und Alt vorläufig noch gemeinsam, bis sich der Altbauer endgültig aus dem Geschäft zurückziehen wollte.

Bis zur Hofübergabe war ein Lohn vereinbart, vergleichbar wie ihn Hannes zuletzt beim Ritter in Zell hatte, dazu ein Zehntel der Erträge, mit Ausnahme der Einnahmen aus der Schnapsbrennerei. Der neue Bauer war zwar ein Dickkopf und stur wie ein Ochse, was sich bald negativ auswirkte, er arbeitete jedoch tüchtig und engagiert mit. Der Seppe-Michel beäugte ihn heimlich sehr genau, und sein Einsatz gefiel ihm. Nebenbei erklärte sich der Franz sogar bereit, in den Herbstmonaten und über den Winter den Jagdschein zu machen, damit er mit in die Jagd einsteigen und das flächenmäßig riesige Revier übernehmen durfte. Entsprechende Gespräche mit dem neuen Förster, der seit letztem Jahr für die Gemarkungen in Nordrach zuständig zeichnete, waren schon erfolgt, und der hatte dagegen keine Einwände; warum auch? Viel wichtiger war ihm, der Wald wird gepflegt, es wird regelmäßig gejagt und das Wild im Zaum gehalten.

Mit seiner Frau Margarete führte Franz mehr eine Zweckehe, und auch nach einem Jahr meldete sich noch kein Nachwuchs an. Das wurmte den Seppe-Michel und Affra heimlich, denn gerne hätten sie Enkelkinder auf dem Hof gesehen, zumal auch die Cecilia in Prinzbach aus unbekannten Gründen immer noch keine Kinder bekommen hatte. Insgeheim und in stillen Momenten, wenn es ihr schwer ums Herz war, stellte sich Margarete öfters die Frage: „War das richtig, dass ich mich so schnell in eine Ehe habe drängen lassen?" Glücklich war sie jedenfalls nicht.

Dafür hatte sie ein offenes Ohr bei ihrer Mutter und konnte mit ihr über alles offen reden. „Schaff dir dein eigenes Revier und Reich", gab sie ihr immer wieder den mütterlichen Rat. „Die Männer muss man machen lassen, sonst rennt man nur mit dem Kopf gegen die Wand und holt sich Beulen. Es kann sich schnell alles – sogar über Nacht – zum Besseren ändern, wie ich es bei deinem Vater erlebt habe. Der ist in den letzten fünfzehn Jahren tatsächlich viel umgänglicher geworden, was ich in früheren Jahren nie gedacht und schon gar nicht gehofft oder erträumt hatte. Und wenn ihr erst Kinder haben solltet, dann kann alles ganz anders sein. Das hat schon manchen harten Mann weich gemacht und wie Butter in der Sonne dahinschmelzen lassen. Solange mach dein eigenes Ding ohne anzuecken, und wenn etwas ist und dich bedrückt, wenn es zu schwer wird, dann komm zu mir."

Auch von der Cecilia, ihrer Schwester, bekam sie bei den wenigen Begegnungen große moralische Unterstützung. Das gab ihr Mut und Halt und so schickte sie sich vorerst in ihr Schicksal. Tagsüber hatte sie zu viel Arbeit, sodass sie gar nicht zum Nachdenken kam. Ihre Mutter konnte nur noch wenig tun und wirtschaftete vorwiegend in der Küche, während Margarete sich mit den Mägden um das Vieh kümmerte und den großen Garten bewirtschaftete. Wenn es dann noch die Zeit zuließ, und das war allenfalls mal ein halber Tag an den Sonntagen, dann ging sie in die

Kolonie und in die kleine Kapelle. Hier zündete sie erst eine Kerze an und betete zur Mutter Gottes. Das waren stille Augenblicke wo sie niemand störte, da war sie allein und sie war „ich".

Wenn sie grübelte, wurde ihr erschreckend bewusst: „Ich habe eigentlich keine Freunde, weder aus dem Kreis der Schulkameradinnen noch unter den Frauen des Hintertals." Seit 1948 gab es wohl den Landfrauenverband Südbaden in Freiburg. Der Verein hatte sie auch schon angeschrieben und eingeladen. Die bisherigen Treffen waren ihr aber zu weit weg. „Vielleicht sollte ich mich da informieren und im bäuerlichen Kreis verstärkt einbringen, das brächte ein wenig Abwechslung im Alltag und ich komme zudem an neue Informationen und Ideen."

Verstärkt wurde von der Heilstätte wieder Milch, Butter und Eier nachgefragt, was ihr ein eigenes Einkommen sicherte, und mit der Küchenchefin ergaben sich automatisch Gespräche, ohne allerdings bisher über die sachliche Ebene hinaus zu kommen.

Derweil kümmerte sich ihr Mann um die Arbeit auf den Wiesen, Feldern und um den Wald, und der Seppe-Michel werkelte im Brennhäusle oder er ging auf die Höhen zur Jagd und war dann den Tag über nicht mehr gesehen.

St. Nepomuk-Kapelle in Nordrach-Kolonie

23

Späte Reue

Mit fünfundsiebzig zog sich der Seppe-Michel offiziell aus dem Tagesgeschäft zurück und wollte sich zukünftig nur noch der Schnapsbrennerei und Jagd widmen. Mit seiner Frau hatte er inzwischen den Hof an den Schwiegersohn und seine Tochter überschrieben, und sie zogen sich endgültig ins Libdig zurück.

Im notariellen Vertrag wurden dem Altbauern und seiner Frau das Wohnrecht im Libdig bis zum Lebensende eingeräumt, sowie ein Zehntel aus den Erträgen von Wald, Land- und Viehwirtschaft. Der Bäuerin wurde es gestattet, weiterhin eigenes Gemüse und Blumen im Garten zu ziehen, und sie sollte wöchentlich den üblichen Bedarf an Milch, Butter und Eier bekommen.

Der Betrieb ging oberflächlich gesehen in gewohnter Weise weiter, und nur wer tiefer in die Dinge blickte, merkte schon nach wenigen Monaten subtile Veränderungen. Das Personal wechselte entgegen den früheren Jahren häufiger, was vorrangig mit dem neuen Bauern zu tun hatte. Man fühlte sich von ihm eher schikaniert, was beim Altbauern nicht der Fall war, der war auch hart und manchmal recht unangenehm, in ihm sahen die Bediensteten aber immer eine Respektsperson, was er sagte, das galt und das hatte Hand und Fuß. Für den neuen Bauern war das kein Grund umzudenken. „Wer nicht mit mir ist, ist gegen mich, und wer nicht mithalten und einverstanden ist, der soll gehen", gab er überheblich aus. Neue Leute zu bekommen, das war in den Nachkriegsjahren kein Problem. Wer keine Arbeit hatte, war froh, wenn er eine Stelle fand, und noch wichtiger war, es gab Lebensmittel für den täglichen Bedarf. Bis zur Währungsreform im Juni 1948 war die Reichsmark nichts wert, da waren der arbeitenden Bevölkerung Naturalien lieber statt Geld. Bekam jemand ein großes Stück Speck, konnte er das ohne Mühe in andere Ware umtauschen, und so war es bei Fleisch und Wurst, Butter oder einem Zentner Kartoffeln auch. Die Schnaps-Währung war sowieso unschlagbar, und auch über Zigaretten verfügte, war fein raus.

Dann kam die neue Währung, neues Geld, in den Umlauf. Jeder Haushaltsvorstand hatte pro Person ein Kopfgeld von 40 Deutsche Mark bekommen, und später nochmals 20 Deutsche Mark. Was noch an Reichsmark vorhanden war, wurde im Verhältnis 10:1 abgewertet und umgetauscht. In kürzester Zeit füllten sich nunmehr wieder die Regale in den Läden mit aktuellen Waren aller Art.

Plötzlich war es ein wenig anders, besser jedoch nur bedingt. Immer noch waren Naturalien, die den täglichen Bedarf sicherten, ein kostbares Gut und begehrt. Bei einem durchschnittlichen Stundenlohn um eine Mark wurde kein Arbeiter reich, da war ein Pfund Butter, ein Krug Schmalz, haltbare Wurstwaren und Speck oder gar eine Flasche Schnaps immer noch Gold wert. Selbst Zigaretten, die lange als Ersatzwährung galten, wurden noch gehandelt, und es gab im Hintertal Bewohner, die im eigenen Garten ein paar Tabakstöcke zogen und die geernteten Blätter unter dem ausladenden Dach trocknen ließen. Dabei waren die Täler um Nordrach herum wahrlich kein geeignetes Tabakanbaugebiet wie in der Rheinebene und den Dörfern um Lahr, mit seinen Zigarrenfabriken und Sitz der weithin bekannten Zigarettenmarke „Roth-Händle". „Wer das raucht und überlebt, ist ein echter Schwarzwälder", wurde das sarkastisch glossiert.

In den Wäldern wurde jedes noch so kleine Stück Holz, jeder dünne Ast aufgelesen, und Arbeitskräfte für ein paar Ster Brennholz war schnell zu bekommen. Noch wurde in den Haushalten überwiegend mit Holz gefeuert, und nur nach und nach kamen wieder Briketts oder Koks hinzu.

Das Geschäft auf dem großen Hof ging weiter, der Franz hatte nach einem halben Jahr die Jägerprüfung bestanden und besaß nun den Jagdschein. Damit waren die Tradition der Jägerei sowie der Ertrag aus selbst erlegtem Wild für den Hof gesichert. Die Treibjagden gingen weiter und fanden in noch größerem Stil statt. So gesehen, gab es durchaus Kontinuität und anfangs war der Seppe-Michel noch immer dabei, oder er ging manchmal auch für sich alleine auf die Pirsch. Weil ihm das aber mit der Zeit zu beschwerlich wurde, zog er sich auch aus diesem Geschäft peu à peu zurück oder er frönte seiner einstigen Leidenschaft nur bei günstigen Wetterbedingungen.

Gicht und Rheuma machten ihm Beschwerden, dadurch konnte und wollte er nicht mehr die kalte Nacht auf dem zugigen Hochsitz verbringen. Stattdessen sah man ihn mehr in den Wirtschaften, im „Adler" oder „Vogt auf Mühlstein" sitzen, wo er sich mit den Bauern und Bewohnern vom Hintertal oder dem Mühlstein traf, die auch in die Jahre gekommen waren. Mehr Abwechslung gab es auf dem Mühlstein, weil an schönen Tagen immer mehr Wanderer, einzeln oder Gruppen, eintrafen oder dort durchzogen und kurz Einkehr hielten.

Seit der Jungbauer offiziell das Sagen hatte, trübte sich leider spürbar das Klima, und das Verhältnis zum Altbauern änderte sich schlagartig und radikal. Der Seppe-Michel war daran nicht ganz unschuldig, denn wie so oft bei einem Generationswechsel, gab er aus seiner reichen Erfahrung gut gemeinte Ratschläge und Tipps, sagte seine Meinung. Dabei blitzte er nun aber total ab und, da er es nicht lassen wollte, entstand schnell eine direkte Konfrontation und es gab Streit. „Ich bin jetzt der Herr und bestimme, wo es langgeht. Du hast hier nichts mehr zu bestimmen, mach dich vom Acker", bläffte er ihn geradeheraus wütend und barsch an. Das traf und schmerzte, so etwas war der Seppe-Michel überhaupt nicht gewöhnt, das konnte er schwerlich ertragen.

Bisher war er es gewohnt und es war für ihn selbstverständlich, er bestimmte und andere gehorchten. Jetzt fühlte er sich wie ein Knecht behandelt, und noch schlimmer, er fühlte sich in dieser Situation ohnmächtig. Was sollte er dagegen machen? Rechtlich gesehen hatte er keine Handhabe, er war körperlich auch nicht mehr in der Lage dem Jungen Paroli zu bieten, und das wusste dieser genau, sonst hätte ihm der Seppe-Michel eines auf die Nase gegeben. Nur wenn sein Schwiegersohn ihn wieder einmal verbal erniedrigt hatte, trieb ihn der Gedanke um: „Ich hole mein Gewehr und schieße den Seicher über den Haufen." Doch dann erschrak er wegen solcher Gedanken, nur, beim nächsten Mal drängten sie sich wieder auf. Wie lange würde das also noch gutgehen können?

Auch Margarete hatte seit Monaten unter dem Diktat ihres Ehemannes mehr und mehr zu leiden; von harmonischer Ehe war man inzwischen meilenweit entfernt und erst recht von Nachwuchs. Immer wieder flüchtete sie zur Mutter, weinte und schüttete ihr das Herz aus. Dort fand sie Trost und seelische Unterstützung. Wenn es die Arbeit zuließ, eilte sie hinunter ins Tal und ging in die Kolonie. In der kleinen Kapelle betete sie zur Maria und erflehte göttlichen Beistand.

Wehmütig und wütend saß der Seppe-Michel an manchem Abend in seinem Liegestuhl auf dem Balkon des Libdig und sinnierte über den gegenwärtig unguten Zustand. „Das hätte ich mir nie und nimmer träumen lassen, dass ich einmal auf meinem eigenen Hof nichts mehr zu bestimmen habe, und dass ich meinen

Lebensabend unter der Fuchtel meines Nachfolgers verbringen muss. Warum hat Gott bloß zugelassen, dass mein Sohn durch diese Nazi-Verbrecher noch in den letzten Kriegstagen den Tod finden musste? Wenn der „Schofseggel" von Schwiegersohn auch noch seinen Verpflichtungen nicht mehr nachkommt und nicht mehr liefert, was vertraglich abgemacht ist, dann bring ich ihn um, dann schlag ich ihn tot."

Bei diesem Ärger und schwermütigen Gedanken schnappte er fast über, er spürte einen engen Ring um die Brust, sein Blutdruck stieg und der Atem ging ihm schwer. Kein Jahr verging, dann traf ihn ein Schlaganfall und in dessen Folge lag er danach ein halbes Jahr halbseitig gelähmt im Bett. Während der Seppe-Michel in allen Verrichtungen behindert in seiner Kammer zubringen musste und auf Hilfe und Pflege angewiesen war, hat ihn der Schwiegersohn nicht ein einziges Mal besucht, und seine Eltern im Entersbach waren dafür zu alt und auch nicht mehr in der Lage. Trotz der verwandtschaftlichen Bindung bestand so gut wie kein Kontakt. Dafür sah Margarete so oft wie möglich nach ihrem Vater, kümmerte sich um ihn – auch gegen den Willen ihres Mannes – und mit Hilfe der Magd pflegten sie ihn so gut es ging.

Abwechslung brachten dafür die regelmäßigen Besuche der katholischen Nonnen, die den Krankenpflegedienst übernommen hatten und den Bauern fürsorglich betreuten. Sie wuschen ihn, rieben ihm hinterher den Rücken mit Franzbranntwein ein, damit er sich nicht wund lag. Bei dieser Gelegenheit erzählten sie ihm, was im Dorf oder sonst in der Welt sich zutrug, damit er informiert war und wenigstens noch ein klein wenig von der Welt da draußen mitbekam.

Mindestens einmal im Monat kamen sonntags die Cecilia und ihr Mann, die nach ihren Eltern sahen. Sie waren inzwischen auch mobil und fuhren ein Auto. So waren selbst Fahrten aus dem entfernten Prinzbach nach Nordrach keine Hürde mehr. Hin und wieder kam auf ein paar Stunden die treue Walburga zu Besuch. Sie war hinterher jedes Mal erschüttert, wenn sie den einst stattlich wirkenden starken Mann in hilfloser Lage so liegen sah, am Ende völlig abgemagert und geschwächt.

Sie konnte die alten Leute mit der freudigen Nachricht überraschen, dass sie inzwischen einen Mann gefunden hatte und sie demnächst heiraten wollen. Affra und der Seppe-Michel freuten sich mit ihr, dem Mädchen, das beinahe ihre Schwiegertochter geworden wäre. Wieviel anders wären die letzten Jahre dann verlaufen, wenn das so gekommen wäre und ihre Planungen sich erfüllt hätten? Das war aber rein hypothetisch und darüber wollten sie gar nicht mehr weiter nachsinnieren, „sunsch schnabbe mer no'iber" (werden wir verrückt).

Nach über einem halben Jahr zeigte sich das Schicksal gnädig und der Seppe-Michel wurde von seinem hilflosen Zustand erlöst. Seine Tochter und der Schwiegersohn aus Prinzbach waren am Nachmittag noch da, und auch Margarete hatte eine Stunde am Bett verbracht. Dann schlief er einfach friedlich ein und Affra fand ihn tot vor, nachdem sie nur kurz draußen verbracht hatte.

Der Sarg des Verstorbenen wurde nun nicht mehr mit von Pferden gezogenen Wagen, dem der Trauerzug folgte, ins Dorf gebracht. Niemand wollte mehr sechs Kilometer laufen. Den Transport machte man mit offenem Auto, und wer teilnahm, wartete direkt auf dem Kirchplatz, von wo aus dann alle an der Trauerfeier Beteiligten erst in die Kirche gingen. Anschließend folgten sie dem Sarg nach draußen ans ausgehobene Grab. Nachdem der Sarg von sechs Trägern in die Grube gesenkt worden war, gaben viele mit einer Schaufel etwas Erde darauf oder warfen einen Blumengruß auf die Grube.

Wenige Monate später folgte ihm überraschend auch seine Frau Affra. Sie ist wohl an Enttäuschung und gebrochenem

Herzen gestorben. Die letzten Monate ihres Lebens gingen, bei ihrer auch so schon geschwächten Gesundheit, einfach über ihre Kräfte. Sie litt an der Situation, in der sich ihre Tochter befand, und noch mehr, als sie so lange ihren einst so starken Mann hilflos hatte im Bett hatte liegen sehen müssen.

Unter großer Anteilnahme der Bevölkerung des Tals und den benachbarten Dörfern wurde auch Affra im Dorf auf dem Friedhof neben ihrem Mann beerdigt.

Noch heute spricht man teils bewundernd, teils mitleidig oder auch etwas neidisch vom sagenhaften Reichtum und weitreichenden Einfluss des Michaelishofs und dem einst so mächtigen und stolzen Seppe-Michel, der tief enttäuscht ein trauriges Lebensende fand. „Auch Reichtum und Ansehen schützen nicht vor Enttäuschung und Schicksalsschlägen", hörte man die sagen, die alles immer schon besser wussten, und sich selber über den Niederungen eines stürmischen Lebenslaufes wähnen. „Wer stehe, sehe zu, dass er nicht falle", sagt schon die Bibel.

Kaum war der Seppe-Michel beerdigt, ließ der neue Bauer des Michaelishofes alle Anrainer seiner Waldungen und des Jagdreviers, wie auch den Förster wissen, dass er die seit Jahren bewährte Regelung der Wildschäden-Gutmachung nicht weiterführen wird. „Wer etwas von mir will, der soll Schadenersatz einklagen, basta", tönte er vollmundig, wenn er sich Mut angetrunken hatte. So schloss sich wieder der Kreis. Nach der Unvernunft war Vernunft und Rücksichtnahme eingekehrt, jetzt hatte es sich wieder in das Gegenteil gekehrt. Das Spiel ging von neuem los, doch was die Kommunikationsmöglichkeiten, die Mobilität und geistige Emanzipation der Bevölkerung betraf, unter ganz anderen Vorzeichen.

* * *

Historische Maile-Gießler-Mühle

Alter Anrieb über Transmissionsriemen

Epilog

Die Geschichte des Michaelishof soll eine Hommage sein, einerseits an die bäuerliche Kultur im Schwarzwald und andererseits an den Ort, in dem ich aufgewachsen und zur Schule gegangen bin, wo ich rund zwanzig Jahre meiner Kindheit und Jugend verbrachte. Es ist die Heimat meines Vater und Großvaters, die hier ihre Wurzeln hatten.

Die beschriebene reizvolle Landschaft habe ich mehrfach in allen Richtungen bewandert. Schon als Kind ging ich mit dem Vater zur Kornebene und Moosturm, wir kehrten in der Wirtschaft des „Vogt auf Mühlstein" ein und durchwanderten das Tal der Schottenhöfen. Im Stollengrund habe ich Kirschen gebrochen und mit dem Emil-Sepp auf den Höhen von uralten Bäumen Tannenzapfen gebrochen. Meinen ersten Rausch durch zu viel Most hatte ich bei ihm im Alter von dreizehn Jahren während der Arbeit auf einem seiner Felder.

Der Heimatschriftsteller Heinrich Hansjakob, „Rebell im Priesterrock", wie er auch genannt wurde, setzte mit dem Buch: „Der Vogt auf Mühlstein", den abgehärteten bodenständigen Menschen auf den Höhen über dem Nordrachtal ein Denkmal. Die tragische Verarmung großer Teile der Bevölkerung in der Kolonie wird im Buch von Gottfried Zurbrügg beschrieben: „Westwärts, Wellenreiter: Schwarzwälder Flößer von der Kinzig zum Ohio". Die Produktion der Glashütte war zum Erliegen gekommen, nachdem das Holz der Wälder buchstäblich im Ofen verfeuert war. Die Gemeinde wollte dann die „Hungerleider" nur loswerden, bezahlte die Überfahrt mit dem Schiff nach Amerika und gab ihnen ein geringes Handgeld. Schon auf der Hinreise mit dem Schiff starb die Hälfte. Nur vereinzelt hat einer je wieder die alte Heimat besuchen und wiedersehen können.

Ebenfalls spannend und anschaulich hat der gleiche Autor, Gottfried Zurbrügg, die Geschichte und der Werdegang der Heilstätte Nordrach-Kolonie unter Dr. Walther im Buch: „Schwarzwalddavos" beschrieben.

Die in der Handlung erwähnten Orte und geschichtlichen Hintergründe sind real, ohne Anspruch auf Vollständigkeit im Detail.

Alle Charaktere und Namen sind, bis auf geschichtlich relevante Persönlichkeiten, frei erfunden, eventuelle Ähnlichkeiten mit lebenden oder gestorbenen Personen wären rein zufällig und sind weder gewollt noch beabsichtigt.

Walter W. Braun

Juni 2018, überarbeitet April 2020

Weiterlesen? Im Handel erhältliche Titel des Autors:
Alle Bücher sind kurzfristig über den BoD-Shop, im Internethandel und im örtlichen Buchhandel, wie auch als E-Books erhältlich.
www.schwarzwaldator. de und Facebook: Schwarzwaldautor

Fortsetzung zum Seppe-Michel vom Michaelishof:
Michaelishof − Eine Tochter muss sich behaupten, Schwarzwaldsaga Teil 2
Paperback, 336 Seiten, 23 Farbseiten, ISBN: 9-783-744-840-392
Leben ist Glück genug - Vom Schwarzwald zur Seefahrt bei der Marine
Paperback, 280 Seiten, 8 Farbbilder, ISBN 9-783-735-743-411
Aufwärts ist längst nicht oben
Paperback, 356 Seiten, 35 Farbseiten, ISBN 9-783-735-739-056
Zu Fuß dem Südwesten hautnah 111 Tipps und mehr −
Ein etwas anderer Wanderführer
Paperback, 260 Seiten, 46 Farbbilder, ISBN 9-783-738-628-814
Top-Touren im Südwesten - für geübte und konditionsstarke Wanderer
Paperback, 260 Seiten, 45 Farbseiten, ISBN: 9-783-750-431-430
Deutsch-Französische Liaison - C'est la vie
Paperback 116 Seiten, 13 Farbbilder, ISBN 9-783-739-223-629
Tod am Lisengrat - Eifersucht unter ungleichen Brüdern
Paperback, 116 Seiten, 2 Farbbilder, ISBN 9-783-734-752-551
Drama am Breithorn
Paperback, 108 Seiten, 6 Farbbilder, ISBN 9-783-734-765-131
Verschollen am Großvenediger - Hilflos in eisiger Sphäre
Paperback,156 Seiten, 11 Farbbilder, ISBN 9-783-738-645-484
Mord in Hintertux - Tatort Zillertal
Paperback 104 Seiten, 18 Farbbilder, ISBN 9-783-739-215-136

Der Spieler - Ein ungewöhnlicher Kriminalfall
Paperback, 132 Seite, 6 Farbbilder, ISBN 9-783-734-776-199
Gesellschaftskritisch aus Erfahrung
Zu fit für den Ruhestand - zu alt für einen Job
Paperback, 108 Seiten, 11 Farbbilder, ISBN 9-783-735-743-213
Im Banne des Moospfaff
Paperback, 120 Seiten, 10 Farbseiten, ISBN 9-783-741-226-601
Dunkel überm Eulenstein - der Baden-Krimi
Paperback, 144 Seiten, 12 Farbseiten, ISBN 9-783-741-299-490
Reflexion des Lebens in Lyrik und Prosa
Paperback, 140 Seiten, 23 Farbseiten, ISBN: 9-783-741-276-576
Resi's Gedichte und sonst nichts
Paperback, 144 Seiten, 8 Farbbilder, ISBN 9-783-734-771-965
Glauben ist einfach - oder einfach glauben
Paperback, 340 Seiten, 25 Farbseiten, ISBN 9-783-735-722-829
Lach mal wieder - Eine Sammlung von 163 Liedern, Vorträgen und Sketchen
Paperback, 292 Seiten, 17 Farbbilder, ISBN 9-783-735-740-052
Über Grenzen gehen - Wenn einer eine Reise tut...
Paperback, 360 Seiten, 26 Farbseiten, ISBN 9-783-734-746-925
Sabotage im Weinberg
Paperback, 124 Seiten, 12 Farbseiten, ISBN 9-783-741-297-250
Mein Freund der Alkohol - Kritische Betrachtung eines ambivalenten Genussmittels
Paperback, 244 Seiten, 18 Farbseiten, ISBN 9-783-743-138-612
Der Eremit vom Wilden See - Ein entschlossener Aussteiger
Paperback, 252 Seiten, 29 Farbseiten, ISBN 9-783-744-856-829
Leben ist lebensgefährlich - vom ersten Tag an
Paperback, 184 Seiten, 18 Farbseiten, ISBN 9-783-746-037-264
Meine Rache ist Amok
Paperback, 236 Seiten, 5 Farbseiten, ISBN: 9-783-749-453-061